La vida mentirosa de los adultos

La vida mentirosa de los adultos

Elena Ferrante

Traducción del italiano de
Celia Filipetto

Lumen

narrativa

Título original: *La vita bugiarda degli adulti*

Primera edición: septiembre de 2020
Segunda impresión: octubre de 2020

© 2019, Elena Ferrante
© 2020, Penguin Random House Grupo Editorial, S. A. U.
Travessera de Gràcia, 47-49. 08021 Barcelona
© 2020, Celia Filipetto, por la traducción
© 2020, de la presente edición en lengua castellana:
Penguin Random House Grupo Editorial USA, LLC.,
8950 SW 74th Court, Suite 2010
Miami, FL 33156

Impreso en Estados Unidos - *Printed in USA*

ISBN: 978-1-64473-204-5

Penguin
Random House
Grupo Editorial

I

1

Dos años antes de irse de casa, mi padre le dijo a mi madre que yo era muy fea. La frase fue pronunciada en voz baja, en el apartamento que mis padres compraron en cuanto se casaron, en el Rione Alto, en la parte de arriba de San Giacomo dei Capri. Todo se detuvo: los espacios de Nápoles, la luz azul de un febrero gélido, aquellas palabras. Yo, en cambio, quedé a la deriva y sigo ahora a la deriva dentro de estas líneas que quieren darme una historia, y sin embargo no son nada, nada mío, nada que haya empezado de veras o haya llegado a puerto: solo una maraña que nadie, ni siquiera quien escribe en estos momentos, sabe si contiene el hilo preciso de un relato o es simplemente un dolor enredado, sin redención.

2

Quise mucho a mi padre, un hombre siempre amable. Tenía modales finos del todo coherentes con un cuerpo delgado hasta el punto de que sus prendas parecían de una talla más, detalle que a mis ojos le daba un aire de elegancia inimitable. Su cara era de rasgos delicados y nada —los ojos profundos de largas pestañas, la nariz de impecable ingeniería, los labios abultados— empañaba su armonía. Siempre se dirigía a mí con un tono alegre, fuera cual fuese su humor o el mío, y no se encerraba en el estudio —se pasaba la vida estudiando— si no había conseguido arrancarme al menos una sonrisa. Sobre todo le hacía ilusión mi pelo, pero ahora me resulta difícil decir cuándo empezó a elogiármelo, quizá desde que yo tenía dos o tres años. Lo cierto es que durante mi infancia manteníamos conversaciones como esta:

—Qué bonito pelo, qué calidad, qué brillo, ¿me lo regalas?

—No, es mío.

—Un poco de generosidad.

—Si quieres, te lo puedo prestar.

—Ah, muy bien, así después me lo quedo para siempre.

—Ya tienes el tuyo.

—El que tengo te lo quité a ti. ·

—No es cierto, estás mintiendo.

—Echa un vistazo, era tan bonito que te lo robé.

Yo echaba un vistazo, pero en broma, sabía que nunca me lo robaría. Y me reía, me reía muchísimo, me divertía más con él que con mi madre. Siempre quería algo mío, una oreja, la nariz, la barbilla, decía que eran tan perfectas que no podía vivir sin ellas. Yo adoraba aquel tono, era una prueba continua de lo indispensable que era para él.

Naturalmente, mi padre no era así con todo el mundo. A veces, cuando se implicaba mucho en algo, tendía a sumar de un modo agitado discursos refinadísimos y emociones incontroladas. Otras veces, en cambio, iba al grano y recurría a frases breves, de extremada precisión, tan densas que nadie osaba replicar. Eran dos padres muy distintos del que yo amaba, y empecé a descubrir su existencia alrededor de los siete u ocho años, cuando lo oía discutir con amigos y conocidos que a veces venían a casa a unas reuniones muy encendidas sobre problemas de los que yo no entendía nada. Por lo general, permanecía en la cocina con mi madre y prestaba poca atención a cómo se peleaban unos metros más allá. Pero a veces, como mi madre tenía trabajo y ella también se encerraba en su cuarto, me quedaba sola en el pasillo, donde jugaba o leía, sobre todo leía, creo, porque mi padre leía muchísimo, mi madre también, y a mí me encantaba ser como ellos. No prestaba atención a las discusiones, interrumpía el juego o la lectura solo cuando de repente se hacía un silencio y surgían aquellas voces extrañas de mi padre. A partir de ese momento imponía su voluntad, y yo esperaba que terminase la reunión para saber si había vuelto a ser el de siempre, el de los tonos amables y afectuosos.

La noche en que pronunció aquella frase acababa de enterarse de que no me iba bien en la escuela. Era una novedad. Desde primero de primaria había sido siempre aplicada y solo en los dos últimos meses había empezado a irme mal. A mis padres les importaba mucho mi buen rendimiento escolar y mi madre, sobre todo, se había alarmado al ver las primeras malas notas.

—¿Qué pasa?

—No lo sé.

—Tienes que estudiar.

—Si ya estudio.

—¿Y entonces?

—De algunas cosas me acuerdo, de otras no.

—Estudia hasta que te acuerdes de todo.

Estudiaba hasta quedar rendida, pero los resultados seguían siendo decepcionantes. Aquella tarde, en particular, mi madre había ido a hablar con los maestros y regresó muy disgustada. No me lo reprochó, mis padres nunca me reprochaban nada. Se había limitado a decir: La más descontenta es la profesora de matemáticas; ha dicho que, si quieres, puedes aprobar. Después se fue a la cocina a preparar la cena y entretanto mi padre regresó. Desde mi cuarto solo oí que le estaba resumiendo las quejas de los profesores, comprendí que para justificarme mi madre sacó a colación los cambios de la preadolescencia. Pero él la interrumpió y, con uno de esos tonos que nunca utilizaba conmigo —incluso con una concesión al dialecto, por completo prohibido en nuestra casa—, dejó que de su boca saliera aquello que seguramente no hubiera querido que saliera:

—La adolescencia no tiene nada que ver, se le está poniendo la misma cara que a Vittoria.

Si hubiese sabido que yo podía oírlo, estoy segura de que nunca habría hablado de aquel modo, tan alejado de nuestra divertida ligereza habitual. Los dos creían que la puerta de mi habitación estaba cerrada, yo la cerraba siempre, y no se dieron cuenta de que uno de ellos la había dejado abierta. Así fue como a los doce años me enteré, por la voz de mi padre, ahogada por el esfuerzo de mantenerla en un susurro, de que me estaba volviendo como su hermana, una mujer en la que encajaban a la perfección —se lo había oído decir desde que tenía memoria— la fealdad y la maldad.

Aquí se me podría objetar: Tal vez estás exagerando, tu padre no dijo al pie de la letra: Giovanna es fea. Es cierto, no iba con su naturaleza pronunciar palabras tan brutales. Pero yo estaba pasando por una época de gran fragilidad. Tenía la regla desde hacía casi un año, mis pechos eran demasiado visibles y me avergonzaban, me daba miedo oler mal, me lavaba muy seguido, me iba a dormir desganada y me despertaba desganada. Mi único consuelo, en aquel entonces, mi única certeza era que él lo adoraba absolutamente todo de mí. De manera que en el momento en que me comparó con la tía Vittoria, fue peor que si hubiese dicho: Antes Giovanna era hermosa, ahora se ha vuelto fea. El nombre de Vittoria sonaba en mi casa como el de un ser monstruoso que mancha e infecta cuanto toca. De ella sabía poco o nada, la había visto en raras ocasiones, pero —y esa es la cuestión— de aquellas ocasiones solo recordaba la repugnancia y el miedo. No la repugnancia y el miedo que podía haberme producido ella en carne y hueso, no guardaba ningún recuerdo. Lo que me asustaba era la repugnancia y el miedo que le tenían mis padres. Desde siempre, mi padre hablaba de su hermana de un modo hermético, como si ella practicase ritos vergonzosos que la ensuciaran, ensuciando a quienes la trataban. Mi madre nunca la mencionaba; es más, cuando surgía en los desahogos de su marido, tendía a hacerlo callar como si temiera que, dondequiera que ella estuviese, pudiera oírlos y subir por vía San Giacomo dei Capri a grandes zancadas pese a que se trataba de una calle larga y empinada, arrastrando consigo adrede todas las enfermedades de los hospitales colindantes; volar hasta nuestra casa del sexto piso; romper los muebles lanzando por los ojos negros relámpagos ebrios y abofetearla si mi madre se atrevía siquiera a protestar.

Claro, yo intuía que detrás de aquella tensión debía de haber una historia de agravios cometidos y soportados, pero por aquel entonces poco sabía de los asuntos familiares y, sobre todo, no consideraba que aquella tía terrible formara parte de la familia. Ella era un espantajo de la infancia, era una silueta seca y endemoniada, era una figura enmarañada que acechaba en los rincones de las casas al caer la oscuridad. ¿Era posible acaso que tuviera que descubrir así, sin rodeos, que mi cara empezaba a parecerse a la suya? ¿Yo? ¿Yo, que hasta ese momento me había creído hermosa y que, gracias a mi padre, consideraba que seguiría siéndolo para siempre? ¿Yo, que por su incesante reconocimiento creía tener una melena espléndida; yo, que quería ser muy amada como él me amaba, como él me había acostumbrado a creerme; yo, que sufría ya porque notaba que, de repente, mis padres estaban insatisfechos conmigo, y aquella insatisfacción me inquietaba y lo deslucía todo?

Esperé a oír la respuesta de mi madre, pero su reacción no me consoló. Pese a odiar a todos los parientes de su marido y pese a detestar a su cuñada como se detesta a una lagartija que se te sube por la pierna desnuda, no reaccionó gritándole: Estás loco, mi hija y tu hermana no tienen nada en común. Se limitó a un apático y telegráfico: No, ¿qué dices? Y yo, en mi habitación, corrí a cerrar la puerta para no oír nada más. Después lloré en silencio y no paré hasta que mi padre volvió a anunciar —esta vez con su voz buena— que la cena estaba lista.

Fui a la cocina con los ojos secos; con la mirada clavada en el plato, tuve que soportar una serie de consejos útiles para mejorar mi rendimiento escolar. Después me fui otra vez a fingir que estudiaba mientras ellos se acomodaban delante del televisor. Sentía un dolor que no quería cesar ni atenuarse. ¿Por qué había pronunciado mi padre aquella frase, por qué mi madre no se la había rebatido con vehemencia? ¿Se trataba de una insatisfacción por su parte debida a las malas notas o de una alarma no relacionada con el colegio que duraba desde quién sabe cuándo? Y él, sobre todo él, ¿había pronunciado aquellas feas palabras a causa de un disgusto momentáneo que yo le había dado, o con su mirada aguda, de persona que lo sabe y lo ve todo, había identificado desde hacía tiempo los rasgos de un futuro desperfecto mío, de un mal que estaba avanzando y que lo desanimaba y contra el cual él mismo no sabía cómo comportarse? Pasé la noche entera desesperada. Por la mañana me

convencí de que, si quería salvarme, debía ir a ver cómo era realmente la cara de la tía Vittoria.

3

Fue una empresa ardua. En una ciudad como Nápoles, poblada
de familias con numerosas ramificaciones que, pese a las disputas incluso sangrientas, nunca terminaban de derribar de veras
los puentes, mi padre vivía por el contrario con una autonomía
absoluta, como si no tuviese parientes consanguíneos, como si
hubiese surgido por generación espontánea. Naturalmente, yo
había visto a menudo a los padres de mi madre y a su hermano.
Eran personas afectuosas que me hacían muchos regalos, y hasta que murieron los abuelos —primero el abuelo y el año siguiente la abuela, desapariciones repentinas que me habían al-
terado, mi madre había llorado como llorábamos los niños
cuando nos lastimábamos—, hasta que mi tío se marchó a trabajar lejos, habíamos mantenido con ellos una relación muy
frecuente y muy alegre. Sin embargo, de los parientes de mi
padre no sabía casi nada. Habían aparecido en mi vida en raras
ocasiones —una boda, un entierro— y siempre en un clima
afectuoso tan fingido que no me había quedado más que la incomodidad de los contactos obligados: Saluda al abuelo, dale
un beso a la tía. De manera que por aquella parentela nunca
había sentido gran interés, también porque después de esos encuentros mis padres estaban nerviosos y, de común acuerdo, los
olvidaban como si los hubiesen obligado a participar en una
farsa de escaso valor.

Cabe decir además que si los parientes de mi madre vivían
en un lugar definido con un nombre sugestivo, el Museo —eran

los abuelos del Museo—, el lugar donde residían los parientes de mi padre era indefinido, anónimo. Yo tenía una única certeza: para ir a su casa había que bajar más, y más, siempre más, hasta el fondo del fondo de Nápoles, y el viaje era tan largo que, en esas circunstancias, tenía la sensación de que nosotros y los parientes de mi padre vivíamos en dos ciudades distintas. Algo que durante mucho tiempo me pareció cierto. Nuestra casa se encontraba en la parte más alta de Nápoles y para ir a cualquier sitio por fuerza había que descender. Mi padre y mi madre descendían con mucho gusto únicamente hasta el barrio del Vomero o, ya con cierto tedio, hasta la casa de los abuelos en el Museo. Y tenían amigos sobre todo en via Suarez, en la piazza degli Artisti, en via Luca Giordano, en via Scarlatti, en via Cimarosa, calles que conocía bien porque allí también vivían muchos de mis compañeros del colegio. Sin contar con que todas aquellas calles llevaban a la Floridiana, un espacio que yo adoraba, adonde mi madre me había llevado a tomar el sol y el aire desde recién nacida y donde había pasado horas agradables con Angela e Ida, mis dos amigas de la infancia. Más allá de aquellos topónimos, todos felizmente adornados con plantas, retazos de mar, jardines, flores, juegos y buenos modales, comenzaba el verdadero descenso, el que mis padres consideraban fastidioso. Para trabajar, para hacer la compra, para las necesidades que sobre todo mi padre tenía de estudiar, reunirse y debatir, bajaban a diario, casi siempre con los funiculares hasta Chiaia, hasta Toledo, y de ahí llegaban a la piazza Plebiscito, a la Biblioteca Nacional, a Port'Alba, a via Ventaglieri, a via Foria y como mucho a la piazza Carlo III, donde se encontraba la escuela en la que enseñaba mi madre. También conocía bien aquellos nombres —mis padres los pronunciaban de forma recurrente—, pero no solían llevarme con ellos a menudo y quizá por eso no me producían la misma felicidad. Fuera del Vomero, la ciudad me pertenecía poco o nada; mejor dicho, cuanto más nos movíamos hacia la llanura, más desconocida me resultaba. Era natural, pues, que las zonas donde vivían los parientes de mi padre tuviesen, a mis ojos, rasgos de mundos todavía salvajes e inexplorados. Para mí aquellas zonas no solo carecían de nombre, sino que, por la manera en que mis padres hablaban de ellas, yo las percibía también como difíciles de alcanzar. Cada vez que había que ir hasta allí, mis padres, que normalmente eran enérgicos y estaban bien dispuestos, se mostraban especialmente fatigados, especialmente ansiosos. Yo era pequeña, pero su tensión, sus comentarios —siempre los mismos— se me quedaron grabados.

—André —decía mi madre con voz de agotamiento—, vístete, tenemos que irnos.

Él seguía leyendo y subrayando libros con el mismo lápiz con el que escribía en un cuaderno que tenía al lado.

—André, se hace tarde, se van a enojar.

—¿Tú ya estás lista?

—Sí.

—¿Y la niña?

—También.

Mi padre dejaba entonces los libros y cuadernos abiertos encima del escritorio, se ponía una camisa limpia, el traje bueno. Pero estaba callado, tenso, como si repasara mentalmente las réplicas de un papel inevitable. Mientras tanto, mi madre, que distaba mucho de estar lista, no hacía más que comprobar su aspecto, el mío, el de mi padre, como si la ropa adecuada pudiera garantizarnos a los tres regresar a casa sanos y salvos. En fin, era evidente que, en cada una de aquellas ocasiones, ellos consideraban que debían defenderse de lugares y personas de los que a mí no me decían nada para no perturbarme. De todos modos, yo advertía aquella ansiedad anómala; es más, la reconocía, siempre había estado ahí, era quizá la única memoria angustiosa en una infancia feliz. Me preocupaban frases de este tipo, pronunciadas además en un italiano que parecía —no sé cómo decirlo— desarticulado:

—Por favor, si Vittoria dice algo, tú como si no la hubieras oído.

—O sea, que si se hace la loca, ¿yo me callo?

—Sí, recuerda que está Giovanna.

—De acuerdo.

—No digas que de acuerdo y después no es verdad. Es un pequeño esfuerzo. Estamos media hora y nos volvemos.

No recordaba casi nada de aquellas salidas. Murmullos, calor, besos distraídos en la frente, palabras en dialecto, un olor feo que probablemente despedían todos por el miedo. Con los años, este clima me había convencido de que los parientes de mi padre —siluetas aulladoras de una repulsiva grosería, sobre todo la de la tía Vittoria, la más grosera— constituían una amenaza, aunque resultaba difícil entender en qué consistía la amenaza. ¿La zona donde vivían debía considerarse peligrosa? ¿Eran peligrosos los abuelos, tíos y primos o solo la tía Vittoria? Mis padres parecían los únicos informados, y ahora que sentía la urgencia de saber cómo era mi tía, qué tipo de persona era, tendría que dirigirme a ellos para resolverlo. Incluso si llegaba a interrogarlos, ¿qué averiguaría? O me despacharían con una frase de rechazo bondadoso —¿Quieres ver a tu tía, quieres ir a su casa, qué necesidad tienes?—, o se alarmarían y tratarían de no nombrarla más. De modo que pensé que para empezar debía buscar una foto suya.

4

Aproveché una tarde en que los dos habían salido y fui a hurgar en un mueble de su dormitorio donde mi madre guardaba los álbumes con sus fotos bien ordenadas, las de mi padre y las mías. Conocía de memoria aquellos álbumes, los había hojeado a menudo; documentaban sobre todo su relación, mis casi trece años de vida. Y ya sabía que allí, misteriosamente, los parientes de mi madre abundaban, los de mi padre eran escasísimos, y, sobre todo, entre los pocos que sí estaban, faltaba la tía Vittoria. Sin embargo, recordaba que en algún lugar del mueble también había una vieja caja de metal donde se conservaban en desorden las imágenes de cómo habían sido mis padres antes de conocerse. Como esas las había visto poco o nada y siempre con mi madre, confiaba en encontrar ahí dentro unas cuantas fotos de mi tía.

Vi la caja en el fondo del armario, pero antes decidí examinar a conciencia los álbumes en los que aparecían los dos de novios, los dos recién casados y enfurruñados en el centro de una fiesta de bodas con pocos invitados, los dos como pareja siempre feliz, y, por último, yo, su hija, fotografiada una cantidad disparatada de veces, desde mi nacimiento hasta hoy. Me detuve sobre todo en las fotos de la boda. Mi padre vestía un traje oscuro visiblemente arrugado y en todos los encuadres salía ceñudo; mi madre, a su lado, no llevaba vestido de novia sino un traje chaqueta color crema, un velo del mismo color en la cabeza, la expresión vagamente emocionada. Entre los treinta invitados o poco más ya sabía que estaban algunos de sus amigos del Vomero con los que se seguían relacionando y los parientes del lado materno, los abuelos buenos del Museo. De todos modos, miré con mucha atención esperando encontrar una figura, aunque fuera en el fondo, que me remitiera no sé cómo a una mujer de la que no guardaba ningún recuerdo. Nada. Pasé entonces a la caja y tras muchos intentos conseguí abrirla.

Vacié el contenido encima de la cama, todas las fotografías eran en blanco y negro. Las de sus adolescencias separadas no guardaban orden alguno: las de mi madre alegre con sus compañeros del colegio, con amigas de su edad, en la playa, en la calle, atractiva y bien vestida, se mezclaban con las de mi padre pensativo, siempre solitario, nunca de vacaciones, con pantalones con rodilleras y chaquetas de mangas demasiado cortas. Las fotos de la infancia y la preadolescencia, en cambio, estaban ordenadas en dos sobres, las de la familia de mi madre y las de la familia de mi padre. Entre estas últimas, me dije, tiene que haber, por fuerza, alguna de mi tía, y me puse a mirarlas una por una. No serían más de veinte; enseguida me llamó la atención que en cuatro de aquellas imágenes mi padre, que en las demás fotografías aparecía de niño, de muchachito, con sus padres, con parientes a los que yo no había visto nunca, se encontraba sorprendentemente al lado de un rectángulo negro trazado con rotulador. No tardé en comprender que aquel rectángulo de gran precisión era un trabajo tan tenaz como secreto hecho por él. Me lo imaginé con la regla que tenía en su escritorio encerrando una porción de foto dentro de aquella figura geométrica y después pasándole con esmero el rotulador por encima procurando no salirse de los márgenes establecidos. Un trabajo paciente, no tuve dudas; los rectángulos eran borraduras y debajo de aquel negro estaba la tía Vittoria.

Me pasé un buen rato sin saber qué hacer. Al final me decidí, fui a la cocina a buscar un cuchillo y rasqué con delicadeza un minúsculo sector de la parte que mi padre había cubierto en una fotografía. No tardé en darme cuenta de que solo aparecía el blanco del papel. Sentí ansiedad, lo dejé estar. Sabía bien que iba contra la voluntad de mi padre, y los actos que pudieran despojarme aún más de su afecto me aterraban. La ansiedad aumentó cuando en el fondo del sobre encontré la única foto en la que él no era niño ni adolescente sino un joven que sonreía, algo rarísimo en los retratos de antes de conocer a mi madre. Salía de perfil, con la mirada alegre, los dientes parejos y blanquísimos. La sonrisa, la alegría no iban dirigidas a nadie. A su lado tenía nada menos que dos de aquellos rectángulos de gran precisión, dos ataúdes dentro de los cuales, en una época seguramente distinta de la cordial reflejada en la foto, había encerrado el cuerpo de su hermana y a saber de quién más.

Me concentré en aquella imagen durante un rato larguísimo. Mi padre estaba en la calle, vestía una camisa de cuadritos y manga corta; debía de ser verano. A su espalda se veía la entrada de una tienda, en el rótulo se leía únicamente RÍA; había un escaparate, pero no se alcanzaba a ver qué exponían. Al lado de la mancha oscura figuraba un palo blanquísimo de contornos marcados. Y después estaban las sombras, sombras alargadas; una de ellas era de un cuerpo evidentemente femenino. Aunque mi padre se había empeñado en borrar a las personas que habían estado a su lado, en la acera quedaba su rastro.

Me dediqué de nuevo a rascar muy muy despacio la tinta del rectángulo, pero paré en cuanto me di cuenta de que también en ese caso asomaba el fondo blanco. Dejé pasar un par de minutos y volví a empezar. Trabajé con delicadeza, percibía mi respiración en el silencio de la casa. Abandoné definitivamente cuando lo único que logré recuperar de la zona donde antes debía de estar la cabeza de Vittoria fue una manchita y no se distinguía bien si se trataba de un resto de rotulador o de una parte de sus labios.

5

Ordené todo y, con cierto resquemor, me guardé la amenaza de parecerme a la hermana borrada de mi padre. Entretanto, me volví más y más distraída y, para mi horror, aumentó mi rechazo por el colegio. Sin embargo, deseaba ser de nuevo aplicada como hasta pocos meses antes, a mis padres les hacía mucha ilusión; incluso llegué a pensar que, si lograba sacar buenas notas otra vez, recuperaría la belleza y el buen carácter. No lo conseguí; en clase seguí distraída, en casa malgastaba el tiempo frente al espejo. Mirarme en el espejo se convirtió en una obsesión. Quería comprobar si de veras mi tía se estaba asomando a través de mi cuerpo, pero como desconocía su aspecto, terminé por buscarla en cada detalle mío que señalara un cambio. Así, rasgos en los que hasta poco antes apenas me había fijado se hicieron evidentes: las cejas muy pobladas, los ojos demasiado pequeños y de un marrón sin luz, la frente exageradamente alta, el pelo fino —para nada bonito, o tal vez no tan bonito como antes— que se pegaba al cráneo, las orejas grandes de lóbulos pesados, el labio superior corto con un asqueroso vello oscuro, el inferior muy grueso, los dientes que todavía parecían de leche, la barbilla afilada y la nariz, ay, la nariz, cómo se proyectaba sin gracia hacia el espejo, cómo se estaba ensanchando, qué tenebrosas eran las cavernas entre el tabique y las aletas. ¿Serían ya elementos de la cara de la tía Vittoria o míos y solo míos? ¿Qué debía esperar, una mejora o un empeoramiento?

Mi cuerpo, ese cuello largo que parecía a punto de romperse como la baba de una araña, esos hombros rectos y huesudos, esos pechos que seguían hinchándose y tenían pezones negros, esas piernas mías tan flacas que se alargaban demasiado y casi me llegaban a las axilas, ¿era acaso yo o la vanguardia de mi tía, ella en todo su horror?

Me analicé, observando mientras tanto a mis padres. Qué suerte la mía, no habría podido tener otros mejores. Eran muy guapos y se querían desde que eran adolescentes. Lo poco que sabía de su historia me lo habían contado mi padre y mi madre, él con su habitual distancia divertida, ella de un modo dulcemente emocionado. Desde siempre habían sentido un placer tan grande en cuidar el uno del otro que la decisión de tener hijos llegó relativamente tarde, teniendo en cuenta que se habían casado muy jóvenes. Yo nací cuando mi madre tenía treinta años y mi padre, poco más de treinta y dos. Fui concebida entre mil anhelos expresados por ella en voz alta, por él, para sus adentros. El embarazo fue difícil; el parto —el 3 de junio de 1979—, un tormento infinito; mis primeros dos años de vida, la demostración práctica de que, desde el momento en que llegué al mundo, la vida de ambos se había complicado. Preocupado por el futuro, mi padre, profesor de historia y filosofía en el colegio de bachillerato más prestigioso de Nápoles, intelectual bastante conocido en la ciudad, querido por sus alumnos, a los que dedicaba no solo las mañanas sino tardes enteras, por necesidad se puso a dar clases particulares. Preocupada en cambio por un presente de incesantes llantos nocturnos, enrojecimientos que se llagaban, dolores de barriga, berrinches feroces, mi madre, que enseñaba latín y griego en un colegio de la piazza Carlo III y corregía galeradas de novelitas rosa, sufrió una larga depresión, se convirtió en una mala docente y una correctora muy distraída. Estos fueron los inconvenientes que causé nada más nacer. Pero poco después fui una niña tranquila y obediente, y ellos se fueron recuperando. Había concluido la etapa en la que los dos se pasaban el tiempo tratando inútilmente de evitarme los males a los que están expuestos todos los seres humanos. Habían encontrado un nuevo equilibrio gracias al cual, si bien el amor por mí ocupaba el primer lugar, en el segundo habían vuelto a estar los estudios de mi padre y los trabajitos de mi madre. Por tanto, ¿qué decir? Ellos me querían, yo los quería. Mi padre me parecía un hombre extraordinario; mi madre, una mujer muy amable, y los dos eran las únicas figuras nítidas en un mundo por lo demás confuso.

Confusión de la que yo formaba parte. En algunos momentos fantaseaba con que dentro de mí se estaba produciendo un enfrentamiento violentísimo entre mi padre y su hermana, y yo deseaba que ganara él. Claro —reflexionaba—, Vittoria ya había triunfado una vez, al producirse mi nacimiento, tanto es así que durante un tiempo yo había sido una niña insoportable; pero después —pensaba aliviada— fui buena, de manera que es posible echarla fuera. Trataba de tranquilizarme de este modo y, para sentirme fuerte, me esforzaba en reconocer en mí a mis padres. Por la noche, sobre todo, antes de irme a la cama, me miraba por enésima vez en el espejo y tenía la impresión de que los había perdido hacía tiempo. Debería haber tenido una cara que los compendiara lo mejor posible; sin embargo, se me estaba poniendo la cara de Vittoria. Mi vida debería haber sido feliz; sin embargo, estaba comenzando una época infeliz, sin la alegría de sentirme como se habían sentido y se sentían ellos.

6

Hubo un momento en que traté de enterarme si las dos hermanas, Angela e Ida, mis amigas de confianza, habían notado algún empeoramiento y si especialmente Angela, que tenía mi edad (Ida era dos años menor), también estaba cambiando para peor. Necesitaba una mirada que me valorase, y tenía la sensación de que podía contar con ellas. Nos habían criado de la misma manera unos padres que eran amigos desde hacía décadas y compartían los mismos criterios. Para entendernos, ninguna de las tres había sido bautizada, ninguna de las tres conocía rezos, las tres habíamos sido informadas tempranamente sobre el funcionamiento de nuestro organismo (libros ilustrados, vídeos didácticos de dibujos animados), las tres sabíamos que debíamos sentirnos orgullosas de haber nacido niñas, las tres habíamos empezado la primaria a los cinco años y no a los seis, las tres nos comportábamos siempre de modo juicioso, las tres llevábamos en la cabeza una tupida red de consejos útiles para sortear las trampas de Nápoles y del mundo, las tres podíamos dirigirnos a nuestros padres en cualquier momento para satisfacer nuestra curiosidad, las tres leíamos muchísimo, las tres, en fin, sentíamos un sabio desprecio por el consumismo y los gustos de nuestras coetáneas, si bien, animadas por nuestros propios educadores, estábamos muy informadas sobre música, películas, programas de televisión, cantantes, actores, y, en secreto, de mayores deseábamos ser actrices famosas y tener novios espectaculares con los cuales entregarnos a largos besos y al contacto entre nuestros sexos. Lo cierto es que mi amistad con Angela era más estrecha; Ida era la pequeña, pero sabía sorprendernos; de hecho, leía más que nosotras y escribía poemas y relatos. De modo que, por lo que recuerdo, entre ellas y yo no había desavenencias, y si se producían, sabíamos hablarnos con franqueza y reconciliarnos. Así pues, en calidad de testigos fiables, las interrogué un par de veces con cautela. Pero ellas no dijeron nada desagradable; al contrario, demostraron que me apreciaban mucho, y por mi parte las encontré cada vez más bonitas. Eran bien proporcionadas, cinceladas con un cuidado tal que solo de verlas sentía la necesidad de su calor, y las abrazaba y besaba como queriendo fundirme con ellas. Una noche en que me sentía bastante deprimida ocurrió que vinieron con sus padres a cenar a San Giacomo dei Capri y las cosas se complicaron. Yo no estaba bien dispuesta. Me sentía particularmente fuera de lugar, alta, flaca, pálida, tosca en cada una de mis palabras y mis gestos, y por ello propensa a ver alusiones a mi deterioro incluso donde no las había. Por ejemplo, Ida preguntó señalando mis zapatos:

—¿Son nuevos?

—No, los tengo desde hace tiempo.

—No los recordaba.

—¿Qué les pasa a mis zapatos?

—Nada.

—Si te has fijado ahora, quiere decir que ahora algo les pasa.

—Que no.

—¿Tengo las piernas demasiado flacas?

Seguimos así un rato, ellas dándome ánimos, yo ahondando en esos ánimos para descubrir si lo decían en serio o si con sus buenos modales ocultaban la mala impresión que les había causado. Mi madre intervino con su tono apático: Giovanna, basta ya, no tienes las piernas flacas; me avergoncé, callé enseguida mientras Costanza, la madre de Angela e Ida, destacaba: Tienes unos tobillos preciosos, y Mariano, su padre, exclamó riendo: Y unos muslos magníficos, al horno con patatas estarían de rechupete. No se detuvo ahí, siguió tomándome el pelo, bromeó sin parar, era de esas personas que se consideran capaces de sembrar alegría hasta en un funeral.

—¿Qué le pasa a la niña esta noche?

Negué con la cabeza para darle a entender que no me pasaba nada, intenté sonreír sin conseguirlo, su forma de ser entretenido me irritaba.

—Bonita melena, ¿qué es, una escoba de sorgo?

Volví a negar con la cabeza y esta vez no logré disimular el fastidio; me trataba como si aún tuviese seis años.

—Es un cumplido, querida; el sorgo es una planta robusta, un poco verde, un poco roja y un poco negra.

—No soy ni robusta, ni verde, ni roja ni negra —estallé, amenazadora.

Él me miró perplejo, sonrió y, dirigiéndose a sus hijas, preguntó:

—¿Qué le pasa a Giovanna esta noche, que está tan hosca?

—No estoy hosca —repliqué, aún más amenazadora.

—«Hosca» no es un insulto, es la descripción de un estado de ánimo. ¿Sabes qué significa?

No contesté. Fingiendo desaliento, él se dirigió de nuevo a sus hijas:

—No lo sabe. Ida, díselo tú.

—Que pones cara larga. A mí también me lo dice —respondió Ida a regañadientes.

Mariano era así. Él y mi padre se conocían de cuando iban a la universidad, y como nunca se habían perdido de vista, estaba presente en mi vida desde siempre. Un poco pesado, calvo por completo, de ojos azules, desde pequeña me había impresionado su cara demasiado pálida y algo hinchada. Cuando se presentaba en casa, lo que ocurría con mucha frecuencia, lo hacía para hablar durante horas y horas con su amigo poniendo en cada frase una agria insatisfacción que me irritaba. Enseñaba historia en la universidad y colaboraba de forma asidua con una revista napolitana de prestigio. Él y papá discutían sin cesar, y pese a que nosotras tres entendíamos poco o nada de lo que decían, nos habíamos criado con la idea de que se habían asignado una tarea muy difícil que exigía estudio y concentración. Pero Mariano no se limitaba, como mi padre, a estudiar día y noche; él despotricaba incluso a gritos contra numerosos enemigos —gente de Nápoles, de Roma y de otras ciudades— que querían impedir a los dos que hicieran bien su trabajo. Angela, Ida y yo, aunque no estábamos en condiciones de tomar partido, nos sentíamos siempre del lado de nuestros padres y en contra de quienes les tenían manía. En resumidas cuentas, de todos aquellos discursos suyos, desde la infancia solamente nos interesaban las malas palabras en dialecto que Mariano profería contra personas entonces famosas. Esto ocurría porque a nosotras tres —pero sobre todo a mí— nos estaba prohibido no solo decir palabrotas, sino también, más en general, pronunciar una sola sílaba en napolitano. Prohibición inútil. Nuestros padres, que nunca nos prohibían nada, incluso cuando nos prohibían algo eran indulgentes. Así que, en voz baja, como un juego, repetíamos entre nosotras los nombres y apellidos de los enemigos de Mariano acompañados de los epítetos obscenos que acabábamos de oír por casualidad. Pero mientras que para Angela e Ida aquel vocabulario de su padre solo era divertido, yo no conseguía separarlo de una impresión de maldad.

¿Acaso en sus bromas no había siempre malevolencia? ¿No la había acaso aquella noche? ¿Yo era hosca, yo ponía cara larga, yo era una escoba de sorgo? ¿Mariano se había limitado a bromear, o bromeando había dicho cruelmente la verdad? Nos sentamos a la mesa. Los adultos iniciaron en unas conversaciones aburridas sobre no sé qué amigos que planeaban mudarse a Roma, nosotras nos aburríamos en silencio esperando que la cena terminara pronto para poder refugiarnos en mi cuarto. Durante todo el tiempo tuve la impresión de que mi padre no se reía, mi madre apenas sonreía, Mariano reía mucho y Costanza, su mujer, no demasiado, pero con ganas. Tal vez mis padres no se estuviesen divirtiendo como los padres de Angela e Ida porque yo los había entristecido. Sus amigos estaban contentos con sus hijas, mientras que ellos conmigo ya no. Yo era hosca, hosca, hosca, y solo de verme sentada a la mesa les impedía sentirse alegres. Qué seria estaba mi madre y qué hermosa y feliz era la madre de Angela e Ida. Ahora mi padre le estaba sirviendo vino, le dirigía la palabra con amabilidad y reserva. Costanza enseñaba italiano y latín; sus padres eran riquísimos y le habían dado una magnífica educación. Era tal su refinamiento que a veces daba la sensación de que mi madre la estudiaba para imitarla y yo, casi sin darme cuenta, hacía lo mismo. ¿Cómo era posible que aquella mujer hubiese elegido un marido como Mariano? Me deslumbraban el fulgor de sus adornos, los colores de las prendas que tan bien le sentaban siempre. Justo la noche anterior había soñado que ella me lamía amorosamente una oreja con la punta de la lengua, como una gata. Y el sueño me había dado consuelo, una especie de bienestar físico que, al despertar, me había hecho sentir a salvo durante unas horas.

Ahora, sentada a la mesa junto a ella, confié en que su buena influencia me borrara de la cabeza las palabras de su marido. En cambio, siguieron ahí durante toda la cena —Mi pelo hace que parezca una escoba de sorgo, tengo la cara hosca—, acentuando mi nerviosismo. Me debatí sin cesar entre las ganas de divertirme susurrando al oído de Angela palabras indecentes y un malestar que no se me pasaba. En cuanto nos terminamos el postre, dejamos a nuestros padres entregados a sus charlas y nos encerramos en mi habitación. Allí le pregunté a Ida, sin rodeos:

—¿Tengo cara larga? ¿Os parece que me estoy volviendo fea?

Se miraron.

—¡Qué va! —contestaron casi a la vez.

—Decidme la verdad.

Me di cuenta de que vacilaban; Angela se decidió a contestar:

—Un poquito, pero no físicamente.

—Físicamente eres bonita —subrayó Ida—, tienes un pelín de fealdad por culpa de las preocupaciones.

—A mí también me ocurre: cuando me preocupo me pongo fea, pero después se me pasa —dijo Angela besándome.

7

Inesperadamente, aquel nexo entre preocupación y fealdad me consoló. Hay un afearse que depende de las ansiedades —habían dicho Angela e Ida—, si las ansiedades acaban, recuperas la hermosura. Quise creerlo y me esforcé por pasar días despreocupados. Pero imponerme la serenidad no funcionó; de repente, se me nublaba la cabeza y regresaba aquella obsesión. Creció una hostilidad hacia todo, difícil de mantener a raya con fingida cordialidad. No tardé en concluir que las preocupaciones no eran en absoluto pasajeras, quizá ni siquiera fueran preocupaciones, sino malos sentimientos que se extendían por mis venas.

No se trataba de que Angela e Ida me hubiesen mentido sobre ese punto, eran incapaces, nos habían educado para que no dijéramos mentiras. Con aquel nexo entre fealdad y ansiedades, probablemente ellas habían hablado de sí mismas, de su experiencia, usando las palabras con las que Mariano —en nuestras cabezas llevábamos muchísimos conceptos de los que habíamos oído hablar a nuestros padres— las había tranquilizado en alguna circunstancia. Pero yo no era ni Angela ni Ida. Angela e Ida no tenían en su familia a una tía Vittoria a la cual su padre —¡su padre!— les hubiese dicho que empezaban a parecerse. Una mañana, en el colegio, sentí de pronto que jamás volvería a ser como me querían mis padres, el cruel Mariano se daría cuenta, mis amigas se dedicarían a amistades más adecuadas y yo me quedaría sola.

Me deprimí; durante los días siguientes el malestar cobró fuerzas, lo único que me daba cierto consuelo era frotarme continuamente la entrepierna para aturdirme con el placer. Pero como era humillante olvidarme de mí de aquel modo, después me sentía más insatisfecha que antes, a veces asqueada. Guardaba un recuerdo muy agradable de los juegos con Angela, en el sofá de mi casa, cuando, frente al televisor encendido, nos tendíamos cara a cara, entrelazábamos las piernas y sin acuerdos, sin reglas, en silencio, colocábamos una muñequita entre la entrepierna de mis bragas y la entrepierna de las suyas, y nos restregábamos, nos retorcíamos sin vergüenza, apretando con fuerza entre ambas a la muñeca, que parecía feliz y llena de vida. Eran otros tiempos, el placer ahora ya no me parecía un juego agradable. Luego me quedaba muy sudada, me sentía cada vez peor hecha. Hasta el punto de que día tras día me asaltó de nuevo el afán de examinarme la cara y volví, con más saña aún, a pasar mucho tiempo frente al espejo.

La cosa tuvo una evolución sorprendente: a fuerza de mirar aquello que me parecía defectuoso, deseé dedicarle mis cuidados. Observaba mis rasgos, y mientras me estiraba la cara pensaba: Pues mira, con que tuviera la nariz así, los ojos así, las orejas así, sería perfecta. Eran manipulaciones leves que me desanimaban, me enternecían. Pobrecita mía, pensaba, qué desafortunada has sido. Y me invadía un súbito entusiasmo por mi propia imagen, hasta tal punto que una vez llegué a besarme en la boca mientras pensaba desolada que nunca nadie lo haría. Y así fue como empecé a reaccionar. Poco a poco pasé del aturdimiento en el que pasaba los días examinándome a la necesidad de arreglarme como si fuese un pedazo de algún material de buena calidad dañado por la torpeza de un obrero. Era yo —quienquiera que yo fuese—, y debía ocuparme de aquella cara, aquel cuerpo, aquellos pensamientos.

Un domingo por la mañana intenté mejorarme con los cosméticos de mi madre. Pero cuando ella se asomó a mi habitación, dijo riéndose: Pareces una máscara de carnaval, tienes que hacerlo mejor. No protesté, no me defendí, le pregunté de la manera más sumisa que pude:

—¿Me enseñas a maquillarme como tú?

—Cada cara requiere su maquillaje.

—Yo quiero ser como tú.

Se mostró complacida, me hizo unos cuantos cumplidos y se puso a pintarme con sumo cuidado. Pasamos unas horas magníficas; cuánto bromeamos, cuánto reímos. En general, ella era callada, muy comedida, pero conmigo —solo conmigo— estaba dispuesta a ser niña otra vez.

En un momento dado apareció mi padre con sus periódicos, nos vio jugar de aquella manera y se alegró.

—Qué guapas estáis —dijo.

—¿De veras? —pregunté.

—Ya lo creo, nunca he visto mujeres tan espléndidas.

Y fue a encerrarse en su cuarto; los domingos leía la prensa y después estudiaba. Pero en cuanto mi madre y yo nos quedamos solas, ella, como si aquella interrupción de pocos minutos hubiese sido una señal, preguntó con su voz algo cansada de siempre, pero que parecía no conocer ni el fastidio ni la aprensión:

—¿Cómo es que te ha dado por mirar en la caja de las fotos?

Silencio. Se había dado cuenta, pues, de que había hurgado en sus cosas. Se había dado cuenta de que había tratado de rascar la marca negra del rotulador. ¿Desde cuándo lo sabía? No conseguí contener el llanto, aunque me resistí a las lágrimas con todas mis fuerzas. Mamá, dije entre sollozos, yo quería, yo creía, yo pensaba —pero no conseguí decir nada de lo que quería, creía, pensaba—. Agité las manos, lágrimas y más lágrimas mientras ella no conseguía calmarme; al contrario, en cuanto soltaba alguna frase con sonrisas comprensivas —no hay por qué llorar, basta con que nos lo pidas a mí o a papá; de todos modos, puedes ver las fotos cuando quieras, ¿por qué lloras?, cálmate—, yo sollozaba aún más. Al final me tomó de las manos y fue ella misma quien preguntó con calma:

—¿Qué buscabas? ¿Una foto de la tía Vittoria?

8

Comprendí en ese momento que mis padres se habían dado cuenta de que los había oído. Debieron de hablar de ello largo rato, tal vez incluso habían intercambiado impresiones con sus amigos. Seguramente mi padre estaba muy disgustado y, con toda probabilidad, ya había encargado a mi madre que me convenciera de que la frase que yo había oído por casualidad tenía un sentido distinto del que podía haberme herido. Seguramente la situación era esa, en las operaciones de remiendo la voz de mi madre resultaba muy eficaz. Nunca tenía arrebatos de ira, ni siquiera de fastidio. Por ejemplo, cuando Costanza le tomaba el pelo por el tiempo que malgastaba en preparar las clases, en corregir galeradas de historias banales, y a veces en reescribir páginas enteras, rebatía siempre en voz baja, con una claridad sin acritud. E incluso cuando le decía: Costanza, tú tienes un montón de dinero, puedes hacer lo que te dé la gana, pero yo me tengo que deslomar, conseguía hacerlo con pocas palabras suaves, sin resentimiento evidente. De manera que, ¿quién mejor que ella para enmendar el error? Cuando me tranquilicé, dijo con aquella voz suya: Nosotros te queremos, y lo repitió una o dos veces. Después inició un discurso que hasta entonces nunca me había soltado. Dijo que tanto ella como mi padre se habían sacrificado mucho para llegar a ser lo que eran. Murmuró: Yo no me quejo, mis padres me dieron lo que pudieron, ya sabes lo amables y afectuosos que eran, en su día compramos esta casa con su ayuda; pero la infancia de tu padre, la adolescencia, la juventud, para él fueron realmente duras, porque no tenía nada de nada, tuvo que escalar una montaña a pulso, y aún no ha terminado, no se termina nunca, siempre hay alguna tormenta que te hace caer, y después vuelta a empezar. Y entonces por fin llegó a Vittoria y, metáforas aparte, me reveló que ella era la tormenta que quería hacer caer a mi padre de la montaña.

—¿Ella?

—Sí. La hermana de tu padre es una mujer envidiosa. No envidiosa como puede ser cualquiera, sino envidiosa de una forma muy fea.

—¿Qué ha hecho?

—De todo. Pero más que nada, nunca ha querido aceptar que a tu padre le fuera bien.

—¿Por ejemplo?

—Por ejemplo, que le fuera bien en la vida. Que se esforzara en el colegio y en la universidad. Su inteligencia. Lo que ha construido. El título universitario. El trabajo, nuestro matrimonio, las cosas que estudia, el aprecio que lo rodea, los amigos que tenemos, tú.

—¿Yo también?

—Sí. Para Vittoria no hay ni una sola cosa, ni una sola persona que no sean una especie de ofensa personal. Pero lo que más la ofende es la existencia de tu padre.

—¿De qué trabaja?

—De sirvienta, ¿de qué quieres que trabaje? Abandonó los estudios en quinto de primaria. No es que haya nada malo en trabajar de sirvienta, ya sabes lo formal y buena persona que es la señora que ayuda a Costanza con las tareas de la casa. El problema es que también de eso culpa a su hermano.

—¿Por qué?

—No hay un porqué. Especialmente si se tiene en cuenta que tu padre la salvó. Podía haberse arruinado la vida aún más. Se enamoró de un tipo casado con tres hijos, un sinvergüenza. Y tu padre, que es el hermano mayor, intervino. Pero ella también añadió eso a la lista de las cosas que jamás le ha perdonado.

—A lo mejor papá debería haber ido a la suya.

—Nadie debería ir a la suya cuando una persona se mete en líos.

—No.

—Pero incluso ayudarla ha sido siempre difícil, nos lo ha pagado con todo el daño posible.

—¿La tía Vittoria quiere que papá se muera?

—Está mal decirlo, pero sí.

—¿Y no hay posibilidad de que hagan las paces?

—No. Para eso, a los ojos de la tía Vittoria, tu padre debería convertirse en un hombre mediocre como todos los que ella conoce. Y como eso no es posible, nos ha puesto a la familia en contra. Por su culpa, después de la muerte de tus abuelos, nunca hemos podido mantener una relación de verdad con ningún pariente.

No repliqué a nada de forma contundente, apenas pronuncié unas cuantas frases cautelosas o monosílabos. Entretanto pensé con repugnancia: O sea, que se me están poniendo los rasgos de una persona que desea la muerte de mi padre, la ruina de mi familia, y otra vez se me saltaron las lágrimas. Mi madre lo notó y se empleó a fondo para detenerlas. Me abrazó, murmuró: No hace falta que te amargues; ¿te queda claro ahora el significado de la frase de tu padre? Hice un enérgico gesto negativo bajando la vista. Entonces ella me explicó despacio, con un tono de repente divertido: Desde hace tiempo, para nosotros la tía Vittoria ya no es una persona, sino una frase hecha; figúrate que a veces, cuando tu padre se pone antipático, le grito en broma: ¡Ten cuidado, André, acabas de poner cara de Vittoria! Me zarandeó cariñosamente, y recalcó: Es una frase de broma.

—No me lo creo, mamá; nunca os he oído hablar así —murmuré, sombría.

—A lo mejor delante de ti no, pero en privado, sí. Es como un semáforo rojo, usamos esa frase para decir: Ojo, que hace falta muy poco para que perdamos cuanto hemos deseado para nuestra vida.

—¿También a mí?

—¡No! ¿Cómo se te ocurre? A ti no te perderemos nunca.
Para nosotros tú eres la persona más valiosa del mundo, desea-
mos que en tu vida tengas toda la felicidad posible. Por eso
papá y yo insistimos tanto en que estudies. Ahora estás pasando
por una pequeña dificultad, pero vas a superarla. Ya verás cuántas cosas bonitas te ocurrirán.

Me sorbí los mocos; ella quiso sonarme la nariz con un pañuelo como si yo fuera todavía una niña, y tal vez lo fuera, pero
me aparté y dije:

—¿Y si dejara de estudiar?

—Serías una ignorante.

—¿Y qué?

—La ignorancia es un obstáculo. Pero tú ya te has puesto a
estudiar otra vez, ¿no? Es una pena no cultivar la propia inteligencia.

—¡No quiero ser inteligente, mamá, quiero ser hermosa
como vosotros! —exclamé.

—Serás todavía más hermosa.

—No, si se me está poniendo la cara de la tía Vittoria.

—Eres muy distinta, eso no pasará.

—¿Cómo lo sabes? ¿Con quién me comparo para saber si
está pasando o no?

—Para eso estoy yo, estaré siempre.

—No es suficiente.

—¿Qué propones?

—Tengo que ver a mi tía —susurré apenas.

Mi madre se quedó callada un momento, luego dijo:

—Tendrás que hablar con tu padre.

9

No me tomé sus palabras al pie de la letra. Di por sentado que ella se me adelantaría, hablaría con él, y al día siguiente mi padre me diría con la voz que yo más amaba: Aquí estoy, a tus órdenes, si la princesita ha decidido que debemos ir a ver a la tía Vittoria, su pobre padre, aunque sea con la soga al cuello, la acompañará. Después llamaría por teléfono a su hermana para fijar una cita, o tal vez le pediría a mi madre que llamara ella; él nunca se ocupaba en persona de aquello que le molestaba, lo aburría o lo afligía. Después, me llevaría en coche a casa de mi tía.

Las cosas no fueron así. Transcurrieron las horas, los días; mi padre se dejó ver poco, siempre preocupado, siempre repartiéndose entre el colegio, alguna clase particular y un ensayo laborioso que estaba escribiendo con Mariano. Salía por la mañana y regresaba por la noche; en aquellos días no paraba de llover, yo temía que se resfriara, que le diera fiebre y tuviese que guardar cama hasta no se sabe cuándo. ¿Cómo es posible —pensaba— que un hombre tan menudo, tan delicado, haya luchado toda la vida contra la maldad de la tía Vittoria? Y me resultaba aún más inverosímil que se hubiese enfrentado y derrotado al sinvergüenza casado y con tres hijos que pretendía ser la ruina de su hermana. Le pregunté a Angela:

—Si Ida se enamorase de un sinvergüenza casado y con tres hijos, tú, como su hermana mayor, ¿qué harías?

—Se lo contaría a papá —contestó Angela sin vacilar.

A Ida no le gustó la respuesta y le dijo a su hermana:

—Eres una chivata, y papá dice que no hay nada peor que ser chivato.

—No soy una chivata, lo haría por tu bien —replicó Angela, ofendida.

Intervine circunspecta dirigiéndome a Ida:

—O sea, que si Angela se enamorase de un sinvergüenza casado con tres hijos, ¿no se lo contarías a tu padre?

Ida, lectora empedernida de novelas, lo pensó y dijo:

—Se lo contaría solo si el sinvergüenza fuera feo y malo.

Vaya, pensé, la fealdad y la maldad pesan más que todo. Una tarde en que mi padre se había ido a una reunión, volví cautelosa a la carga con mi madre:

—Dijiste que iríamos a ver a la tía Vittoria.

—Dije que debías hablar con tu padre.

—Creía que hablarías tú con él.

—Estos días está muy ocupado.

—Vayamos nosotras dos.

—Es mejor que se ocupe él. Además, estamos casi a final del curso, tienes que estudiar.

—No me queréis llevar. Ya habéis decidido que no me llevaréis.

Mi madre adoptó un tono parecido al que hasta unos años antes empleaba cuando quería que la dejase un poco en paz y me proponía algún juego para que jugase sola.

—Hagamos una cosa, ¿conoces via Miraglia?

—No.

—¿Y via della Stadera?

—No.

—¿Y el Pianto?

—No.

—¿Y Poggioreale?

—No.

—¿Y la piazza Nazionale?

—No.

—¿Y la Arenaccia?

—No.

—¿Y toda la zona que se llama Zona Industrial?

—No, mamá, no.

—Muy bien, tendrás que aprender, esta es tu ciudad. Ahora te doy el callejero de Nápoles y cuando termines los deberes, te estudias el itinerario. Si para ti es tan urgente, un día de estos puedes ir sola a casa de la tía Vittoria.

Esta última frase me desconcertó, me ofendió tal vez. Mis padres no me mandaban sola ni siquiera a comprar el pan a doscientos metros de casa. Y cuando tenía que verme con Angela e Ida, mi padre o, con mayor frecuencia, mi madre me llevaban en coche a casa de Mariano y Costanza, y después iban a recogerme. ¿Ahora, de repente, estaban dispuestos a mandarme a sitios desconocidos a los que ellos mismos iban de mala gana? No, no, sencillamente estaban hartos de mis refunfuños, consideraban irrelevante lo que para mí era urgente, en pocas palabras, no me tomaban en serio. Quizá en ese momento en alguna parte de mi cuerpo algo se rompió, quizá debería situar ahí el fin de la infancia. Lo cierto es que me sentí como un contenedor de gránulos que iban cayéndoseme de forma imperceptible a través de una grieta minúscula. Y no tuve dudas, mi madre ya había consultado a mi padre y, de acuerdo con él, se disponía a separarnos a mí de ellos y a ellos de mí, a aclararme que debía arreglármelas sola con mis insensateces y caprichos. Si se analizaban bien sus tonos tan apáticos como amables, acababa de decirme: Te has vuelto muy pesada, me estás complicando la vida, no estudias, los profesores se quejan y estás siempre con lo de la tía Vittoria, déjate ya de cuentos, Giovanna, ¿cómo tengo que decirte que la frase de tu padre era afectuosa? Ya basta, ve a jugar con el callejero de Nápoles y deja de darme la lata.

Ahora bien, estuvieran o no las cosas de ese modo, aquella fue mi primera experiencia de privación. Sentí el dolorosísimo vacío que suele abrirse cuando algo de lo que creemos que nada nos separará nos es arrebatado de pronto. Me quedé muda. Y como ella añadió: Cierra la puerta, por favor, salí de la habitación.

Me quedé un rato frente a la puerta cerrada, esperando aturdida a que de veras me diera el callejero. No fue así, de manera que me fui de puntillas a estudiar a mi habitación. Naturalmente, no abrí un solo libro; como en un teclado, mi cabeza empezó a martillear propósitos inconcebibles hasta pocos minutos antes. No hace falta que mi madre me dé el callejero, lo buscaré yo, lo estudiaré e iré a casa de la tía Vittoria andando. Caminaré durante días, durante meses. Cómo me seducía aquella idea. Sol, calor, lluvia, viento, frío, y yo caminando y caminando entre mil peligros hasta encontrarme con mi propio futuro de chica fea y pérfida. Lo haré. Se me habían quedado grabados gran parte de aquellos nombres desconocidos de calles enumerados por mi madre, podía buscar enseguida por lo menos uno. El del Pianto, sobre todo, me daba vueltas en la cabeza. El llanto. Debía de tratarse de un sitio de enorme tristeza, de modo que mi tía vivía en una zona donde se sentía dolor o donde quizá se causaba sufrimiento. Una calle de tormentos, una escalera, arbustos plagados de espinas que arañaban las piernas, perros vagabundos sucios de barro con fauces enormes, llenas de babas. Pensé en buscar en primer lugar aquel nombre en el callejero y fui al pasillo, donde estaba el teléfono. Intenté rescatar el cuadernillo, aplastado entre las gruesas guías telefónicas. Al hacerlo vi en lo alto de los volúmenes la agenda en las que se anotaban todos los números a los que llamaban mis padres. ¿Cómo no se me había ocurrido antes? Probablemente allí estaría el número de la tía Vittoria, y si estaba apuntado, ¿por qué esperar a que mis padres la llamasen? Yo misma podía hacerlo. Abrí la agenda, fui a la letra V, no encontré ninguna Vittoria. Entonces pensé: Lleva mi apellido, el apellido de mi padre, Trada, fui a la T, ahí estaba, Trada, Vittoria. La letra un tanto desvaída era la de mi padre; figuraba entre muchos otros como una extraña.

Fueron momentos de exaltación y congoja, tuve la sensación de encontrarme en la entrada de un pasaje secreto que me llevaría a ella sin mayores obstáculos. Pensé: La llamo. Enseguida. Y digo: Soy tu sobrina Giovanna, necesito verte. A lo mejor ella misma viene a recogerme. Fijaremos un día, una hora y nos veremos delante de casa, o en la piazza Vanvitelli. Comprobé que mi madre tuviese la puerta cerrada, regresé al teléfono, levanté el auricular. En el mismo instante en que terminé de marcar el número y oí el tono de llamada, tuve miedo. Pensándolo bien, después de las fotos, era la primera iniciativa concreta que tomaba. ¿Qué estoy haciendo? Debo decírselo, si no a mi madre, al menos a mi padre; uno de los dos ha de autorizarme. Prudencia, prudencia, prudencia. Pero había vacilado demasiado, una voz gruesa como la de los fumadores que venían a casa a aquellas largas reuniones dijo: ¿Quién es? Lo dijo con tal determinación, con un tono tan descortés y un acento napolitano tan agresivo que aquel «¿Quién es?» bastó para aterrorizarme, y colgué. Lo hice justo a tiempo. Oí que la llave giraba en la cerradura, mi padre había regresado a casa.

10

Me alejé unos pasos del teléfono justo cuando él entraba después de dejar el paraguas empapado en el rellano, después de restregarse con cuidado la suela de los zapatos en el felpudo.

Me saludó, pero con desgana, sin su alegría habitual, más bien despotricando contra el mal tiempo. Solo cuando se hubo quitado el impermeable se dedicó a mí.

—¿Qué haces?

—Nada.

—¿Y mamá?

—Está trabajando.

—¿Has hecho los deberes?

—Sí.

—¿Hay algo que no hayas entendido y quieras que te explique?

Cuando se detuvo junto al teléfono para activar, con su gesto acostumbrado, el contestador, me di cuenta de que me había dejado la agenda abierta por la letra T. La vio, le pasó un dedo por encima, la cerró, renunció a escuchar los mensajes. Confié en que recurriera a alguna frase chistosa; de haberlo hecho, me habría tranquilizado. En cambio, me acarició la cabeza con la yema de los dedos y fue a ver a mi madre. Contrariamente a lo que solía hacer, cerró con cuidado la puerta a su espalda.

Esperé, los oí discutir en voz baja, un murmullo con picos repentinos compuestos de sílabas: tú, no, pero. Me fui a mi habitación, pero dejé la puerta abierta; confié en que no se pelearan. Pasaron por lo menos diez minutos; por fin se oyeron los pasos de mi padre en el pasillo, pero no venían hacia mi cuarto. Fue al suyo, donde había otro teléfono, lo oí llamar en voz baja, pocas palabras indistinguibles y largas pausas. Pensé —esperé— que tuviera serios problemas con Mariano o que tuviese que discutir sobre los temas de siempre que tan a pecho se tomaba, palabras que oía por casualidad como política, valor, marxismo, crisis, Estado. Cuando colgó, lo oí otra vez en el pasillo, esta vez vino a mi cuarto. En general, antes de entrar hacía mil ceremonias irónicas: Puedo pasar, ¿molesto?, disculpa; pero esa vez se sentó en la cama y con su voz más gélida dijo sin rodeos:

—Tu madre te explicó que yo no lo dije en serio, que no quería ofenderte; tú no te pareces en nada a mi hermana.

Me eché a llorar, balbuceé: No es eso, papá, lo sé, te creo, pero... No pareció conmovido por mis lágrimas, me interrumpió:

—No tienes que justificarte. La culpa es mía, no tuya, soy yo quien debe rectificar. Acabo de llamar a tu tía, el domingo te llevaré a verla, ¿de acuerdo?

—Si tú no quieres, no vamos —sollocé.

—Claro que no quiero, pero tú sí quieres e iremos. Te dejaré en la puerta de su casa, te quedarás el tiempo que creas conveniente, te esperaré fuera, en el coche.

Traté de calmarme, contuve el llanto.

—¿Estás seguro?

—Sí.

Guardamos silencio un instante, luego él se esforzó por sonreír, me enjugó las lágrimas con los dedos. Pero no consiguió hacerlo con naturalidad; pasó a hilar uno de sus largos discursos agitados, mezclando tonos altos y bajos. Pero acuérdate de una cosa, Giovanna, dijo. A tu tía le gusta hacerme daño. Intenté razonar con ella de mil maneras, la ayudé, le hice favores, le di todo el dinero que pude. Fue inútil, se tomó cada una de mis palabras como un atropello, consideró todas mis ayudas un agravio. Es soberbia, es ingrata, es cruel. De modo que te advierto: intentará robarme tu afecto, te usará para herirme. Utilizó con ese fin a nuestros padres, a nuestros hermanos, a nuestros tíos y primos. Por su culpa en mi familia de origen no hay nadie que me quiera. Y verás que también intentará quedarse contigo. Esa posibilidad —dijo, tenso como lo había visto en contadas ocasiones— me resulta insoportable. Y me rogó —me rogó de veras, juntó las manos y las movió adelante y atrás— que calmara mis ansias, sí, ansias sin ningún fundamento, pero que no le hiciera caso, que me tapara los oídos con cera, igual que Ulises.

Lo abracé con mucha, mucha fuerza, como no lo había abrazado en los últimos dos años, desde que había querido sentirme mayor. Pero para mi sorpresa, para mi disgusto, le noté un olor que no me parecía suyo, un olor al que no estaba acostumbrada. Nació de ello un sentimiento de extrañamiento que me produjo una confusa mezcla de dolor y satisfacción. Sentí con claridad que si hasta ese momento había confiado en que su protección durase para siempre, ahora, en cambio, la idea de que mi padre se convirtiese en un extraño me produjo placer. Me sentí eufórica como si la posibilidad del mal —ese con el que en su jerga de pareja mi madre y él decían llamar Vittoria— me procurase una efervescencia inesperada.

11

Aparté aquel sentimiento, no soportaba la culpa que me producía. Conté los días que faltaban para el domingo. Mi madre se mostró solícita, quiso ayudarme a adelantar dentro de lo posible los deberes del lunes para que pudiese encarar el encuentro sin la preocupación de tener que estudiar. No se limitó solo a eso. Una tarde se asomó a mi habitación con el cuadernillo del callejero, se sentó a mi lado, me señaló via San Giacomo dei Capri y, plano a plano, todo el itinerario hasta la casa de la tía Vittoria. Su intención era que yo entendiese que me quería y que tanto ella como mi padre no deseaban más que mi serenidad.

No me conformé con aquella pequeña lección de topografía y en los días siguientes me dediqué en secreto a los mapas de la ciudad. Seguía con el índice por San Giacomo dei Capri, llegaba a la piazza Medaglie d'Oro, bajaba por via Suarez y via Salvator Rosa hasta el Museo, recorría toda via Foria hasta la piazza Carlo III, doblaba por corso Garibaldi, enfilaba via Casanova, alcanzaba la piazza Nazionale, me metía por via Poggioreale, luego por via della Stadera y, a la altura del cementerio del Pianto, me deslizaba por via Miraglia, via del Macello, via del Pascone, etcétera, mientras mi dedo esquivaba la Zona Industrial color tierra quemada. En aquellas horas, todos esos nombres de calles, y otros más se convirtieron en una manía silenciosa. Me los aprendí de memoria como si fueran para el colegio, aunque no de mala gana, y esperé el domingo con un nerviosismo creciente. Si mi padre no cambiaba de opinión, vería por fin a la tía Vittoria.

Pero no había contado con la maraña de mis sentimientos. Cuanto más fatigosamente pasaban los días, más me sorprendía esperando —sobre todo por la noche, en la cama— que la visita se pospusiera por algún motivo. Empecé a preguntarme por qué había obligado de aquel modo a mis padres, por qué había querido darles un disgusto, por qué había restado importancia a sus preocupaciones. En vista de que todas las respuestas eran vagas, la desazón comenzó a perder fuerza, e ir a ver a la tía Vittoria no tardó en parecerme una petición tan exagerada como inútil. De qué me habría servido conocer de antemano la forma física y moral que probablemente yo llegaría a tener. De todos modos, no habría podido arrancármela de la cara, del pecho, y quizá ni siquiera lo habría querido; seguiría siendo siempre yo, una yo melancólica, una yo desdichada, pero yo. Esas ganas de conocer a mi tía debían encuadrarse en la categoría de los pequeños desafíos. Al fin y al cabo, no había sido más que la enésima manera de poner a prueba la paciencia de mis padres, como hacía cuando íbamos al restaurante con Mariano y Costanza, y siempre, con actitud de mujer experta, entre sonrisitas cautivadoras dirigidas sobre todo a Costanza, terminaba pidiendo lo que mi madre me había sugerido que no pidiese porque era demasiado caro. Me sentí más insatisfecha conmigo misma, quizá en esta ocasión me había pasado. Me vinieron a la cabeza las palabras con las que mi madre me había hablado de los odios de su cuñada, repasé el discurso preocupado de mi padre. En la oscuridad, su aversión por aquella mujer fue a sumarse al miedo que me había causado su voz por teléfono, su «¿Quién es?» feroz con acento dialectal. Por eso, el sábado por la noche le dije a mi madre: Ya no tengo ganas de ir, esta mañana me han puesto un montón de deberes para el lunes. Pero ella me contestó: Ya hemos quedado con tu tía, no sabes cómo se enojaría si no fueras, culparía a tu padre. Y como no me veía muy convencida, dijo que yo no había parado de imaginarme cosas y que, aunque ahora me echaba atrás, al día siguiente lo habría pensado mejor y volveríamos a estar como al principio. Concluyó riendo: Ve a ver cómo es y quién es la tía Vittoria, así harás lo imposible por no parecerte a ella.

Al cabo de una semana de lluvia, el domingo amaneció soleado con un cielo azul salpicado de alguna rara nubecita blanca. Mi padre se esforzó por retomar nuestra relación alegre de siempre, pero en cuanto arrancó el coche, enmudeció. Odiaba la carretera de circunvalación, salió en cuanto pudo. Dijo que prefería las viejas calles y, a medida que nos fuimos internando en otra ciudad constituida por filas de sórdidos edificios de paredes desteñidas, por naves industriales, barracas y tinglados, por mugrientos socavones verdes con desechos de todo tipo, por profundos agujeros llenos de lluvia reciente, por aquel aire que olía a podrido, se puso cada vez más sombrío. Al parecer, decidió entonces que no podía dejarme sumida en el silencio como si se hubiese olvidado de mí y, por primera vez, habló de sus orígenes. Yo nací y me crie en esta zona —dijo con un gesto amplio que, al otro lado del parabrisas, abarcó paredes de toba, edificios grises, amarillos y rosados, avenidas desoladas incluso en día festivo—; por no tener, mi familia no tenía ni lágrimas para llorar. Después se adentró en una zona aún más sórdida, paró el coche, suspiró molesto, me señaló un edificio color ladrillo al que le faltaban grandes trozos de revoque. Aquí vivía yo, dijo, y aquí vive todavía la tía Vittoria; el portón es ese de ahí; ve, te espero. Lo miré asustadísima, él lo notó.

—¿Qué pasa?

—No te vayas.

—No me muevo de aquí.

—¿Y si ella me entretiene?

—Cuando te hayas cansado, le dices: Ahora tengo que irme.

—¿Y si no me deja?

—Voy yo a buscarte.

—No, no te muevas de aquí, vendré yo.

—De acuerdo.

Me bajé del coche, crucé el portal. Un olor intenso a basura se mezclaba con el aroma de las salsas dominicales. No vi ascensor. Subí por unas escaleras de peldaños desvencijados; las paredes lucían amplias heridas blancas, una de ellas tan profunda que parecía un agujero cavado para ocultar algo. Evité descifrar las pintadas y los dibujos obscenos, tenía otras prioridades. ¿Mi padre había sido niño y adolescente en ese edificio? Conté las plantas, me detuve en la tercera, vi tres puertas. La de mi derecha era la única en la que se leía un apellido; en la madera habían pegado una tirita de papel donde escribieron con bolígrafo «Trada». Toqué el timbre, contuve la respiración. Nada. Conté despacio hasta cuarenta; unos años antes mi padre me había dicho que, en situaciones de incertidumbre, había que contar así. Cuando llegué a cuarenta y uno, toqué otra vez; el segundo timbrazo sonó exageradamente fuerte. Me llegó un grito en dialecto, una explosión de sonidos roncos. Ya voy, joder, qué prisas, ya voy. Luego unos pasos decididos, una llave que giró hasta cuatro veces en la cerradura. La puerta se abrió, apareció una mujer totalmente vestida de celeste, alta, la tupida mata de pelo negrísimo recogido en la nuca, escurrida como una anchoa salada y, sin embargo, de hombros anchos y pechos enormes. Sostenía entre los dedos un cigarrillo encendido, tosió; titubeando entre el italiano y el dialecto dijo:

—¿Qué pasa, te encuentras mal, te estás meando?

—No.

—Entonces, ¿por qué llamas dos veces?

—Soy Giovanna, tía —murmuré.

—Ya sé que eres Giovanna, pero si vuelves a llamarme tía, mejor te das media vuelta y te vas.

Asentí con la cabeza, estaba aterrada. Le miré unos segundos la cara sin maquillar, después clavé la vista en el suelo. Vittoria me pareció de una belleza tan insoportable que considerarla fea se convirtió en una necesidad.

II

1

Aprendí a mentir a mis padres cada vez más. Al principio no
decía auténticas mentiras, pero como no tenía fuerza para opo-
nerme a su mundo siempre tan conexo, fingí aceptarlo y entretanto me trazaba un caminito que abandonar deprisa si llegaban
a ponerse tristes. Me comportaba así sobre todo con mi padre,
aunque a mis ojos cada una de sus palabras tenía una autoridad
que me deslumbraba, y resultaba agotador y doloroso tratar de
engañarlo.

Fue él, mucho más que mi madre, quien me martilleó con
que nunca había que mentir. Pero después de visitar a Vittoria,
me pareció inevitable. En cuanto salí del portón decidí fingir
alivio y corrí al coche como si acabara de huir de un peligro.
Nada más cerré la portezuela, mi padre puso el coche en marcha lanzando miradas sombrías al edificio de su infancia y arrancó con una sacudida que instintivamente lo llevó a alargar el
brazo para evitar que me golpeara la frente contra el parabrisas.
Durante un rato esperó que dijera algo tranquilizador, y una
parte de mí no deseaba otra cosa, sufría al verlo agitado; sin
embargo, me impuse guardar silencio, temía que bastara una
palabra errada para provocar su enfado. Al cabo de unos minutos, vigilando a ratos la calle y a ratos a mí, fue él quien me
preguntó cómo había ido. Le dije que mi tía se había interesa-

do por cómo me iba en el colegio, que me había ofrecido un vaso de agua, que había querido saber si tenía amigas, que me había pedido que le hablara de Angela e Ida.

—¿Eso es todo?

—Sí.

—¿Preguntó por mí?

—No.

—¿Ni una sola vez?

—Ni una.

—¿Y por tu madre?

—Tampoco.

—¿Y os habéis pasado una hora entera hablando únicamente de tus amigas?

—También del colegio.

—¿Qué era esa música?

—¿Qué música?

—Una música a todo volumen.

—Yo no oí ninguna música.

—¿Fue amable?

—Un poco grosera.

—¿Te dijo cosas feas?

—No, pero tiene unos modales toscos.

—Ya te lo había dicho.

—Sí.

—¿Y ya se te ha pasado la curiosidad? ¿Te has dado cuenta de que no se te parece en nada?

—Sí.

—Ven aquí, dame un beso, estás preciosa. ¿Me perdonas la tontería que dije?

Contesté que nunca me había enojado con él y dejé que me besara en la mejilla, aunque estuviese conduciendo. Pero enseguida lo aparté riendo; protesté: Me estás pinchando con la barba. Pese a no tener ningunas ganas de nuestros juegos, confiaba en que empezáramos a bromear y se olvidara de Vittoria. En cambio, replicó: Imagínate cómo pincha tu tía con ese bigote que tiene, y de inmediato me vino a la cabeza no la suave pelusa oscura en el bozo de Vittoria, sino la del mío.

—No tiene bigote —murmuré con calma.

—Ya lo creo que sí.

—No.

—De acuerdo, no lo tiene; solo faltaría que ahora te entraran ganas de volver a su casa para comprobar si tiene bigote.

—No quiero volver a verla —dije, seria.

2

Aquella tampoco fue exactamente una mentira, me espantaba verme de nuevo con Vittoria. Pero mientras pronunciaba la frase ya sabía qué día, a qué hora y dónde volvería a verla. Más bien, no me había separado de ella en absoluto, llevaba en la cabeza todas sus palabras, cada gesto, cada expresión de la cara, y no me parecían hechos que acabaran de ocurrir, sino que daba la impresión de que todo estuviese ocurriendo aún. Mi padre no paraba de hablar, empeñado en hacerme entender cuánto me quería; entretanto, yo veía y oía a su hermana, la veo y la oigo incluso ahora. La veo cuando apareció ante mí vestida de celeste, la veo cuando me dijo en ese seco dialecto suyo: Cierra la puerta, y enseguida me dio la espalda como si yo no pudiera hacer más que seguirla. En la voz de Vittoria, pero quizá en su cuerpo entero, había una impaciencia sin filtros que me embistió al instante, como cuando yo encendía el gas con los fósforos y sentía en la mano la llama brotar por los agujeros del hornillo. Cerré la puerta y la seguí como un perrito.

Pasamos por un cuarto sin ventanas que apestaba a humo, la única luz provenía de una puerta abierta de par en par. Su silueta se perdió en cuanto la cruzó, yo fui tras ella; entré en una cocina diminuta de la que me impresionó el orden extremo, el olor a colillas apagadas y a suciedad.

—¿Quieres una naranjada?

—No quiero molestar.

—¿La quieres o no?

—Sí, gracias.

Me puso una silla delante, cambió de idea, dijo que estaba rota, me puso otra. Luego, para mi sorpresa, no sacó del frigorífico —un frigorífico de color blanco amarillento— una naranjada en lata o en botella, como me esperaba, sino que eligió un par de naranjas de una canasta, las cortó y empezó a exprimirlas en un vaso, sin exprimidor, a mano, ayudándose con un tenedor.

—No llevas la pulsera —dijo entretanto sin mirarme.

Me puse nerviosa.

—¿Qué pulsera?

—La que te regalé cuando naciste.

Por lo que recordaba, yo nunca había tenido pulseras. Pero noté que para ella era un objeto importante y que el hecho de no llevarlo podía ser una afrenta.

—A lo mejor mi madre me la puso cuando era pequeña hasta que tuve un año o quizá dos, y después, como crecí no me entró más —dije.

Se volvió para mirarme, le enseñé la muñeca para demostrarle que era demasiado ancha para una pulsera de bebé y, de repente, estalló en carcajadas. Tenía una boca grande con dientes grandes, al reír sus encías quedaban al descubierto.

—Eres inteligente —dijo.

—He dicho la verdad.

—¿Te doy miedo?

—Un poquito.

—Haces bien en tener miedo. Hay que tener miedo incluso cuando no es necesario, te mantiene despierta.

Me colocó enfrente el vaso que aún goteaba zumo; sobre la superficie anaranjada flotaban trozos de pulpa y semillas blancas. Le miré el pelo, peinado con esmero; había visto peinados así en películas antiguas por televisión y en las fotos de mi madre cuando era muchacha, una amiga suya lo llevaba igual. Vittoria tenía unas cejas muy pobladas, varitas de regaliz, segmentos negrísimos debajo de la frente amplia y encima de las profundas cavidades donde se ocultaban sus ojos. Bebe, dijo. Yo agarré enseguida el vaso para darle el gusto, pero me daba asco beber; había visto cómo el zumo se le escurría por la palma de la mano; además, a mi madre yo le habría exigido que me quitara la pulpa y las semillas. Bebe, repitió, que te sentará bien. Tomé un sorbo mientras ella se sentaba en la silla que minutos antes había considerado poco sólida. Me elogió, pero manteniendo el tono arisco: Sí, eres inteligente, enseguida has encontrado una excusa para proteger a tus padres, así me gusta. Pero me explicó que estaba equivocada, ella no me había regalado una pulsera de bebé, sino que me había regalado una de persona mayor, una pulsera que estimaba mucho. Porque, subrayó, yo no soy como tu padre, que se agarra al dinero, a las cosas; a mí los objetos me importan una mierda, yo aprecio a las personas, y cuando naciste, pensé: Se la doy a la niña, la llevará cuando sea mayor, además, en la notita se lo escribí a tus padres —dadle la pulsera cuando sea mayor—, y lo dejé todo en vuestro buzón; ni loca iba a subir, tu padre y tu madre son unos animales, me habrían echado.

—A lo mejor se la llevaron los ladrones, no debiste dejarla en el buzón —dije.

Negó con la cabeza, le brillaron los ojos negrísimos.

—¿Qué ladrones? ¿De qué hablas si no sabes nada? Bébete la naranjada. ¿Tu madre te exprime las naranjas?

Asentí, pero no me hizo caso. Habló de las bondades de las naranjas y noté la extrema movilidad de su rostro. En un santiamén consiguió alisar las arrugas entre la nariz y la boca que la hacían hosca (sí, eso mismo, hosca) y su cara, que un segundo antes me había parecido alargada debajo de los pómulos altos —una tela gris bien tensada entre las sienes y las mandíbulas—, adquirió color, se suavizó. Mi difunta madre, dijo, cuando llegaba el día de mi santo, me llevaba a la cama chocolate caliente; lo batía hasta hacer una crema esponjosa, como si hubiese soplado dentro. ¿A ti te preparan chocolate el día de tu santo? Estuve tentada de contestar que sí, aunque en mi casa los santos no se celebraban, nunca nadie me había llevado chocolate caliente a la cama. Pero temí que se diera cuenta y por eso negué con un gesto. Ella sacudió la cabeza disgustada.

—Tu padre y tu madre no respetan las tradiciones, se lo tienen muy creído, cómo van a rebajarse a preparar chocolate caliente.

—Mi padre hace café con leche.

—Tu padre es un mamón, ni en sueños sabe hacer café con leche. Tu abuela sí que sabía hacer café con leche. Y le echaba dos cucharadas de huevo batido. ¿Te ha contado tu padre que cuando éramos pequeños tomábamos café, leche y sabayón?

—No.

—¿Lo ves? Tu padre es así. Solo él hace las cosas bien, no puede aceptar que los demás también las hagan bien. Y si le dices que no es verdad, te borra.

Negó con la cabeza, disgustada; habló con un tono distante, pero sin frialdad. Borró a mi Enzo, dijo, la persona a quien yo más quería. Tu padre borra todo lo que puede ser mejor que él, lo hizo siempre, desde que era niño. Se cree inteligente, pero nunca ha sido inteligente. La inteligente soy yo; él es astuto, nada más. Sabe convertirse por instinto en alguien de quien ya no puedes prescindir. Cuando era niña, si él no estaba, el sol se apagaba. Creía que si no me comportaba como él quería, me dejaría sola y me moriría. Así conseguía que yo hiciera lo que le daba la gana, él era quien decía lo que era bueno o malo para mí. Por ponerte un ejemplo, yo nací con la música en el cuerpo, quería ser bailarina. Sabía que ese era mi destino, y él era el único capaz de convencer a nuestros padres para que me dieran permiso. Como para tu padre ser bailarina era malo, no me dejó. Según él, si te dejas ver siempre con un libro en las manos, mereces estar sobre la faz de la tierra, según él no eres nadie sin estudios. Me decía: Pero qué bailarina ni qué ocho cuartos, Vittò, no tienes ni idea de lo que es una bailarina, ponte a estudiar y calladita. Por aquel entonces, él ya ganaba algo de dinero dando clases particulares, habría podido pagarme una academia de baile en vez de gastárselo todo en libros. Pero no, le encantaba quitarle importancia a todo y a todos, menos a sí mismo y a sus cosas. A mi Enzo —concluyó mi tía de repente— primero le hizo creer que eran amigos, y después le arrancó el corazón y se lo rompió en pedacitos.

Se expresó con palabras como estas, pero más vulgares, y con una confianza que me confundió. En pocos instantes, el gesto se le enredó y desenredó, agitado por sentimientos variados:

pena, aversión, rabia, melancolía. Cubrió a mi padre de unas obscenidades que yo jamás había oído. Pero cuando llegó a mencionar al tal Enzo, se interrumpió por la emoción y con la cabeza gacha, ocultándome teatralmente los ojos con una mano, salió a toda prisa de la cocina.

Yo no me moví, estaba muy intranquila. Aproveché su ausencia para escupir en el vaso las semillas de naranja que tenía en la boca. Pasó un minuto, pasaron dos, estaba avergonzada por no haber reaccionado cuando insultó a mi padre. Tengo que decirle que no es justo hablar de ese modo de alguien a quienes todos aprecian, pensé. Mientras tanto, comenzó en sordina una música que, al cabo de unos segundos, estalló a todo volumen. Ella me gritó: Ven, Giannì, ¿qué te pasa, te has quedado dormida? Me levanté de un salto, salí de la cocina y me encontré en el recibidor oscuro.

Di unos pasos y llegué a un cuartito donde había un sillón viejo, un acordeón depositado en un rincón, una mesa con un televisor y un taburete con el tocadiscos. Vittoria estaba de pie frente a la ventana, miraba fuera. Desde ahí seguramente veía el coche en el que mi padre me esperaba. De hecho, sin volverse, refiriéndose a la música, dijo: Que la oiga ese desgraciado, así se acuerda. Vi que movía el cuerpo rítmicamente, leves movimientos de los pies, las caderas, los hombros. Perpleja, clavé la vista en su espalda.

—La primera vez que vi a Enzo fue en un baile y bailamos esta canción —la oí decir.

—¿Cuánto hace de eso?

—Diecisiete años el próximo 23 de mayo.

—Ha pasado mucho tiempo.

—No ha pasado ni un minuto.

—¿Lo querías?

Se dio media vuelta.

—¿Tu padre no te ha contado nada?

Vacilé, se había quedado como rígida; por primera vez me pareció mayor que mis padres, aunque sabía que tenía unos años menos.

—Solo sé que estaba casado y tenía tres hijos —contesté.

—¿Nada más? ¿Y no te dijo que era mala persona?

Vacilé.

—Un poco malo.

—¿Y qué más?

—Un sinvergüenza.

—¡El malo es tu padre, él es el sinvergüenza! —estalló—. Enzo era subteniente del cuerpo de seguridad pública y hasta con los delincuentes era bueno, iba a misa todos los domingos. Imagínate, yo no creía en Dios; tu padre me había convencido de que no existe. Pero en cuanto vi a Enzo, cambié de idea. Jamás hubo hombre más bueno, más justo y más sensible en la faz de la tierra. Qué bonita voz tenía, qué bien cantaba, me enseñó a tocar el acordeón. Antes de él los hombres me daban ganas de vomitar, después de él a los que se me acercaban los eché por el asco. Lo que te han dicho tus padres son falsedades.

Miré al suelo sintiéndome incómoda, no repliqué.

—No me crees, ¿eh? —me apremió.

—No lo sé.

—No lo sabes porque crees más en las mentiras que en la verdad. Giannì, tú no te estás criando bien. Fíjate qué ridícula eres, toda de rosa, los zapatitos rosa, la chaqueta rosa, el pasador de pelo rosa. Apuesto a que ni siquiera sabes bailar.

—Practico siempre con mis amigas cuando nos vemos.

—¿Cómo se llaman tus amigas?

—Angela e Ida.

—¿Y son como tú?

—Sí.

Hizo una mueca de desaprobación, se agachó para poner el disco desde el principio.

—¿Te sabes este baile?

—Es un baile antiguo.

En un arrebato me agarró de la cintura, me estrechó contra ella. Su pecho enorme despedía olor a pinaza al sol.

—Súbete a mis pies.

—Te haré daño.

—Súbete.

Me subí a sus pies y me hizo dar vueltas por el cuarto con gran precisión y elegancia hasta que la música terminó. Entonces se detuvo, pero no me soltó, siguió estrechándome.

—Dile a tu padre que te he hecho bailar la misma canción que bailé por primera vez con Enzo —dijo—. Díselo tal cual, palabra por palabra.

—De acuerdo.

—Y ahora, basta.

Me apartó con fuerza, y yo, privada de golpe de su calor, ahogué un grito, como si en alguna parte me hubiese dado una punzada de dolor pero me avergonzara mostrarme débil. Me pareció tan bonito que después de aquel baile con Enzo no le hubiese gustado ningún otro... Y pensé que debía de haber conservado cada detalle de su amor irrepetible, hasta tal punto que, al bailar conmigo, había repasado mentalmente cada uno de sus momentos. Aquello me pareció emocionante, deseé amar así, en ese instante, de aquel modo absoluto. Seguramente guardaba de Enzo un recuerdo tan intenso que su cuerpo huesudo, su pecho, su aliento habían transmitido un poco de calor a mi vientre.

—¿Cómo era Enzo, tienes una foto? —murmuré, aturdida.
Se le alegraron los ojos.

—Así me gusta, me pone contenta que quieras verlo. Quedamos para el 23 de mayo y vamos a visitarlo. Está en el cementerio.

3

En los días siguientes, mi madre intentó con amabilidad llevar a cabo la misión que mi padre debió de encargarle: averiguar si el encuentro con Vittoria había conseguido cerrar la herida involuntaria que ellos mismos me habían causado. Eso me tuvo en una inquietud permanente. No quería mostrar a ninguno de los dos que Vittoria no me había caído mal. Por ello me esforcé en ocultar que, pese a seguir creyendo en su versión de los hechos, también creía un poco en la de mi tía. Me esmeré en no decir que, para mi gran sorpresa, la cara de Vittoria me había parecido tan vivamente descarada que resultaba feísima y hermosísima a la vez, tanto que ahora me debatía, perpleja, entre ambos superlativos. Confié, sobre todo, en que ninguna de las señales incontrolables, un fulgor en la mirada, un sonrojo, revelase la cita de mayo. Pero carecía de experiencia en el engaño, era una chica bien educada, y avancé a tientas, respondiendo a veces con excesiva prudencia a las preguntas de mi madre, fingiéndome a veces tan desenvuelta que terminaba por decir disparates.

Ese mismo domingo por la noche metí la pata cuando me preguntó:

—¿Qué te ha parecido tu tía?

—Vieja.

—Tiene cinco años menos que yo.

—Pareces su hija.

—No me tomes el pelo.

—De verdad, mamá. Sois tan distintas..., no tenéis nada que ver.

—Eso no se discute. Vittoria y yo nunca hemos sido amigas, aunque hice lo imposible por quererla. Es difícil mantener una buena relación con ella.

—Ya me di cuenta.

—¿Te dijo cosas feas?

—Fue brusca.

—¿Y qué más?

—Se enfadó un poco porque no llevaba la pulsera que me regaló cuando nací.

En cuanto lo dije, me arrepentí. Pero ya estaba hecho; me puse colorada, enseguida quise saber si mencionar aquella joya la había incomodado. Mi madre reaccionó con total naturalidad.

—¿Una pulsera de bebé?

—Una pulsera de persona mayor.

—¿Y te la regaló ella?

—Sí.

—No me consta, la tía Vittoria nunca nos regaló nada, ni siquiera una flor. Pero si te interesa, se lo preguntaré a tu padre.

Me inquieté. Ahora mi madre le contaría aquella historia y él se diría: De modo que no es verdad que solo hablaron del colegio, de Ida y de Angela; hablaron de otras cosas, de muchas otras cosas que Giovanna quiere ocultarnos. Qué estúpida había sido. Solté confusamente que la pulsera me traía sin cuidado y con tono disgustado añadí: La tía Vittoria no se maquilla, no se depila, tiene unas cejas así de gruesas y cuando la vi no llevaba pendientes y tampoco collar; así que, suponiendo que me haya regalado una pulsera, seguro que sería horrible. Pero sabía que toda frase que apuntara a restar importancia al asunto era inútil: a partir de ese momento, cualquier cosa que dijese, mi madre se la contaría a mi padre y me transmitiría no tanto la respuesta verdadera, sino la que hubiesen acordado.

Dormí poco y mal, en el colegio me llamaban la atención porque estaba distraída. De la pulsera volvimos a hablar cuando ya me había convencido de que mis padres se habían olvidado.

—Tu padre tampoco sabe nada.

—¿De qué?

—De la pulsera que la tía Vittoria dice haberte regalado.

—Para mí que es mentira.

—Eso seguro. De todos modos, si te quieres poner una, busca en mis cosas.

Fui a hurgar de veras entre sus joyas, aunque las conociera de memoria; jugaba con ellas desde que tenía tres o cuatro años. Eran objetos sin gran valor, en especial sus dos únicas pulseras: una de dijes con forma de angelitos, bañada en oro; la otra de plata con perlas y hojas azules. De pequeña me encantaba la primera y no prestaba atención a la segunda. Pero en los últimos tiempos me gustaba mucho la de las hojas azules; una vez hasta Costanza la había elogiado por lo bien grabadas que estaban. Así, para insinuar que no me interesaba el regalo de Vittoria, empecé a llevar la de plata en casa, en el colegio o cuando veía a Angela e Ida.

—¡Qué bonita! —exclamó Ida en cierta ocasión.

—Es de mi madre. Me ha dicho que puedo ponérmela cuando quiera.

—Mi madre no nos deja poner sus joyas —dijo Angela.

—¿Y esa? —pregunté señalando una cadenita de oro que llevaba al cuello.

—Me la regaló mi abuela.

—La que yo llevo —dijo Ida— me la regaló una prima de mi padre.

Ellas solían hablar de parientes generosos; por algunos demostraban mucho afecto. Yo solo había tenido a los abuelos amables del Museo, pero habían muerto y a duras penas los recordaba, de modo que a menudo les había envidiado a mis amigas aquella parentela. Sin embargo, ahora que había entablado relación con mi tía Vittoria me dio por decir:

—Una tía mía me regaló una pulsera mucho más bonita que esta.

—¿Y por qué no te la pones nunca?

—Es demasiado valiosa, mi madre no me deja.

—¿Nos la enseñas?

—Sí, cuando mi madre no esté. ¿A vosotras os preparan chocolate caliente?

—A mí mi padre me dejó probar vino —dijo Angela.

—A mí también —dijo Ida.

—Cuando yo era pequeña, mi abuela me hacía chocolate caliente —aclaré con orgullo—, y me lo preparó hasta poco antes de morirse. No era un chocolate normal, el de mi abuela estaba riquísimo, como una crema bien esponjosa.

Nunca les había mentido a Angela e Ida, aquella fue la primera vez. Descubrí que mentir a mis padres me angustiaba, en cambio, mentirles a ellas era bonito. Ellas siempre habían tenido juguetes más llamativos que los míos, vestidos más coloridos, historias familiares más sorprendentes. Costanza, su madre, proveniente de una estirpe de orfebres de Toledo, tenía cofres llenos de joyas de gran valor, infinidad de collares de oro y perlas, numerosos pendientes, y muchas, muchísimas pulseras y brazaletes, dos de las cuales no les permitía tocar, y había una que apreciaba sobremanera, se la ponía con mucha frecuencia; en cuanto al resto, siempre había permitido a sus hijas jugar con ellas, y a mí también. Así, apenas Angela dejó de interesarse por el chocolate caliente —es decir, casi enseguida— y pidió más detalles de la valiosa joya de la tía Vittoria, se la describí minuciosamente. Es de oro puro con rubíes y esmeraldas, brillante —dije— como las joyas que ves en el cine y en la televisión. Y mientras hablaba de la verdad de aquella pulsera, no pude resistirme y me inventé también que una vez me había mirado en el espejo sin llevar encima más que los pendientes de mi madre, el collar y la pulsera maravillosa. Angela me miró embelesada, Ida preguntó si al menos me había dejado puestas las bragas. Dije que no; la mentira me produjo un gran alivio e imaginé que si hubiese hecho de veras aquello, habría saboreado un momento de absoluta felicidad.

Y así, por probar, una tarde convertí la mentira en realidad. Me desnudé, me puse unas cuantas joyas de mi madre, me miré en el espejo. Pero fue un espectáculo doloroso: me vi como una plantita de un verde desvaído, consumida por el exceso de sol, triste. Aunque me había maquillado con esmero, qué rostro insignificante el mío; el pintalabios era una fea mancha roja en una cara similar al fondo gris de una sartén. Ahora que había conocido a Vittoria, traté de entender si entre las dos había de veras aspectos en común, pero fue una tarea tan persistente como inútil. Ella era una mujer anciana —al menos desde la óptica de mis trece años— y yo una adolescente: demasiada desproporción entre los cuerpos, demasiado intervalo de tiempo entre mi cara y la suya. Además, ¿dónde estaba en mí aquella energía suya, aquel calor que le encendía los ojos? Si de verdad se me estaba poniendo la cara de Vittoria, a mi cara le faltaba lo esencial: la fuerza de la suya. Y así, animada por aquel pensamiento, mientras comparaba sus cejas con las mías, su frente con la mía, me di cuenta de que deseaba que me hubiese regalado de veras una pulsera y tuve la sensación de que si en aquel momento la hubiese tenido y la hubiese llevado puesta, me habría sentido más poderosa.

Aquella idea me produjo enseguida una tibieza que me reconfortó, como si mi cuerpo abatido hubiese encontrado de pronto el remedio adecuado. Me volvieron a la cabeza algunas palabras que Vittoria me había dicho al acompañarme a la puerta, antes de separarnos. A ti —se había enfadado— tu padre te privó de una familia grande, de todos nosotros, abuelos, tíos, primos, que no somos inteligentes y educados como él; cortó con todos de un hachazo, te crio aislada, por miedo a que te echásemos a perder. Destilaba rencor; sin embargo, aquellas palabras ahora me daban consuelo; las repetí para mis adentros. Afirmaban la existencia de un vínculo fuerte y positivo, lo exigían. Mi tía no había dicho: Tú tienes mi misma cara o te pareces un poco a mí. Mi tía había dicho: Tú no eres solo de tu padre y de tu madre, también eres mía, eres de toda la familia de la que provienes, y quien se pone de nuestra parte nunca está solo, se carga de fuerza. ¿Acaso no había sido gracias a aquellas palabras que, después de alguna vacilación, le prometiera que el 23 de mayo faltaría al colegio para acompañarla al cementerio? Ahora, ante la idea de que a las nueve de la mañana de ese día ella estaría esperándome en la piazza Medaglie d'Oro, al lado de su viejo Cinquecento verde oscuro —según me había dicho imperativamente al despedirse—, me eché a llorar, a reír, a hacer muecas horrendas frente al espejo.

4

Todas las mañanas los tres íbamos al colegio, mis padres a enseñar, yo a aprender. Por lo general, mi madre era la primera en levantarse, necesitaba tiempo para preparar el desayuno, ponerse guapa. Mi padre, en cambio, no se levantaba hasta que el desayuno estaba listo, porque en cuanto abría los ojos se ponía a leer, anotaba cosas en sus cuadernos, seguía así incluso en el baño. Yo era la última en salir de la cama, aunque desde que había empezado aquella historia pretendía hacer como mi madre: lavarme el pelo con mucha frecuencia, maquillarme, elegir con cuidado cuanto me ponía. Como resultado; los dos me apremiaban sin cesar: Giovanna, ¿has terminado ya?; Giovanna, que llegarás tarde y nos harás llegar tarde a nosotros. Y mientras tanto se apremiaban entre ellos. Mi padre presionaba: Nella, date prisa, necesito el baño; mi madre contestaba tranquila: Hace media hora que está libre, ¿aún no has ido? De todos modos, no eran aquellas mis mañanas favoritas. Me encantaban los días en los que mi padre entraba en el colegio en la primera hora y mi madre en la segunda o la tercera o, mejor aún, cuando tenía el día libre. Entonces ella se limitaba a preparar el desayuno, de vez en cuando gritaba: ¡Giovanna, date prisa!; se dedicaba con calma a sus muchas tareas domésticas y a las historias que corregía y con frecuencia reescribía. En aquellas ocasiones, todo se me hacía más fácil: mi madre se aseaba la última y yo tenía más tiempo para usar el baño; mi padre siempre iba con retraso y, salvo las bromas habituales con las que me mantenía alegre, iba deprisa, me dejaba frente al colegio, se marchaba sin aquel entretenerse vigilante de mi madre, como si yo ya fuese mayor y pudiera enfrentarme sola a la ciudad.

Hice unos cuantos cálculos y descubrí con alivio que la mañana del 23 sería del segundo tipo: le tocaba a mi padre llevarme al colegio. La noche antes me preparé la ropa para el día siguiente (eliminé el rosa), algo que mi madre me recomendaba siempre, pero yo nunca hacía. Por la mañana me desperté tempranísimo, muy nerviosa. Corrí al baño, me maquillé con sumo cuidado, tras cierta vacilación me puse la pulsera de perlas y hojas azules, me presenté en la cocina cuando mi madre acababa de levantarse. ¿Cómo es que ya estás levantada?, me preguntó. No quiero llegar tarde, dije, tengo deberes de italiano, y, al verme nerviosa, mi madre fue a meterle prisa a mi padre.

El desayuno fue sobre ruedas, bromearon entre ellos como si yo no estuviera y pudiesen hablar de mí libremente. Comentaron que si no dormía y no veía la hora de ir al colegio, seguramente me había enamorado; yo me limité a esbozar unas sonrisitas que no decían ni sí ni no. Después, mi padre se metió en el cuarto de baño y esta vez fui yo quien le gritó: ¡Date prisa! Debo decir que no se entretuvo, aunque luego no encontró calcetines limpios, se dejó unos libros que necesitaba y tuvo que regresar corriendo a su estudio. En fin, recuerdo que eran exactamente las siete y veinte, mi padre se encontraba al final del pasillo con su bolsa repleta y yo acababa de darle el beso obligado a mi madre cuando se oyó un violento timbrazo.

Resultaba sorprendente que alguien llamase a esa hora. Mi madre tenía prisa por meterse en el baño, hizo una mueca contrariada, me dijo: Ve a ver quién es. Abrí, me encontré a Vittoria delante.

—Hola —dijo—, menos mal que ya estás lista, date prisa, que se nos hace tarde.

El corazón me hirió el pecho. Mi madre vio a su cuñada en el hueco de la puerta y gritó; sí, fue un grito: ¡André, ven, tu hermana está aquí! Al verla, mi padre exclamó con los ojos muy abiertos por la sorpresa, la boca incrédula: ¡¿Qué haces tú aquí?! Por el miedo de lo que ocurriría al cabo de un instante, de un minuto, me sentí débil, me empapé de sudor, no sabía qué contestar a mi tía, no sabía cómo justificarme con mis padres, creí morir. Todo concluyó enseguida y de un modo tan sorprendente como esclarecedor.

—He venido a recoger a Giannina, hoy hace diecisiete años que conocí a Enzo —dijo Vittoria en dialecto.

No añadió nada más, como si mis padres tuvieran que entender al vuelo los buenos motivos de su aparición y estuviesen obligados a dejarme ir sin protestar.

—Giovanna tiene que ir al colegio —objetó mi madre en italiano.

Mi padre, en cambio, sin dirigirse ni a su mujer ni a su hermana, me preguntó con su tono gélido:

—¿Tú lo sabías?

Me quedé con la cabeza gacha, la vista clavada en el suelo y, sin cambiar de tono, insistió:

—¿Teníais una cita, quieres ir con tu tía?

—Vaya pregunta, André; claro que quiere ir —dijo mi madre despacio—, claro que tenían una cita; si no, tu hermana no estaría aquí.

Al llegar a ese punto, él se limitó a decirme: Si es así, ve, y con la punta de los dedos le indicó a su hermana que se apartara. Vittoria se apartó —era una máscara de impasibilidad colocada encima de la mancha amarilla de un vestido ligero—, y mi padre, mirando ostensiblemente el reloj, evitó el ascensor, bajó por las escaleras sin despedirse de nadie, ni siquiera de mí.

—¿Cuándo me la traes de vuelta? —preguntó mi madre a su cuñada.

—Cuando se canse.

Acordaron fríamente el horario y decidieron que a la una y media. Vittoria me tendió la mano, me aferré a ella como si fuese una niña, la tenía fría. Me estrechó con fuerza, tal vez temía que me escapara y me metiera corriendo en casa. Entretanto, con la mano libre llamó el ascensor ante la mirada de mi madre, que, de pie en el umbral, no se decidía a cerrar la puerta.

Palabra más, palabra menos, así fue la cosa.

5

Aquel segundo encuentro me marcó aún más que el primero. Para empezar, descubrí que dentro de mí llevaba un vacío capaz de engullir cualquier sentimiento en un tiempo brevísimo. El peso de la mentira descubierta, la ignominia de la traición, todo el dolor por el dolor que seguramente había causado a mis padres duraron hasta el momento en que, a través de las rejas de hierro del ascensor, de las puertas de cristal, vi a mi madre cerrar la puerta de casa. En cuanto me encontré en el vestíbulo y después en el coche de Vittoria, sentada junto a ella, que enseguida encendió un cigarrillo con manos visiblemente temblorosas, me ocurrió lo mismo que me ha ocurrido después infinidad de veces en la vida, en ocasiones produciéndome alivio o abatimiento. El vínculo con los espacios conocidos, con los afectos seguros cedió a la curiosidad por lo que iba a pasarme. La proximidad de aquella mujer amenazante y envolvente me cautivó, y, sin más, me puse a observar cada uno de sus gestos. Ahora, al volante de un coche asqueroso, que apestaba a humo, conducía no con el pulso firme y decidido de mi padre ni con el estilo sereno de mi madre, sino de un modo o distraído o demasiado ansioso, a fuerza de sacudones, de chirridos alarmantes, de frenazos bruscos, de arranques fallidos, por lo que el motor casi siempre se apagaba y llovían insultos de automovilistas impacientes a los que ella, con el cigarrillo entre los dedos o los labios, contestaba valiéndose de obscenidades que yo jamás había oído pronunciar a una mujer. En resumen, mis padres quedaron apartados sin esfuerzo en un rincón y el agravio que les había causado al ponerme de acuerdo con su enemiga se me borró de la cabeza. Al cabo de unos minutos ya no me consideré culpable, no sentí la menor preocupación por cómo me enfrentaría a ellos por la tarde, cuando los tres hubiésemos regresado a la casa de via San Giacomo dei Capri. Eso sí, la ansiedad siguió bullendo dentro de mí. Pero la certeza de que me querrían para siempre y a pesar de todo, la peligrosa carrera del utilitario verde, la ciudad cada vez menos conocida que atravesábamos y las palabras desordenadas de Vittoria me obligaron a una atención, a una tensión que funcionaron como un anestésico.

Subimos por la Doganella, aparcamos después de una violenta discusión con un aparcacoches no autorizado que quería dinero. Mi tía compró rosas rojas y margaritas blancas, criticó el precio, una vez preparado el ramo cambió de idea y obligó a la vendedora a deshacerlo para quitar dos flores. Me dijo: Yo le llevo esta y tú esta otra, se pondrá contento. Se refería con naturalidad a su Enzo, de quien, desde que nos habíamos subido al coche, pese a las mil interrupciones, no había dejado de hablarme con una dulzura que contrastaba con el modo feroz con el que se enfrentaba a la ciudad. Siguió hablándome de él incluso cuando nos internamos entre nichos y tumbas monumentales, viejas y nuevas, por senderos y escaleras siempre cuesta abajo, como si estuviéramos en los barrios altos de los muertos y para encontrar la tumba de Enzo tuviéramos que bajar cada vez más. Me impresionaron el silencio, la grisura de los nichos marcados por la herrumbre, el olor a tierra podrida, algunas grietas oscuras con forma de cruz abiertas en los mármoles, que parecían dejadas como respiradero para quienes ya no respiraban.

Yo nunca había pisado un cementerio. Mi madre y mi padre no me habían llevado ni sabía si ellos habían ido alguna vez, seguramente no lo habían hecho el día de los Difuntos. Vittoria lo notó enseguida y aprovechó para culpar a mi padre también de eso. Tiene miedo, dijo, siempre fue así; tiene miedo de las enfermedades y la muerte. Giannì, todas las personas soberbias, todas las que se lo tienen muy creído hacen como si la muerte no existiera. Cuando murió tu abuela, que Dios la tenga en la gloria, a tu padre casi no se le vio el pelo en el entierro. Y con tu abuelo hizo lo mismo, apareció dos minutos y se fue corriendo, porque es cobarde; no quiso verlos muertos para no sentir que él también se iba a morir.

Intenté rebatir, aunque con prudencia, que mi padre era valiente, y para defenderlo recurrí a lo que me había dicho una vez: que los muertos son objetos que se han roto, como un televisor, la radio, la batidora, y que lo mejor es acordarse de ellos como eran cuando funcionaban, porque la única tumba aceptable es el recuerdo. Mi respuesta no le gustó, y dado que no me trataba como a una niña en cuya presencia hay que medir las palabras, me regañó, dijo que repetía como un loro las tonterías de mi padre: Tu madre hace lo mismo, y yo también lo hacía cuando era jovencita. Pero desde que había conocido a Enzo, ella se había borrado a mi padre de la cabeza. Bo-rra-do, silabeó, y por fin se detuvo delante de una pared de nichos, me señaló uno en la parte inferior que tenía su pequeño arriate vallado, una luz encendida con forma de llama y dos retratos en marcos ovalados. Es aquí, dijo, hemos llegado; Enzo es el de la izquierda, la de ahí es su madre. En lugar de adoptar la actitud solemne o afligida que yo esperaba, se enfadó porque a pocos pasos había allí tirados unos cuantos papeles y flores secas. Soltó un largo suspiro de fastidio, me entregó sus flores, dijo: Espérame aquí, no te muevas, en este lugar de mierda si no te cabreas, no funciona nada, y me dejó.

Me quedé con los dos ramos de flores en la mano mirando con atención cómo era Enzo en una foto en blanco y negro. No lo encontré guapo, y eso me decepcionó. Tenía la cara redonda, reía con dientes blancos de lobo. La nariz era grande, los ojos muy vivaces, la frente muy estrecha, enmarcada por el pelo negro ondulado. Debió de ser tonto, pensé; en casa, la frente amplia —mi madre, mi padre y yo la teníamos así— era considerada una señal segura de inteligencia y sentimientos nobles, mientras que la estrecha —lo decía mi padre— era prerrogativa de los imbéciles. Pero, me dije, los ojos también son reveladores (eso lo sostenía mi madre): cuanto más brillan, más despierta es la persona, y los ojos de Enzo lanzaban saetas alegres, razón por la cual me sentí confusa; la mirada estaba en abierta contradicción con la frente.

Entretanto, en el silencio del cementerio se oía el vozarrón de Vittoria, que discutía con alguien, cosa que me preocupó; temía que le pegaran o la detuvieran, y yo no habría sabido salir sola de aquel lugar idéntico en todo, crujidos, pajarillos, flores marchitas. Pero regresó enseguida acompañada por un anciano que, abatido, le abrió un asiento de hierro y loneta de rayas, y enseguida se puso a barrer el sendero. Mientras lo vigilaba con hostilidad, me preguntó:

—¿Qué me dices de Enzo? ¿Es guapo, no es guapo?

—Es guapo —mentí.

—Es guapísimo —me corrigió.

Y en cuanto el señor anciano se alejó, ella quitó las flores secas de los floreros, las tiró a un costado junto con el agua podrida, me ordenó que fuera a buscar agua limpia a una fuente que encontraría al doblar la esquina. Como temía perderme, le di largas y ella me echó, agitando la mano: Vete, vete.

Me fui; encontré la fuente, que fluía débil. Con un estremecimiento imaginé al fantasma de Enzo susurrándole palabras afectuosas a Vittoria a través de las ranuras en cruz. Cómo me gustaba aquel vínculo que jamás se había roto. El agua soltaba un silbido, alargaba lenta su hilo dentro de los floreros metálicos. Si Enzo era un hombre feo, qué se le iba a hacer; de repente su fealdad me conmovió; es más, aquella palabra perdió sentido, se diluyó en el gorgoteo del agua. Lo que de verdad importaba era la capacidad de despertar amor, aunque fuéramos feos, aunque fuéramos malvados, aunque fuéramos estúpidos. Sentí que ahí había grandeza y esperé que, fuera cual fuese la cara que se me estuviese poniendo, a mí me tocara en suerte esa capacidad, como seguramente les había tocado a Enzo, a Vittoria. Regresé a la tumba con los dos floreros llenos de agua y el deseo de que mi tía siguiera hablándome como si yo fuera mayor y me contara con todo lujo de detalles, en su descarada lengua semidialectal, aquel amor absoluto.

Pero en cuanto enfilé el sendero me asusté. Vi a Vittoria sentada con las piernas abiertas en la sillita plegable que le había llevado el anciano; estaba encorvada, con la cara entre las manos, los codos sobre los muslos. Hablaba, hablaba con Enzo, no eran imaginaciones mías, oía su voz, pero no lo que decía. Mantenía con él auténticas relaciones incluso tras la muerte, aquel diálogo entre ellos me emocionó. Avancé lo más despacio posible, pisando fuerte sobre el sendero allanado para hacerme oír. Pero ella no pareció percatarse de mi presencia hasta que estuve a su lado. Entonces apartó las manos deslizándolas despacio sobre la piel de la cara; me pareció un movimiento atormentado que apuntaba a enjugar las lágrimas y, al mismo tiempo, enseñarme con arte su dolor, sin vergüenza, al contrario, como una ostentación. Los ojos enrojecidos y brillantes, húmedos en las comisuras. En mi casa era obligado ocultar los sentimientos, no hacerlo se consideraba de mala educación. En cambio, ella, después de nada menos que diecisiete años —me pareció una eternidad—, todavía se desesperaba, lloraba frente al nicho, le hablaba al mármol, se dirigía a unos huesos que ni siquiera veía, a un hombre que ya no existía. Agarró uno de los floreros, dijo con un hilo de voz: Tú arreglas tus flores y yo las mías. Obedecí, dejé en el suelo mi florero, desenvolví las flores, mientras ella, sorbiéndose los mocos y quitándole el papel a las suyas, rezongaba:

—¿Le contaste a tu padre lo que te dije de Enzo? ¿Y él te contó algo? ¿Te dijo la verdad? ¿Te dijo que primero se hizo pasar por su amigo, que quiso saberlo todo de Enzo, cuenta, cuenta, le decía, y después me lo hizo sufrir, me lo destrozó? ¿Te contó cómo casi nos sacamos los ojos por la casa, la casa de nuestros padres, ese asco de casa donde vivo ahora?

Negué con la cabeza, me hubiera gustado explicarle que no tenía ningún interés por la historia de sus peleas; solo quería que me hablara del amor, no conocía a nadie que pudiese hacerlo como ella. Pero lo que más deseaba Vittoria era hablar mal de mi padre, y pretendía que la escuchara, quería que yo entendiera bien por qué le tenía manía. Así, ella en la sillita arreglando sus flores, yo haciendo lo mismo con las mías acuclillada a menos de un metro, inició el relato de la disputa por la casa, el único bien dejado en herencia por sus padres a los cinco hijos.

Fue un relato largo que me hizo daño. Tu padre, dijo, no quería ceder. Insistía: Esta casa es de todos los hermanos, es la casa de papá y mamá, cancelaron la hipoteca con su dinero, y solo yo los ayudé, y para ayudarlos puse dinero de mi bolsillo. Yo contestaba: Es verdad, André, pero todos vosotros estáis colocados, mal que bien tenéis trabajo, yo no tengo nada, y nuestros hermanos están de acuerdo en dejármela a mí. Pero él dijo que había que venderla y repartir lo que se sacara entre los cinco. Si los demás hermanos no querían su parte, muy bien, pero él quería la suya. Siguió una discusión que duró meses, tu padre de un lado y mis otros tres hermanos y yo del otro. Cuando se vio que no encontrábamos una solución, intervino Enzo; míralo, con esa cara, con esos ojos, con esa sonrisa. Entonces nadie conocía nuestra gran historia de amor, solo tu padre, que era su amigo, hermano mío y consejero nuestro. Enzo me defendió, dijo: André, tu hermana no puede resarcirte, ¿de dónde va a sacar el dinero? Y tu padre le contestó: Tú te callas la boca, no eres nadie, no sabes ni decir cuatro palabras seguidas, no pintas nada en mis asuntos con mi hermana. Enzo se sintió muy dolido, dijo: De acuerdo, hagamos tasar la casa y tu parte te la pago yo. Pero tu padre se puso a maldecir, le gritó: Qué me vas a pagar tú, desgraciado, si eres un cabo del cuerpo de seguridad pública, de dónde vas a sacar el dinero, si tienes será porque eres un sinvergüenza, un sinvergüenza con uniforme. Y así todo el rato, ¿me entiendes? Tu padre llegó a soltarle —fíjate bien en lo que te digo, parece un hombre fino, pero es un palurdo— que él, Enzo, no solo jodía conmigo, sino que quería joderlo a él con la casa de nuestros padres. Enzo le dijo entonces que si seguía por ese camino, sacaba la pistola y le pegaba un tiro. Y dijo «Te pego un tiro» tan convencido, que tu padre se puso blanco del miedo, cerró la boca y se fue. Pero entonces, Giannì —aquí mi tía se sonó la nariz, se secó los ojos húmedos, se puso a torcer la boca para contener la emoción y la rabia—, tienes que oír bien lo que hizo tu padre. Se fue derechito a ver a la mujer de Enzo y delante de los tres hijos le dijo: Margherì, tu marido se folla a mi hermana. Eso hizo, se tomó esa responsabilidad, y nos destrozó la vida, a mí, a Enzo, a Margherita y a las tres pobres criaturas, que eran pequeñas.

El sol iluminaba ahora el arriate y las flores brillaban en sus floreros mucho más que la lamparilla con forma de llama: la luz del día daba tanta intensidad a los colores que la luz de los muertos me pareció inútil, como apagada. Me sentí triste, triste por Vittoria, por Enzo, por Margherita, su mujer, por los tres hijos pequeños. ¿Cómo era posible que mi padre se hubiese comportado así? No me lo podía creer, siempre me había dicho: Giovanna, lo peor de todo es ser un chivato. Pero según Vittoria, él era un chivato, y aunque hubiese tenido sus motivos —yo estaba segura de ello—, no era propio de él, no, quedaba descartado. Pero no me atreví a decírselo a Vittoria; en el decimoséptimo aniversario de su amor, me pareció muy ofensivo sostener que estaba mintiendo delante de la tumba de Enzo. De modo que me callé, pero me sentí desdichada porque una vez más no defendía a mi padre, y la miré insegura mientras ella, como para calmarse, limpiaba con el pañuelo mojado de lágrimas los cristales ovalados que protegían las fotos. Entonces me pesó el silencio y le pregunté:

—¿Cómo murió Enzo?

—De una terrible enfermedad.

—¿Cuándo?

—A los pocos meses de terminar lo nuestro.

—¿Murió de pena?

—Sí, de pena. Lo hizo enfermar tu padre, que fue la causa de nuestra separación. Él me lo mató.

—¿Y por qué tú no enfermaste y te moriste también? ¿No sentiste pena? —pregunté.

Me miró a los ojos con tanta insistencia que bajé la vista enseguida.

—Yo, Giannì, sufrí y sufro todavía. Pero la pena no me mató, primero, para que pudiera seguir pensando siempre en Enzo; segundo, por amor a sus hijos y también a Margherita, porque yo soy una buena mujer y sentí el deber de ayudarla a criar a esas tres criaturas; por ellos trabajé y sigo trabajando de sirvienta de la mañana a la noche en casa de gente rica de media Nápoles; tercero, por el odio, el odio a tu padre, el odio que te hace seguir viviendo, aunque te quieras morir.

—¿Y cómo es posible que Margherita no se enfadara cuando le quitaste el marido y después dejara que la ayudaras precisamente tú, que se lo habías robado? —le insistí.

Encendió un cigarrillo, aspiró con fuerza. Si mi padre y mi madre no pestañeaban al oír mis preguntas, pero luego, cuando se sentían incómodos, escurrían el bulto y a veces se consultaban antes de contestarme; Vittoria, en cambio, se ponía nerviosa, soltaba palabrotas, manifestaba sin tapujos su impaciencia, pero contestaba de forma explícita, como ningún otro adulto había hecho nunca conmigo. ¿Ves como tengo razón?, dijo; eres inteligente, una putita inteligente como yo, pero muy cabrona, te haces la santa, pero te gusta hurgar en la herida con el cuchillo. Le robé el marido, tal cual, tienes razón, eso hice. A Enzo lo robé, se lo quité a Margherita y a sus hijos, y me habría dejado matar antes que devolvérselo. ¡Es una mala acción!, exclamó, pero si el amor es muy fuerte, a veces no hay otro remedio. Tú no eliges, comprendes que sin las malas acciones no existirían las buenas y actúas así porque no puedes hacer otra cosa. En cuanto a Margherita, sí, se enfadó; entre gritos y golpes recuperó a su marido, pero después, cuando se dio cuenta de que Enzo se encontraba mal por una enfermedad que le estalló dentro después de unas cuantas semanas de cólera, se deprimió, le dijo: Vete, vuelve con Vittoria, lo siento, si hubiera sabido que ibas a ponerte enfermo, te habría mandado antes con ella. Pero ya era tarde, y así nos comimos juntas su enfermedad, ella y yo, hasta el último minuto. Qué gran persona es Margherita, una muy buena mujer, sensible; me gustaría presentártela. En cuanto comprendió cuánto quería yo a su marido, y cuánto sufría, dijo: De acuerdo, hemos querido al mismo hombre, te entiendo, es imposible no amar a Enzo. Por eso ya basta, estos niños los tuve con Enzo; si a ti también te da por quererlos, no tengo nada en contra. ¿Lo entiendes? ¿Entiendes qué generosidad? Tu padre, tu madre, sus amigos, todos personas importantes, ¿tienen esa grandeza, tienen esa generosidad?

No supe qué contestar, me limité a murmurar:

—Te he echado a perder el aniversario, lo siento, no debí pedirte que me lo contaras.

—No has echado a perder nada; al contrario, me has dado una alegría. He hablado de Enzo y cada vez que hablo de él no me acuerdo solamente de la pena, sino también de lo felices que fuimos.

—Eso es de lo que más me interesa saber.

—¿De la felicidad?

—Sí.

Los ojos se le inflamaron aún más.

—¿Sabes lo que se hace entre hombres y mujeres?

—Sí.

—Dices que sí, pero no sabes nada. Se folla. ¿Conoces esa palabra?

Me sobresalté.

—Sí.

—Enzo y yo lo hicimos once veces en total. Después él volvió con su mujer y nunca más lo hice con ningún otro. Enzo me besaba, me tocaba, me lamía por todas partes, y yo también lo tocaba a él y le besaba hasta los dedos de los pies y lo acariciaba, lo lamía y lo chupaba. Después él me metía la picha hasta el fondo y me apretaba el culo con las dos manos, una por aquí y otra por allá, y empujaba con una fuerza tal que me hacía gritar. Si en toda tu vida no lo haces como lo hice yo, con la pasión con la que yo lo hice, con el amor con el que yo lo hice, y no digo que tengan que ser once veces, sino al menos una, es inútil que vivas. Díselo a tu padre: Vittoria ha dicho que si no follo como folló ella con Enzo, es inútil que viva. Tienes que decírselo tal cual. Él se cree que con lo que me hizo me privó de algo. Pero no me privó de nada, yo lo tuve todo, yo lo tengo todo. Es tu padre el que no tiene nada.

Jamás conseguí borrar estas palabras de mi tía. Llegaron sin avisar, nunca habría imaginado que pudiera decírmelas. Claro, me trataba como si yo fuera mayor, y me gustaba que desde el primer momento hubiese dejado a un lado la forma en que se le habla a una chica de trece años. Pero las frases llegaron igualmente tan por sorpresa que estuve tentada de taparme los oídos con las manos. No lo hice, me quedé inmóvil, ni siquiera conseguí sustraerme a su mirada, que buscaba en mi cara el efecto de las palabras. En fin, fue físicamente —sí, físicamente— estremecedor que me hablara de aquel modo, allí, en el cementerio, frente al retrato de Enzo, sin preocuparse de que alguien pudiese oírla. Ay, qué historia, ay, aprender a hablar así, sin todos los convencionalismos de mi casa. Hasta ese momento nadie me había manifestado a mí —justo a mí— una aceptación del placer tan desesperadamente carnal; estaba atónita. Había notado un calor en el vientre mucho más intenso que el que sentí cuando Vittoria me había hecho bailar. No tenía ni punto de comparación con la tibieza de ciertas conversaciones secretas con Angela, con la languidez que me producían algunos de nuestros abrazos recientes, cuando nos encerrábamos juntas en el cuarto de baño de su casa o de la mía. Tras escuchar a Vittoria, no solo deseé el goce que ella decía haber experimentado, sino que además tuve la sensación de que aquel goce habría sido imposible si después no iba seguido del dolor que ella continuaba sintiendo y de su fidelidad indefectible. Como yo no decía nada, me lanzó miradas inquietas, farfulló:

—Vamos, es tarde. Pero que no se te olviden estas cosas. ¿Te han gustado?

—Sí.

—Lo sabía, tú y yo somos iguales.

Se levantó reconfortada, plegó la sillita, luego le echó un vistazo a la pulsera de hojas azules.

—Te regalé una mucho más bonita —dijo.

6

Ver a Vittoria no tardó en convertirse en una costumbre. Mis padres me sorprendieron —aunque quizá, pensándolo bien, de un modo por completo coherente con sus decisiones vitales y con la educación que me habían dado— al no regañarme ni juntos ni por separado. Evitaron decirme: Debiste avisarnos de la cita con la tía Vittoria. Evitaron decirme: Estuviste conspirando para faltar al colegio sin que nos enterásemos; es algo tremendo, te comportaste de un modo estúpido. Evitaron decirme: La ciudad es muy peligrosa, no puedes irte por ahí de esa manera, a tu edad puede pasarte de todo. En especial evitaron decirme: Olvídate de esa mujer, ya sabes que nos odia, jamás volverás a verla. Hicieron lo contrario, sobre todo mi madre. Quisieron saber si la mañana había sido interesante. Me preguntaron qué impresión me había causado el cementerio. Sonrieron divertidos en cuanto me puse a contarles lo mal que conducía Vittoria. Incluso cuando mi padre me preguntó, como quien no quiere la cosa, de qué habíamos hablado y yo mencioné, como de pasada, la pelea por la herencia de la casa y a Enzo, él no se alteró, contestó de un modo sintético: Sí, nos peleamos, no compartía algunas de sus decisiones, estaba claro que ese tal Enzo quería quedarse con el apartamento de nuestros padres, debajo del uniforme había un desgraciado, llegó a amenazarme con la pistola, así que para tratar de impedir la ruina de mi hermana, tuve que contárselo todo a su mujer. En cuanto a mi madre, se limitó a añadir en ese momento que su cuñada, pese al mal carácter, era una mujer ingenua y más que enfadarse había que compadecerla, porque con su ingenuidad había destrozado su propia vida. De todos modos —me dijo luego, cara a cara—, tu padre y yo confiamos en ti y en tu sentido común, no nos decepciones. Y como acababa de comentarle que me habría gustado conocer también a mis otros tíos, de los que Vittoria me había hablado, y a lo mejor también a mis primos, que tendrían más o menos mi edad, mi madre me sentó en su regazo, dijo que se alegraba de que sintiera curiosidad y concluyó: Si quieres ver otra vez a Vittoria, adelante; lo esencial es que nos lo cuentes.

Abordamos entonces el tema de otros encuentros futuros y de inmediato adopté un tono juicioso. Dije que tenía que estudiar, que faltar al colegio había sido un error y que si debía encontrarme otra vez con mi tía, lo haría en domingo. Naturalmente, no comenté nada de cómo me había hablado Vittoria de su amor por Enzo. Intuí que de haber repetido una sola de sus palabras, se habrían indignado.

Siguió una época más tranquila. Hacia final del curso, en el colegio las cosas mejoraron, aprobé con un promedio de siete, empezaron las vacaciones. Siguiendo una antigua costumbre, en julio pasamos quince días en la playa, en Calabria, con Mariano, Costanza, Angela, Ida. Y también con ellos fuimos a Villetta Barrea, en los Abruzos, donde estuvimos los diez primeros días de agosto. El tiempo pasó volando, empezó el nuevo año escolar, entré en el bachillerato superior; no lo cursé en el colegio donde enseñaba mi padre ni en el que enseñaba mi madre, sino en el del Vomero. La relación con Vittoria no decayó; al contrario, se consolidó. Ya antes de las vacaciones de verano empecé a llamarla por teléfono; necesitaba su tono brusco, me gustaba que me tratara como si yo tuviera su edad. Durante mi estancia en la playa y en la montaña no hice más que sacarla a colación en cuanto Angela e Ida presumían de abuelos ricos y otros parientes adinerados. Y en septiembre, con permiso de mi padre y de mi madre, la vi en un par de ocasiones. Finalmente, en otoño, como en casa no hubo demasiadas tensiones, nuestros encuentros se convirtieron en una costumbre.

En un primer momento creí que gracias a mí se produciría un acercamiento entre los dos hermanos, llegué a convencerme de que mi deber era conducirlos a una reconciliación. No fue así. Se impuso en cambio un rito de máxima frialdad. Mi madre me acompañaba hasta la puerta de la casa de su cuñada, pero se llevaba algo que leer o corregir y esperaba en el coche; o bien Vittoria iba a recogerme a San Giacomo dei Capri, pero no llamaba a nuestra puerta por sorpresa como había hecho la primera vez, sino que yo me reunía con ella en la calle. Mi tía nunca dijo: Pregúntale a tu madre si quiere subir, le preparo un café. Mi padre se guardó bien de soltar: Pídele que suba, se sienta un rato, charlamos un poco y después os vais. Su odio mutuo siguió intacto, y yo misma no tardé en renunciar a todo intento de mediación. Comencé entonces a decirme explícitamente que aquel odio me beneficiaba; si mi padre y su hermana se hubiesen reconciliado, mis encuentros con Vittoria ya no habrían sido exclusivos, quizá yo habría quedado rebajada al papel de sobrina, seguramente habría perdido el de amiga, confidente, cómplice. A veces tenía la sensación de que si hubiesen dejado de odiarse, yo misma habría hecho lo imposible para que volvieran a hacerlo.

7

Una vez, sin previo aviso, mi tía me llevó a conocer al resto de los hermanos de ella y de mi padre. Fuimos a casa de mi tío Nicola, obrero de los Ferrocarriles. Vittoria lo llamaba el hermano mayor, como si mi padre, que era el primogénito, nunca hubiese nacido. Fuimos a visitar a la tía Anna y a la tía Rosetta, amas de casa. La primera estaba casada con un tipógrafo del *Mattino*; la segunda, con un empleado de Correos. Fue una especie de exploración de la consanguinidad; la propia Vittoria designó en dialecto aquel vagabundeo: Vamos a conocer a los de tu sangre. Nos desplazamos por Nápoles en el Cinquecento verde; primero fuimos al Cavone, donde vivía mi tía Anna; después a los Campi Flegrei, donde vivía mi tío Nicola; luego a Pozzuoli, donde residía mi tía Rosetta.

Me di cuenta de que aquellos parientes apenas me recordaban, puede que incluso yo nunca hubiese sabido cómo se llamaban. Procuré disimularlo, pero Vittoria lo notó enseguida y se puso a hablar mal de mi padre, que me había privado del afecto de personas sin estudios, sin labia, es verdad, pero con un gran corazón. Cuánta importancia le daba al corazón, en sus gestos coincidía con sus grandes pechos, que se golpeaba con una mano ancha, de dedos nudosos. En esas circunstancias fue cuando empezó a sugerirme: Tú fíjate cómo somos nosotros y cómo son tu padre y tu madre; después me cuentas. Insistió mucho en esa cuestión del fijarse. Decía que yo llevaba anteojeras como los caballos; miraba, pero no veía todo lo que podía molestarme. Fíjate, fíjate, fíjate, repetía machaconamente.

En efecto, no permití que nada se me escapara. Aquellas personas, sus hijos, de mi edad o apenas mayores que yo, fueron una agradable novedad. Vittoria me plantó en sus casas sin avisarles y aun así tíos y sobrinos me recibieron con gran familiaridad, como si me conocieran bien y, a lo largo de los años, no hubiesen hecho otra cosa que esperar esa visita mía. Sus apartamentos eran pequeños, grises, decorados con objetos que, según mi educación, debía considerar toscos, cuando no vulgares. Nada de libros, solo en casa de la tía Anna vi algunas novelas de misterio. Todos me hablaron en un dialecto cordial salpicado de italiano y yo me esforcé por hacer lo mismo, o al menos hice un hueco en mi italiano hipercorrecto a un poco de acento napolitano. Nadie mencionó a mi padre, nadie preguntó cómo estaba, nadie me dio saludos para él, signos evidentes de hostilidad, pero de mil maneras intentaron darme a entender que a mí no me tenían manía. Me llamaban Giannina, como me llamaba Vittoria y como nunca me habían llamado mis padres. Los quise a todos, jamás me había sentido tan dispuesta al afecto como en aquella circunstancia. Me mostré tan desenvuelta y divertida que empecé a pensar que aquel nombre impuesto por Vittoria —Giannina— había hecho nacer milagrosamente dentro de mi propio cuerpo a otra persona, más agradable o en cualquier caso distinta de la Giovanna que conocían mis padres, Angela, Ida, mis compañeros de colegio. Para mí fueron ocasiones felices, y creo que también para Vittoria, que, durante esas visitas, en vez de dar rienda suelta a los aspectos agresivos de su carácter, se comportaba de un modo cordial. En especial me di cuenta de que los hermanos, las hermanas, los cuñados, los sobrinos la trataban con ternura, como se hace con una persona desafortunada a la que se quiere mucho. El tío Nicola, sobre todo, la cubría de gentilezas; se acordó de que le gustaba el helado de fresa y en cuanto se enteró de que a mí también me gustaba, mandó a uno de sus hijos a comprarlo para todos. Cuando nos marchamos, me besó en la frente y dijo:

—Menos mal que no has heredado nada de tu padre.

Mientras tanto fui aprendiendo cada vez más a ocultar a mis padres lo que me pasaba. O mejor, perfeccioné mi forma de mentir diciendo la verdad. Naturalmente, no lo hacía a la ligera, sufría por ello. Cuando estaba en casa y los oía moverse por las habitaciones con el paso acostumbrado que yo amaba, cuando desayunábamos, almorzábamos, cenábamos juntos, prevalecía mi amor por ellos y siempre me sentía a punto de gritar: ¡Papá, mamá, tenéis razón, Vittoria os detesta, es vengativa, quiere apartarme de vuestro lado para haceros daño; retenedme, prohibidme verla! Pero en cuanto empezaban con sus frases hipercorrectas, con sus tonos contenidos, como si realmente cada palabra ocultase otras más verdaderas de las que me excluían, telefoneaba en secreto a Vittoria y quedaba con ella.

La única que intentaba averiguar con delicadeza lo que me ocurría era mi madre.

—¿Adónde habéis ido?

—A casa del tío Nicola, os manda saludos.

—¿Qué te ha parecido?

—Un poco tonto.

—No hables así de tu tío.

—Se ríe siempre sin motivo.

—Sí, me acuerdo de eso.

—No se parece en nada a papá.

—Es cierto.

No tardé en verme implicada en otra visita importante. Mi tía me llevó —de nuevo, sin previo aviso— a conocer a Margherita, que vivía cerca de su casa. Toda aquella zona hacía renacer en mí las angustias de la infancia. Me inquietaban las paredes desconchadas, los edificios bajos que parecían vacíos, los colores gris azulados o amarillentos, los perros feroces que perseguían ladrando durante un trecho el Cinquecento, el olor a gas. Vittoria aparcó, se encaminó a un amplio patio rodeado de edificios de un celeste pálido, cruzó un portoncillo y solo cuando empezó a subir las escaleras, se volvió para decirme: Aquí viven la mujer de Enzo y sus hijos.

Llegamos a la tercera planta y en vez de tocar el timbre —primera sorpresa— Vittoria abrió con su llave. Dijo en voz alta: Somos nosotras, a lo que siguió un grito entusiasmado en dialecto —¡Uy, qué contenta estoy!— que anunció la aparición de una mujer menuda, rechoncha, vestida de negro, con una cara hermosa que junto con los ojos azules parecía anegada en un halo de sonrosada gordura. Nos hizo pasar a una cocina en penumbra, me presentó a sus hijos, dos chicos de más de veinte años, Tonino y Corrado, y una chica, Giuliana, que tendría unos dieciocho. Era esbelta, guapísima, morena, llevaba los ojos muy pintados; de joven su madre debió de ser así. Tonino, el mayor, también era guapo, transmitía fuerza, pero me pareció muy tímido, se ruborizó con solo estrecharme la mano y casi no me dirigió la palabra. Corrado, en cambio, era el único expansivo; lo encontré idéntico al hombre que había visto en la foto del cementerio: el mismo pelo ondulado, la misma frente estrecha, los mismos ojos vivaces, la misma sonrisa. Cuando en una pared de la cocina vi una foto de Enzo, con su uniforme de policía, la pistola en el cinto, una fotografía mucho más grande que la del cementerio, fastuosamente enmarcada y con una lamparilla roja encendida delante, y me fijé en que había sido un hombre largo de tórax y corto de piernas, aquel hijo suyo me pareció un fantasma avispado. Con actitud sosegada, envolvente, no sé cuántas cosas me dijo en broma, una ráfaga de cumplidos irónicos, y yo me divertí, me gustaba que me hiciera el centro de la atención. Pero Margherita lo consideró descortés, refunfuñó varias veces: Currà, eres un grosero, deja en paz a la niña, y le ordenó en dialecto que parara. Corrado se calló mirándome con ojos encendidos mientras su madre me colmaba de golosinas, la hermosa Giuliana, de curvas abundantes y colores vivaces, me decía mil zalamerías con voz aguda, Tonino me colmaba de amabilidades mudas.

En el curso de aquella visita, tanto Margherita como Vittoria lanzaron en varias ocasiones miradas al hombre de la foto. Con una frecuencia similar lo sacaron a colación, medias frases del tipo: Cómo se habría divertido Enzo, cuánto se habría enfadado, cuánto le habría gustado. Probablemente llevaban casi veinte años comportándose así, una pareja de mujeres que recordaban al mismo hombre. Las miré, las analicé. Me imaginé a Margherita de joven, con el aspecto de Giuliana, y a Enzo con el de Corrado, y a Vittoria con mi cara, y a mi padre —a mi padre también— como en la foto guardada en la caja de metal, esa en cuyo fondo se leía RÍA. Seguramente en aquellas calles hubo una pastelería, una charcutería, una sastrería, tal vez, y ellos habían pasado y vuelto a pasar por allí, e incluso se habían fotografiado, quizá antes de que la joven y rapaz Vittoria le robara a la hermosa y tierna Margherita el marido de los dientes de lobo, o tal vez incluso más tarde, durante su relación secreta, nunca más después, cuando mi padre fue un chivato, y no hubo más que dolor y furia. Pero el tiempo fue pasando. Ahora ambas, mi tía y Margherita, tenían un tono plácido, calmado; sin embargo, no conseguía dejar de pensar que el hombre de la foto debía de haber apretado las nalgas de Margherita como se las había apretado a mi tía cuando ella se lo había robado, con la misma fuerza hábil. El pensamiento me hizo sonrojar tanto que Corrado dijo: Estás pensando en algo bonito, y yo casi grité: ¡No!, pero no conseguí deshacerme de aquellas imágenes y continué fantaseando que allí, en la cocina en penumbra, las dos mujeres se habían contado con todo lujo de detalles, a saber cuántas veces, actos y palabras del hombre al que habían compartido, y que debieron de hacer un gran esfuerzo antes de hallar el equilibrio entre los buenos y los malos sentimientos.

Llegar a compartir a los hijos tampoco debió de ser muy fácil. Probablemente tampoco lo era ahora. De hecho, no tardé en comprobar al menos tres cosas: primero, Corrado era el preferido de Vittoria, y los otros dos estaban molestos por ello; segundo, Margherita estaba sometida a mi tía, mientras hablaba la escudriñaba para ver si estaba de acuerdo con ella, y si no lo estaba, se tragaba cuanto había dicho; tercero, los tres hermanos querían a su madre, a veces daba la sensación de que la protegían de Vittoria, y con todo, sentían por mi tía una especie de devoción asustada, la respetaban como si fuese una divinidad tutelar de sus existencias y la temían. La naturaleza de sus relaciones me quedó del todo clara cuando, no sé cómo, salió a relucir que Tonino tenía un amigo, un tal Roberto, criado allí, en el Pascone, que alrededor de los quince años se había mudado a Milán con su familia; ahora ese muchacho iba a llegar esa noche y Tonino lo había invitado a quedarse en su casa. Eso hizo enfadar a Margherita.

—Cómo se te ocurre, ¿dónde lo metemos?

—No podía decirle que no.

—¿Por qué? ¿Le debes algo? ¿Te ha hecho algún favor?

—Ninguno.

—¿Entonces?

Discutieron un rato: Giuliana tomó partido por Tonino, Corrado, por su madre. Me di cuenta de que todos conocían a aquel chico desde hacía mucho, había sido compañero de colegio de Tonino; Giuliana recalcó con pasión que era una persona buena, modesta, muy inteligente. Solo Corrado lo detestaba.

—No te lo creas, es un tocacojones —dijo dirigiéndose a mí, corrigiendo a su hermana.

—Lávate la boca cuando hables de él —contestó enojada Giuliana.

—Siempre será mejor que tus amigos —le dijo Tonino con agresividad.

—Mis amigos le van a romper el culo si vuelve a decir las cosas que dijo la otra vez —le soltó Corrado.

Siguió un momento de silencio. Margherita, Tonino, Giuliana se volvieron hacia Vittoria, y también Corrado se interrumpió con cara de querer tragarse sus palabras. Mi tía se tomó unos minutos más, luego intervino con un tono que aún no le conocía, amenazador y sufrido como si le doliera el estómago:

—¿Y quiénes son esos amigos tuyos? Dímelo.

—Nadie —contestó Corrado con una risita nerviosa.

—¿Estás hablando del hijo del abogado Sargente?

—He dicho que no estoy hablando de nadie.

—Currà, sabes que te parto los huesos si a ese nadie llegas a darle siquiera los buenos días.

Se percibía tanta tensión que me pareció que Margherita, Tonino y Giuliana estaban a punto de intervenir para restar importancia al conflicto con Corrado con tal de evitarle la ira de mi tía. Pero fue Corrado el que no se rindió, insistió en hablar mal de Roberto.

—De todos modos, ese se fue a Milán y no tiene derecho a venir aquí a decirnos cómo nos tenemos que comportar.

Así las cosas, en vista de que su hermano no cedía y de ese modo ofendía también a mi tía, Giuliana volvió a enfadarse:

—El que se tiene que callar eres tú, yo me pasaría la vida escuchando a Roberto.

—Porque eres idiota.

—Basta, Currà —lo reprendió su madre—, Roberto es una joya de muchacho. Pero, Tonì, ¿por qué tiene que dormir aquí?

—Porque lo he invitado —dijo Tonino.

—Pues le dices que te has equivocado, que la casa es pequeña y no hay sitio.

—Más bien —se entrometió de nuevo Corrado— dile que es mejor para él que no se le vea el pelo por el barrio.

Entonces, exasperados, Tonino y Giuliana se volvieron a la vez hacia Vittoria, como si le correspondiera a ella resolver el asunto por las buenas o por las malas. Me impresionó que la propia Margherita se dirigiese a ella como diciendo: Vittò, ¿qué hago? Vittoria dijo en voz baja: Vuestra madre tiene razón, no hay sitio, Corrado se viene a dormir a mi casa. Pocas palabras, los ojos de Margherita, de Tonino, de Giuliana se iluminaron de gratitud. Corrado por su parte resopló, intentó añadir algo contra el invitado, pero mi tía dijo entre dientes: Cállate. Él hizo ademán de levantar los brazos en señal de rendición, aunque de mala gana. Después, como si comprendiera que le debía a Vittoria una muestra más evidente de sumisión, se le acercó por la espalda y la besó varias veces ruidosamente en el cuello y en una mejilla. Ella, sentada junto a la mesa de la cocina, fingió estar molesta, dijo en dialecto: Virgen santa, Currà, serás pegajoso. ¿Acaso aquellos tres jóvenes eran en cierto modo de su sangre y, por tanto, de la mía? Me gustaron Tonino, Giuliana, Corrado, también me gustó Margherita. Qué pena ser la última en llegar, no tener el lenguaje que ellos tenían, no tener ninguna intimidad verdadera.

8

En algunos momentos, como si hubiese percibido aquella sensación de extrañamiento, Vittoria parecía querer ayudarme a superarla; en otros, ella misma la acentuaba adrede. ¡Virgen santa!, exclamaba, fíjate, tenemos las manos iguales, y las acercaba a las mías, y el pulgar chocaba contra el pulgar; el choque me emocionaba, habría querido abrazarla con fuerza, o tumbarme a su lado con la cabeza en su hombro, notar su respiración, su voz áspera. Pero con mayor frecuencia, en cuanto yo decía algo que le parecía errado, me regañaba, exclamaba: De tal palo, tal astilla; o se burlaba de mí por cómo me obligaba a vestir mi madre: Eres mayor, con esas tetas que tienes, no puedes salir de casa vestida de muñeca; debes rebelarte, Giannì, te están echando a perder. Y soltaba su cantinela: Fíjate cómo son tus padres, fíjate bien, no te dejes engañar.

Era algo que le interesaba mucho, y cada vez que nos encontrábamos insistía en que le contase qué hacían a lo largo del día. Como yo me limitaba a darle información genérica, no tardaba en irritarse, me tomaba el pelo con malicia, o reía ruidosamente abriendo mucho su gran boca. Le exasperaba que me limitara a referirle cuánto estudiaba mi padre, cómo era respetado, y que mi madre lo adoraba porque era atractivo e inteligente, y que los dos eran buenos; ella se dedicaba a corregir y a menudo a reescribir historias de amor escritas expresamente para mujeres, lo sabía todo, era muy amable. Tú los quieres, me decía Vittoria cuando la cegaba el rencor, porque son tus padres, pero si no sabes ver que son gente de mierda, te convertirás en una mierda como ellos y no querré verte más.

Para contentarla, una vez le dije que mi padre tenía muchas voces y que las modulaba según las circunstancias. Tenía la voz del afecto, la voz imperiosa, la voz gélida, todas en un italiano precioso, pero también tenía la voz del desprecio, siempre en italiano, pero a veces también en dialecto, y la utilizaba con todos aquellos que lo fastidiaban; en especial, con los tenderos tramposos, con los automovilistas que no sabían conducir, con la gente maleducada. De mi madre le conté que estaba un poco sometida a una amiga suya llamada Costanza, y que a veces se exasperaba con Mariano, el marido de esta mujer y amigo fraternal de mi padre, que gastaba bromas pesadas. Pero Vittoria tampoco apreció aquellas confidencias más específicas, las consideró chismes insustanciales. Descubrí que se acordaba de Mariano; lo definió como un idiota, de amigo fraternal, nada. Aquel adjetivo la sulfuró. Andrea, dijo con un tono muy áspero, no sabe lo que significa «fraternal». Recuerdo que estábamos en la cocina de su casa, y que fuera, en la miserable calle, llovía. Seguramente puse cara de desolación, se me humedecieron los ojos, y eso, ante mi sorpresa y mi placer, la enterneció como nunca antes. Mi tía me sonrió, tiró de mí, me sentó en su regazo y me besó fuerte en una mejilla, me la mordisqueó. Después susurró en dialecto: Perdóname, no la tengo tomada contigo, sino con tu padre; luego me metió una mano debajo de la falda, me golpeó levemente, varias veces, con la palma, entre la nalga y el muslo. Me dijo al oído una vez más: Fíjate en tus padres, fíjate bien, si no, no te salvarás.

9

Aquellas repentinas explosiones de afecto expresadas siempre con un tono insatisfecho fueron en aumento e hicieron que mi tía fuera para mí cada vez más imprescindible. El tiempo vacío entre nuestros encuentros transcurría con una lentitud insoportable, y en el intervalo en que no la veía o no conseguía llamarla por teléfono sentía la necesidad de hablar de ella. Así, terminé por franquearme cada vez más con Angela e Ida, tras exigirles juramentos de máxima reserva. Eran las únicas con quienes podía jactarme de la relación con mi tía, pero, al principio, me escucharon poco, enseguida querían contarme historias y anécdotas de sus parientes excéntricos. Sin embargo, tuvieron que ceder muy pronto; los parientes de los que me hablaban no tenían ni punto de comparación con Vittoria porque —tal como yo la describía— resultaba por completo ajena a la experiencia de mis amigas. Sus tías, primas y abuelas eran señoras acomodadas del Vomero, de Posillipo, de via Manzoni, de via Tasso. En cambio, yo colocaba fantasiosamente a la hermana de mi padre en una zona de cementerios, de torrenteras, de perros feroces, de llamaradas de gas, de esqueletos de edificios abandonados, y decía: Tuvo un amor infeliz y único, él murió de pena, pero ella lo amará para siempre.

Una vez les confié en voz muy baja: Cuando mi tía Vittoria habla de cómo se querían, dice «follar»; me contó cuánto y cómo follaron ella y Enzo. Ese último aspecto impresionó sobre todo a Angela; me hizo mil preguntas, y quizá exageré con las respuestas, puse en boca de Vittoria cosas con las que yo llevaba tiempo fantaseando. Pero no me sentí culpable; la esencia era esa, mi tía me había hablado exactamente así. No sabéis —dije, conmovida— qué bonita amistad tenemos ella y yo, nos sentimos muy unidas, me abraza, me besa, me repite a menudo que somos idénticas. Naturalmente, me callé lo de sus peleas con mi padre, las discusiones por la herencia de una casucha miserable, la delación en que desembocaron, las consideré cosas poco dignas. Les conté, en cambio, que tras la muerte de Enzo, Margherita y Vittoria habían vivido en un espíritu de admirable colaboración; se habían ocupado de los hijos como si los hubiesen parido por turnos, un poco una, un poco la otra. Aquella imagen, debo decir, se me ocurrió por casualidad, pero la fui afinando en los relatos siguientes, hasta que yo misma me creí que a Tonino, Giuliana y Corrado los habían tenido milagrosamente las dos. Casi sin darme cuenta, en especial con Ida, poco faltó para que no dotase a las dos mujeres de la capacidad de volar por los cielos nocturnos o de preparar pócimas mágicas con hierbas hechizadas que recogían en el bosque de Capodimonte. Sin duda le dije que Vittoria hablaba con Enzo en el cementerio y que él le daba consejos.

—¿Hablan como estamos hablando tú y yo? —preguntó Ida.

—Sí.

—Así que es él quien quiso que tu tía fuera también la mamá de sus hijos.

—Eso seguro. Era policía, podía hacer lo que quería, hasta llevaba pistola.

—O sea, ¿que sería como si mi mamá y tu mamá fueran las mamás de las tres?

—Sí.

Ida se quedó muy turbada, pero Angela también se conmovió. Cuanto más hacía y rehacía yo aquellos relatos enriqueciéndolos, más exclamaban ellas: ¡Qué bonito, se me saltan las lágrimas! De todos modos, su interés aumentó de forma especial cuando empecé a hablarles de lo divertido que era Corrado, de lo guapa que era Giuliana, de lo atractivo que era Tonino. Yo misma me asombré del entusiasmo con que describí a este último. Para mí también fue un descubrimiento que me hubiese gustado; en un primer momento no me había causado gran impresión, al contrario, me había parecido el más insustancial de los tres hermanos. Hablé tanto de él, lo inventé tan bien, que cuando Ida, experta en romances, me dijo: Tú te has enamorado, reconocí que era cierto, que lo amaba, sobre todo para ver la reacción de Angela.

Se creó así una situación en la que mis amigas me pedían sin cesar nuevos detalles de Vittoria, Tonino, Corrado, Giuliana y su madre, y yo no me hacía rogar. Durante un tiempo todo fue bien. Después empezaron a preguntarme si podían conocer al menos a la tía Vittoria y a Tonino. Enseguida me negué, era algo mío, un fantaseo mío que mientras duraba me hacía sentir bien; me había pasado de la raya, la realidad lo habría desmerecido todo. Además, intuía que el bienestar de mis padres era fingido, me estaba costando mucho mantenerlo todo en equilibrio. Habría bastado un paso en falso —Mamá, papá, ¿puedo llevar a Angela e Ida a casa de la tía Vittoria?— para que, en un santiamén, estallaran los malos sentimientos. Pero Angela e Ida estaban intrigadas, insistían. Pasé un otoño desorientado, asediada entre las presiones de mis amigas y las de Vittoria. Las primeras querían comprobar si el mundo al que me estaba asomando era de veras más emocionante que el que habitábamos; la segunda parecía dispuesta a alejarme de ese mundo, de ella, si no reconocía que me hallaba de su parte y no de la de mi padre y mi madre. De este modo, me sentía anodina con mis padres, anodina con Vittoria, sin una fisonomía veraz con mis amigas. Fue en ese contexto cuando empecé, casi sin darme cuenta, a espiar en serio a mis padres.

10

Lo único que esclarecí sobre mi padre fue su insospechado apego al dinero. Capté varias veces que, en voz baja pero de forma apremiante, acusaba a mi madre de gastar demasiado y en cosas inútiles. Por lo demás, su vida seguía como siempre: por la mañana, el colegio; por la tarde, el estudio; por la noche, las reuniones en nuestra casa o en la de otros. En cuanto a mi madre, sobre el tema del dinero la oí con frecuencia rebatir, siempre en voz baja: Es dinero que gano yo, podré gastarme algo en mí, ¿no? La novedad fue que ella, pese a haber ironizado siempre con dulzura sobre las reuniones de mi padre a las que, sobre todo para tomarle el pelo a Mariano, llamaba «conspiraciones para arreglar el mundo», de buenas a primeras empezó a participar en ellas. No solo cuando se celebraban en nuestra casa, sino, con manifiesto fastidio por parte de mi padre, también cuando se celebraban en casa de otros; tanto es así que a menudo me pasaba las veladas hablando por teléfono con Angela o con Vittoria.

Por Angela supe que Costanza no sentía la misma curiosidad que mi madre por las reuniones, y que, aunque se organizaran en su casa, prefería salir o, como mucho, ver la televisión, leer. Terminé por hablar a Vittoria —aunque con cierta vacilación— tanto de aquellas peleas por el dinero como de la repentina curiosidad de mi madre por las actividades nocturnas de mi padre. Inesperadamente, mi tía me alabó:

—Por fin te has dado cuenta del apego de tu padre al dinero.

—Sí.

—Me arruinó la vida por el dinero.

No repliqué; me alegraba de haber encontrado por fin una información que la satisfacía.

—¿Qué se compra tu madre? —me apremió ella.

—Ropa, bragas. Y muchas cremas.

—¡La muy cabrona! —exclamó, contenta.

Comprendí que Vittoria exigía acontecimientos y actitudes de ese tipo, no solo para confirmar que ella tenía razón y mi padre y mi madre estaban equivocados, sino también como señal de que yo misma estaba aprendiendo a ver más allá de las apariencias, a entender.

Bien mirado, que se conformase con chivatazos de ese tipo me tranquilizó. No quería, tal como ella parecía pretender, dejar de ser hija; el vínculo con mis padres era fuerte, y yo descartaba que el interés de mi padre por el dinero o los pequeños derroches de mi madre pudieran causar mi desapego. Más bien el riesgo estaba en que, al tener poco o nada que contar, con tal de darle el gusto a Vittoria y reforzar la confianza entre nosotras, de un modo inadvertido comenzara a inventar. Por suerte, las mentiras que se me ocurrían eran exageradas; atribuía a mi familia unos delitos tan novelescos que me dominaba, temía que Vittoria dijese: Eres una mentirosa. Por ello acabé por buscar únicamente pequeñas anomalías reales e inflarlas apenas un poquito. Pero también así me sentía inquieta. No era una hija entregada de verdad y no era una espía leal de verdad.

Una noche fuimos a cenar a casa de Mariano y Costanza. Bajando por via Cimarosa tuve un mal presentimiento al ver un nubarrón que alargaba unos dedos deshilachados. En el amplio apartamento de mis amigas enseguida noté frío, los radiadores aún no estaban encendidos, me dejé puesta una chaqueta de lana que mi madre consideraba muy elegante. Aunque en la casa de nuestros anfitriones siempre se comían cosas ricas —tenían una criada silenciosa que cocinaba de maravilla; la miraba y pensaba en Vittoria, que servía en apartamentos como aquel—, disfruté poco de la cena por miedo a ensuciarme la chaqueta, mi madre me había aconsejado que me la quitara. Ida, Angela y yo nos aburríamos; tardamos en llegar al postre una eternidad repleta de la cháchara de Mariano. Finalmente llegó el momento de pedir permiso para levantarnos de la mesa y Costanza nos lo dio. Salimos al pasillo, nos sentamos en el suelo; Ida se puso a lanzar una pelotita roja de goma para fastidiarnos, a mí y también a Angela, que me preguntaba cuándo me decidiría a llevarla a conocer a mi tía. Se mostró particularmente insistente.

—¿Quieres saber una cosa? —dijo.

—¿Qué?

—Para mí que tu tía no existe.

—Claro que existe.

—Entonces, no es como tú nos la describes. Por eso no quieres que la conozcamos.

—Es incluso mejor que como os la describo.

—Entonces, llévanos a su casa —dijo Ida, y me tiró la pelotita con fuerza.

Para esquivarla me eché atrás en el suelo y acabé tumbada cuan larga era entre la pared y la puerta del comedor, abierta de par en par. La mesa alrededor de la cual nuestros padres seguían entretenidos era rectangular y ocupaba el centro de la estancia. Desde donde yo me encontraba los veía a los cuatro de perfil. Mi madre estaba sentada enfrente de Mariano; Costanza, enfrente de mi padre; no sé muy bien de qué hablaban. Mi padre dijo algo, Costanza rio, Mariano replicó. Yo estaba tendida en el suelo y, más que sus caras, veía el contorno de sus piernas, de sus pies. Mariano las tenía bien estiradas debajo de la mesa, hablaba con mi padre y mientras tanto sujetaba entre sus pies un tobillo de mi madre.

Me incorporé enseguida con una oscura sensación de vergüenza y lancé con fuerza la pelotita a Ida. Resistí apenas unos minutos, volví a tumbarme en el suelo. Mariano seguía con las piernas estiradas debajo de la mesa, pero ahora mi madre había recogido las suyas y se había vuelto con todo el cuerpo hacia mi padre. Decía: Es noviembre, pero todavía hace calor.

¿Qué haces?, preguntó Angela, y con precaución, muy muy despacio, se acostó a mi lado diciendo: Hasta hace poco coincidíamos a la perfección y mira ahora, eres más alta que yo.

11

No perdí de vista a mi madre y a Mariano el resto de la velada. Ella intervino poco en la conversación, no intercambió con él ni una sola mirada, observó siempre a Costanza o a mi padre, pero sin verlos, como si tuviera pensamientos apremiantes. En cambio, Mariano no consiguió quitarle los ojos de encima. Le miraba ahora los pies, ahora una rodilla, ahora una oreja, con gesto enfurruñado, melancólico, que contrastaba con el tono habitual de su cháchara invasiva. Las raras veces en que se dirigieron la palabra, mi madre contestó con monosílabos; Mariano le habló sin motivo en voz baja, con un tono arrullador que nunca le había oído. Al cabo de un rato, Angela empezó a insistir para que me quedara a dormir en su casa; lo hacía siempre en ocasiones como esa, y, en general, mi madre aceptaba tras unos cuantos comentarios sobre las molestias que causaría, mientras que mi padre siempre estaba implícitamente a favor. Esa vez, la petición no fue atendida de inmediato, mi madre dio largas. Entonces intervino Mariano y, tras recalcar que al día siguiente era domingo, que no había clases, le aseguró que él mismo me llevaría de vuelta a San Giacomo dei Capri antes de la comida. Los oí dialogar inútilmente; por descontado que me iba a quedar a dormir, y sospeché que con aquel intercambio —en las palabras de mi madre había una débil resistencia; en las de Mariano, una petición insistente— se estaban diciendo otras cosas que a ellos les resultaban claras y a los demás se nos escapaban. Cuando mi madre accedió a que me quedara a dormir con Angela, Mariano se puso serio, casi conmovido, como si de esa pernoctación mía dependiesen, no sé, su carrera académica o la solución de los graves problemas de los que se ocupaban él y mi padre desde hacía decenios.

Poco antes de las once de la noche, tras mucho titubear, mis padres decidieron marcharse.

—No tienes pijama —dijo mi madre.

—Le presto uno de los míos —dijo Angela.

—¿Y el cepillo de dientes?

—Tiene el suyo, se lo dejó la última vez y se lo guardé.

Ante aquella resistencia anómala respecto de algo por completo habitual, Costanza intervino con una pizca de ironía: Cuando Angela se queda a dormir en vuestra casa, ¿no se pone un pijama de Giovanna, no tiene su propio cepillo? Sí, claro, se rindió mi madre, un tanto incómoda, y añadió: Andrea, vamos, es tarde. Mi padre se levantó del sofá con cara de estar un poco aburrido, quiso mi beso de buenas noches. Mi madre estaba distraída y no me lo pidió; en cambio, besó a Costanza en las dos mejillas, con unos chasquidos que jamás hacía y que me parecieron impuestos por la necesidad de subrayar su antiguo pacto de amistad. Tenía la mirada inquieta, pensé: ¿Qué le pasa, no se encuentra bien? Hizo ademán de encaminarse a la puerta, pero, como si de pronto acabara de acordarse de que Mariano estaba detrás de ella y no se había despedido de él, casi se dejó caer de espaldas sobre su pecho, como si le hubiese dado un desfallecimiento, y en esa posición —mientras mi padre se despedía de Costanza y alababa la cena por enésima vez— volvió la cabeza y le ofreció los labios. Fue un instante; con el corazón en la boca, yo creí que iban a besarse como en las películas. En cambio, él le rozó una mejilla con los labios y ella hizo otro tanto.

En cuanto mis padres se marcharon del apartamento, Mariano y Costanza se pusieron a recoger y nos obligaron a prepararnos para ir a la cama. Yo no lograba concentrarme. ¿Qué había ocurrido delante de mis ojos, qué había visto, una broma inocente de Mariano, un acto ilícito premeditado por su parte, un acto ilícito de ambos? Mi madre, siempre tan transparente, ¿cómo había podido tolerar ese contacto debajo de la mesa, y con un hombre mucho menos atractivo que mi padre? No le tenía simpatía a Mariano —Qué estúpido es, había dicho un par de veces en mi presencia—, e incluso con Costanza no se había mordido la lengua; le había preguntado con frecuencia, con un leve tono de broma, cómo hacía para aguantar a una persona que nunca conseguía estar callada. ¿Qué significaba entonces aquel tobillo suyo entre los tobillos de él? ¿Desde cuándo duraba aquella situación? ¿Desde hacía un segundo, un minuto, diez? ¿Por qué mi madre no había retirado la pierna de inmediato? ¿Y aquella distracción que había seguido? Me sentía confusa.

Me demoré tanto lavándome los dientes que Ida me dijo con hostilidad: Ya está bien, te los vas a gastar. Siempre pasaba lo mismo: en cuanto nos encerrábamos en el cuarto que ambas hermanas compartían, ella se ponía agresiva. En realidad, temía que nosotras dos, las mayores, le diéramos de lado y así, por prevención, se ponía de morros. Fue eso por lo que, con tono belicoso, anunció que ella también quería dormir en la cama de Angela y no sola en la suya. Las dos hermanas se pelearon un rato —Estamos apretadas, vete; No, estamos la mar de bien—, pero Ida no cedió; en esas ocasiones nunca cedía. Finalmente, Angela me guiñó un ojo y le dijo: Pero en cuanto te quedes dormida, yo me voy a tu cama. Muy bien, dijo exultante Ida, y satisfecha, no tanto porque iba a dormir toda la noche conmigo como porque no lo haría su hermana, trató de iniciar una guerra de almohadas. Angela y yo contraatacamos desganadas, ella lo dejó estar, se acomodó entre nosotras dos y apagó la luz. En la oscuridad dijo, muy alegre: Llueve, cómo me gusta que estemos juntas, no tengo sueño, por favor, hablemos toda la noche. Pero Angela la mandó callar, dijo que tenía sueño y después de algunas risitas solo se oyó el golpeteo de la lluvia contra los cristales.

Me vino enseguida a la cabeza el tobillo de mi madre entre los de Mariano. Traté de quitarle nitidez a la imagen, quise convencerme de que no significaba nada, que no era más que una broma entre amigos. No lo conseguí. Si no significa nada, me dije, cuéntaselo a Vittoria. Seguramente mi tía sabría decirme qué importancia debía dar a aquella escena, ¿acaso no me había ella animado a espiar a mis padres? Fíjate, fíjate bien, había dicho. Ya me había fijado y algo había visto. Habría bastado con obedecerla más a menudo para saber si se trataba o no de una tontería. Pero enseguida supe que jamás, jamás, jamás le contaría lo que había visto. Aunque no hubiese nada de malo, Vittoria habría encontrado el mal. Había visto en acción —me explicaría— el deseo de follar, y no el deseo de follar de los libritos educativos que me habían regalado mis padres, con estampas multicolores, pies de ilustración pulcros y elementales, sino algo repugnante y ridículo a la vez, como un gargarismo cuando duele la garganta. Eso no conseguiría tolerarlo. Y mientras tanto, mi tía, con solo evocarla, ya me estaba invadiendo la cabeza con su excitante léxico desagradable; en la oscuridad, vi nítidamente a Mariano y a mi madre abrazados en las formas sugeridas por su vocabulario. ¿Era acaso posible que ellos dos estuviesen en condiciones de sentir el mismo y extraordinario placer que Vittoria aseguraba haber conocido y que me había deseado a mí también como el único don verdadero que la vida podía reservarme? La sola idea de que si le hubiese ido con el cuento, ella habría recurrido a las mismas palabras con que se refirió a sí misma y a Enzo, pero degradándolas para degradar a mi madre y, a través de ella, a mi padre, me convenció todavía más de que lo mejor era no hablar jamás de aquella escena.

—Ya duerme —bisbiseó Angela.

—Durmamos nosotras también.

—Sí, pero en su cama.

La oí moverse cautelosa en la oscuridad. Apareció a mi lado, me agarró de la mano; yo me escabullí con prudencia, la seguí a la otra cama. Nos tapamos con las mantas, hacía frío. Pensé en Mariano y en mi madre, pensé en mi padre cuando se enterara de su secreto. Tuve claro que en mi casa todo cambiaría a peor, y pronto. Me dije: Aunque no se lo cuente, Vittoria lo descubrirá; o puede incluso que ya lo sepa y solo me haya empujado a verlo con mis ojos.

—Háblame de Tonino —susurró Angela.

—Es alto.

—¿Y qué más?

—Tiene los ojos muy muy negros y profundos.

—¿De veras quiere ser tu novio?

—Sí.

—Si os hacéis novios, ¿os besaréis?

—Sí.

—¿Con lengua?

—Sí.

Me abrazó con fuerza y yo la abracé como hacíamos cuando dormíamos juntas. Seguimos así, esforzándonos para quedar lo más pegadas posible, yo agarrada a su cuello, ella a mis caderas. Poco a poco me llegó aquel olor suyo que conocía bien; era intenso y dulce a la vez, despedía tibieza. Me estás apretando mucho, murmuré, y ella, ahogando una risita contra mi pecho, me llamó Tonino. Suspiré y dije: Angela. Ella repitió, esta vez sin reír: Tonino, Tonino, Tonino, y añadió: Júrame que me llevarás a conocerlo; si no, ya no seremos amigas. Se lo juré y nos besamos con unos besos larguísimos, acariciándonos. Pese a que teníamos sueño, no conseguíamos parar. Era un placer sereno, echaba fuera la angustia, y por eso nos parecía una renuncia sin motivo.

III

1

Durante días vigilé a mi madre. Si sonaba el teléfono y ella corría a contestar con excesiva rapidez y la voz, al principio alta, no tardaba en volverse bisbiseo, yo sospechaba que su interlocutor era Mariano. Si dedicaba demasiado tiempo a cuidar de su aspecto y desechaba un vestido y luego otro y luego otro más, e incluso llegaba a llamarme para pedirme opinión sobre cuál le quedaba mejor, yo estaba segurísima de que debía ir a una cita secreta con su amante, jerga esta que había aprendido leyendo de reojo las galeradas de las novelas rosa.

En aquella ocasión descubrí que yo podía llegar a ser incurablemente celosa. Hasta ese momento había tenido la certeza de que mi madre me pertenecía y que el derecho a tenerla para siempre a mi disposición era indiscutible. En el teatro de títeres de mi cabeza, mi padre era mío y legítimamente también suyo. Dormían juntos, se besaban, me habían concebido de la forma en que me habían explicado ya cuando yo tenía unos seis años. Su relación era para mí un dato objetivo, y por eso mismo nunca me había perturbado conscientemente. Pero fuera de esa relación sentía, por incongruente que pareciera, que mi madre era indivisible e inviolable, que me pertenecía solo a mí. Consideraba mío su cuerpo, mío era su perfume, míos incluso sus pensamientos porque —desde que tenía memoria había estado segura de ello—

no podían centrarse más que en mí. Sin embargo, ahora, de repente, era admisible que mi madre —y aquí recurría de nuevo a fórmulas aprendidas de los novelones en los que ella trabajaba— se entregara a otro a escondidas, fuera de los pactos familiares. Ese otro se consideraba autorizado a estrecharle el tobillo entre los suyos debajo de la mesa, y quién sabe en qué lugares le metía saliva en la boca, le chupaba los pezones que yo había chupado y —como decía Vittoria con un acento dialectal del que yo carecía pero que, ahora más que nunca, por desesperación, hubiera querido tener— le agarraba una nalga, luego la otra. Cuando llegaba a casa jadeante porque la acuciaban miles de tareas del trabajo y de la casa, yo veía sus ojos llenos de luz, le notaba debajo de la ropa las huellas de las manos de Mariano, percibía en toda ella, que no fumaba, el olor a tabaco de los dedos de él, amarillos de nicotina. No tardó en causarme repugnancia el mero hecho de rozarla, y aun así, no soportaba haber perdido el placer de sentarme en su regazo, de juguetear con el lóbulo de sus orejas para hacerla rabiar y que me dijera: Para de una vez, me estás dejando las orejas moradas, y reír juntas. ¿Por qué lo hace?, me atormentaba. No encontraba un solo buen motivo que justificase su traición y por ello trataba de buscar la manera de devolverla al momento anterior a aquel contacto debajo de la mesa del comedor para recuperarla como era cuando ni siquiera me daba cuenta de cuánto me importaba, de cuánto me parecía obvio que estuviese presente, dispuesta a atender mis necesidades, y que estuviese para siempre.

2

En aquella etapa evité telefonear y ver a Vittoria. Me justificaba pensando: Así será más fácil decirle a Angela e Ida que mi tía está ocupada y ni siquiera tiene tiempo de verme. Pero el motivo era otro. Andaba siempre con ganas de llorar y ya sabía que solo al lado de mi tía podría hacerlo con plena libertad, gritando, sollozando. Ay, sí, quería un momento de desahogo, nada de palabras, nada de confidencias, solo una expulsión del dolor. Pero ¿quién me aseguraba que, en el instante en que estallara en lágrimas, no fuese a echarle en cara su responsabilidad, no fuese a chillar con toda la furia de la que me sentía capaz que sí, que había hecho como me había dicho, me había fijado exactamente como ella me había pedido, y ahora sabía que no debería haberlo hecho, bajo ningún concepto, porque había descubierto que el mejor amigo de mi padre —en esencia, un hombre desagradable— estrechaba entre sus tobillos, mientras cenábamos, el tobillo de mi madre, y que ella no se levantaba indignada de un salto, no gritaba: ¿Cómo te atreves?, sino que se dejaba hacer? En fin, temía que, dando rienda suelta a las lágrimas, flaqueara de golpe mi decisión de callar y eso era algo que no quería de ninguna de las maneras. Sabía muy bien que en cuanto me hubiese confiado, Vittoria habría descolgado el teléfono para contárselo todo a mi padre por el puro gozo de hacerle daño.

Pero ¿todo qué? Poco a poco me fui tranquilizando. Repasé por enésima vez lo que realmente había visto, me esforcé en desechar las fantasías, día tras día procuré alejar la impresión de que a mi familia iba a ocurrirle algo muy grave. Sentía la necesidad de compañía, quería distraerme. Por ello me veía con Angela e Ida mucho más que antes, cosa que intensificó las peticiones de conocer a mi tía. Al fin pensé: ¿Qué me cuesta, qué tiene de malo? Por tanto, una tarde me decidí a preguntar a mi madre: ¿Y si un domingo fuera con Angela e Ida a casa de la tía Vittoria?

Más allá de mis obsesiones, por aquella época mi madre estaba objetivamente cargada de trabajo. Iba corriendo al colegio, regresaba a casa, salía de nuevo, volvía, se encerraba en su cuarto y trabajaba hasta bien entrada la noche. Di por sentado que me contestaría distraída: De acuerdo. Pero no, no pareció que le gustara.

—¿Qué tienen que ver ahora Angela e Ida con la tía Vittoria?

—Son mis amigas, quieren conocerla.

—Ya sabes que la tía Vittoria no les causará buena impresión.

—¿Por qué?

—Porque no es una mujer presentable.

—¿Qué quieres decir?

—Ya está bien, ahora no tengo tiempo de ponerme a discutir. En mi opinión, tú también deberías dejar de verla.

Me enfurecí, dije que quería hablar con mi padre. Y mientras tanto, contra mi voluntad, en la cabeza me estalló: La que no es presentable eres tú, no la tía Vittoria; ahora le contaré a papá lo que haces con Mariano, y me las pagarás. Y así, sin esperar su labor de mediación habitual, corrí al estudio de mi padre, sintiendo —estaba sorprendida de mí misma, aterrada, no lograba contenerme— que de veras habría sido capaz de soltarle lo que había visto y añadir lo que había intuido. Cuando entré en el cuarto casi gritando, como si se tratara de un asunto de vida o muerte, que quería que Angela e Ida conocieran a Vittoria, mi padre levantó la vista de sus papeles y me dijo afectuoso: No hace falta gritar, ¿qué pasa?

Enseguida sentí alivio. Me tragué la delación que tenía en la punta de la lengua, le di un sonoro beso en la mejilla, le hablé de la petición de Angela e Ida, me quejé de la rigidez de mi madre. Él conservó el tono conciliador y no prohibió mi iniciativa, pero recalcó su aversión por su hermana. Dijo: Vittoria es problema tuyo, una curiosidad privada tuya, y no quiero meter baza, pero verás que a Angela e Ida no les va a gustar.

Para mi sorpresa, también Costanza, que en su vida había visto a mi tía, manifestó la misma hostilidad, como si hubiese intercambiado impresiones con mi madre. Sus hijas tuvieron que librar una larga batalla para conseguir permiso, me contaron que les había propuesto: Invitadla a que venga a casa, o bien os podéis ver, no sé, en un bar de la piazza Vanvitelli, el rato necesario para conocerla, darle el gusto a Giovanna, y fuera. En cuanto a Mariano, no se quedó atrás: ¿Qué necesidad hay de pasar un domingo con esa señora? Y además, por Dios, ir hasta allá, a ese lugar horrible donde no hay nada interesante que ver. Pero él, a mis ojos, ni siquiera tenía derecho a abrir la boca y por eso le expliqué a Angela, mintiendo, que mi tía había dicho que o íbamos a verla a su casa, o ya podíamos olvidarnos. Al final, Costanza y Mariano cedieron, pero organizaron minuciosamente los desplazamientos con mis padres: Vittoria pasaría a recogerme a mí a las nueve y media; juntas iríamos a buscar a Angela e Ida a las diez; por último, al regreso, dejaría a mis amigas en su casa a las dos, y a mí en la mía, a las dos y media.

Telefoneé entonces a Vittoria, y debo decir que lo hice con temor; hasta ese momento ni siquiera había consultado con ella. Como de costumbre, fue brusca; me reprochó que llevara tiempo sin llamarla, pero en esencia pareció contenta de que quisiera llevar a mis amigas a su casa. Dijo: Me agrada todo lo que a ti te agrade, y aceptó los horarios insidiosos que nos habían impuesto, aunque con el tono de quien piensa: De acuerdo, cómo no, haré lo que me dé la gana.

3

Y así, un domingo, cuando en los escaparates ya aparecían los adornos navideños, Vittoria llegó puntual a mi casa. Yo llevaba un cuarto de hora esperándola muy tensa en el portal. La vi alegre, bajó en su Cinquecento a velocidad constante hasta via Cimarosa, canturreando y obligándome a cantar. Allí nos encontramos a Costanza que aguardaba con sus hijas, las tres estaban pulcras y hermosas como en los anuncios de la televisión. Como noté enseguida que mi tía, sin haber acercado siquiera el coche al bordillo, ya estaba con el cigarrillo en los labios tomando nota con una expresión burlona de la elegancia extrema de Costanza, dije preocupada:

—No bajes, les digo a mis amigas que suban y nos vamos.

Ella ni siquiera me oyó, se rio, masculló en dialecto:

—¿Esa ha dormido vestida así o es que va a una fiesta a primera hora de la mañana?

Se bajó del coche y saludó a Costanza con una cordialidad tan exagerada que resultó claramente fingida. Yo también intenté apearme, pero la manija de la puerta no funcionaba bien y mientras forcejeaba, presa de los nervios, observaba a Costanza, que sonreía amable flanqueada por Angela e Ida, mientras Vittoria decía algo cortando el aire con gestos ampulosos. Confié en que no estuviera utilizando palabrotas y entretanto conseguí abrir la portezuela. Salí corriendo y llegué a tiempo para oír que mi tía, medio en italiano, medio en dialecto, estaba elogiando a mis amigas:

—Bonitas, bonitas, bonitas. Como la madre.

—Gracias —dijo Costanza.

—¿Y esos pendientes?

Se puso a alabar los pendientes de Costanza —los rozó con los dedos—, luego siguió con el collar, el vestido, lo tocó todo unos segundos, como si estuviese frente a un maniquí engalanado. Llegué a temer que fuera a subirle el borde del vestido para examinar mejor las medias, para verle las bragas; habría sido capaz de cualquier cosa. Sin embargo, se calmó de golpe, como si un lazo invisible atado a su garganta hubiese tirado de ella para indicarle que debía ser más comedida, y se puso a mirar fijamente, con una expresión muy seria, la pulsera que Costanza llevaba en la muñeca, una pulsera que yo conocía bien: era la preferida de la madre de Angela e Ida, de oro blanco; llevaba una flor con pétalos de brillantes y rubíes, espléndida, en el sentido de que desprendía luz; mi madre también se la envidiaba.

—¡Qué bonita! —dijo Vittoria sosteniendo la mano de Costanza mientras rozaba la joya con la yema de los dedos de un modo que me pareció de franca admiración.

—Sí, a mí también me gusta.

—¿Le tiene mucho apego?

—Pues sí, la verdad, la tengo desde hace muchos años.

—Entonces tenga cuidado, es tan preciosa que podría pasar un sinvergüenza y robársela —dijo en napolitano.

Después, como si el cumplido hubiese dado paso a una repentina sensación de repugnancia, le soltó la mano y se dirigió a Angela e Ida. Dijo con tono falso que eran mucho más preciosas que todos los brazaletes del mundo y nos hizo subir al coche mientras Costanza advertía a sus hijas: Niñas, portaos bien, no me hagáis preocupar, os espero aquí a las dos; y yo, al ver que mi tía no contestaba, es más, que ya había arrancado sin despedirse y con una de sus expresiones más ceñudas, grité fingidamente alegre por la ventanilla: ¡Sí, Costanza, a las dos, no te preocupes!

4

Partimos, y Vittoria, con su habitual forma de conducir inexperta y temeraria a la vez, enfiló la carretera de circunvalación, y por ahí fuimos bajando más y más hasta el Pascone. No fue amable con mis amigas; durante el trayecto las reprendió a menudo porque hablaban en voz muy alta. Yo también gritaba, el motor hacía un gran estruendo y era natural levantar la voz, pero mi tía la tomó solo con ellas. Tratamos de controlarnos; se enfadó igual, dijo que le dolía la cabeza, nos obligó a callar. Intuí que algo le había resultado desagradable, quizá mis amigas le habían caído mal, difícil decirlo. Recorrimos gran parte del trayecto sin decir palabra; yo a su lado, Angela e Ida en el incomodísimo asiento posterior. Hasta que, de buenas a primeras, fue mi propia tía quien rompió el silencio, pero con una voz ronca, desagradable.

—¿Vosotras tampoco estáis bautizadas? —preguntó a mis amigas.

—No —respondió Ida al instante.

—Pero papá ha dicho que si queremos —añadió Angela—, nos podremos bautizar cuando seamos mayores.

—¿Y si os morís antes? ¿Sabéis que iríais al limbo?

—El limbo no existe —dijo Ida.

—Tampoco el paraíso, el purgatorio y el infierno —añadió Angela.

—¿Quién lo ha dicho?

—Papá.

—Y según él, ¿dónde mete Dios a los que pecan y a los que no pecan?

—Dios tampoco existe —dijo Ida.

—Tampoco existe el pecado —aclaró Angela.

—¿Y eso también os lo ha dicho papá?

—Sí.

—Papá es un mamón.

—No hay que decir palabrotas —le reprochó Ida.

Intervine para evitar que Vittoria perdiese definitivamente la paciencia:

—El pecado existe: es cuando no hay amistad, no hay amor y se desaprovecha algo bonito.

—¿Lo veis? —dijo Vittoria—. Giannina lo entiende. Vosotras no.

—No es verdad, yo también lo entiendo —dijo Ida, irritada—: el pecado es una amargura. Cuando algo se nos cae al suelo y se nos rompe decimos que es un pecado.

Esperó que la elogiaran, pero el elogio no llegó; mi tía se limitó a decir: Conque una amargura, ¿eh? Consideré injusto que se comportase así con mi amiga, era la más pequeña pero listísima, devoraba libros importantes; a mí me había gustado su observación. Por eso repetí una o dos veces: Es un pecado, quería que Vittoria lo oyera bien. Es un pecado, es un pecado. Entretanto mi angustia iba en aumento, pero sin un motivo claro. Tal vez pensé en cómo todo se había vuelto deleznable, incluso antes de aquella fea frase de mi padre sobre mi cara, cuando me había venido la regla, cuando me habían crecido los pechos, quién sabe. Qué hacer. Les había dado demasiada importancia a las palabras que me habían herido, le había dado demasiada relevancia a esta tía; ay, quién pudiera volver a ser pequeña, y tener seis, siete o tal vez ocho años, o incluso menos, y borrar las partes que me habían conducido a los tobillos de Mariano y de mi madre, a estar encerrada en aquel automóvil en pésimas condiciones, siempre con el riesgo de chocar contra otros coches, de salirnos de la calzada, de tal modo que un minuto más tarde podía morirme, o resultar gravemente herida, y perder un brazo, una pierna o quedarme ciega el resto de mi existencia.

—¿Adónde vamos? —pregunté.

Sabía que era una infracción, en el pasado me había atrevido una sola vez a formularle una pregunta de ese tipo y Vittoria había contestado crispada: Ya sé yo adónde vamos. Pero esa vez pareció contestar de buena gana. No me miró a mí, sino a Angela e Ida por el espejo retrovisor, y dijo:

—A la iglesia.

—No sabemos rezar —le avisé.

—Mal hecho, tenéis que aprender. Son cosas que sirven.

—Pero por el momento no sabemos.

—Ahora no pasa nada. Ahora no vamos a rezar, vamos al mercadillo de la parroquia. Aunque no sepáis rezar, seguramente sabréis ayudar a vender.

—Sí —exclamó Ida, contenta—, a mí se me da bien.

Sentí alivio.

—¿Lo has organizado tú? —pregunté a Vittoria.

—Toda la parroquia, pero sobre todo mis hijos.

Por primera vez en mi presencia definió como suyos a los tres chicos de Margherita, y lo hizo con orgullo.

—¿Corrado también? —pregunté.

—Corrado es un mierda, pero hace lo que le digo; si no, le rompo las piernas.

—¿Y Tonino?

—Tonino es un buen muchacho.

Angela no logró contenerse y lanzó un grito de entusiasmo.

5

Había entrado en una iglesia en contadas ocasiones y solo cuando mi padre quería enseñarme algunas que, en su opinión, eran de especial belleza. Según él, las iglesias de Nápoles eran de estructura refinada, ricas en obras de arte, y no debían quedar sumidas en el abandono, como se encontraban. Una vez —creo que estábamos en la basílica de San Lorenzo, aunque no lo juraría— me llamó al orden porque me había puesto a correr por las naves y después, como no lo encontraba, lo había llamado con un grito aterrado. Según él, las personas que no creen en Dios, como él y como yo, por respeto a quienes sí creen, tienen la obligación no obstante de comportarse con educación: está bien lo de no mojarse los dedos en la pila de agua bendita, está bien lo de no persignarse, pero hay que quitarse el sombrero, aunque haga frío, no hablar en voz alta, no encender cigarrillos ni entrar fumando. En cambio, Vittoria nos arrastró, con el pitillo encendido entre los labios, hasta una iglesia de un blanco grisáceo por fuera, tenebrosa por dentro, diciendo en voz alta: Persignaos. Nosotras no nos persignamos, ella se dio cuenta y, de una en una —Ida la primera, yo la última—, nos agarró la mano, nos la guio hacia la frente, el pecho y los hombros diciendo con rabia: En el nombre del Padre, del Hijo y del Espíritu Santo. Después, cada vez más malhumorada, nos condujo por una nave mal iluminada rezongando: Me habéis hecho llegar tarde. Cuando estuvimos delante de una puerta cuyo picaporte destellaba de un modo exagerado, la abrió sin llamar, la cerró a su espalda y nos dejó solas.

—Tu tía es antipática y feísima —me susurró Ida.

—No es verdad.

—Sí que es verdad —dijo Angela con tono grave.

Noté que me asomaban las lágrimas, luché por contenerlas.

—Ella dice que somos idénticas.

—Qué va —dijo Angela—, tú no eres fea y tampoco antipática.

—Bueno, solo algunas veces, pero pocas —puntualizó Ida.

Vittoria reapareció acompañada de un hombre joven, de baja estatura y cara hermosa y cordial. Vestía un jersey negro, pantalones grises, y llevaba una cruz de madera sin el cuerpo de Jesucristo colgada al cuello con una cuerdecita de cuero.

—Esta es Giannina y estas son sus dos amigas —dijo mi tía.

—Giacomo —se presentó el joven; tenía una voz refinada, sin asomo de dialecto.

—Don Giacomo —lo corrigió Vittoria, irritada.

—¿Tú eres el cura? —preguntó Ida.

—Sí.

—Nosotras no nos sabemos los rezos.

—No pasa nada. Se puede rezar sin saberlos.

Sentí curiosidad.

—¿Cómo?

—Basta con ser sinceros. Juntas las manos y dices: Dios mío, te ruego, protégeme, ayúdame, etcétera.

—¿Y se reza solo en la iglesia?

—En todas partes.

—¿Y Dios te atiende, aunque no sepas nada de él o incluso no creas que existe?

—Dios escucha a todos —contestó el cura con amabilidad.

—Imposible —dijo Ida—, el alboroto sería tan grande que no se entendería nada.

Mi tía le dio un pescozón con la punta de los dedos y la regañó porque a Dios no se le podía decir: Es imposible, porque para él todo era posible. Don Giacomo advirtió el disgusto en los ojos de Ida y la acarició en el sitio exacto donde Vittoria le había pegado mientras casi en un susurro explicaba que los niños pueden decir y hacer lo que quieran; total, siempre son inocentes. Para mi sorpresa, sacó a colación a un tal Roberto que —comprendí enseguida— era el mismo del que tiempo atrás se había hablado en casa de Margherita, es decir, el muchacho que había nacido por aquella zona y que ahora vivía y estudiaba en Milán, el amigo de Tonino y Giuliana. Don Giacomo lo llamó «nuestro Roberto» y lo mencionó con afecto; él le había hecho notar que mostrarse hostil con los niños no es algo raro, hasta los apóstoles lo habían hecho, no entienden que para entrar en el reino de los cielos hay que hacerse pequeño, y, de hecho, Jesucristo les llama la atención, dice: Dejad que los niños se acerquen a mí, no se lo impidáis. Aquí se dirigió abiertamente a mi tía —nuestra insatisfacción nunca debe afectar a los niños, dijo, y yo pensé que el cura también debía de haber notado en Vittoria un malestar distinto del suyo habitual—, sin apartar la mano de la cabeza de Ida. Después añadió unas cuantas frases apenadas sobre la infancia, la inocencia, la juventud, los peligros de la calle.

—¿No estás de acuerdo? —preguntó, conciliador, a mi tía, y ella se puso colorada como si la hubiese pillado distraída.

—¿Con quién?

—Con Roberto.

—Habló bien, pero sin pensar en las consecuencias.

—Se habla bien precisamente cuando no se piensa en las consecuencias.

Intrigada, Angela me susurró:

—¿Quién es ese Roberto?

Yo lo ignoraba todo de Roberto. Me hubiera gustado contestar: Lo conozco muy bien, es bueno; o utilizando las palabras de Corrado, dejar caer: Uy, ese es un tocacojones. En cambio, le indiqué por señas que cerrara el pico, irritada como me irritaba siempre que mi pertenencia al mundo de mi tía era superficial. Angela calló obediente, pero Ida no; le preguntó al cura:

—¿Cómo es Roberto?

Don Giacomo rio, dijo que Roberto poseía la belleza y la inteligencia de los que tienen fe. La próxima vez que venga —nos prometió— os lo presentaré; pero ahora a vender, vamos; si no, los pobres se quejan. Y así, tras cruzar una puertecita, nos encontramos en una especie de patio donde, debajo de unos soportales con forma de ele adornados con guirnaldas doradas y luces navideñas multicolores, había unos tenderetes repletos de objetos de segunda mano, y decorando y ordenando todo, estaban Margherita, Giuliana, Corrado, Tonino y otros, a quienes no conocía, que recibían con ostentosa jovialidad a los posibles compradores de beneficencia, gente que, por su aspecto era un poco, un poquito menos pobre que los pobres como yo los imaginaba.

6

Margherita elogió a mis amigas, las llamó lindas señoritas, se las presentó a sus hijos, que las acogieron con cordialidad. Giuliana eligió a Ida como ayudante; Tonino quiso a Angela; yo me quedé escuchando la cháchara de Corrado, que intentaba bromear con Vittoria, pero mi tía lo trataba muy mal. De todos modos, aguanté poco; me distraía, así que con la excusa de que quería ver la mercancía, recorrí los tenderetes tocando sin interés esto y aquello, muchos pasteles y pastelitos caseros, pero sobre todo gafas, barajas, un viejo aparato telefónico, vasos, tazas, bandejas, libros, una cafetera, todos objetos requeteusados, sobados a lo largo de los años por manos que hoy, probablemente, eran manos de muertos, miseria que malvendía miseria.

Entretanto, la gente iba llegando y oí que alguien empleaba con el cura la palabra «viuda» —también ha venido la Viuda, decían—, y como miraban hacia los tenderetes que vigilaban Margherita, sus hijos, mi tía, pensé por un momento que se referían a Margherita. Poco después me di cuenta de que llamaban así a Vittoria. Ha venido la Viuda, decían, hoy habrá música y baile. Y no entendí si pronunciaban aquella palabra con escarnio o con respeto; desde luego, me sorprendió que asociaran a mi tía, que era soltera, con la viudez y la diversión.

La observé con atención, desde lejos. Erguida detrás de uno de los tenderetes, su tronco esbelto de grandes pechos parecía brotar de los montones de objetos polvorientos. No me pareció fea, no quería que lo fuera; sin embargo, Angela e Ida habían dicho que lo era. Quizá sea porque hoy algo ha salido mal, pensé. Tenía los ojos inquietos, gesticulaba a su manera agresiva, lanzaba por sorpresa un grito y se movía un momento siguiendo el ritmo de músicas que llegaban de un viejo tocadiscos. Me dije: Sí, está enojada por cosas suyas que desconozco, o está preocupada por Corrado. Las dos somos así, los pensamientos bonitos nos embellecen, pero los desagradables nos afean, debemos quitárnoslos de la cabeza.

Vagué sin ganas por el patio. Había querido arrancar de cuajo la angustia con aquella visita, pero no había manera. Mi madre y Mariano eran un peso demasiado grande, me dolían los huesos como si tuviera la gripe. Al mirar a Angela, la vi llena de alegría, hermosa, riéndose con Tonino. En ese momento, todos me parecieron hermosísimos, buenos y justos; don Giacomo, sobre todo, recibía a los feligreses con cordialidad, estrechando manos, sin eludir los abrazos, llevaba el sol puesto. ¿Cómo era posible que solo Vittoria y yo estuviéramos tensas y sombrías? Me ardían los ojos, notaba la boca amarga, temía que Corrado —había vuelto a su lado un poco para ayudarlo a vender, un poco para buscar consuelo— me notara el mal aliento. Tal vez aquel olor ácido y dulzón a la vez no viniera del fondo de mi garganta, sino de los objetos de los tenderetes. Me sentí muy triste. Y durante todo el tiempo que duró el mercadillo navideño resultó deprimente verme reflejada en mi tía, que a ratos recibía a los feligreses con una vivacidad artificial, a ratos se quedaba mirando el vacío con los ojos muy abiertos. Sí, se sentía mal, al menos tan mal como yo. Corrado le dijo: ¿Qué pasa, Vittò, estás enferma?, tienes mala cara; ella contestó: Sí, estoy enferma, me duele el corazón, me duele el pecho, me duele la barriga, tengo muy mala cara. Y se esforzó por sonreír con su boca ancha, pero no lo consiguió, y entonces le pidió, muy pálida: Anda, ve a traerme un vaso de agua.

Mientras Corrado iba a buscar el agua, pensé: Está enferma por dentro y yo soy igual que ella, es la persona a la que me siento más unida. La mañana estaba pasando, volvería con mi madre y mi padre, y no sabía cuánto más aguantaría el desorden de mi casa. Así, como ya me había ocurrido cuando mi madre me contrarió y fui corriendo a ver a mi padre para delatarla, de pronto me brotó en el pecho una urgente necesidad de desahogo. Era intolerable que Mariano abrazara y estrechara a mi madre mientras ella vestía los trajes que yo le conocía, mientras iba adornada con los pendientes y las demás joyas con las que yo jugaba de pequeña y que a veces yo misma me ponía. Los celos se desbocaron fabricando imágenes repugnantes. No soportaba la intrusión de aquel malvado extraño y, en un momento dado, no aguanté más, tomé una decisión sin darme cuenta de haberla tomado, cediendo a un impulso dije, con una voz que me llegó como un cristal que se rompe: Tía (aunque me hubiese prohibido llamarla así), tía, tengo que decirte una cosa, pero es un secreto que no puedes contarle a nadie, júrame que no se lo contarás a nadie. Ella contestó apática que no hacía juramentos, jamás; el único juramento que había hecho era el de amar para siempre a Enzo, y ese lo cumpliría hasta la muerte. Me desesperé, le dije que, si no juraba, yo no podía hablar. Entonces te jodes, refunfuñó; las cosas feas que no cuentas a nadie se convierten en perros que, por la noche, te comen la cabeza mientras duermes. De modo que yo, espantada por aquella imagen, necesitada de consuelo, poco después la llevé aparte y le conté lo de Mariano y mi madre, lo que había visto, mezclado con lo que había imaginado. Y le supliqué:

—Por favor, no se lo digas a papá.

Ella se quedó mirándome un buen rato, luego contestó en dialecto, malvada, incomprensiblemente burlona:

—¿A papá? ¿Y tú te crees que a papá le importan una mierda los tobillos de Mariano y Nella debajo de la mesa?

7

El tiempo transcurrió muy despacio, miré el reloj continuamente. Ida se divertía con Giuliana, Tonino parecía muy a gusto con Angela, me sentí malograda, como una tarta con los ingredientes equivocados. Qué había hecho. Qué pasaría ahora. Corrado regresó con el agua para Vittoria, sin prisa, desganado. Me parecía un pesado, pero en ese momento me sentía perdida y confié en que se ocupara un poco más de mí. No lo hizo, al contrario; sin esperar siquiera a que mi tía terminara de beber, desapareció entre los feligreses. Vittoria lo siguió con la mirada, se estaba olvidando de que yo seguía a su lado esperando aclaraciones, consejos. ¿Cómo era posible que también hubiese considerado insignificante ese hecho tan grave que le había contado? La espié; estaba ocupada tratando nerviosamente de que una señora gorda, cincuentona, le pagara una cantidad excesiva por un par de gafas de sol, y mientras tanto, no perdía de vista a Corrado, había algo en el comportamiento del muchacho que —me pareció— consideraba más grave que lo que yo acababa de desvelarle. Míralo, me dijo, es demasiado sociable, como su padre. Y de pronto lo llamó, Currà, y como él no la oyó o se hizo el sordo, mi tía dejó plantada a la señora gorda a la que le estaba envolviendo las gafas y, apretando las tijeras con las que cortaba la cinta para hacer paquetes y paquetitos, me agarró con la mano izquierda y me arrastró por el patio.

Corrado charlaba con tres o cuatro jóvenes; uno de ellos era alto, flaco, con los dientes tan salidos que daba la impresión de reír incluso cuando no había motivos. Mi tía, en apariencia tranquila, le ordenó a su ahijado —esta me parece hoy la definición adecuada para los tres chicos— que regresara inmediatamente al tenderete. Él le contestó con tono festivo: Dos minutos y voy, y el de los dientes salidos pareció reírse. Mi tía se dio la vuelta de golpe hacia este último y le dijo que le iba a cortar el «pez» —usó ese mismo término, en dialecto, con voz tranquila, blandiendo las tijeras— si seguía riéndose. Al parecer, el chico no quería parar, y percibí que toda la furia que había en Vittoria pugnaba por estallar. Me inquieté, creo que mi tía no entendía que por tener los dientes demasiado salidos él no podía cerrar bien la boca, no entendía que el pobre habría reído incluso en medio de un terremoto. Y así fue, de repente le gritó:

—¿Te ríes, Rosà? ¿Te atreves a reírte?

—No.

—Sí, te ríes porque crees que tu padre te protege, pero te equivocas, de mí no te protege nadie. Tienes que dejar en paz a mi Corrado, ¿entendido?

—Sí.

—No, no has entendido, estás seguro de que no puedo hacerte nada, pero en eso también te equivocas.

Lo señaló con las tijeras de punta y ante mis ojos, delante de algún que otro feligrés que había empezado a sentir curiosidad por aquellos tonos repentinamente altos, pinchó al chico en una pierna, de tal modo que este retrocedió de un salto y el asombro aterrado de sus ojos echó a perder la máscara inmóvil de la risa.

Mi tía lo asedió, amenazó con volver a pincharlo.

—¿Ahora lo has entendido, Rosà? —preguntó—. ¿O tengo que seguir? A mí me importa un carajo que seas el hijo del abogado Sargente.

El joven, que se llamaba Rosario y, evidentemente, era hijo de aquel abogado para mí desconocido, levantó una mano en señal de rendición, retrocedió y se largó junto con sus amigos.

Así las cosas, Corrado, que estaba fuera de sí, hizo ademán de seguirlos, pero Vittoria se le plantó delante con las tijeras y dijo:

—No te muevas, porque si me haces cabrear, estas que ves aquí las usaré también contigo.

La agarré de un brazo y tiré de ella.

—Ese chico —dije espantada— no puede cerrar la boca.

—Se ha atrevido a reírse en mi cara —soltó Vittoria, jadeando ahora—, y a mí nadie se me ríe en la cara.

—Se reía, pero no lo hacía a propósito.

—A propósito o no, se reía.

Corrado soltó un resoplido.

—Déjalo correr, Giannì, con ella es inútil hablar —dijo.

Mi tía lanzó un grito, con el aliento entrecortado le chilló:

—¡Tú te callas, no quiero oír una sola palabra más!

Apretaba las tijeras; me di cuenta de que le costaba controlarse. Su capacidad de afecto debía de haberse agotado hacía tiempo, probablemente con la muerte de Enzo, pero su capacidad de odiar —me pareció— no tenía límites. Acababa de ver cómo se había comportado con el pobre Rosario Sargente, habría sido capaz de hacer daño también a Corrado: qué no sería capaz de hacerle a mi madre y, sobre todo, a mi padre, ahora que yo le había contado lo de Mariano. Ante esa idea otra vez me dieron ganas de llorar. Había sido una imprudente, las palabras se me habían escapado sin querer. O tal vez no, tal vez en alguna parte de mí había decidido hacía tiempo contarle a Vittoria lo que había visto, ya lo había decidido al ceder a las presiones de mis amigas y organizar aquel encuentro. Ya no conseguía ser inocente; detrás de los pensamientos había otros pensamientos, la infancia había terminado. Me esforzaba, y sin embargo, la inocencia se evadía, las mismas lágrimas que notaba sin cesar en los ojos eran cualquier cosa menos una prueba de no culpabilidad. Menos mal que don Giacomo llegó, conciliador, y eso me impidió llorar. Vamos, vamos, le dijo a Corrado, pasándole un brazo por los hombros, no hagamos enfadar a Vittoria, que hoy no se encuentra bien, y ayuda a traer las pastas. Mi tía suspiró con rencor, dejó las tijeras en el borde de uno de los tenderetes, lanzó una mirada hacia la calle, más allá del patio, quizá para comprobar si Rosario y los otros seguían allí, luego dijo exasperada: No quiero que me ayuden, y desapareció por la puertecita que llevaba a la iglesia.

8

Regresó poco después con dos bandejas enormes repletas de pastas de almendra veteadas de azul y rosa, cada una de ellas rematada con un confitito plateado. Los feligreses se las disputaron, a mí me bastó con probar una para hastiarme, se me había cerrado el estómago, notaba el corazón en la garganta. Mientras tanto, don Giacomo trajo un acordeón, lo sostenía con ambos brazos como si fuera un niño blanco y rojo. Pensé que sabría tocar, pero se lo entregó con cierta torpeza a Vittoria, que lo cogió sin protestar —¿sería el mismo que había visto en un rincón de su casa?—, se sentó muy enfurruñada en una sillita y tocó con los ojos cerrados haciendo muecas.

Angela se me acercó por detrás y dijo muy alegre: Mira a tu tía, es feísima. En ese momento era verdad, mientras tocaba Vittoria torcía el gesto como una diabla, y aunque lo hacía bien y los feligreses la aplaudían, el espectáculo producía repulsión. Movía los hombros, fruncía los labios, arrugaba la frente, echaba atrás el tronco de tal modo que daba la impresión de tenerlo más largo que las piernas, abiertas como no hay que tenerlas. Por suerte, en un momento dado, un hombre de pelo canoso la reemplazó y se puso a tocar. Aun así, mi tía no se calmó, fue donde estaba Tonino, lo agarró de un brazo y, arrebatándoselo a Angela, lo obligó a bailar. Ahora parecía alegre, pero quizá no fuera más que el exceso de ferocidad que llevaba en el cuerpo y quería desahogarse con el baile. Al verla, los demás también bailaron, viejos y jóvenes, incluso don Giacomo. Yo cerré los ojos para borrarlo todo. Me sentí abandonada y por primera vez en mi vida, en contra de toda la educación recibida, intenté rezar. Dios, dije, Dios, por favor, si de veras lo puedes todo, haz que mi tía no le diga nada a mi padre, y cerré los ojos con mucha fuerza, como si apretar así los párpados sirviese para concentrar en la oración la fuerza suficiente y lanzarla hasta el Señor en el reino de los cielos. Después recé también para que mi tía dejara de bailar y nos llevara a tiempo a casa de Costanza, oración que fue milagrosamente atendida. Sorprendentemente, a pesar de las pastas, la música, los cantos, los bailes interminables, salimos a tiempo, dejamos a nuestra espalda la brumosa Zona Industrial y llegamos muy puntuales al Vomero, a via Cimarosa, delante de la casa de Angela e Ida.

Costanza también fue puntual, apareció con un vestido aún más bonito que el de la mañana. Vittoria bajó del Cinquecento, le entregó a Angela e Ida y la alabó de nuevo, de nuevo admiró todo su atuendo. Admiró el vestido, el peinado, el collar, la pulsera, que tocó, acarició casi, preguntándome: ¿Te gusta, Giannì?

A mí me pareció todo el rato que le hacía esos elogios para ridiculizarla aún más que por la mañana. La sintonía entre nosotras debió de haber alcanzado un punto tal que tuve la sensación de oír en la cabeza, con una energía destructiva, su voz pérfida, sus palabras procaces: Para qué te sirve arreglarte tanto, cabrona, si después tu marido va y se folla a la mamá de mi sobrina Giannina, ja, ja, ja. Por eso volví a rezarle a Dios nuestro Señor, en especial cuando Vittoria se subió al coche y nos fuimos. Recé durante todo el trayecto hasta San Giacomo dei Capri, un viaje interminable en el cual Vittoria no pronunció una sola palabra y yo no me atreví a pedirle de nuevo: No le digas nada a mi padre, te lo suplico; si quieres hacer algo por mí, échaselo en cara a mi madre, pero con mi padre mantén el secreto. Le supliqué a Dios, aunque no existiera: Dios, haz que Vittoria no me diga: Subo contigo, tengo que hablar con tu padre.

Con gran estupor, comprobé que mi plegaria fue milagrosamente atendida. Qué hermosos eran los milagros, y qué resolutivos: Vittoria me dejó delante de casa sin mencionar siquiera a mi madre, a Mariano, a mi padre. Se limitó a decir en dialecto: Giannì, acuérdate de que eres mi sobrina, que tú y yo somos iguales y de que si tú me llamas y dices: Vittoria, ven, yo corro enseguida, nunca te dejaré sola. Después de aquellas palabras, su cara me pareció más serena, y quise creer que si Angela la hubiese visto, la habría encontrado tan hermosa como en ese momento me lo parecía a mí. Pero en casa, en cuanto estuve sola —encerrada en mi cuarto, mirándome en el espejo del armario y comprobando que ningún milagro conseguiría nunca borrar la cara que se me estaba poniendo—, me derrumbé y, por fin, me eché a llorar. Me propuse no espiar más a mis padres, no ver más a mi tía.

9

Cuando me esfuerzo en asignar unas etapas al flujo continuo de vida que me ha atravesado hasta hoy, me convenzo de que me convertí definitivamente en otra una tarde, cuando Costanza vino de visita sin sus hijas y —vigilada por mi madre, que desde hacía días tenía los ojos hinchados y la cara enrojecida a causa, según ella, del viento helado que soplaba del mar y hacía vibrar los cristales de las ventanas y las barandillas de los balcones— me entregó con una cara severa, amarillenta, su pulsera de oro blanco.

—¿Por qué me la regalas? —pregunté, perpleja.

—No te la regala —dijo mi madre—, te la devuelve.

Costanza gesticuló con su bonita boca durante un larguísimo segundo antes de conseguir articular:

—Creía que era mía, pero no, era tuya.

No entendí, no quise entender. Preferí dar las gracias e intentar ponérmela, pero no lo conseguí. En un silencio absoluto, Costanza me ayudó con dedos temblorosos.

—¿Qué tal me queda? —pregunté a mi madre haciéndome la frívola.

—Bien —dijo ella sin sonreír siquiera, y salió de la habitación, seguida por Costanza, que a partir de ese momento nunca regresó a nuestra casa.

Mariano también desapareció de via San Giacomo dei Capri, en consecuencia, las relaciones con Angela e Ida se hicieron menos frecuentes. Al principio nos llamábamos por teléfono, ninguna de nosotras entendía qué estaba pasando. Un par de días antes de la visita de Costanza, Angela me contó que mi padre y el suyo se habían peleado en el apartamento de via Cimarosa. Al comienzo, la discusión fue muy similar a las que mantenían sobre los temas de siempre: la política, el marxismo, el fin de la historia, la economía, el Estado, pero después se volvió sorprendentemente violenta. Mariano había gritado: ¡Sal ahora mismo de mi casa, no quiero volver a verte jamás!; y mi padre, destruyendo de pronto su imagen de amigo paciente, se puso a chillar a su vez unas feísimas palabrotas en dialecto. Angela e Ida se asustaron, pero nadie les hizo el menor caso, ni siquiera Costanza, que en un momento dado no aguantó más los gritos y anunció que se iba a tomar un poco el aire. A lo que Mariano había gritado, a su vez en dialecto: ¡Sí, vete, puta, no vuelvas más!; Costanza cerró la puerta con tanta fuerza que esta se volvió a abrir, Mariano tuvo que cerrarla de una patada, mi padre la abrió de nuevo y salió corriendo detrás de Costanza.

En los días siguientes no hicimos más que hablar por teléfono de aquella pelea. Ni Angela, ni Ida, ni yo lográbamos comprender por qué el marxismo y las otras cosas sobre las que nuestros padres discutían apasionadamente incluso antes de que nosotras naciéramos de repente habían causado tantos problemas. En realidad, por motivos distintos, tanto ellas como yo entendíamos de aquel escándalo mucho más de lo que nos contábamos. Intuíamos, por ejemplo, que el sexo tenía más que ver que el marxismo, pero no el sexo que tanto nos intrigaba y divertía en cualquier circunstancia; nosotras notábamos que, de un modo por completo inesperado, en nuestra vida estaba irrumpiendo un sexo no atractivo, sino por el contrario, un sexo que nos asqueaba, porque percibíamos confusamente que no se refería a nuestros cuerpos, ni a los cuerpos de los chicos de nuestra edad, ni de actores y cantantes, sino a los cuerpos de nuestros padres. El sexo —imaginábamos— los había involucrado de un modo viscoso, repugnante, por completo distinto de ese otro que ellos mismos habían preconizado al educarnos. Según Ida, las palabras que se habían gritado Mariano y mi padre hacían pensar en gargajos febriles, en filamentos de moco que lo ensuciaban todo y, especialmente, nuestros deseos más secretos. Quizá por eso mis amigas —muy propensas a hablar de Tonino, de Corrado y de cuánto les habían gustado los dos— se entristecieron y comenzaron a evitar comentarios sobre ese tipo de sexo. En cuanto a mí, bueno, de las intrigas secretas de nuestras familias sabía mucho más que Angela e Ida, de modo que el esfuerzo por evitar entender qué estaba pasándoles a mi padre, a mi madre, a Mariano, a Costanza, resultó mucho mayor y me dejó extenuada. De hecho, fui la primera en retraerme angustiada y en renunciar también a las confidencias telefónicas. Sentía quizá más que Angela, más que Ida, que una sola palabra equivocada habría abierto un pasadizo peligroso a la realidad de los hechos.

En aquella etapa, el embuste y la oración entraron de manera estable en mi vida cotidiana y una vez más me ayudaron mucho. Por lo general, las mentiras me las contaba a mí misma. Era infeliz, y en el colegio y en casa fingía una alegría hasta excesiva. Por las mañanas veía a mi madre con una cara que parecía a punto de perder los rasgos, enrojecida alrededor de la nariz, deformada por el desaliento, y con un tono de dichosa constatación le decía: Qué bien te veo hoy. En cuanto a mi padre —que de buenas a primeras había dejado de estudiar en cuanto abría los ojos, lo encontraba ya preparado para salir a primera hora de la mañana, o con la mirada apagada y palidísimo, por la noche—, le mostraba sin parar los ejercicios que me daban en el colegio, incluso si no eran complicados, como si no fuera evidente que tenía la cabeza en otra parte y ningunas ganas de ayudarme.

Al mismo tiempo, pese a que seguía sin creer en Dios, me entregaba a la oración como si fuera creyente. Dios, suplicaba, haz que mi padre y Mariano se hayan peleado por el marxismo y el fin de la historia, haz que no se deba a que Vittoria telefoneó a mi padre y le repitió lo que yo le conté. En un primer momento me pareció que el Señor me estuviese prestando atención una vez más. Por lo que sabía, había sido Mariano quien había arremetido contra mi padre y no al revés, como seguramente habría ocurrido si Vittoria hubiese utilizado mi soplo para hacer a su vez de soplona. No tardé en comprender que algo no cuadraba. ¿Por qué mi padre se había puesto a increpar a Mariano en un dialecto que nunca usaba? ¿Por qué Costanza se había marchado de casa dando un portazo? ¿Por qué había salido corriendo detrás de ella mi padre y no su marido?

Escudada en mis mentiras desenvueltas, en mis oraciones, vivía preocupada. Vittoria debía de haberle contado todo a mi padre, y mi padre había ido corriendo a casa de Mariano para pelearse con él. Gracias a esa pelea, Costanza se había enterado de que su marido sujetaba los tobillos de mi madre entre los suyos debajo de la mesa y, a su vez, había montado un escándalo. Las cosas debieron de ser así. Pero ¿por qué Mariano había gritado a su mujer cuando ella salía desolada del apartamento de via Cimarosa: Sí, vete, puta, no vuelvas más? ¿Y por qué mi padre había salido corriendo detrás de ella?

Notaba que algo se me escapaba, algo a lo que me asomaba a ratos para captar su sentido y después, en cuanto ese sentido trataba de aflorar, me retraía. Entonces volvía sin cesar a los hechos más oscuros: la visita de Costanza, por ejemplo, la que había seguido a la pelea; la cara de mi madre, tan consumida, y sus ojos violáceos, que de repente lanzaban miradas imperativas a una vieja amiga a la que, por lo general, estaba sometida; el aspecto penitencial de Costanza y el gesto contrito con el que creí que quería hacerme un regalo cuando en realidad —mi madre lo había aclarado— no era un regalo sino una devolución; los dedos temblorosos con los que la mamá de Angela e Ida me había ayudado a ponerme la pulsera de oro blanco a la que tenía tanto apego; esa pulsera que yo llevaba puesta ahora día y noche. Ay, de aquellos hechos ocurridos en mi habitación, de aquella red tupida de miradas, gestos, palabras en torno a una joya que, sin explicaciones, me habían entregado diciendo que era mía, seguramente sabía mucho más que lo que me atrevía a reconocer. Por eso rezaba, especialmente de noche, cuando me despertaba asustada por lo que temía que iba a suceder. Dios, susurraba, Dios, sé que tengo la culpa, no debería haber querido conocer a Vittoria, no debería haber ido contra la voluntad de mis padres, pero ya ha ocurrido; por favor, vuelve a poner las cosas en su sitio. Confiaba en que Dios lo hiciera de veras, porque si no lo hacía, todo se derrumbaría. San Giacomo dei Capri se precipitaría sobre el Vomero y el Vomero sobre la ciudad entera, y la ciudad entera se hundiría en el mar.

En la oscuridad me moría de angustia. Sentía tanta presión en el estómago que me levantaba en plena noche e iba a vomitar. Hacía ruido adrede; en el pecho, en la cabeza tenía sentimientos afilados que me herían en lo más profundo, confiaba en que mis padres aparecieran y me ayudasen. Pero eso no ocurría. Y sin embargo, estaban despiertos, un segmento de luz arañaba la oscuridad justo a la altura de su dormitorio. Deducía que ya no tenían ganas de ocuparse de mí, por ello jamás interrumpían, por ningún motivo, su murmullo nocturno. Como mucho, unos picos repentinos rompían su monotonía, una sílaba, media palabra que mi madre pronunciaba como la punta de un cuchillo en un cristal y mi padre como un trueno lejano. Por la mañana los veía agotados. Desayunábamos en silencio, con la mirada gacha; yo no podía más. Rezaba: Dios, basta, haz que pase algo, lo que sea, bueno o malo, no importa; por ejemplo, haz que me muera, eso los haría reaccionar, se reconciliarían, y después hazme resucitar en una familia de nuevo feliz.

Un domingo, mientras comíamos, una energía interior de gran violencia me movió, de repente, la cabeza y la lengua.

—Papá, esta me la había regalado la tía Vittoria, ¿no? —dije con tono alegre, enseñando la pulsera.

Mi madre tomó un sorbo de vino, mi padre no levantó la vista del plato.

—En cierto sentido, sí —dijo él.

—¿Y por qué se la diste a Costanza?

Esta vez levantó la vista, me lanzó una mirada gélida, no dijo palabra.

—Contéstale —le ordenó mi madre, pero él no obedeció. Entonces ella casi gritó:

—Desde hace quince años tu padre tiene otra mujer.

Unas manchas de rubor le ardían en la cara, los ojos llenos de desesperación. Intuí que debió de parecerle una revelación terrible, ya se estaba arrepintiendo de habérmela hecho. No me sorprendí ni me pareció una culpa extraordinaria; al contrario, tuve la impresión de haberlo sabido siempre, y por un instante me convencí de que todo podía curarse. Si la cosa llevaba quince años, podía durar para siempre, bastaba con que los tres dijéramos: De acuerdo, ya nos va bien así, y se restablecería la paz, mi madre en su cuarto, mi padre en su estudio, las reuniones, los libros. Por ello, como para ayudarlos a ir hacia aquella conciliación, dije, dirigiéndome a mi madre:

—De todos modos, tú también tienes otro marido.

Mi madre se puso pálida.

—Yo no, te lo aseguro, no es cierto —murmuró.

Negó con tanta desesperación que a mí, tal vez porque todo aquel sufrimiento me hacía mucho daño, me dio por repetir en falsete: Te lo aseguro, te lo aseguro, y me reí. La carcajada se me escapó sin querer, vi la indignación en la mirada de mi padre y tuve miedo, me avergoncé. Hubiera querido explicarle: No ha sido una carcajada de verdad, papá, sino una contracción que no he podido evitar, a veces pasa; hace poco la vi en la cara de un chico que se llama Rosario Sargente. Pero entretanto la carcajada no quería borrarse, se me transformó en una sonrisita helada, me la notaba en la cara y no conseguía eliminarla.

Mi padre se levantó despacio, hizo ademán de abandonar la mesa.

—¿Adónde vas? —se alarmó mi madre.

—A dormir —contestó él.

Eran las dos de la tarde; normalmente, a esa hora, sobre todo los domingos o cuando tenía el día libre en el colegio, se encerraba a estudiar hasta la hora de la cena. Aquel día, en cambio, se limitó a bostezar ruidosamente para que comprendiéramos que tenía sueño de verdad.

—Yo también voy a dormir —dijo mi madre.

Él negó con la cabeza y las dos leímos en su rostro que la costumbre de tumbarse juntos en la misma cama se le había vuelto insoportable. Antes de salir de la cocina, dirigiéndose a mí, dijo con un tono de rendición bastante raro en él:

—No hay nada que hacer, Giovanna; eres clavada a mi hermana.

IV

1

Mis padres tardaron casi dos años en tomar la decisión de separarse, aunque vivieran bajo el mismo techo apenas unos breves períodos. Mi padre desaparecía durante semanas, sin previo aviso, dejándome con el miedo a que se hubiese quitado la vida en algún lugar oscuro y sucio de Nápoles. No descubrí hasta más tarde que se iba a vivir felizmente a una casa preciosa de Posillipo que los padres de Costanza habían dado a su hija, ahora en disputa permanente con Mariano. Las veces que reaparecía se mostraba afectuoso, cortés, daba la impresión de querer volver con mi madre y conmigo. Pero, tras unos días de reconciliación, mis padres volvían a discutir por todo, menos por una cosa en la que siempre estuvieron de acuerdo: por mi bien, nunca más debía ver a Vittoria.

Yo no puse objeciones, era de la misma opinión. Por otra parte, desde que había estallado la crisis, mi tía no había vuelto a dar señales de vida. Intuía que esperaba que fuese yo quien la buscara: ella, la sirvienta, creía tenerme para siempre a su servicio. Pero yo me había propuesto dejar de complacerla. Estaba exhausta, había descargado sobre mí toda su persona, sus odios, su necesidad de venganza, su lenguaje, y deseaba que de la mezcla de miedo y fascinación que había experimentado con ella, al menos la fascinación estuviese ya diluyéndose.

No obstante, una tarde Vittoria volvió a tentarme. Sonó el teléfono, contesté y al otro extremo de la línea la oí decir: Hola, ¿está Giannina? Quiero hablar con Giannina. Colgué conteniendo la respiración. Pero ella volvió a llamar una y otra vez, todos los días a la misma hora, nunca en domingo. Me impuse no contestar. Dejaba sonar el aparato, y si mi madre estaba en casa e iba a contestar, yo gritaba: No estoy para nadie, imitando el tono imperativo con el que algunas veces ella me gritaba la misma fórmula desde su habitación.

En esas ocasiones contenía el aliento, rezaba con los ojos entornados para que no fuese Vittoria. Y, menos mal, no ocurrió, o si ocurrió, mi madre no me lo dijo. Sucedió, en cambio, que poco a poco las llamadas telefónicas fueron espaciándose; pensé que se había dado por vencida, y empecé a contestar el teléfono sin ponerme nerviosa. Pero Vittoria volvió a irrumpir por sorpresa, gritando al otro extremo de la línea: ¿Hola, eres Giannina? Quiero hablar con Giannina. Pero yo quería dejar de ser Giannina y siempre colgaba. Aunque a veces, por su voz jadeante, me parecía que sufría, me daba pena, y me picaba la curiosidad por verla, por preguntarle, por provocarla. En algunos momentos en que estaba particularmente afligida sentí la tentación de gritar: ¡Sí, soy yo, explícame lo que pasó, qué les hiciste a mi padre y a mi madre! Pero callé siempre cortando la comunicación y me acostumbré a no nombrarla siquiera para mis adentros.

A partir de cierto momento, también decidí separarme de su pulsera. Dejé de ponérmela, la guardé en el cajón de mi mesita de noche. Pero cada vez que me acordaba de ella, me dolía el estómago, sudaba a mares, me asaltaban unos pensamientos que se negaban a irse. ¿Cómo era posible que mi padre y Costanza se hubiesen amado durante tanto tiempo —incluso antes de nacer yo— sin que mi madre y Mariano se dieran cuenta? ¿Y cómo era posible que mi padre se enamorase de la mujer de su mejor amigo, no por ser víctima de un capricho pasajero, sino —me decía— de forma meditada, tan meditada que su amor duraba todavía? Y Costanza, tan refinada ella, tan bien educada, tan afectuosa, que visitaba nuestra casa desde que yo tenía memoria, ¿cómo había podido quedarse con el marido de mi madre durante quince años ante sus propios ojos? ¿Y por qué Mariano, que conocía a mi madre de toda la vida, solo en los últimos tiempos había estrechado debajo de la mesa su tobillo entre los suyos, y encima —como ya estaba claro, mi madre no hacía más que jurármelo— sin su consentimiento? En pocas palabras, ¿qué ocurría en el mundo de los adultos, en la cabeza de personas muy razonables, en sus cuerpos llenos de saber? ¿Qué los transformaba en los animales menos dignos de confianza, peores que los reptiles?

La desazón era tan grande que para estas y otras preguntas nunca busqué verdaderas respuestas. Las rechazaba en cuanto asomaban y todavía hoy me cuesta volver sobre ellas. El problema, comencé a sospechar, era la pulsera. Evidentemente, estaba como impregnada de los humores de aquella historia, y aunque procuraba no abrir el cajón donde la había guardado, acababa imponiéndose, como si los destellos de sus piedras, de su metal, esparcieran tormentos. ¿Cómo había sido posible que mi padre, que parecía quererme sin medida, me hubiese sustraído el regalo de mi tía para dárselo a Costanza? Si en su origen la pulsera pertenecía a Vittoria, si por ello era señal de su gusto, de su idea de belleza y elegancia, ¿cómo era posible que le gustara a Costanza hasta el punto de conservarla y llevarla durante trece años? Mi padre mismo —pensaba yo—, tan enemigo de su hermana, tan alejado en todo de ella, ¿por qué se había convencido de que una joya que le pertenecía, un ornamento que estaba destinado a mí, podía ser adecuado no para mi madre, por ejemplo, sino para aquella segunda mujer suya tan elegante, descendiente de orfebres, tan adinerada que no necesitaba joya alguna? Vittoria y Costanza eran mujeres muy distintas, todo en ellas divergía. La primera carecía de instrucción, la segunda era cultísima; la primera era vulgar, la segunda, refinada; la primera era pobre, la segunda, rica. Sin embargo, la pulsera las empujaba la una hacia la otra y me las confundía, confundiéndome.

Hoy pienso que gracias a aquel fantaseo obsesivo poco a poco logré alejar el dolor de mis padres, e incluso convencerme de que su acusarse, su suplicarse, su despreciarse me dejaban por completo indiferente. Pero tardé meses. En los primeros tiempos braceé como si me estuviese ahogando y buscara aterrorizada algo a que agarrarme. A veces, sobre todo por las noches, cuando despertaba cargada de angustia; pensaba que mi padre, pese a ser enemigo declarado de toda forma de magia, había temido que aquel objeto, dada su procedencia, pudiera mágicamente hacerme daño y por mi bien lo había alejado de casa. Esta idea me tranquilizaba, tenía la virtud de devolverme a un padre afectuoso que, desde mis primeros meses de vida, había tratado de apartar de mí la maldad de la tía Vittoria, las ganas de aquella tía-bruja de poseerme y hacer que me pareciera a ella. La idea duraba poco, tarde o temprano terminaba preguntándome: Pero si él amaba a Costanza hasta el punto de traicionar a mi madre, hasta el punto de separarse de ella y de mí, ¿por qué le dio la pulsera maligna? Tal vez —fantaseaba en el duermevela— porque la joya le gustaba mucho y eso le impedía lanzarla al mar. O porque, cautivado también él por ese objeto, antes de deshacerse de él había querido verlo al menos una vez en la muñeca de Costanza y este deseo había sido su perdición. A Costanza le había parecido aún más preciosa de lo que era y la pulsera embrujada lo había encadenado para siempre a aquella mujer, impidiéndole que siguiera queriendo solo a mi madre. Y para protegerme a mí, mi padre había terminado por sufrir él mismo la magia maligna de su hermana (a menudo llegaba a imaginar que Vittoria había previsto minuciosamente aquella maniobra errada) y eso había destrozado a toda la familia.

Este retorno a los cuentos de la infancia, justo cuando sentía que acababa de salir definitivamente de ella, tuvo durante un tiempo la virtud de reducir al mínimo no solo las responsabilidades de mi padre, sino también las mías. De hecho, si en el origen de todos los males estaban las artes mágicas de Vittoria, el drama actual había comenzado en cuanto yo nací; por tanto, yo no tenía la culpa; la fuerza oscura que me había llevado a buscar a mi tía y a conocerla había entrado en acción desde hacía tiempo, yo no tenía nada que ver; yo, como los niños de Jesucristo, era inocente. Pero, tarde o temprano, esta escena también se diluía. Con o sin maleficio, el dato objetivo era que, trece años antes, mi padre había considerado bello el objeto que su hermana me había regalado y que aquella belleza había sido ratificada por una mujer refinada como Costanza. En consecuencia, esto devolvía al centro de todo —incluso en el mundo fabuloso que yo iba construyendo— una contigüidad incongruente entre vulgaridad y refinamiento, y aquella ausencia ulterior de límites claros en un momento en que estaba perdiendo todas las orientaciones antiguas me desconcertaba aún más. Mi tía pasaba de mujer vulgar a mujer de buen gusto. Mi padre y Costanza, de personas de buen gusto a —como demostraban, por lo demás, las afrentas que le habían hecho a mi madre e incluso al odioso de Mariano— vulgares. Así, a veces, antes de quedarme dormida, me imaginaba un túnel subterráneo que conectaba a mi padre, Costanza, Vittoria, aun en contra de su voluntad. Por más que se considerasen distintos, me parecían cada vez más cortados por el mismo patrón. En mi imaginación, mi padre agarraba a Costanza por las nalgas y la atraía contra él como en el pasado Enzo había hecho con mi tía y seguramente con Margherita. Así causaba dolor a mi madre, que lloraba como en los cuentos, llenando garrafas y garrafas con sus lágrimas hasta perder la razón. Y yo, que me había quedado a vivir con ella, tendría una vida opaca, sin la diversión que él sabía proporcionarme, sin su comprensión de las cosas del mundo, capacidad de la que, en cambio, se beneficiarían Costanza, Ida, Angela.

Este era el clima cuando una vez, al regresar del colegio, descubrí que no solo para mí la pulsera era dolorosamente significativa. Abrí la puerta de casa con mis llaves, encontré a mi madre en mi habitación, de pie frente a mi mesita de noche, absorta. Había sacado la joya del cajón y la sostenía entre los dedos mirándola fijamente como si se tratara del collar de Harmonía y quisiera traspasar su superficie para llegar a sus prerrogativas de objeto maligno. Noté en esa ocasión que se le había encorvado la espalda y que se había vuelto descarnada y gibosa.

—¿Ya no te la pones? —preguntó al notar mi presencia, pero sin volverse.

—No me gusta.

—¿Sabías que no era de Vittoria, sino de tu abuela?

—¿Y tú cómo lo sabes?

Me contó que había telefoneado a Vittoria y que por ella se había enterado de que su madre se la había dejado antes de morir. La miré perpleja, creía que no había que volver a hablar nunca más con Vittoria, porque no era de fiar y era peligrosa, pero evidentemente la prohibición se refería solo a mí.

—¿Es verdad? —pregunté mostrándome escéptica.

—Quién sabe, casi siempre todo lo que viene de la familia de tu padre, él incluido, es falso.

—¿Has hablado con él?

—Sí.

Precisamente para resolver aquel asunto había perseguido a mi padre —¿es cierto que la pulsera era de tu madre?, ¿es cierto que ella se la dejó a tu hermana?—, y él se había puesto a balbucear que le tenía mucho cariño a aquella joya, que la recordaba en la muñeca de su madre y que, cuando se enteró de que Vittoria quería venderla, le había dado dinero y se la había quedado.

—¿Cuándo murió la abuela? —pregunté.

—Antes de nacer tú.

—Entonces la tía Vittoria mintió, no me regaló la pulsera.

—Eso dice tu padre.

Percibí que no se lo creía, pero como yo había creído y todavía creía a Vittoria, aunque de mala gana, tampoco me lo creí. En contra de mi propia voluntad, la pulsera se encaminaba ya hacia una nueva historia llena de consecuencias. En mi cabeza el objeto se convirtió al instante en parte esencial de las disputas entre los dos hermanos, un fragmento ulterior de sus odios. Me imaginaba a la abuela en su lecho de muerte, con los ojos desorbitados, la boca muy abierta, y a mi padre y a Vittoria, ajenos a la agonía, disputándose la pulsera. Él se la arrancaba, se la llevaba entre insultos y maldiciones lanzando billetes al aire.

—¿Tú crees que —pregunté—, al menos en principio, papá le quitó la pulsera a Vittoria para poder dármela a mí cuando fuera mayor?

—No.

Aquel monosílabo tan rotundo me hizo daño.

—Tampoco se la quedó para dártela a ti —dije.

Mi madre asintió, guardó la pulsera en el cajón, y como si estuviera a punto de desfallecer, se acostó en mi cama sollozando. Me sentí incómoda; ella, que jamás lloraba, desde hacía meses prorrumpía en llanto a la menor ocasión, y yo también hubiera querido hacerlo, pero me contenía, ¿por qué ella no? Le acaricié un hombro, la besé en el pelo. Estaba ya muy claro que, al margen de cómo hubiese adquirido aquella joya, el objetivo de mi padre había sido colocarla en la delgada muñeca de Costanza. La pulsera, independientemente del ángulo desde el cual se la examinase, del tipo de historia en la cual se la introdujera —un cuento, un relato interesante o banal—, solo ponía en evidencia que nuestro cuerpo, agitado por la vida que se retuerce en su interior consumiéndolo, hace cosas estúpidas que no debería hacer. Y si, en general, eso podía aceptarlo —en el caso de Mariano, por ejemplo, e incluso en el mío y el de mi madre—, jamás habría imaginado que la estupidez pudiese echar a perder también a personas superiores como Costanza, como mi padre. Cavilé mucho tiempo sobre todo aquel asunto, fantaseé con él, en la escuela, en la calle, durante las comidas, las cenas, por las noches. Buscaba significados para soslayar aquella impresión de escasa inteligencia en personas que estaban sobradas de ella.

2

En aquellos dos años ocurrieron muchas cosas relevantes. Cuando, tras confirmar que yo era clavada a su hermana, mi padre desapareció de casa por primera vez, pensé que lo había hecho por la repugnancia que yo le causaba. Apenada, molesta, decidí no estudiar más. No abrí un solo libro, dejé de hacer los deberes y el invierno pasó mientras intentaba ser cada vez más extraña para mí misma. Deseché ciertas costumbres que él me había impuesto: leer el periódico, ver el telediario. Pasé del blanco o el rosa al negro, negros los ojos, negros los labios, negras todas las prendas de vestir. Fui distraída, sorda a las reprimendas de los profesores, indiferente a los lamentos de mi madre. En lugar de estudiar, devoraba novelas, veía películas en la televisión, me ensordecía con música. Sobre todo, vivía en silencio, pocas palabras, y punto. Ya era normal para mí no tener amigos, salvo por el largo trato con Angela e Ida. Pero desde el momento en que ellas fueron engullidas por la tragedia de nuestras familias, me quedé por completo a solas con mi voz, que no paraba de darme vueltas en la cabeza. Reía para mis adentros, me hacía muecas, pasaba mucho tiempo en la escalinata de detrás de mi colegio o en la Floridiana, por los senderos flanqueados de árboles y setos que en otros tiempos había recorrido con mi madre, con Costanza, con Angela, con Ida todavía en el cochecito. Me gustaba hundirme, aturdida, en el tiempo feliz de antes como si fuera una vieja, mirando sin ver el murete, los jardines de la Santarella, o sentarme en un banco de la Floridiana frente al mar y a toda la ciudad.

Angela e Ida tardaron en reaparecer y solo lo hicieron por teléfono. Fue Angela quien llamó, muy alegre; dijo que quería enseñarme lo antes posible la nueva casa de Posillipo.

—¿Cuándo vienes? —preguntó.

—No lo sé.

—Tu padre ha dicho que te quedarás aquí a menudo.

—Tengo que hacer compañía a mi madre.

—¿Estás enfadada conmigo?

—No.

Tras comprobar que seguía queriéndola, cambió de tono, se puso más nerviosa y me confesó algunos de sus secretos pese a que debería haberse dado cuenta de que no tenía ganas de oírlos. Dijo que mi padre iba a ser una especie de padre para ellas, porque después del divorcio se casaría con Costanza. Dijo que Mariano no quería volver a ver no solo a Costanza, sino tampoco a ellas dos, debido a que —una noche lo había dicho a gritos y ella e Ida lo habían oído— no tenía dudas de que su verdadero padre era el mío. Por último me reveló que tenía novio, pero que no debía contárselo a nadie: su novio era Tonino; él la había llamado por teléfono a menudo, se habían visto en Posillipo, habían dado numerosos paseos por Mergellina y desde hacía menos de una semana se habían declarado su amor.

Aunque la llamada fue larga, estuve casi todo el rato callada. No me pronuncié ni siquiera cuando irónicamente me susurró que, como tal vez éramos hermanas, me convertiría en la cuñada de Tonino. Solo cuando Ida, que debía de estar a su lado, me gritó desolada: ¡No es verdad que seamos hermanas! Tu padre es simpático, pero yo quiero al mío. Dije en voz baja: Estoy de acuerdo con Ida, y aunque vuestra madre y mi padre se casen, vosotras seguiréis siendo hijas de Mariano y yo de Andrea. En cambio, me guardé para mí el fastidio que me había causado saber que estaba saliendo con Tonino.

—Dije de broma que yo le gustaba, a Tonino nunca le gusté —me limité a murmurar.

—Lo sé, se lo pregunté antes de decirle que sí y me juró que nunca le caíste bien. Me quiso desde el primer momento en que me vio, solo piensa en mí.

Después, como si el malestar que presionaba detrás de los chismes hubiese roto la barrera, estalló en llanto, pidió perdón y colgó.

Cuánto llorábamos todos, ya no soportaba tanto llanto. En junio mi madre fue al colegio a ver en qué lío me había metido y se enteró de que me habían suspendido. Naturalmente, sabía que me iba muy mal en los estudios, pero el suspenso le pareció excesivo. Quiso hablar con los profesores, quiso hablar con la directora, me llevó con ella como si fuera la prueba de que conmigo se había cometido una injusticia. Fue un calvario para las dos. Los profesores a duras penas se acordaban de mí, pero le enseñaron sus libros de escolaridad repletos de malas notas, le demostraron que había acumulado un número excesivo de faltas de asistencia. Ella se sintió fatal, sobre todo por las faltas. Murmuró: Adónde has ido, qué has hecho. Dije: He estado en la Floridiana. Evidentemente, a la muchacha, intervino en un momento dado el profesor de literatura, no se le dan bien los estudios clásicos. Se dirigió a mí con amabilidad: ¿No es así? No le contesté, pero me hubiera gustado gritar que, ahora que había crecido, ahora que ya no era una muñequita, sentía que nada se me daba bien: no era inteligente, no era capaz de albergar buenos sentimientos, no era guapa, ni siquiera simpática. Mi madre —demasiado maquillaje en los ojos, demasiado colorete en las mejillas, la piel de la cara tensada como una vela— contestó por mí: Se le dan bien, se le dan muy bien, lo que pasa es que este año anda un poco perdida.

Y en la calle empezó a tomarla con mi padre: Él tiene la culpa, se ha ido, él tenía que vigilarte, él tenía que ayudarte y darte ánimos. En casa siguió con lo mismo, y en vista de que no sabía cómo localizar al marido culpable, al día siguiente lo buscó en el colegio. No sé cómo fueron las cosas entre ellos, pero por la noche mi madre me dijo:

—No se lo contaremos a nadie.

—¿El qué?

—Que te han suspendido.

Yo me sentí aún más humillada. Descubrí en cambio que yo sí quería que se supiese; al fin y al cabo, aquel suspenso era mi único signo de distinción. Confiaba en que mi madre se lo contara a sus colegas del colegio, a las personas para las que corregía galeradas y hacía de escritorzuela, y que mi padre —sobre todo mi padre— se lo comunicara a quienes lo apreciaban y amaban: Giovanna no es como su madre y yo, no aprende, no se esfuerza, es fea por dentro y por fuera, como su tía; a lo mejor se irá con ella, que vive por el Macello, en la Zona Industrial.

—¿Por qué? —pregunté.

—Porque de nada sirve hacer de esto una tragedia, solo se trata de un pequeño fracaso. Repetirás curso, estudiarás y serás la mejor de la clase, ¿de acuerdo?

—Sí —contesté a regañadientes, e hice ademán de irme a mi dormitorio, pero ella me retuvo.

—Espera, acuérdate de no decírselo ni siquiera a Angela y a Ida.

—¿Ellas han pasado de curso?

—Sí.

—¿Te ha pedido papá que tampoco se lo digamos a ellas?

No me contestó, se inclinó sobre su trabajo, la encontré aún más descarnada. Comprendí que se avergonzaban de mi fracaso; quizá era el único sentimiento que todavía tenían en común.

3

Aquel verano no hubo vacaciones, mi madre no se las tomó, mi padre no lo sé, no lo vimos hasta el año siguiente, bien entrado el invierno, cuando ella lo citó para pedirle que legalizaran la separación. A mí no me afectó, pasé todo el verano fingiendo no darme cuenta de la desesperación de mi madre. Me mantuve indiferente incluso cuando ella y mi padre empezaron a discutir por el reparto de sus cosas y se pelearon de manera furibunda cuando él empezó a decir: Nella, necesito urgentemente los apuntes que están en el primer cajón del escritorio; y mi madre le gritó que siempre le impediría, por todos los medios, que se llevara de casa un solo libro, un solo cuaderno, incluso el bolígrafo que solía usar y la máquina de escribir. Lo que sí me había dolido, me había humillado, era aquella orden: No le digas a nadie que te han suspendido. Por primera vez me parecieron mezquinos, tal como los había descrito Vittoria, y por eso evité por todos los medios ver a Angela y a Ida, tener noticias de ellas; temía que me preguntaran por mis notas o, qué sé yo, por cómo me iban las cosas en segundo de bachillerato superior cuando en realidad estaba repitiendo primero. Mentir me gustaba cada vez más, sentía que rezar y contar mentiras me daban el mismo consuelo. Pero verme obligada a recurrir a un embuste para impedir que mis padres fueran desenmascarados y resultara evidente que no había heredado sus capacidades me hería, me deprimía.

Cierta vez telefoneó Ida y mandé a mi madre decir que no estaba, pese a que en aquella etapa de tantas lecturas y tantas películas habría hablado mucho más a gusto con ella que con Angela. Prefería el aislamiento absoluto; de haber sido posible, ni siquiera a mi madre le habría vuelto a dirigir la palabra. Ahora, en el colegio me vestía y me maquillaba para parecer una mujer de mala vida entre jóvenes respetables, y mantenía a todos a distancia, incluidos los profesores, que toleraban mis comportamientos huraños solo porque mi madre había hallado la manera de hacer saber que ella también era docente. En casa, cuando ella no estaba, ponía la música a todo volumen y a veces bailaba con furiosa entrega. Los vecinos venían con frecuencia a protestar, tocaban el timbre, pero yo no les abría.

Una tarde en que me encontraba sola y me estaba desmelenando, sonó el timbre, espié por la mirilla, segura de que sería gente enfadada, y vi que en el rellano estaba Corrado. Decidí que tampoco le abriría, pero me di cuenta de que debía de haberme oído andar por el pasillo. Con su descaro habitual miraba fijamente el agujerito de la mirilla; quizá al otro lado de la puerta percibía incluso mi respiración, y así fue, porque de estar serio pasó a esbozar una sonrisa amplia y tranquilizadora. Me vino a la cabeza la foto de su padre que había visto en su nicho, esa en la que el amante de Vittoria reía satisfecho, y pensé que en los cementerios no deberían poner fotos en las que los muertos ríen; menos mal que la sonrisa de Corrado era la de un chico vivo. Lo hice pasar, sobre todo porque mis padres siempre me habían prohibido dejar entrar a nadie en su ausencia; no me arrepentí. Se quedó una hora y, por primera vez desde que había empezado aquella larga crisis, sentí una alegría de la que ya no me creía capaz.

Cuando conocí a los hijos de Margherita, había apreciado los modales cautos de Tonino, las reacciones vivaces de la hermosísima Giuliana, pero me había molestado la cháchara un tanto pérfida de Corrado, su manera de ridiculizar a cualquiera, incluida la tía Vittoria, con ocurrencias que no hacían ninguna gracia. En cambio, aquella tarde, cuanto salía de su boca

—en general de una estupidez indiscutible— me hacía llorar de risa. Fue un hecho nuevo que después pasó a ser una de mis características: empiezo con una carcajada de nada y después no consigo parar; la carcajada se convierte en risa floja. El colmo de aquella tarde fue la palabra *battilocchio*. En mi vida la había oído y cuando él la pronunció la encontré cómica y me desternillé de risa. Corrado lo captó al vuelo y se puso a utilizarla sin parar en su dialecto italianizado —*chillu battilocchio, chilla battilocchia*— para degradar ahora a su hermano Tonino, ahora a su hermana Giuliana, y así mis risotadas le daban gusto y lo incitaban. Según él, Tonino era un *battilocchio* porque se había hecho novio de mi amiga Angela, que era aún más *battilocchia* que él. Le preguntaba a su hermano: ¿La has besado? Alguna vez. ¿Y le pones las manos en los pechos? No, porque la respeto. ¿La respetas? Entonces eres un *battilocchio*, porque solo un *battilocchio* se echa novia y después la respeta; ¿para qué carajo te has echado novia si la respetas? Verás que Angela, si no es una *battilocchia* más *battilocchia* que tú, te dirá: Tonì, por favor, no me respetes más que si no, te dejo. Ja, ja, ja.

Cómo me divertí aquella tarde. Me gustó el desparpajo con el que Corrado hablaba de sexo, me gustó cómo ridiculizaba el noviazgo de su hermano con Angela. Parecía saber mucho por experiencia directa de lo que hacen los novios, y de vez en cuando soltaba el nombre en dialecto de alguna práctica sexual y me explicaba en dialecto de qué se trataba. Aunque no lo entendía bien debido a aquel vocabulario que yo no dominaba, soltaba risitas prudentes, retraídas, y luego me partía de risa cuando, de un modo u otro, él volvía a decir *battilocchio*.

Corrado era incapaz de distinguir entre lo serio y lo chistoso, el sexo le parecía cómico. Para él —entendí— era cómico besarse, pero también no besarse; tocarse, pero también no tocarse. Los más cómicos de todos, en su opinión, eran su hermana Giuliana y Roberto, el amigo inteligentísimo de Tonino. Esos dos, que se querían desde niños sin decirse nada, al final habían empezado a salir. Giuliana estaba locamente enamorada de Roberto; para ella era el más apuesto, el más inteligente, el más valiente, el más justo, y, encima, creía en Dios más que el propio Jesucristo, que era su hijo. Todas las mojigatas del Pascone además de las de Milán, ciudad donde Roberto había estudiado, opinaban lo mismo que Giuliana, pero, según Corrado, había muchísimas personas más con la cabeza en su sitio que no compartían todo aquel entusiasmo. Entre ellas se encontraban él y sus amigos; por ejemplo, Rosario, el chico de los dientes muy salidos.

—A lo mejor estáis equivocados, a lo mejor Giuliana tiene razón —dije.

Él se puso serio, pero me di cuenta enseguida de que iba en broma.

—Tú no conoces a Roberto, pero conoces a Giuliana, estuviste en la parroquia y viste los bailes que organizan, a Vittoria tocando el acordeón, a la gente que va. Así que, dime: ¿te fías de lo que ellos piensan o de lo que pienso yo?

Yo ya me estaba riendo, contesté:

—De lo que piensas tú.

—Entonces, en tu opinión, imparcialmente, ¿para ti qué es Roberto?

—¡Un *battilocchio*! —casi grité, y reí sin freno; me dolían los músculos de la cara de tanto reírme.

Cuanto más hablábamos de ese modo, más crecía en mí una sensación agradable de infracción. Yo había dejado entrar en la casa vacía a aquel chico que debía de tener por lo menos seis o siete años más que yo; yo había decidido hablar con él alegremente, durante casi una hora, sobre temas de sexo. Poco a poco me sentí preparada para cualquier otra transgresión posible, y él lo intuyó, le brillaron los ojos, dijo: ¿Quieres ver una cosa? Yo negué con la cabeza, pero riéndome, y Corrado a su vez rio socarrón, se bajó la cremallera, murmuró: Dame la mano, así al menos dejo que me la toques. Pero como seguía riéndome y no le daba la mano, él me la agarró con buenos modales. Aprieta, dijo, no, no tanto, ahora sí, así, nunca habías tocado un *battilocchio*, ¿eh? Lo hizo a propósito para que me volviera la risa floja, y me reí; le susurré: Basta, podría llegar mi madre, y él contestó: Pues le dejamos que toque también el *battilocchio*. Ah, cuánto nos reímos, me pareció muy ridículo sostener en mi mano aquel trasto regordete y rígido, yo misma se la saqué, pensé que ni siquiera me había besado. Lo pensé mientras él me pedía: Métetela en la boca; yo lo habría hecho, en aquel momento habría hecho lo que me pidiera con tal de reír, pero de sus pantalones emanó un intenso olor a letrina que me repugnó, y, por otra parte, en ese preciso momento él dijo de golpe: Basta, me la quitó de la mano y se la metió en los calzoncillos con un lamento gutural que me impresionó. Lo vi abandonarse con los ojos cerrados contra el respaldo del sofá, unos pocos segundos; después se espabiló, se subió la cremallera, se levantó de un salto, miró el reloj y dijo:

—Me voy pitando, Giannì, pero nos hemos divertido tanto que tenemos que volver a vernos.

—Mi madre no me deja salir, tengo que estudiar.

—Es inútil que estudies, ya eres buena.

—No soy buena, me suspendieron, estoy repitiendo curso. Él me miró, incrédulo.

—¿Cómo puede ser? ¿A mí nunca me suspendieron y a ti sí? Es una injusticia, tienes que rebelarte. ¿Sabes que no se me daban nada bien los estudios? A mí el diploma de perito mecánico me lo regalaron porque soy simpático.

—No eres simpático, eres tonto.

—¿Estás diciendo que te has divertido con un tonto?

—Sí.

—O sea, ¿que tú también eres tonta?

—Sí.

Solo cuando se vio en el rellano, Corrado se dio una palmada en la frente y exclamó: Casi se me olvida una cosa importante. Sacó del bolsillo del pantalón un sobre ajado. Dijo que había venido expresamente a traerme ese sobre, me lo mandaba Vittoria. Menos mal que se había acordado; si se le hubiese olvidado, mi tía habría berreado como una rana. Dijo «rana» para hacerme reír con una comparación insensata, pero esta vez no me reí. En cuanto me entregó el sobre y desapareció escaleras abajo, volví a angustiarme.

El sobre estaba pegado, arrugado, sucio. Lo abrí a toda prisa antes de que regresara mi madre. Eran unas pocas líneas y aun así con muchos errores de ortografía. Vittoria decía que como yo no había vuelto a dar señales de vida, como no contestaba el teléfono, le había demostrado ser incapaz de sentir afecto por mis parientes, exactamente como mi padre y mi madre, y que por eso debía devolverle la pulsera. Mandaría a Corrado a recogerla.

4

Volví a ponerme la pulsera por dos motivos: primero, dado que Vittoria quería recuperarla, deseé lucirla al menos unos días en clase para dar a entender que mi condición de repetidora decía poco o nada de la chica que yo era; segundo, porque cuando faltaba poco para la separación, mi padre estaba tratando de retomar el contacto conmigo y yo, cada vez que me lo encontraba delante del colegio, quería que la viera en mi muñeca para que comprendiera que si alguna vez llegaba a invitarme a casa de Costanza, seguramente me la pondría. Al parecer, ni mis compañeras ni mi padre le prestaron atención a aquella joya, las primeras por envidia, el segundo porque el mero hecho de mencionarla lo incomodaba.

En general, mi padre se presentaba a la salida del colegio con una actitud cordial e íbamos juntos a tomar *panzarotti* y *pastacresciuta* a una freiduría cercana al funicular. Me preguntaba por los profesores, las clases, las notas, pero yo tenía la impresión de que no le interesaba lo que le contestaba, aunque ponía cara de prestar atención. Por lo demás, ese tema se agotaba pronto; yo no me atrevía a hacer preguntas sobre su nueva vida y al final nos quedábamos en silencio.

El silencio me entristecía, me irritaba; sentía que él estaba dejando de ser mi padre. Me miraba cuando creía que estaba distraída y no me daba cuenta, pero yo me daba cuenta y notaba su mirada perpleja, como si le costase reconocerme, vestida de negro de la cabeza a los pies, el maquillaje recargado; o quizá como si ahora le resultara demasiado conocida, más conocida que cuando había sido su amadísima hija: ahora sabía que era falsa e insidiosa. Delante de casa recuperaba la cordialidad, me besaba en la frente, decía: Recuerdos para mamá. Me despedía una última vez saludando con la mano y en cuanto el portón se cerraba a mis espaldas, imaginaba melancólica que se marchaba aliviado dando un acelerón estrepitoso.

A menudo, en las escaleras o en el ascensor, me daba por canturrear unas canciones napolitanas que detestaba. Fingía ser una cantante, me despechugaba un poco y con la boca pequeña modulaba versos que me sonaban particularmente ridículos. En el rellano me arreglaba la ropa, entraba en casa abriendo la puerta con mi llave, encontraba a mi madre que, a su vez, acababa de volver del colegio.

—Recuerdos de papá.

—Bien. ¿Has comido?

—Sí.

—¿Qué?

—*Panzarotti* y *pastacresciuta*.

—Por favor, dile que no puedes comer siempre *panzarotti* y *pastacresciuta*. Además, a él también le sientan mal.

Me sorprendía el tono veraz de esa última frase y de muchas otras similares que se le escapaban a veces. Después de aquella prolongada desesperación suya, algo estaba cambiando en ella, tal vez la esencia misma de su desesperarse. Se había quedado en los huesos, fumaba más que Vittoria, tenía la espalda cada vez más encorvada; cuando estaba sentada trabajando parecía un anzuelo lanzado al agua para capturar a saber qué peces escurridizos. Sin embargo, desde hacía un tiempo, en lugar de preocuparse por sí misma, parecía preocupada por su exmarido. En algunos momentos me convencí de que lo consideraba al borde de la muerte o incluso muerto del todo, aunque todavía nadie se había dado cuenta. No es que hubiese dejado de echarle todas las culpas posibles, pero mezclaba rencor y aprensión, lo detestaba y aun así parecía temer que fuera de su tutela no tardaría en perder la salud y la vida. Yo no sabía qué hacer. Su aspecto físico me angustiaba, pero la pérdida progresiva de cualquier otro interés que no fuera el tiempo transcurrido con su marido me enfurecía. Cuando yo leía distraídamente las historias que corregía y a menudo reescribía, en ellas había siempre un hombre extraordinario que por un motivo u otro había desaparecido. Y si asomaba por casa alguna de sus amigas —en general, profesoras del colegio donde trabajaba—, con frecuencia oía a mi madre pronunciar frases como: Mi exmarido tendrá muchísimos defectos, pero en este tema tiene toda la razón, él dice esto, él piensa esto otro. Lo citaba a menudo y con respeto. Pero no solo eso. Cuando se enteró de que mi padre había empezado a escribir con cierta frecuencia para *L'Unità*, ella, que solía comprar *La Repubblica*, pasó a comprar también el otro periódico y me enseñaba la firma, subrayaba alguna frase, recortaba los artículos. Yo pensaba para mis adentros que si un hombre me hubiese hecho lo que él le había hecho, le habría hundido la caja torácica y arrancado el corazón, y estaba segura de que mi madre, en todo ese tiempo, también debía de haber soñado con escenas similares. Pero ahora alternaba el sarcasmo rencoroso con un sereno culto a la memoria. Una tarde la encontré ordenando las fotos de familia, incluidas las que guardaba en la caja de metal.

—Ven, mira qué apuesto estaba tu padre aquí —dijo.

Me enseñó una fotografía en blanco y negro que nunca había visto, aunque tiempo atrás yo había hurgado por todas partes. Acababa de sacarla del diccionario de italiano que conservaba desde la época del bachillerato, un sitio donde nunca se me habría ocurrido ir a buscar fotos. Mi padre tampoco debió de saber nada, puesto que en aquel retrato, sin tachar con rotulador, salía Vittoria de jovencita y también, lo reconocí enseguida, nada menos que Enzo. Había más: flanqueada por mi padre y mi tía a un lado, y por Enzo al otro, sentada en un sillón se veía a una mujer menuda, no del todo vieja pero tampoco joven, con una expresión que me pareció siniestra.

—Aquí a papá y a la tía Vittoria se los ve contentos, fíjate cómo le sonríe ella —murmuré.

—Sí.

—Y este es Enzo, el policía desgraciado.

—Sí.

—Aquí papá y él no salen enfadados.

—No; al principio eran amigos, Enzo se relacionaba con la familia.

—¿Y esta señora quién es?

—Tu abuela.

—¿Cómo era?

—Odiosa.

—¿Por qué?

—No quería a tu padre y por eso tampoco a mí. Jamás quiso hablar conmigo, ni verme; siempre fui la que no era de la familia, una extraña. Imagínate que prefería a Enzo antes que a tu padre.

Examiné la foto con mucha atención, el corazón me dio un vuelco. Saqué una lupa del portalápices, la acerqué a la muñeca derecha de la madre de mi padre y de Vittoria.

—Mira —dije—, la abuela lleva puesta mi pulsera.

Mi madre no aferró la lupa; con su postura de anzuelo se dobló sobre la foto, negó con la cabeza, masculló:

—Nunca me había fijado.

—Yo la he visto enseguida.

Hizo una mueca de fastidio.

—Sí, la has visto enseguida. Pero yo acabo de mostrarte a tu padre y ni lo has mirado.

—Lo he mirado y no me parece tan apuesto como dices.

—Es una belleza de hombre, todavía eres pequeña y no entiendes hasta qué punto puede resultar apuesto un hombre inteligente.

—Te equivocas, lo entiendo perfectamente. Pero aquí parece el hermano gemelo de la tía Vittoria.

Mi madre acentuó su tono débil:

—Oye, que me ha dejado a mí, no a ti.

—Nos ha dejado a las dos, lo odio.

Ella negó con la cabeza.

—Es a mí a quien le corresponde odiarlo.

—Y a mí también.

—No, tú ahora estás enfadada y dices cosas que no piensas. Pero en esencia él es un hombre bueno. Parece un traidor mentiroso, pero es honesto y, en cierto sentido, incluso fiel. Su verdadero gran amor es Costanza, con ella ha estado todos estos años y con ella estará hasta la muerte. Pero, sobre todo, quiso darle a ella la pulsera de su madre.

5

Mi descubrimiento nos hizo daño a las dos, pero reaccionamos de forma distinta. A saber cuántas veces había hojeado mi madre aquel diccionario, a saber cuántas veces había mirado aquella imagen, y sin embargo, nunca se había dado cuenta de que la pulsera que la mujer de Mariano lucía desde hacía años, y que desde hacía años mi madre consideraba un objeto elegante que le habría gustado poseer, era la misma que su suegra exhibía en aquella foto. En la imagen fijada en blanco y negro había visto siempre y únicamente a mi padre de joven. En esa foto había reconocido los motivos por los que lo amaba y por ello la había guardado en el diccionario, como una flor que, aunque se seque, debe recordarnos el momento en que nos la regalaron. A lo demás nunca le había prestado atención, por eso cuando le señalé la joya debió de sufrir terriblemente. Pero lo hizo sin que yo me enterase, controlando sus reacciones y tratando de empañar mi mirada inoportuna con discursitos insulsos o nostálgicos. ¿Mi padre, bueno, honesto, fiel? ¿Costanza, el gran amor, la verdadera esposa? ¿Mi abuela, que prefería a Enzo, el seductor de Vittoria, antes que a su propio hijo? Improvisó muchas patrañas de ese tipo, y saltando de una a otra volvió lentamente a refugiarse en el culto al exmarido. Claro, hoy puedo decir que de no haber llenado de algún modo el vacío que él había dejado, se habría precipitado en él y habría muerto. Pero a mis ojos, el modo que había elegido era el más repugnante.

En cuanto a mí, la foto me permitió la audacia de pensar que bajo ningún concepto iba a devolverle la pulsera a Vittoria. Las razones que me di eran muy enredadas. Es mía, me dije, porque era de mi abuela. Es mía, me dije, porque Vittoria se la apropió contra la voluntad de mi padre, porque mi padre se la apropió contra la voluntad de Vittoria. Es mía, me dije, porque me corresponde, me corresponde de todas formas, tanto si me la regaló de veras Vittoria, como si se trata de una mentira y mi padre se la quitó para dársela a una extraña. Es mía, me dije, porque esa extraña, Costanza, me la devolvió a mí, de modo que no es justo que mi tía la reclame. Es mía, concluí, porque yo la reconocí en la foto y mi madre no, porque yo sé enfrentarme al dolor y padecerlo y también causarlo mientras que ella no; ella me da pena, ni siquiera ha sido capaz de convertirse en amante de Mariano, no sabe darse alegría, y, flaca y jorobada como es, derrocha sus energías en páginas estúpidas para personas como ella.

Yo no me parecía a ella. Me parecía a Vittoria y a mi padre, que en aquella foto se asemejaban mucho físicamente. Por eso redacté una carta para mi tía. Me salió bastante más larga de la que me había escrito ella, le enumeré todas las razones confusas por las que quería quedarme la pulsera. Metí la carta en la mochila donde llevaba los libros del colegio y esperé el día en que Corrado o Vittoria misma reaparecieran.

6

En cambio, quien dio señales de vida delante del colegio y por sorpresa fue Costanza. No la veía desde la mañana en que, obligada por mi madre, ella me había entregado la pulsera. Me pareció todavía más guapa que en el pasado, todavía más elegante, con un perfume ligero que mi madre había llevado durante años, pero que ya no usaba más. No me gustó un único detalle: tenía los ojos hinchados. Me dijo con su voz seductora y gruesa que quería llevarme a una pequeña fiesta familiar, conmigo y sus hijas; mi padre estaría ocupado en la escuela durante gran parte de la tarde, pero ya había telefoneado a mi madre, que me daba permiso.

—¿Dónde? —pregunté.

—En mi casa.

—¿Por qué?

—¿No te acuerdas? Es el cumpleaños de Ida.

—Tengo muchos deberes.

—Mañana es domingo.

—Odio estudiar en domingo.

—¿No estás dispuesta a hacer un pequeño sacrificio? Ida siempre habla de ti, te quiere mucho.

Cedí; me subí a su coche, tan perfumado como ella; fuimos en dirección a Posillipo. Me preguntó por el colegio, y tuve mucho cuidado en no decir que seguía en primero de bachillerato superior, aunque ignoraba qué se estudiaba en segundo, y, como ella era profesora, temía equivocarme en cada respuesta. Me escabullí preguntándole por Angela, y enseguida Costanza se puso a contarme cómo sufrían sus hijas porque habíamos dejado de vernos. Me contó que hacía poco Angela había soñado conmigo, un sueño en el que ella perdía un zapato y yo lo encontraba, o algo por el estilo. Mientras ella hablaba yo jugueteaba con la pulsera, quería que notara que la llevaba puesta. Después dije: Nosotras no tenemos la culpa si hemos dejado de vernos. En cuanto pronuncié aquellas palabras, Costanza perdió el tono cordial, murmuró: Tienes razón, no tenéis la culpa, y calló como si hubiese decidido que a causa del tráfico debía concentrarse en la conducción. Pero no logró controlarse y de repente añadió: No vayas a pensar que tu padre tiene la culpa, no hay culpa en lo que pasó, se hace daño sin querer. Aminoró la marcha, paró, dijo: Perdona —por Dios, qué harta estaba de lágrimas—, y se echó a llorar.

—Tú no sabes —sollozó— cuánto sufre tu padre, lo preocupado que está por ti; no duerme, te echa de menos, Angela, Ida y yo también te echamos de menos.

—Yo también lo echo de menos —dije sintiéndome incómoda—, os echo de menos a todos, a Mariano también. Y ya sé que no hay culpa, ocurrió, nadie puede hacer nada.

Ella se secó los ojos con la punta de los dedos; cada uno de sus gestos era leve, prudente.

—Qué sabia eres —dijo—, siempre has ejercido una excelente influencia en mis hijas.

—No soy sabia, pero leo muchas novelas.

—Así me gusta; estás creciendo, das respuestas graciosas.

—No, lo digo en serio; me vienen a la cabeza frases de los libros en vez de palabras mías.

—Angela ya no lee. ¿Sabías que tiene novio?

—Sí.

—¿Y tú tienes novio?

—No.

—El amor es complicado, Angela ha empezado demasiado pronto.

Se maquilló los ojos enrojecidos, me preguntó si la veía bien, arrancó de nuevo. Mientras tanto, con comentarios discretos siguió hablando de su hija; sin hacerme preguntas explícitas, quería saber si yo estaba más informada que ella. Me puse nerviosa, no quería equivocarme en las respuestas. No tardé en deducir que no sabía nada de Tonino, ni su edad, ni a qué se dedicaba, ni siquiera el nombre; por mi parte, evité relacionarlo con Vittoria, Margherita, Enzo; ni siquiera dije que tenía casi diez años más que Angela. Me limité a murmurar que era un chico muy serio, y, para no añadir nada, estuve a punto de inventarme que no me sentía bien y quería irme a casa. Pero casi habíamos llegado, el coche recorría ya una avenida arbolada, Costanza aparcó. Me fascinó la luz que irradiaba el mar y el esplendor del jardín: cuánta Nápoles se veía, cuánto cielo, cuánto Vesubio. Así que ahí era donde vivía mi padre. Al marcharse de via San Giacomo dei Capri no había perdido gran cosa en altura y encima había ganado en belleza.

—¿Me harías un favor pequeñito pequeñito? —me preguntó Costanza.

—Sí.

—¿Puedes quitarte la pulsera? Las chicas no saben que te la di a ti.

—Quizá sería todo menos complicado si se dijera la verdad.

—La verdad es difícil —comentó con aire sufrido—. Cuando seas mayor lo entenderás, es algo para lo que las novelas no bastan. ¿Me haces entonces ese favor?

Mentiras, mentiras, los adultos las prohíben y entretanto cuentan muchas. Asentí, me desabroché la pulsera, la guardé en el bolsillo. Ella me dio las gracias, entramos en la casa. Después de mucho tiempo volví a ver a Angela, a Ida, enseguida recuperamos un simulacro de avenencia, aunque las tres estábamos muy cambiadas. Qué delgada estás, me dijo Ida; qué pies más largos, cuánto pecho tienes; sí, muchísimo; ¿por qué vas toda vestida de negro?

Comimos en la cocina inundada de sol, con muebles y electrodomésticos relucientes. Las tres empezamos a bromear, a mí me entró la risa floja; al vernos, Costanza pareció aliviada. No conservaba una sola señal de llanto; fue tan amable que se ocupó más de mí que de sus hijas. En un momento dado las regañó porque, llevadas por el entusiasmo, se pusieron a contarme con detalle un viaje a Londres que habían hecho con sus abuelos y no me dejaban decir palabra. Todo el tiempo me miró con simpatía, me susurró dos veces al oído: Qué contenta estoy de tenerte aquí, te has convertido en una hermosa señorita. Qué intenciones tendrá, me pregunté. Puede que también quiera quitarle la hija a mi madre y que me venga a vivir a esta casa. ¿Me habría importado? No, tal vez no. Era amplia, muy luminosa, estaba llena de comodidades. Casi con toda seguridad me habría encontrado a gusto si mi padre no hubiese dormido, no hubiese comido, no hubiese ido al baño dentro de aquel espacio exactamente como hacía cuando vivía con nosotras en San Giacomo dei Capri. El obstáculo era justo ese. Él vivía ahí, y su presencia hacía inconcebible que yo me estableciera en aquella casa, que retomara las relaciones con Angela e Ida, que comiera los platos cocinados por la sirvienta muda y solícita de Costanza. Lo que más temía —me di cuenta— era precisamente el momento en que mi padre regresara de quién sabe dónde con su bolsa cargada de libros, besara en la boca a aquella mujer como había hecho siempre con la otra, dijera que estaba muy cansado y, aun así, bromeara con nosotras tres, fingiera querernos, sentara a Ida en su regazo para ayudarla a soplar las velitas y cantara el cumpleaños feliz, y después, de repente, gélido como sabía ser él, se retirara a otra habitación, al nuevo estudio, cuya función era la misma que la del otro en via San Giacomo dei Capri, se encerrase en él, y Costanza dijera, tal como había dicho siempre mi madre: Hablad en voz baja, por favor, no molestéis a Andrea, tiene que trabajar.

—¿Qué te pasa? —me preguntó Costanza—. Te has puesto pálida, ¿te ocurre algo?

—Mamá —Angela resopló—, ¿nos dejas un poco en paz?

7

Pasamos la tarde las tres solas, y durante buena parte del tiempo Angela habló sin parar de Tonino. Se empleó a fondo en convencerme de que le tenía un inmenso cariño a aquel chico. Tonino hablaba poco, con demasiada flema, pero siempre decía cosas importantes. Tonino dejaba que ella lo tratara a la baqueta porque la amaba, pero sabía imponerse a quien quisiera ponerle el pie encima. Tonino iba a recogerla al colegio todos los días; alto, con su pelo rizado, era tan guapo que ella lo reconocía entre mil; de espaldas anchas, se le marcaban los músculos, aunque llevara cazadora. Tonino tenía el diploma de aparejador y ya estaba trabajando un poco, pero tenía grandes aspiraciones y estudiaba arquitectura en secreto, no se lo había dicho ni a su madre ni a sus hermanos. Tonino era muy amigo de Roberto, el novio de Giuliana, aunque no podían ser más distintos: ella lo había conocido porque habían ido los cuatro a comer una pizza, y qué decepción, Roberto era un tipo corriente, incluso un poco pesado; no se entendía por qué Giuliana, una chica tan guapa, lo quería tanto, y tampoco por qué Tonino, que era mucho mejor que Roberto en cuanto a belleza e inteligencia, lo tenía en tanta estima.

Yo la estuve escuchando, pero Angela no consiguió convencerme; es más, tuve la impresión de que se servía del novio para dejar caer que, pese a la separación de sus padres, era feliz.

—¿Cómo es que no le has contado nada a tu madre? —le pregunté.

—¿Qué tiene que ver mi madre?

—Quiso sonsacarme información.

Se alarmó.

—¿Le dijiste quién es, le dijiste dónde lo conocí?

—No.

—Ella no tiene que enterarse.

—¿Y Mariano?

—Menos todavía.

—¿Sabes que si mi padre llega a verlo, te obligará a que lo dejes?

—Tu padre no es nadie, debe callarse, no tiene derecho a decirme lo que debo hacer.

Ida asintió con gestos vistosos, subrayó:

—Mariano es nuestro padre, eso está aclarado. Pero mi hermana y yo hemos decidido que no somos hijas de nadie, ya no consideramos como nuestra ni siquiera a nuestra madre.

Angela bajó la voz como solíamos hacer cuando hablábamos de sexo con un vocabulario maleducado:

—Es una puta, es la puta de tu padre.

—Estoy leyendo un libro en el que una chica escupe en la foto de su padre y también lo hace una amiga suya —dije.

—¿Tú escupirías en la foto de tu padre? —preguntó Angela.

—¿Y tú? —pregunté a mi vez.

—En la de mi madre, yo sí.

—Yo no —dijo Ida.

—En la de mi padre yo me mearía —dije, tras pensarlo un momento.

La posibilidad entusiasmó a Angela.

—Podemos hacerlo juntas.

—Si lo hacéis —dijo Ida—, os miro y os escribo.

—¿Qué quieres decir con eso de que nos escribes? —pregunté.

—Escribo sobre vosotras meándoos en la foto de Andrea.

—¿Un cuento?

—Sí.

Me alegré. Aquel exilio de las dos hermanas en su propia casa, aquella amputación de los lazos de sangre tal como hubiera querido amputarlos yo, me gustó, y me gustó también su procacidad.

—Si te gusta escribir cuentos de este tipo, te puedo contar cosas reales que he hecho —dije.

—¿Qué cosas? —preguntó Angela.

—Soy más puta que vuestra madre —dije bajando la voz.

Se mostraron muy interesadas por aquella revelación, insistieron en que lo contara todo.

—¿Tienes novio? —preguntó Ida.

—No hace falta tener novio para ser puta. Se puede ser puta con cualquiera que pase.

—¿Y lo haces con cualquiera que pase? —preguntó Angela.

Dije que sí. Les conté que hablaba de sexo con los chicos y que usaba palabrotas en dialecto, y que me reía mucho, muchísimo, y que cuando me había reído lo suficiente, los chicos se la sacaban y querían que se la sostuviera con la mano o que me la metiera en la boca.

—Qué asco —dijo Ida.

—Sí —reconocí—, da un poco de asco todo.

—¿Todo qué? —preguntó Angela.

—Los hombres, es como si estuvieras en el retrete de un tren.

—Pero los besos son bonitos —dijo Ida.

Negué con la cabeza enérgicamente.

—Los hombres se aburren de dar besos, apenas te rozan, se bajan enseguida la cremallera, solo les interesa que seas tú quien los toque.

—Es mentira —estalló Angela—, a mí Tonino me da besos.

Me ofendió que pusiera en duda lo que yo decía.

—Tonino te da besos, pero no te da nada más.

—No es cierto.

—A ver, ¿qué haces tú con Tonino?

—Él es muy religioso y me respeta —murmuró Angela.

—¿Lo ves? ¿Para qué tienes novio si te respeta?

Angela calló, sacudió la cabeza, tuvo un arrebato de impaciencia:

—Lo tengo porque me quiere. A lo mejor a ti no te quiere nadie. Encima te han suspendido.

—¿En serio? —preguntó Ida.

—¿Quién os lo ha dicho?

Angela vaciló, ya parecía disgustada por haber cedido al impulso de humillarme.

—Se lo contaste a Corrado y Corrado se lo contó a Tonino —murmuró.

Ida quiso consolarme.

—Pero nosotras no se lo hemos dicho a nadie —dijo, e intentó acariciarme una mejilla.

Me aparté.

—Solo las cabronas como vosotras estudian como loros —dije entre dientes—, aprueban el curso y se hacen respetar por sus novios. Yo no estudio, dejo que me suspendan y soy una puta.

8

Mi padre se presentó cuando ya había oscurecido. Vi a Costanza nerviosa, le dijo: ¿Cómo es que llegas tan tarde?, sabías que hoy venía Giovanna. Cenamos, él se fingió feliz. Lo conocía bien, estaba escenificando una alegría que no sentía. Confié en que, en el pasado, cuando vivía conmigo y con mi madre, nunca hubiese fingido como a todas luces hacía esa noche.

Por mi parte no hice nada para ocultar que estaba enfadada, que Costanza me irritaba con sus atenciones almibaradas, que Angela me había ofendido y ya no quería tener nada más que ver con ella, que no toleraba el exceso de manifestaciones de afecto con las que Ida intentaba calmarme. Sentía en mi interior una maldad que exigía manifestarse a toda costa; seguramente la llevo en los ojos y en toda la cara, pensé asustada de mí misma. Llegué incluso a decirle a Ida al oído: Es tu cumpleaños y Mariano no ha venido, por algo será; a lo mejor eres demasiado quejica, a lo mejor eres demasiado pelmaza. Ida dejó de hablarme, le tembló el labio inferior, fue como si la hubiese abofeteado.

El detalle no pasó inadvertido. Mi padre notó que le había dicho algo feo a Ida; interrumpió no sé qué charla amable con Angela, se volvió hacia mí como un resorte, me regañó: Por favor, Giovanna, no seas maleducada, para ya. No dije nada, me salió una especie de sonrisa que le molestó aún más, hasta el punto de que añadió con fuerza: ¿Te ha quedado claro? Asentí con la cabeza tratando de no reírme, esperé un poco y, con la cara que me ardía por el sonrojo, dije: Voy un momento al baño.

Me encerré con llave, me lavé la cara con el ansia de quitarle el ardor de rabia. Él se cree que puede hacerme sufrir, pero yo también soy capaz de eso. Antes de regresar al comedor, me maquillé otra vez los ojos como había hecho Costanza tras las lágrimas, saqué la pulsera del bolsillo, me la puse y volví a la mesa. A Angela se le agrandaron los ojos de admiración.

—¿Cómo es que llevas la pulsera de mamá? —dijo.

—Me la dio ella.

Se dirigió a Costanza:

—¿Por qué se la diste? La quería para mí.

—A mí también me gustaba —murmuró Ida.

—Giovanna, devuelve esa pulsera —intervino mi padre con tono apagado.

Costanza negó con la cabeza, tuve la impresión de que ella también se había quedado de pronto sin fuerzas.

—De ninguna manera, la pulsera es de Giovanna, se la regalé.

—¿Por qué? —preguntó Ida.

—Porque es una chica buena y estudiosa.

Miré a Angela y a Ida, estaban disgustadas. La sensación de revancha se atenuó, su disgusto me disgustó. Todo era triste y sórdido; no había nada, nada, nada de lo que pudiera sentirme contenta como me había sentido de niña, cuando ellas también eran niñas. Pero ahora —me estremecí— están tan heridas, tan dolidas que para sentirse mejor dirán que saben uno de mis secretos, dirán que me suspendieron, que no aprendo, que soy estúpida por naturaleza, que solo tengo malas cualidades, que no me merezco la pulsera.

—No soy ni buena ni estudiosa —le dije a Costanza con rabia—. El año pasado me suspendieron y ahora estoy repitiendo.

Costanza miró a mi padre perpleja, él carraspeó, dijo con desgana, pero minimizando, como si tuviera que poner remedio a una exageración mía:

—Es cierto, pero este curso le está yendo muy bien y probablemente haga dos años en uno. Vamos, Giovanna, dales la pulsera a Angela y a Ida.

—La pulsera es de mi abuela, no se la puedo dar a unas extrañas —dije.

Del fondo de la garganta mi padre sacó entonces su voz terrible, su voz cargada de hielo y desprecio:

—El que sabe a quién pertenece esa pulsera soy yo, quítatela ahora mismo.

Me la arranqué de la muñeca y la lancé contra uno de los muebles de la cocina.

9

Mi padre me llevó en coche a casa. Salí del apartamento de Posillipo inesperadamente vencedora, pero agotada por el malestar. En la mochila llevaba la pulsera y un trozo de tarta para mi madre. Costanza se enfadó con mi padre; fue ella quien recogió la pulsera del suelo. Tras comprobar que no se hubiese estropeado, recalcando las palabras, sin apartar los ojos de los ojos de su pareja, confirmó que la pulsera era irrevocablemente mía y que no quería más discusiones. Así, en un clima en que ya no era posible siquiera fingir alegría, Costanza me obligó a llevar un poco de tarta a su examiga —toma, para Nella—, y Angela, deprimida, después de cortar un buen trozo, lo envolvió con diligencia. Mi padre conducía ahora hacia el Vomero, pero iba agitado, nunca lo había visto así. Sus rasgos eran muy distintos a los que yo estaba acostumbrada: le brillaban mucho los ojos, la piel de la cara se tensaba sobre los huesos; sobre todo pronunciaba palabras confusas torciendo la boca, como si no lograse articularlas sino con sumo esfuerzo.

Empezó con frases como esta: Yo te entiendo, piensas que le he destrozado la vida a tu madre y ahora quieres vengarte destrozando la mía, la de Costanza, la de Angela e Ida. Su tono parecía bondadoso, pero noté toda su tensión y me asusté, temí que de un momento a otro fuera a pegarme, que acabáramos estrellándonos contra una pared o contra otro coche. Él se dio cuenta, murmuró: Me tienes miedo. Mentí, dije que no, exclamé que no era cierto, que no deseaba su ruina, que lo quería. Pero él insistió, derramó sobre mí miles de palabras. Me tienes miedo, dijo, ya no te parezco el de antes, y quizá tengas razón, quizá de vez en cuando me convierta en la persona que nunca quise ser; perdóname si te doy miedo, dame tiempo, verás que volveré a ser como me conoces; ahora estoy pasando por una mala época, todo se está viniendo abajo; ya sabía yo que acabaría así, y no debes justificarte si tienes malos sentimientos, es normal; pero que nunca se te olvide una cosa: tú eres mi única hija, tú serás siempre mi única hija, y también a tu madre la querré siempre; ahora no puedes entenderlo, pero lo entenderás; es difícil, le fui fiel a tu madre durante muchísimo tiempo, pero amo a Costanza desde antes de que tú nacieras; sin embargo, entre nosotros jamás hubo nada; yo la consideraba como la hermana que me habría gustado tener, lo opuesto a tu tía, justo lo opuesto, inteligente, culta, sensible, para mí era mi hermana, del mismo modo que Mariano era mi hermano, un hermano con el que estudiar, debatir, confiarme; de Mariano lo sabía todo, él siempre engañó a Costanza; tú ya eres mayor, puedo hablarte de estas cosas; Mariano siempre tuvo otras mujeres y le gustaba contarme todas sus aventuras, y yo pensaba: Pobre Costanza, me conmovía, hubiera querido protegerla de su propio novio, de su propio marido; creía que mi interés se debía a que nos sentíamos como hermanos, pero una vez, por casualidad, ¿eh?, por casualidad, hicimos un viaje juntos, un viaje de trabajo, cosas de docentes, a ella le interesaba mucho asistir, a mí también, pero sin malicia, te juro que nunca había engañado a tu madre —a tu madre la quería desde que íbamos al colegio y ahora la sigo queriendo, os sigo queriendo a las dos—, pero el caso es que cenamos, Costanza, yo y mucha gente más, y cuánto hablamos, hablamos primero en el restaurante, luego por la calle, luego toda la noche en mi habitación, tumbados en la cama como hacíamos también cuando estaban Mariano y tu madre; entonces éramos cuatro jóvenes, nos poníamos en cuclillas muy juntos y debatíamos, para que me entiendas, como Ida, Angela y tú cuando habláis de todo un poco, pero en la habitación solo estábamos Costanza y yo, y descubrimos que el nuestro no era un amor fraternal, sino de otro tipo; nosotros mismos nos quedamos asombrados, nunca se sabe cómo y por qué ocurren estas cosas, cuáles son las razones profundas y las superficiales, pero no creas que después seguimos, no, solo un sentimiento intenso e imprescindible; estoy tan desolado..., Giovanna, perdóname, perdóname también por lo de la pulsera, siempre consideré que era de Costanza; la veía y me decía: Sabes cómo le gustaría, sabes lo bien que le quedaría; ese fue el motivo por el que al morir mi madre quise conseguirla a toda costa, le di una bofetada a Vittoria por cómo insistía en que era suya, y cuando tú naciste, le dije: Regálasela a la niña, y por una vez ella me hizo caso, pero yo, sí, se la regalé enseguida a Costanza, la pulsera de mi madre, que nunca me quiso, tal vez le hacía daño que yo la quisiera, no lo sé; muchas de nuestras acciones parecen acciones pero en realidad son símbolos, ¿sabes lo que son los símbolos?, es algo que tengo que explicarte; el bien se convierte en mal sin que te des cuenta; entiéndeme, no cometí ninguna injusticia contigo, tú acababas de nacer; al contrario, habría cometido una injusticia con Costanza, para mí la pulsera ya se la había dado a ella hacía tiempo.

Siguió así todo el trayecto; en realidad fue aún más caótico que lo que acabo de resumir. Jamás entendí cómo era posible que un hombre tan dedicado a la reflexión y al estudio, capaz de concebir frases nitidísimas, a veces, cuando lo arrastraban las emociones, soltara unos discursos tan inconexos. Traté de interrumpirlo en varias ocasiones. Dije: Te entiendo, papá. Dije: Esto no me incumbe, son cosas tuyas y de mamá, son cosas tuyas y de Costanza, no quiero saberlas. Dije: Lamento que te sientas mal, yo también me siento mal, mamá también se siente mal, y es un poco ridículo, ¿no te parece?, que todo este mal sea porque tú nos quieres.

No quería ser sarcástica. A esas alturas, una parte de mí deseaba de veras discutir con él sobre el mal que, mientras crees ser buena, poco a poco o de repente se difunde por tu cabeza, el estómago, el cuerpo entero. ¿De dónde nace, papá —quería preguntarle—, cómo se controla y por qué no barre el bien, sino al contrario, convive con él? En aquel momento tuve la impresión de que él, pese a estar hablando sobre todo del amor, del mal sabía más que la tía Vittoria, y como yo notaba el mal dentro de mí, lo sentía avanzar cada vez más; me habría gustado hablar de ello. Pero fue imposible, él solo percibió la vertiente sarcástica de mis palabras y siguió amontonando ansiosamente justificaciones, acusaciones, ansias de denigrarse y ansias de redimirse enumerando sus grandes razones, sus sufrimientos. Delante de casa lo besé de refilón cerca de la boca y salí corriendo, su olor ácido me repugnó.

—¿Qué tal ha ido? — me preguntó sin curiosidad mi madre.

—Bien. Costanza te manda un trozo de tarta.

—Cómetela tú.

—No me apetece.

—¿Ni siquiera mañana para desayunar?

—No.

—Entonces tírala.

10

Pasó un tiempo y Corrado reapareció. Cuando me disponía a entrar en el colegio, oí que me llamaban, pero incluso antes de oír su voz, incluso antes de que me diera media vuelta y lo viese entre la multitud de estudiantes, sabía que aquella mañana iba a cruzarme con él. Me alegré, me pareció un presentimiento, pero debo reconocer que llevaba tiempo pensando en él, sobre todo las aburridas tardes de estudio, cuando mi madre salía, yo me quedaba sola en casa y confiaba en que de pronto se presentara como la vez anterior. Nunca creí que se tratara de amor, yo tenía otras cosas en la cabeza. Más bien estaba preocupada porque si Corrado no hubiese vuelto a presentarse, tal vez mi tía aparecería en persona a exigirme la pulsera, y la carta que le había escrito no habría servido de nada; habría tenido que vérmelas con ella, algo que me aterraba.

Había algo más. Estaba creciendo en mi interior una violentísima necesidad de degradación —pero una degradación impávida, un afán por sentirme heroicamente obscena— y me parecía que Corrado había intuido aquella necesidad mía y estaba dispuesto a secundarla sin demasiadas historias. De modo que lo esperaba, deseaba que diera señales de vida, y por fin apareció. Siempre con aquel modo suyo que oscilaba entre lo serio y lo chistoso, me pidió que no fuera a clase y yo acepté enseguida; es más, lo aparté de la entrada del colegio por miedo a que los profesores lo viesen y fui yo quien le propuso que fuéramos a la Floridiana, lo arrastré hasta allí dentro con placer.

Él empezó a bromear para hacerme reír, pero yo lo interrumpí, saqué la carta.

—¿Se la entregas a Vittoria?

—¿Y la pulsera?

—Es mía, no se la doy.

—Mira que se va a enfadar, me está persiguiendo, no sabes el cariño que le tiene.

—Y tú no sabes el cariño que le tengo yo.

—Se te ha puesto cara de mala. Qué preciosa, no sabes cómo me gusta.

—No es solo la cara, soy toda mala por naturaleza.

—¿Toda?

Nos habíamos alejado de los senderos, ahora estábamos bien ocultos entre árboles y setos que olían a hojas vivas. Esta vez me besó, pero no me gustó su lengua, gruesa, áspera; era como si quisiera empujar la mía al fondo de la garganta. Me besó y me tocó los pechos, pero de un modo tosco, me los apretó demasiado fuerte. Primero lo hizo por encima del jersey, después trató de meter la mano en una de las copas del sujetador, pero sin un interés real, se cansó enseguida. Abandonó los pechos sin dejar de besarme, me subió la falda, golpeó violentamente con la palma de la mano contra la entrepierna de las bragas y me restregó unos segundos. Murmuré riendo: Basta, y no tuve que insistir, me pareció que se alegraba de que le ahorrase aquella tarea. Miró alrededor, se bajó la cremallera, me metió la mano dentro del pantalón. Sopesé la situación. Si me tocaba él, me hacía daño, me molestaba, me entraban ganas de volver a casa y echarme a dormir. Decidí actuar yo, me pareció la manera de evitar que actuase él. Se la saqué con cuidado, le pregunté al oído: ¿Puedo hacerte una mamada? Solo conocía la palabra, nada más, y la pronuncié en un dialecto falto de naturalidad. Imaginaba que había que chupar con fuerza, como si te agarraras vorazmente a un pezón enorme, o tal vez lamer. Esperé a que él me aclarase qué hacer; por otra parte, fuera lo que fuese, mejor eso que el contacto con su lengua áspera. Me notaba aturdida, por qué estoy aquí, por qué quiero hacer esto. No sentía deseo, no me parecía un juego divertido, ni siquiera tenía curiosidad; el olor que emanaba de aquella excrecencia suya, gruesa y tirante, muy compacta, era desagradable. Angustiada, deseé que alguien —una madre que estuviera tomando el aire con sus hijos— nos viese desde el sendero y gritara recriminaciones e insultos. No ocurrió, y como él no hablaba, es más, estaba —me pareció— estupefacto, me decidí por un beso ligero, un leve roce de los labios. Menos mal, eso bastó. Inmediatamente se metió en el calzoncillo aquel trasto y emitió un breve estertor. Después paseamos por la Floridiana, pero me aburrí; Corrado había perdido las ganas de hacerme reír, ahora hablaba con tono serio, impostado, esforzándose por usar el italiano mientras que yo hubiera preferido el dialecto.

—¿Te acuerdas de mi amigo Rosario? —me preguntó antes de separarnos.

—¿El de los dientes salidos?

—Sí, es un poco feo, pero simpático.

—No es feo, es más o menos.

—De todos modos, yo soy más guapo.

—Bah.

—Él tiene coche. ¿Te vienes con nosotros a dar una vuelta?

—Depende.

—¿De qué?

—De si haréis que me divierta o no.

—Haremos que te diviertas.

—Veremos —dije.

11

Corrado me telefoneó días más tarde para hablarme de mi tía. Vittoria le había ordenado que me dijera palabra por palabra que si se me ocurría hacerme otra vez la sabelotodo, como había hecho con la carta, iría a mi casa y la emprendería a sopapos conmigo delante de la cabrona de mi madre. Por eso —me recomendó él—, llévale la pulsera; por favor, la quiere sin falta el domingo que viene, la necesita, tiene que lucirla en no sé qué acto de la parroquia.

No se limitó a sintetizarme el mensaje, me dijo además cómo debíamos organizarnos para la ocasión. Su amigo y él pasarían por casa a recogerme en el coche y me llevarían al Pascone. Yo debía devolver la pulsera —pero por favor, nosotros estacionamos en la plazoleta, no le cuentes a Vittoria que he ido a buscarte en el coche de mi amigo; no lo olvides, si no, se cabreará, tienes que decirle que has cogido el autobús— y después iríamos a divertirnos de verdad. ¿Contenta?

Aquellos días estaba especialmente inquieta, no me encontraba bien, tenía tos. Me consideraba horrible y quería ser aún más horrible. Desde hacía un tiempo, antes de ir al colegio, me las ingeniaba delante del espejo para vestirme y peinarme como una loca. Quería que la gente estuviera conmigo a disgusto, justo como yo intentaba por todos los medios de demostrarles que estaba con ellos. Todos me sacaban de quicio: los vecinos, los viandantes, los compañeros, los profesores. Mi madre, en especial, me sacaba de quicio porque fumaba compulsivamente, porque bebía ginebra antes de acostarse, porque se lamentaba por lo bajo de cualquier cosa, por aquel aire entre preocupado y disgustado que adoptaba en cuanto le decía que necesitaba un cuaderno o un libro. Pero sobre todo no la soportaba por la devoción cada vez más acentuada que demostraba en relación con cuanto hacía o decía mi padre, como si no le hubiese engañado durante al menos tres lustros con una mujer que era amiga suya, casada con su mejor amigo. En fin, me exasperaba. Hacía poco me había dado por quitarme la máscara de la indiferencia y gritarle a propósito, medio en napolitano, que parara ya, que tenía que pasar de todo: Vete al cine, mamá, vete a bailar; ya no es tu marido, considéralo muerto, se fue a vivir a casa de Costanza, ¿cómo es posible que todavía te ocupes solo de él, que sigas pensando solo en él? Quería que supiera que la despreciaba, que yo no era como ella y que jamás sería como ella. Por eso, una vez que mi padre había telefoneado y mi madre había contestado con palabras obedientes como: No te preocupes, me encargo yo, me puse a declamar en voz muy alta sus mismas expresiones de sometida, pero alternándolas con insultos y obscenidades dialectales mal aprendidas, mal pronunciadas. Ella había colgado enseguida en un intento de ahorrarle a su exmarido mi voz chabacana, me había mirado fijamente unos segundos, después se había ido a su estudio, a llorar, como era obvio. Así que ya estaba bien, acepté enseguida la propuesta de Corrado. Mejor enfrentarme a mi tía e ir a hacerle unas ma-

madas a esos dos que quedarme encerrada allí, en San Giacomo dei Capri, dentro de esa vida de mierda.

A mi madre le dije que iba de excursión a Caserta con mis compañeros del colegio. Me maquillé, me puse mi falda más corta, elegí una camiseta ceñida y muy escotada, metí la pulsera en el bolso por si me veía obligada a devolverla por la fuerza y bajé a la puerta de casa, a las nueve en punto de la mañana, la hora que había acordado con Corrado. Para mi gran sorpresa, me esperaba un coche amarillo de no sé qué marca —mi padre no tenía ningún interés por los coches, de manera que yo era una completa inexperta—, pero al verlo me pareció de un lujo tan grande que lamenté no estar en mejores relaciones con Angela e Ida, porque habría sido una satisfacción poder presumir delante de ellas. Al volante iba Rosario; en el asiento posterior, Corrado, y los dos estaban expuestos al aire y al sol, porque el automóvil no tenía techo, era un descapotable.

En cuanto me vio salir por el portón, Corrado hizo gestos de saludo exageradamente festivos, pero cuando fui a sentarme al lado de Rosario, me dijo con tono decidido:

—No, guapa, tú te sientas a mi lado.

Me sentí fatal; quería lucirme en el asiento al lado del conductor, que vestía una chaqueta azul con botones dorados, una camisa celeste, corbata roja, y llevaba el pelo hacia atrás, lo que le daba un perfil de hombre fuerte y peligroso, y encima colmilludo.

—Me siento aquí, gracias —insistí con una sonrisa conciliadora.

Pero Corrado puso una voz inesperadamente malvada y dijo:

—Giannì, ¿estás sorda? Te he dicho que vengas aquí ahora mismo.

No estaba acostumbrada a esos tonos, me intimidaban; no obstante, me dio por replicar:

—Le hago compañía a Rosario, que no es tu chófer.

—Qué tendrá que ver ahora lo del chófer. Me perteneces y tienes que sentarte donde estoy yo.

—No pertenezco a nadie, Corrà; además, el coche es de Rosario y me siento donde él diga.

Rosario no dijo nada, se limitó a volverse hacia mí con su cara de chico de risa perpetua; durante un buen rato clavó la vista en mis pechos y luego pasó los nudillos de la mano derecha por el asiento del acompañante. Me senté enseguida, cerré la portezuela; él arrancó con un chirrido calculado de los neumáticos. Ah, lo había conseguido; el cabello al viento, el sol del buen tiempo dominical en la cara; me relajé. Y qué bien conducía Rosario, se deslizaba de acá para allá con tal desenvoltura que parecía un campeón de automovilismo; yo no tenía miedo.

—¿Es tuyo el coche?

—Sí.

—¿Eres rico?

—Sí.

—¿Vamos después al parque della Rimembranza?

—Vamos a donde tú quieras.

Corrado intervino enseguida, me puso una mano en el hombro y me lo apretó:

—Pero haces lo que yo te diga.

Rosario miró por el espejito retrovisor.

—Currà, a ver si te calmas; Giannina hará lo que quiera.

—A ver si te calmas tú. La he traído yo.

—¿Y qué? —me entrometí apartándole la mano.

—Calla, es una conversación entre Rosario y yo.

Le contesté que hablaba como y cuando quería, y el resto del trayecto me dediqué a Rosario. Comprendí que estaba orgulloso de su coche y le dije que conducía mucho mejor que mi padre. Lo induje a presumir, me interesé por todo su saber sobre motores, llegué incluso a pedirle si en un futuro próximo me enseñaría a conducir como él. Y aprovechando que casi siempre tenía la mano en la palanca de cambios, apoyé la mía en la suya diciendo: Así te ayudo con las marchas, y venga a reírnos, yo porque me había entrado la risa floja, él por la conformación de su boca. Estaba emocionado por el contacto de mi mano y la suya, lo noté. ¿Cómo es posible, me pregunté, que los hombres sean tan estúpidos?, ¿cómo es posible que estos dos cuando apenas los toco, cuando me dejo tocar, se vuelvan ciegos, no vean ni sientan siquiera el asco que yo misma me doy? Corrado sufría porque no me había sentado con él, Rosario no cabía en sí de gozo porque estaba a su lado con mi mano sobre la suya. ¿Con un poco de precaución se los podía doblegar para que hiciesen cualquier cosa? ¿Bastaba con los muslos desnudos, los pechos al descubierto? ¿Bastaba con tocarlos apenas? ¿Acaso mi madre había conquistado así a mi padre cuando era joven? ¿Acaso Costanza se lo había quitado así? ¿Había hecho lo mismo Vittoria con Enzo al robárselo a Margherita? Cuando Corrado, infeliz, me rozó el cuello con los dedos y luego acarició el borde de la tela donde se elevaba la curva de mi pecho, lo dejé hacer. Pero entretanto, durante unos segundos, estreché con fuerza la mano de Rosario. Y eso que ni siquiera soy guapa, pensé estupefacta mientras entre caricias, risitas, palabras alusivas cuando no obscenas, y viento y cielo veteado de blanco, el coche avanzaba volando junto con el tiempo y fueron apareciendo las paredes de toba rematadas con alambre de espino, los cobertizos abandonados, los edificios bajos de color azul claro al final del Pascone.

En cuanto los reconocí, me entró dolor de estómago, la sensación de poder se desvaneció: debía vérmelas con mi tía.

De nuevo para que quedase claro, sobre todo ante sí mismo, que él era quien mandaba sobre mí, Corrado dijo:

—Nosotros te dejamos aquí.

—De acuerdo.

—Nos quedamos en la plazoleta, no nos hagas esperar. Y que no se te olvide: has venido en transporte público.

—¿Cuál?

—El autobús, el funicular, el metro. Lo que no tienes que decir nunca es que te hemos traído nosotros.

—De acuerdo.

—Por favor, date prisa.

Asentí, me bajé del coche.

12

Recorrí a pie un trecho breve con aprensión, llegué a casa de Vittoria, toqué el timbre, me abrió ella. Al principio no entendí nada. Me había preparado un discursito que pronunciar con firmeza, por completo centrado en los sentimientos que habían cuajado en torno a la pulsera y que la hacían absolutamente mía. Pero no tuve tiempo de pronunciarlo. En cuanto me vio, ella me acometió con un monólogo largo, agresivo, doloroso y patético que me desorientó, me intimidó. Cuanto más hablaba, más me daba cuenta de que la devolución de la joya era tan solo una excusa. Vittoria se había encariñado conmigo, había creído que yo la quería y había querido que fuese a verla para echarme en cara cuánto la había decepcionado.

Yo esperaba, dijo en voz muy alta, en un dialecto que me costaba entender pese a mis esfuerzos recientes por aprenderlo, que tú ya estuvieras de mi parte, que te habría bastado con ver qué clase de personas son tu padre y tu madre para darte cuenta de quién soy yo, de la vida que he tenido por culpa de mi hermano. Pero no, te esperé inútilmente todos los domingos. Me habría conformado al menos con una llamada, pero no, no has entendido nada, pensaste que yo tengo la culpa de que tu familia resultara ser una mierda, y al final, ¿qué hiciste?, fíjate, me has escrito esta carta, esta carta a mí, para echarme en cara que no tengo estudios, para echarme en cara que tú sabes escribir y yo no. Ah, eres igualita a tu padre, qué digo igualita, eres peor, no me respetas, no sabes ver qué clase de persona soy, eres incapaz de tener sentimientos. Por eso me vas a devolver la pulsera; era de mi madre, que en paz descanse, y no te la mereces. Me equivoqué, no llevas mi sangre, eres una extraña.

En fin, me pareció entender que si en aquella interminable disputa familiar hubiese elegido el bando correcto, si la hubiese tratado como el único sostén que me quedaba, la única maestra de vida, si hubiese aceptado la parroquia, a Margherita y a sus hijos como una especie de refugio dominical permanente, la devolución de la pulsera no habría sido esencial. Mientras gritaba, en sus ojos había rabia y dolor a la vez; veía en su boca una saliva blanca que, por momentos, le manchaba los labios. Vittoria quería sencillamente que yo reconociese que la quería, que le estaba agradecida por haberme mostrado lo mediocre que era mi padre, que por ello siempre le tendría cariño, que por gratitud me convertiría en el sostén de su vejez y otras cosas por el estilo. Y yo, de buenas a primeras, decidí decirle eso mismo. Con unos giros breves llegué incluso a inventarme que mis padres me habían prohibido llamarla por teléfono; luego añadí que la carta decía la verdad: la pulsera era un recuerdo muy querido de cómo ella me había ayudado, salvado, encaminado. Lo dije con voz emocionada, y a mí misma me asombró mi capacidad de hablarle con fingida aflicción, de elegir con cuidado palabras afectuosas; me asombró, en fin, el hecho de que no solo era como ella, sino peor.

Poco a poco Vittoria se calmó; me sentí aliviada. Solo me quedaba encontrar la manera de despedirme y volver con los dos chicos que esperaban, confiando en que se hubiese olvidado de la pulsera.

De hecho, no la mencionó más, pero insistió en que la acompañara a escuchar a Roberto, que hablaría en la parroquia. Menudo aprieto, tenía mucho interés en que yo fuese. Alabó al amigo de Tonino; tras comprometerse con Giuliana debió de convertirse en su benjamín. No te puedes imaginar qué buen muchacho es, dijo, inteligente, mesurado; después comeremos todos en casa de Margherita, ven tú también. Con amabilidad le contesté que me era imposible, que tenía que irme a casa, y mientras tanto la abracé como si la quisiera de verdad, y quién sabe, quizá la quería, ya no entendía nada de mis sentimientos.

—Me voy, mamá me espera, pero volveré pronto —murmuré.

Se dio por vencida.

—De acuerdo, te acompaño.

—No, no, no hace falta.

—Te acompaño a la parada del autobús.

—No, ya sé dónde está, gracias.

No hubo nada que hacer, se empeñó en acompañarme. No tenía la menor idea de dónde estaba la parada, confié en que se encontrara en algún lugar lejos de donde me esperaban Rosario y Corrado. Entretanto, daba la impresión de que íbamos precisamente hacia allí, y durante todo el trayecto no hice más que repetir angustiada: De acuerdo, gracias, ya sigo sola. Pero mi tía no desistió; al contrario, cuanto más trataba yo de largarme, más ponía ella cara de que ahí había gato encerrado. Al final doblamos la esquina y, como yo había temido, la parada del autobús se encontraba en la misma plazoleta donde Corrado y Rosario habían estacionado, bien visibles en el coche con la capota bajada.

Vittoria vio enseguida el automóvil, era una mancha de chapa amarilla brillando al sol.

—¿Has venido con Corrado y ese desgraciado?

—No.

—Júramelo.

—Te lo juro, no.

Me apartó de un manotazo que me dio en el pecho y fue hacia el coche gritando insultos en dialecto. Pero Rosario arrancó enseguida haciendo chirriar los neumáticos, y ella primero lo persiguió unos metros profiriendo gritos feroces, y después se quitó un zapato y lo lanzó en dirección al descapotable. El coche se alejó y ella quedó doblada en dos, al borde de la calle, presa de la furia.

—Eres una mentirosa —me dijo cuando, tras recoger el zapato, regresó hacia mí todavía jadeante.

—Te juro que no.

—Ahora llamo a tu madre y lo comprobamos.

—Por favor, no lo hagas. No he venido con ellos, pero no llames a mi madre.

Le conté que, como mi madre no quería que la visitara pero para mí era muy importante verla, le había dicho que me iba a una excursión a Caserta con mis compañeros del colegio. Fui convincente: el hecho de que hubiese engañado a mi madre con tal de reunirme con ella la aplacó.

—¿Todo el día?

—Tengo que volver por la tarde.

Rebuscó en mis ojos con aire perplejo.

—Entonces te vienes conmigo a escuchar a Roberto y después te vas.

—Me arriesgo a llegar tarde.

—Te arriesgas a que te pegue unas cuantas bofetadas si llego a enterarme de que me estás engañando y quieres irte con esos dos.

La seguí a disgusto, recé: Dios, por favor, no tengo ganas de ir a la parroquia, haz que Corrado y Rosario no se hayan ido, haz que me esperen en algún lado, quítame de encima a mi tía, en la iglesia me moriré de aburrimiento. El recorrido ya me resultaba conocido: calles vacías, hierbajos y basuras, paredes repletas de pintadas, edificios en ruinas. Vittoria mantuvo un brazo sobre mis hombros, a veces me estrechaba con fuerza contra sí. Habló sobre todo de Giuliana —Corrado le daba preocupaciones; sentía una gran estima por la chica y por Tonino—, qué juiciosa se había vuelto. El amor, dijo usando con tono inspirado una fórmula que no le pertenecía, es más, que me desorientó y me irritó, es un rayo de sol que te reconforta el alma. Me decepcionó. Tal vez debería haber observado a mi tía con la misma atención con la que ella me había impulsado a espiar a mis padres. Tal vez habría descubierto que detrás de la dureza que me había fascinado había una mujercita blanda, fácil de embaucar, insensible en apariencia, tierna en lo hondo. Si Vittoria es de veras esto, pensé, desalentada, entonces es fea, tiene la fealdad de lo banal.

Mientras tanto, a cada rugido de motor miraba de soslayo esperando que Rosario y Corrado reaparecieran y me raptaran, y temiendo al mismo tiempo que ella volviera a chillar y a tomarla conmigo. Llegamos a la iglesia, me sorprendió que estuviera abarrotada. Fui derechita a la pila de agua bendita, me mojé los dedos, me persigné antes de que Vittoria me obligara.

Flotaba un olor a flores y a alientos; se oía un murmullo educado, la voz estridente de algún niño, acallado enseguida con tonos ahogados. Detrás de una mesa dispuesta al final de la nave
central, de pie, de espaldas al altar, vi la silueta diminuta de don
Giacomo; decía con énfasis algo concluyente. Pareció alegrarse
al vernos entrar, saludó con un gesto sin interrumpirse. Yo me
hubiera sentado con mucho gusto en los últimos bancos, que
estaban vacíos, pero mi tía me agarró de un brazo y me condujo por la nave de la derecha. Nos sentamos en las primeras filas,
al lado de Margherita, que le había reservado un sitio, y que
cuando me vio se sonrojó de alegría. Me apretujé entre ella y
Vittoria, la primera, gorda y blanda; la segunda, tensa y descarnada. Don Giacomo calló, el murmullo subió de tono, apenas
me dio tiempo a mirar alrededor, a reconocer a Giuliana, sorprendentemente alicaída en la primera fila y, a su derecha, Tonino, los hombros anchos, la espalda bien recta. Después el
cura dijo: Ven, Roberto, ¿qué haces ahí?, siéntate a mi lado, y se
hizo un silencio impresionante, como si de pronto a los presentes se les hubiese cortado la respiración.

Tal vez no ocurrió así, probablemente fui yo que, al ver ponerse en pie a un joven alto pero encorvado, levísimo como
una sombra, borré todo sonido. Tuve la sensación de que una
larga cadena de oro solo visible para mí lo sujetaba por la espalda y él oscilaba ligero como si colgara de la cúpula, la punta de
sus zapatos apenas rozaba el suelo. Cuando llegó a la mesa y se
volvió, tuve la impresión de que tenía más ojos que cara: eran
celestes, celestes en un rostro sombrío, huesudo, inarmónico,
atrapado entre una gran masa de cabellos rebeldes y una barba
tupida que parecía azul.

Yo tenía casi quince años y hasta ese momento no me había
sentido atraída de veras por ningún chico, menos aún por Corra-

do, menos aún por Rosario. Pero en cuanto vi a Roberto —incluso antes de que abriera la boca, incluso antes de que cualquier sentimiento lo encendiera, incluso antes de que pronunciara una palabra—, noté en el pecho un dolor intensísimo y supe que en mi vida todo estaba a punto de cambiar, que lo quería, que debía tenerlo a toda costa, que aunque no creyera en Dios rogaría día y noche para que así fuera, y que solo aquel augurio, solo aquella esperanza, solo aquella plegaria podían impedir que me cayera muerta allí mismo, en aquel instante.

V

1

Don Giacomo se sentó a la mesa miserable del fondo de la nave y ahí se quedó todo el tiempo mirando a Roberto con una actitud de concentrada atención, la mejilla apoyada en la palma de la mano. Roberto, en cambio, habló de pie, con tonos bruscos y sin embargo cautivadores, de espaldas al altar y a un gran crucifijo con la cruz oscura y el Cristo amarillo. No recuerdo casi nada de lo que dijo, quizá porque se expresaba desde una cultura que me resultaba extraña, quizá porque no atendí por la emoción. Tengo en la cabeza muchas frases que seguramente son suyas, pero no sé situarlas en el tiempo; confundo las palabras de entonces con las que siguieron. Sin embargo, algunas tienen más probabilidades de haber sido pronunciadas ese domingo. A veces, por ejemplo, me convenzo de que allí, en la iglesia, reflexionó sobre la parábola de los árboles buenos que dan buenos frutos, de los árboles malos que dan malos frutos y por ello se cortan y se hace leña de ellos. O con más frecuencia me parece seguro que insistió en el cálculo exacto de nuestros recursos antes de lanzarnos a una gran empresa, porque es incorrecto emprender, por ejemplo, la construcción de una torre si no tienes dinero para levantarla hasta la última piedra. O creo que nos invitó a todos a tener valor, recordándonos que la única manera de no derrochar nuestra vida es perderla en favor de la salvación del prójimo. O me imagino que reflexionó sobre la necesidad de ser realmente justos, misericordiosos, fieles, sin ocultar la injusticia, el corazón duro, la infidelidad detrás del respeto a las convenciones. En fin, no lo sé, ha pasado el tiempo y no consigo decidirme. Para mí, desde el principio hasta el final, su discurso fue un flujo de sonidos seductores que provenían de su hermosa boca, de su garganta. Clavé la vista en su prominente nuez de Adán como si detrás de aquella protuberancia vibrara de veras el aliento del primer ser humano de sexo masculino venido al mundo y no, más bien, una de las infinitas reproducciones que abarrotan el planeta. Qué hermosos y tremendos eran sus ojos claros tallados en su cara oscura, los dedos largos, los labios relucientes. No tengo dudas sobre una de sus palabras; en aquella ocasión la pronunció con frecuencia, deshojándola como una margarita. Me refiero a «compunción»; comprendí que la utilizaba de una forma anómala. Dijo que había que despojarla de los malos usos que se habían hecho de ella, la comparó con una aguja que debía ensartar el hilo a través de fragmentos dispersos de nuestra existencia. Le dio el significado de vigilancia extrema de uno mismo, era el cuchillo con el que herir la conciencia para evitar que se durmiera.

2

En cuanto Roberto dejó de hablar, mi tía me llevó donde estaba Giuliana. Me asombró cuánto había cambiado, su belleza me pareció infantil. No lleva maquillaje, pensé, no tiene colores de mujer, y me sentí incómoda por mi falda corta, los párpados recargados y los labios pintados, por el escote. Estoy fuera de lugar, me dije mientras que Giuliana susurraba: Qué alegría verte, ¿te ha gustado? Murmuré unas pocas palabras confusas de elogio hacia ella, de entusiasmo por las palabras de su novio. Vamos a presentárselo, intervino Vittoria, y Giuliana nos condujo hasta Roberto.

—Es mi sobrina —dijo mi tía con un orgullo que aumentó mi incomodidad—, una muchacha muy inteligente.

—No soy inteligente —casi grité, y le tendí la mano; deseaba que me la rozara al menos.

Él la tomó entre las suyas sin estrecharla: Mucho gusto, dijo con una mirada afectuosa mientras mi tía me reprochaba: Es demasiado modesta, al contrario que mi hermano, que siempre ha sido un presuntuoso. Roberto me preguntó por el colegio, qué estudiaba, qué leía. Fueron pocos segundos, tuve la impresión de que no preguntaba por preguntar, me noté helada. Farfullé algo sobre lo aburrido de las clases, sobre un libro difícil que llevaba meses leyendo, no se acababa nunca, hablaba de la búsqueda del tiempo perdido. Giuliana le dijo en un soplo: Te están llamando, pero él mantuvo los ojos clavados en los míos, estaba asombrado de que estuviese leyendo un texto tan hermoso como complejo; se dirigió a su novia: Me habías dicho que era lista, pero es listísima. Mi tía se enorgulleció, repitió que yo era su sobrina, y entretanto un par de feligreses sonrientes hicieron señas señalando al cura. Quería dar con alguna palabra que causara en Roberto una profunda impresión, pero tenía la cabeza vacía, no encontré nada. Por otra parte, a él se lo llevó de ahí la misma simpatía que había suscitado, se despidió de mí con un gesto apenado, acabó entre un grupo nutrido donde estaba don Giacomo.

No me atreví a seguirlo ni siquiera con la mirada; me quedé con Giuliana, que me pareció radiante. Evoqué la foto de su padre enmarcada en la cocina de Margherita, la llamita de la lamparilla que centelleaba en el cristal y le encendía las pupilas, y me desorientó que una mujer joven pudiera tener los rasgos de aquel hombre y, aun así, resultar hermosísima. Sentí que la envidiaba; su cuerpo pulcro con su vestidito beis, su cara limpia emanaban una fuerza alegre. Pero cuando la había conocido, esa energía se manifestaba con una voz alta y una gesticulación excesiva; en cambio, ahora Giuliana estaba compuesta como si el orgullo de amar y ser amada hubiese sujetado con hilos invisibles la exuberancia de sus modales. Dijo en un italiano forzado: Sé lo que te ha pasado, lo siento mucho, cómo te entiendo. E incluso tomó entre sus manos la mía, como acababa de hacer su novio. Pero no me molestó; le hablé con sinceridad del dolor de mi madre, si bien mi parte más vigilante no perdió en ningún momento de vista a Roberto; esperaba que me buscase con la mirada. No ocurrió; al contrario, me di cuenta de que se dirigía a todo el mundo con la misma curiosidad cordial que había manifestado por mí. Lo hacía sin prisas, reteniendo a sus interlocutores y comportándose de tal modo que quienes se arremolinaban a su alrededor solo para hablar con él, para alcanzar la simpatía de su forma de sonreír, la belleza de su cara alimentada de inarmonías, poco a poco comenzaban a hablar también con los demás. Si me acercara, pensé, me haría un hueco a mí también, me metería en alguna discusión. Pero entonces me vería obligada a expresarme de una forma más articulada, entonces se daría cuenta enseguida de que no es cierto, no soy lista, no sé nada de las cosas que le importan de veras. Me invadió el desaliento, si trataba de hablar con él acabaría humillada; él se habría dicho: Pero qué ignorante es esta muchacha. Mientras Giuliana seguía dándome conversación, le anuncié de repente que tenía que marcharme. Ella insistió en que fuera a almorzar a su casa: Roberto también vendrá, dijo. Pero yo ya estaba asustada, deseaba huir literalmente. Salí de la iglesia a paso ligero.

Una vez fuera, en la explanada, el aire fresco me produjo vértigo. Miré alrededor como si acabara de salir de un cine después de ver una película que causa una gran impresión. No solo no sabía cómo regresar a mi casa, sino que además no me importaba si no lo hacía. Me quedaría allí para siempre, dormiría debajo de los soportales, no comería ni bebería, me dejaría morir pensando en Roberto. En aquel momento, los demás afectos o deseos me traían bastante sin cuidado.

Pero oí que me llamaban; era Vittoria, me alcanzó. Empleó sus tonos más melosos para retenerme, hasta que se dio por vencida y me explicó cómo debía hacer para regresar a San Giacomo dei Capri: Vas en metro hasta la piazza Amedeo y allí tomas el funicular, cuando llegues a la piazza Vanvitelli ya sabes cómo seguir. Al verme aturdida —¿Qué te pasa, no lo has entendido?—, se ofreció a llevarme en el Cinquecento, pese a que tenía la comida en casa de Margherita. Rechacé con amabilidad que me acercara en coche; se puso a hablarme en un dialecto exageradamente sentimental, acariciándome el pelo, agarrándome del brazo, besándome un par de veces en la mejilla con labios húmedos, y me convencí aún más de que no era una vorágine vengadora, sino una pobre mujer sola deseosa de afecto y que en ese momento me quería mucho porque la había hecho quedar bien con Roberto. Has estado estupenda, dijo; yo estudio esto, yo leo esto otro; estupenda, estupenda, estupenda. Hizo que me sintiera culpable, al menos tanto como seguramente lo era mi padre, y quise poner remedio, hurgué en el bolsillo donde guardaba la pulsera y se la entregué.

—No quería dártela —dije—. La consideraba mía, pero te pertenece y solo tú debes tenerla.

No esperaba mi gesto; miró la pulsera con manifiesta irritación, como si fuese una pequeña serpiente o un mal presagio.

—No, te la regalé a ti, me conformo con que me quieras —dijo.

—Quédatela.

Al final la aceptó a regañadientes; no se la puso. La metió en su bolso y se quedó en la parada estrechándome con fuerza, riendo, canturreando, hasta que llegó el autobús. Subí como si cada paso fuese definitivo y estuviese a punto de desbordarme por sorpresa en el interior de otra historia mía o de otra existencia mía.

Llevaba unos cuantos minutos de viaje sentada junto a la ventanilla cuando oí unos bocinazos insistentes. En el carril de adelantamiento vi el deportivo de Rosario. Corrado se afanaba haciendo señas, gritaba: ¡Baja, Giannì, ven! Me habían esperado escondidos a saber dónde, pacientes, imaginándose todo el tiempo que iba a satisfacer su deseo. Los miré con simpatía, me parecieron tiernamente insignificantes mientras avanzaban expuestos al viento. Rosario conducía indicándome con un gesto lento que bajara; Corrado seguía gritando: ¡Te esperamos en la próxima parada, vamos a divertirnos!, y me lanzaba miradas imperativas, confiaba en que le obedeciera. Como yo sonreía con aire ausente y no contestaba, Rosario también levantó la vista para cerciorarse de mis intenciones. Le dije que no con la cabeza solo a él, le dije sin voz: Ya no puedo.

El descapotable aceleró dejando atrás al autobús.

3

Mi madre se sorprendió de que la excursión a Caserta hubiese durado tan poco. ¿Cómo es que has vuelto tan pronto?, preguntó con desgana, ¿te ha pasado algo malo?, ¿te has peleado?

Me habría gustado callar, encerrarme en mi habitación como de costumbre, poner la música a todo volumen, leer, leer y leer sobre el tiempo perdido o cualquier cosa, pero no lo hice. Le confesé sin rodeos que no había ido a Caserta, sino a ver a Vittoria, y cuando vi que se ponía pálida por la decepción, hice algo que llevaba años sin hacer: me senté en su regazo, me abracé a su cuello y le di unos besos leves en los ojos. Ella opuso resistencia. Murmuró que ya estaba mayor y que yo pesaba, me reprendió por la mentira que le había contado, por cómo me había vestido, por el maquillaje vulgar, aferrándome bien fuerte por la cintura con sus brazos descarnados. En un momento dado me preguntó por Vittoria.

—¿Hizo algo que te asustó?

—No.

—Te noto nerviosa.

—Estoy bien.

—Pero tienes las manos frías, estás sudada. ¿Seguro que no ha pasado nada?

—Segurísima.

Mi madre estaba sorprendida, estaba alarmada, estaba contenta, o tal vez era yo, que mezclaba alegría, sorpresa y preocupación creyendo que eran reacciones suyas. En ningún momento mencioné a Roberto, tenía la sensación de que no encontraría las palabras adecuadas y me detestaría por ello. Me limité a explicarle que me habían gustado unos discursos que había oído en la parroquia.

—Todos los domingos —le conté— el cura invita a algún amigo suyo muy competente, coloca una mesa al final de la nave central y hay un debate.

—¿Sobre qué?

—Ahora no te lo sé repetir.

—¿Ves como estás nerviosa?

No estaba nerviosa, me sentía más bien en un estado de feliz agitación, y ese ánimo persistió incluso cuando ella me contó, un tanto incómoda, que días antes se había cruzado por casualidad con Mariano y que como sabía que yo estaría de excursión en Caserta, lo había invitado esa tarde a tomar café.

Ni siquiera aquella noticia logró cambiarme el humor.

—¿Quieres salir con Mariano? —pregunté.

—Qué va.

—¿Será posible que nunca podáis decir la verdad?

—Giovanna, te lo juro, es la verdad. Entre él y yo no hay nada y nunca ha habido nada. Pero como tu padre ha vuelto a verlo, ¿por qué no puedo verlo yo?

Esta última noticia me sentó mal. Mi madre me la contó sin que pareciera que se trataba de un hecho reciente: los dos examigos coincidieron una vez que Mariano había pasado a ver a sus hijas y, por amor a las niñas, se habían hablado con amabilidad.

—Si mi padre ha retomado las relaciones con un amigo al que traicionó —estallé—, ¿por qué no hace examen de conciencia y retoma las relaciones con su hermana?

—Porque Mariano es una persona civilizada y Vittoria, no.

—Tonterías. Es porque Mariano enseña en la universidad, lo hace quedar bien, le da lustre, mientras que Vittoria hace que sienta lo que es.

—¿Te das cuenta de cómo estás hablando de tu padre?

—Sí.

—Entonces, para ya.

—Digo lo que pienso.

Me fui a mi habitación, me consolé pensando en Roberto. Vittoria me lo había presentado. Él formaba parte del mundo de mi tía, no del de mis padres. Vittoria se codeaba con él, lo apreciaba, había aprobado, cuando no favorecido, su noviazgo con Giuliana. A mis ojos, eso la hacía más sensible, más inteligente que las personas con las que mis padres se relacionaban de toda la vida, empezando por Mariano y Costanza. Me encerré en el baño muy nerviosa, me desmaquillé con cuidado, me puse unos vaqueros y una blusa blanca. ¿Qué habría dicho Roberto si le hubiese contado lo que pasaba en mi casa, los comportamientos de mis padres, aquella reconstrucción en la podredumbre de una vieja amistad? El violento timbrazo del portero automático me sobresaltó. Pasaron unos minutos, oí la voz de Mariano, la de mi madre, confié en que ella no me llamara imponiendo su autoridad. No lo hizo, me puse a estudiar, pero no hubo escapatoria; en un momento dado la oí gritar: ¡Giovanna, ven a saludar a Mariano! Resoplé, cerré el libro, fui.

Me impresionó la delgadez del padre de Angela e Ida, competía con la de mi madre. Me dio pena verlo, pero la pena no me duró. Me irritó la mirada pícara que de inmediato lanzó a mis pechos, igualito que Corrado y Rosario, aunque esta vez los pechos estaban bien tapados por la blusa.

—Qué mayor estás —exclamó, conmovido, y quiso abrazarme, besarme en las mejillas.

—¿Te apetece un bombón? Los ha traído Mariano.

Dije que no, que tenía que estudiar.

—Sé que te has propuesto recuperar el año perdido —dijo él.

Asentí y murmuré: Me voy. Antes de salir noté otra vez su mirada sobre mí y sentí vergüenza. Pensé que Roberto solo me había mirado a los ojos.

4

Comprendí enseguida lo que había pasado: me había enamorado a primera vista. Había leído bastante sobre ese tipo de amor, pero, no sé por qué, para mis adentros nunca utilicé esa fórmula. Preferí considerar a Roberto —su cara, su voz, sus manos aferrando la mía— una especie de milagroso consuelo en las noches y los días agitados. Naturalmente, quería volver a verlo, pero la primera turbación —aquel momento inolvidable en que verlo había coincidido con una intensísima necesidad de él— había dado paso a una especie de realismo tranquilo. Roberto era un hombre, yo una adolescente. Roberto amaba a otra, que era muy guapa y buena. Roberto era inaccesible, vivía en Milán; yo no sabía nada de sus intereses. El único contacto posible era Vittoria, y Vittoria era una persona complicada, sin contar con que todo intento de verla haría sufrir a mi madre. En fin, dejé pasar los días sin saber qué hacer. Después pensé que tenía derecho a una vida propia sin necesidad de preocuparme continuamente por las reacciones de mis padres, más aún cuando ellos no se preocupaban en absoluto por las mías. Y no pude resistirlo: una tarde en que me encontraba sola en casa telefoneé a mi tía. Estaba arrepentida de no haber aceptado la invitación a comer, me parecía haber desperdiciado una ocasión importante y quería averiguar con tacto cuándo podía volver a visitarla teniendo alguna certeza de coincidir con Roberto. Estaba segura de que, después de la devolución de la pulsera, sería bien recibida, pero Vittoria no me permitió decir ni media frase. Por ella supe que, al día siguiente de la mentira sobre Caserta, mi madre la había llamado para decirle con su tono débil que debía dejarme en paz, que no debía volver a verme más. Razón por la cual ahora estaba furiosa. Insultó a su cuñada, gritó que la esperaría delante de casa para acuchillarla, chilló: ¡Cómo se atrevió a decirme que yo estoy haciendo de todo para robarle a su hija cuando en realidad habéis sido vosotros quienes me privasteis de motivos para vivir, vosotros, tu padre, tu madre y tú también, que creíste que bastaría con devolverme la pulsera para arreglarlo todo! Me gritó: ¡Si estás del lado de tus padres, no vuelvas a telefonearme nunca más, ¿entendido?! Soltó una serie jadeante de obscenidades sobre su hermano y su cuñada, y luego colgó.

Intenté llamarla de nuevo para decirle que tomaba partido por ella, que estaba enfadadísima por aquella llamada de mi madre, pero no contestó. Me sentí deprimida; en ese momento necesitaba su afecto, temí que sin ella jamás tendría ocasión de ver a Roberto. Entretanto, el tiempo pasó volando; al principio, días de torvo descontento; después, de encarnizada reflexión. Empecé a pensar en él como en el perfil de una montaña muy lejana, una sustancia azulada contenida entre líneas marcadas. Probablemente, me dije, nadie del Pascone lo ha visto nunca con la nitidez con que fui capaz de verlo allí, en la iglesia. Él nació en esa zona, se crio allí, es amigo de la infancia de Tonino. Todos lo aprecian como un fragmento particularmente luminoso de ese fondo sórdido, y la propia Giuliana debe de haberse enamorado de él no por lo que de verdad es, sino por su origen común y por el aura de quien, pese a provenir de la Zona Industrial, plagada de malos olores, estudió en Milán y supo destacar. A no ser que, me convencí, precisamente las características que en ese barrio todos están en condiciones de amar impiden que lo vean de veras y reconozcan su excepcionalidad. Roberto no debe ser tratado como una persona cualquiera con buenas capacidades, a Roberto hay que protegerlo. Por ejemplo, si yo fuera Giuliana, lucharía con todas mis fuerzas para que no viniera a comer a mi casa; querría impedir que Vittoria, Margherita, Corrado me lo estropearan y estropearan los motivos por los que me eligió. Lo mantendría alejado de ese mundo, le diría: Escapémonos, voy a verte a Milán. Pero, en mi opinión, Giuliana no es realmente consciente de la suerte que ha tenido. Por lo que a mí respecta, en caso de que consiguiera trabar con él cierta amistad, jamás le haría perder el tiempo con mi madre, pese a ser mucho más presentable que Vittoria y Margherita. Y sobre todo evitaría cualquier posible encuentro con mi padre. La energía que irradia Roberto necesita cuidados para que no se disperse, y siento que yo sería capaz de proporcionárselos. Ah, sí, ser su amiga, solo eso, y demostrarle que, en alguna parte desconocida incluso para mí, guardo las cualidades que le hacen falta.

5

Por aquella época empecé a pensar que si no era hermosa físicamente, podía serlo espiritualmente. Pero ¿cómo? Ya había descubierto que no tenía buen carácter, me salían palabras y actos malvados. Si poseía cualidades, yo misma las reprimía a propósito para no sentirme una patética chica de buena familia. Tenía la impresión de que había encontrado el camino de mi salvación, pero que no sabía recorrerlo y quizá no me lo merecía.

Me encontraba en ese estado cuando una tarde, por pura casualidad, me crucé con don Giacomo, el cura del Pascone. Yo estaba en la piazza Vanvitelli, no recuerdo por qué; caminaba pensando en mis cosas y casi me choqué con él. ¡Giannina!, exclamó. Verlo frente a mí borró durante unos segundos la plaza, los edificios, y me lanzó de nuevo a la iglesia, sentada al lado de

Vittoria, Roberto de pie detrás de la mesa. Cuando todo regresó a su sitio, me alegré de que el cura me hubiese reconocido, de que se acordara de mi nombre. Tan grande fue mi dicha que lo abracé como si fuese un compañero al que conocía desde la escuela primaria. Pero después me cohibí, empecé a balbucear, lo traté de usted, él quiso que lo tuteara. Iba a tomar el funicular de Montesanto, me ofrecí a acompañarlo, y enseguida, con excesiva alegría, me entusiasmé por la experiencia de la parroquia.

—¿Cuándo vuelve Roberto a dar otra conferencia? —pregunté.

—¿Te gustó?

—Sí.

—¿Has visto lo que consigue sacar de los Evangelios?

No me acordaba de nada, qué sabía yo de los Evangelios, en la cabeza solo se me había quedado bien grabado Roberto. De todos modos, asentí.

—En el colegio ningún profesor sabe fascinar como él, iré a escucharlo otra vez —murmuré.

El cura se ensombreció, y solo entonces me di cuenta de que, pese a ser la misma persona, algo había cambiado en su aspecto: tenía la tez amarillenta, los ojos enrojecidos.

—Roberto no volverá —dijo—, y en la iglesia ya no habrá ese tipo de actividades.

Me sentí fatal.

—¿No han gustado?

—A mis superiores y a algunos feligreses no.

—¿Tu superior no es Dios? —dije, ya decepcionada y enfadada.

—Sí, pero quienes tienen la sartén por el mango son sus sargentos.

—Tú dirígete directamente a él.

Don Giacomo hizo un gesto con la mano como para indicar una distancia indefinida y reparé en que en los dedos y el dorso de la mano y en la muñeca tenía unas grandes manchas violáceas.

—Dios anda por ahí —dijo sonriendo.

—¿Y la oración?

—Estoy débil, evidentemente se ve que solo rezo por rutina. ¿Y tú? ¿Has rezado, aunque no creas?

—Sí.

—¿Y te ha servido?

—No, es una magia que al final no funciona.

Don Giacomo calló. Comprendí que había metido la pata en algo, me dio por disculparme.

—A veces digo todo lo que se me pasa por la cabeza —murmuré—, lo siento.

—¿Por qué? Me has iluminado el día, qué suerte haberme topado contigo.

Se miró la mano derecha como si en ella ocultara un secreto.

—¿Te encuentras mal? —pregunté.

—Vengo de ver a un amigo que es médico, está en via Kerbaker; es una erupción.

—¿Y por qué te ha salido?

—Cuando te obligan a hacer cosas que no quieres y obedeces, empeora la cabeza, empeora todo.

—¿La obediencia es una enfermedad de la piel?

Me miró un instante, perplejo; sonrió.

—Bien dicho; es tal cual, una enfermedad de la piel. Y tú eres una buena cura, no cambies; di siempre todo lo que te pase por la cabeza. Un par de charlas más contigo y seguro que mejoro.

—Yo también quiero mejorar —dije en un arrebato—. ¿Qué tengo que hacer?

—Mantén a raya la soberbia —contestó el cura—, que está siempre al acecho.

—¿Y después?

—Trata a los demás con bondad y sentido de la justicia.

—¿Y después?

—Después viene algo que a tu edad es lo más difícil: honrar al padre y a la madre. Pero tienes que intentarlo, Giannì, es importante.

—Al padre y a la madre ya no los entiendo.

—Los entenderás cuando seas mayor.

Todos me decían que de mayor comprendería.

—Entonces, no me haré mayor —contesté.

Nos despedimos en el funicular y desde entonces no he vuelto a verlo. No me atreví a preguntarle por Roberto; tampoco le pregunté si Vittoria le había hablado de mí, si le había contado lo que pasaba en mi casa.

—Me siento fea, con mal carácter, y sin embargo, me gustaría que me quisieran —me limité a decirle, avergonzada.

Pero lo dije tarde, en un soplo, cuando él ya me daba la espalda.

6

Aquel encuentro me fue de ayuda; en primer lugar, traté de cambiar la relación con mis padres. Descartaba lo de honrarlos, pero buscar el camino para volver a acercarme a ellos al menos un poco tal vez sí lo probaría.

Con mi madre las cosas fueron bastante bien, aunque no resultó fácil controlar mis tonos agresivos. Jamás le hablé de la llamada telefónica que ella le había hecho a Vittoria, pero de vez en cuando me daba por gritarle órdenes, reproches, recriminaciones, perfidias. Ella, según su costumbre, no reaccionaba, se mantenía impasible como si tuviera la capacidad de quedarse sorda a voluntad. Pero poco a poco fui modificando mi actitud. La observaba desde el pasillo, vestida y peinada con cuidado incluso cuando no tenía que salir ni recibir visitas, y me enternecía su espalda huesuda de persona consumida por la pena, encorvada durante horas sobre su trabajo. Una noche, mientras la espiaba, me dio por compararla de pronto con mi tía. Claro, eran enemigas; claro, eran incomparables en educación, en refinamiento. Pero ¿acaso Vittoria no había quedado unida a Enzo a pesar de que él hubiera muerto hacía tiempo? ¿Acaso aquella fidelidad suya no me había parecido un signo de grandeza? De pronto me sorprendí pensando en que mi madre estaba demostrando un espíritu aún más noble, y me pasé horas dándole vueltas a aquella idea.

El amor de Vittoria había sido correspondido, su amante siempre la había amado a su vez. En cambio, mi madre había sido traicionada de la forma más abyecta, y sin embargo, había logrado conservar intacto su sentimiento. No sabía ni quería pensarse sin su exmarido; al contrario, le parecía que su existencia seguía teniendo sentido únicamente si mi padre se lo daba, dignándose dar señales de vida por teléfono. De golpe empezó a gustarme su aquiescencia. ¿Cómo había podido atacarla e insultarla por aquella dependencia? ¿Cómo era posible que hubiese considerado debilidad la fuerza —sí, la fuerza— de su forma absoluta de amar?

Una vez le dije con un tono de desapasionada constatación:

—En vista de que Mariano te gusta, quédatelo.

—¿Cuántas veces te lo tengo que decir? Mariano me repugna.

—¿Y papá?

—Papá es papá.

—¿Por qué nunca hablas mal de él?

—Una cosa es lo que digo y otra, lo que pienso.

—¿Te desahogas con el pensamiento?

—Un poco, pero después siempre acabo volviendo a todos los años en que fuimos felices y se me olvida odiarlo.

Me pareció que en aquella frase, «se me olvida odiarlo», había algo verdadero, vivo, y fue precisamente ahí por donde intenté reconsiderar también a mi padre. Lo veía muy poco, no había vuelto a la casa de Posillipo, había borrado de mi vida a Angela y a Ida. Y por más que me esforzara en entender por qué nos había dejado a mi madre y a mí para irse a vivir con Costanza y sus hijas, no lo conseguía. En el pasado lo había considerado muy superior a mi madre, pero ahora lo veía sin ninguna grandeza de espíritu, ni siquiera en el mal. Las raras veces en que pasaba a recogerme por el colegio prestaba mucha atención a cómo se quejaba, pero solo para reafirmarme en que se trataba de quejas falsas. Quería hacerme creer que no era feliz o que, en cualquier caso, era apenas algo menos infeliz que cuando vivía en el apartamento de via San Giacomo dei Capri. No le creía, naturalmente, pero mientras tanto lo analizaba y pensaba: Debo dejar de lado mis sentimientos de ahora, debo pensar en cuando era niña y lo adoraba; porque si, pese a todo, mamá sigue teniéndole cariño, si llega a olvidársele odiarlo, quizá la excepcionalidad de papá no era solo un efecto de la infancia. En fin, hice un esfuerzo notable por volver a asignarle algunas cualidades. Pero no por afecto, me parecía que ya no me inspiraba ningún sentimiento; solo trataba de convencerme de que mi madre había amado en todo caso a una persona de cierta trascendencia y por ello cuando lo veía, me esforzaba por ser cordial. Le hablaba del colegio, de alguna tontería de los profesores, e incluso lo felicitaba, o bien por cómo me había explicado un pasaje arduo de algún autor latino, o bien por cómo le habían cortado el pelo.

—Menos mal, esta vez no te lo han dejado demasiado corto. ¿Has cambiado de barbero?

—No, lo tengo a la vuelta de la esquina, no vale la pena. Además, qué más me da a mí el pelo, lo tengo blanco; importa el tuyo, que es joven y precioso.

Ignoré la alusión a la belleza de mi pelo; es más, la encontré fuera de lugar.

—No lo tienes blanco, solo un poco gris en las sienes —dije.

—Me estoy haciendo viejo.

—Cuando yo era niña estabas más viejo, has rejuvenecido.

—La pena no rejuvenece.

—Se nota que no padeces lo suficiente. Sé que has retomado el contacto con Mariano.

—¿Quién te lo ha dicho?

—Mamá.

—No es cierto; alguna vez, cuando viene a ver a sus hijas, coincidimos.

—¿Y os peleáis?

—No.

—Entonces, ¿qué problema hay?

No había ningún problema, solo quería darme a entender que me echaba de menos y que mi ausencia lo hacía sufrir. A veces lo escenificaba tan bien que se me olvidaba no creerle. Seguía siendo atractivo, no había adelgazado como mi madre, ni siquiera tenía erupciones en la piel: caer en la red de su voz afectuosa, deslizarse otra vez en la infancia, confiar en él era fácil. Un día, a la salida del colegio, mientras comíamos como siempre *panzarotti* y *pastacresciuta*, le solté que quería leer los Evangelios.

—¿Y eso?

—¿Está mal?

—Está muy bien.

—¿Y si me hago cristiana?

—No le veo nada malo.

—¿Y si me hago bautizar?

—Lo esencial es que no sea un capricho. Si tienes fe, todo está bien.

Ninguna discrepancia, pues, pero me arrepentí enseguida de haberle hablado de mis intenciones. Pensar en él como persona autorizada, digna de ser amada, en aquel momento, después de Roberto, se me hizo insoportable. ¿Qué tenía él que ver ya con mi vida? De ninguna manera quería devolverle autoridad y afecto. Si llegaba a leer los Evangelios, lo haría por el hombre joven que había hablado en la iglesia.

7

Aquel intento —fracasado desde el inicio— de reconciliarme con mi padre acentuó el deseo de volver a ver a Roberto. No aguanté y decidí telefonear otra vez a Vittoria. Contestó con voz deprimida, ronca por el cigarrillo; en esta ocasión no me atacó, no me insultó, pero tampoco se mostró afectuosa.

—¿Qué necesitas?

—Quería saber cómo estás.

—Estoy bien.

—¿Puedo ir a verte un domingo?

—¿Para qué?

—Para saludarte. Además, me alegró conocer al novio de Giuliana. Si alguna vez vuelve por ahí, me gustará pasar a saludarlo.

—En la iglesia ya no hacen nada, quieren echar al cura.

No me dio tiempo a contarle que había visto a don Giacomo y que estaba al tanto de todo. Pasó a un dialecto muy cerrado; estaba enfadada con todos, los feligreses, los obispos, los cardenales, el Papa, pero también con don Giacomo e incluso con Roberto.

—El cura se pasó —dijo—, hizo como hacen los medicamentos: primero nos curó y después llegaron los efectos secundarios, y ahora nos sentimos mucho peor que antes.

—¿Y Roberto?

—Para Roberto todo es muy fácil. Viene, siembra el desorden, se va y no lo ves durante meses. O está en Milán o está aquí, y eso no le hace bien a Giuliana.

—El amor sí —dije—, el amor no hace daño.

—¡Qué sabrás tú!

—El amor es bueno, supera incluso las largas ausencias, lo aguanta todo.

—No sabes nada, Giannì; hablas en italiano, pero no sabes nada. El amor es opaco como los cristales de las ventanas de los retretes.

Aquella imagen me impactó, enseguida tuve la sensación de que contradecía el modo en que me había contado su historia con Enzo. La elogié, le dije que quería hablar más con ella, le pregunté:

—Cuando organicéis una comida todos juntos, tú, Margherita, Giuliana, Corrado, Tonino, Roberto, ¿puedo ir yo también?

Se molestó, se puso agresiva.

—Mejor te quedas en tu casa. Según tu madre, este no es lugar para ti.

—Pero yo estoy contenta de veros. ¿Está Giuliana? Me pongo de acuerdo con ella.

—Giuliana está en su casa.

—¿Y Tonino?

—Pero ¿tú qué te crees, que Tonino come, duerme y caga aquí?

Cortó bruscamente la comunicación, grosera, vulgar como siempre. Me hubiera gustado una invitación, una fecha concreta, la seguridad de que al cabo de seis meses, un año, vería a Roberto. No ocurrió, y sin embargo, me sentí agradablemente inquieta. Vittoria no había dicho nada claro sobre la relación entre Giuliana y Roberto, pero entendí que había algún obstáculo. Por supuesto que una no se podía fiar de las valoraciones de mi tía; con toda probabilidad lo que le molestaba era justo lo que gustaba a los novios. No obstante, fantaseé con la idea de que con perseverancia, con paciencia, con buenas intenciones podía convertirme en una especie de mediadora entre ellos y mi tía, en una persona que hablaba la lengua de todos. Busqué un ejemplar de los Evangelios.

8

En casa no lo encontré, pero no había tenido en cuenta que bastaba con que a mi padre le mencionara un libro para que me lo consiguiese de inmediato. A los pocos días de nuestra conversación, se presentó a la salida del colegio con una edición comentada de los Evangelios.

—No basta con leerlos —dijo—, este tipo de textos se estudian.

Se le iluminaron los ojos al pronunciar aquella frase. Su verdadera condición existencial se revelaba en cuanto podía centrarse en libros, en ideas, en cuestiones elevadas. Era el momento en que saltaba a la vista que solo era infeliz cuando tenía la cabeza vacía y no conseguía ocultarse lo que nos había hecho a mi madre y a mí. Pero si se dedicaba a grandes pensamientos fortalecidos por libros diligentemente anotados, se sentía muy feliz, no necesitaba nada más. Había trasladado su vida a casa de Costanza y allí vivía cómodo. Su nuevo estudio era una habitación grande y luminosa desde cuya ventana se veía el mar. Había retomado las reuniones con todos aquellos que yo recordaba desde niña, salvo con Mariano, naturalmente, pero la ficción del regreso al orden ya se había consolidado y era previsible que también él pronto participara de nuevo en aquellos debates. Lo que le estropeaba los días, pues, eran solo los momentos vacíos en los que se encontraba cara a cara con sus fechorías. Pero se escabullía con el menor pretexto, y mi petición seguramente fue una buena oportunidad; debió de darle la impresión de que también conmigo las cosas volvían a ir bien.

En efecto, a la edición comentada hizo seguir solícitamente un libro antiguo con los Evangelios en griego y latín —Las traducciones están bien, pero el texto original es fundamental—, y después, sin solución de continuidad, me animó a pedir a mi madre que lo ayudase a resolver unos asuntos pesadísimos relacionados con unos certificados o no sé qué otra cosa. Acepté los libros, le prometí hablar con mi madre. Cuando lo hice, ella resopló, se irritó, ironizó, pero cedió. Y aunque se pasaba los días en el colegio o corrigiendo deberes y galeradas, encontró el tiempo para hacer largas colas en las ventanillas de varias entidades y pelearse con funcionarios holgazanes.

Fue en aquella ocasión cuando me di cuenta de cómo había cambiado yo misma. Me indigné poco o nada por la sumisión de mi madre al oír desde mi cuarto cómo le anunciaba por teléfono a mi padre que lo había conseguido. No sentí rabia cuando su voz quemada por el exceso de tabaco, por las bebidas alcohólicas de la noche, se ablandó y lo invitó a pasar por casa a recoger los documentos que le había localizado en el registro civil, las fotocopias que le había hecho en la Biblioteca Nacional, los certificados que había ido a retirar a la universidad. No me mostré demasiado enfurruñada ni siquiera cuando mi padre se presentó una tarde con cara de desanimado y los dos charlaron en la sala. Oí a mi madre reír en un par de ocasiones, y ya no más; debió de darse cuenta de que su carcajada era de tiempos pasados. En suma, no pensé: Si es estúpida, peor para ella; a esas alturas me parecía entender sus sentimientos. Más oscilante era la actitud con mi padre, detestaba su oportunismo. Me encolericé cuando me llamó para despedirse y preguntó distraído:

—¿Qué tal? ¿Estás estudiando los Evangelios?

—Sí —contesté—, pero la historia no me gusta.

—Qué interesante, la historia no te gusta... —Me dio un beso en la frente y en la puerta dijo—: Ya lo hablaremos.

Hablarlo con él jamás, jamás. ¿Qué podía decirle? Había empezado a leer con la idea de que se trataba de una fábula que me induciría al amor a Dios, como el inspirado por Roberto. Sentía su necesidad, mi cuerpo estaba tan tenso que a veces los nervios me parecían cables eléctricos atravesados por la alta tensión. Sin embargo, esos textos no tenían el estilo de la fábula; se desarrollaban en lugares reales, la gente tenía oficios reales, las personas habían existido de verdad. La crueldad destacaba más que cualquier otro sentimiento. Terminaba de leer un evangelio, comenzaba con otro y aquello me parecía cada vez más terrible. Sí, era una historia sobrecogedora. Leía y me ponía nerviosa. Estábamos todos al servicio del Señor, que vigilaba para ver si elegíamos el mal o el bien. Qué absurdo, ¿cómo se podía aceptar semejante condición servil? Detestaba la idea de que en los cielos hubiese un Padre y nosotros, los hijos, estuviésemos abajo, en el barro y la sangre. ¿Qué clase de padre era Dios?, ¿qué familia era la de sus criaturas? Me daba miedo y al mismo tiempo me enfurecía. Detestaba a ese Padre que había creado unos seres tan frágiles, expuestos sin cesar al dolor, fácilmente perecederos. Detestaba que se quedase ahí mirando cómo nosotros, marionetas, nos las arreglábamos con el hambre, la sed, las enfermedades, los terrores, la crueldad, la soberbia; detestaba incluso los buenos sentimientos que, a costa de mala fe, ocultaban la traición. Detestaba que tuviera un hijo nacido de una madre virgen y que lo expusiera a lo peor, como la más infeliz de sus criaturas. Detestaba que ese hijo, pese a su poder de obrar milagros, utilizara ese poder en unos juegos muy poco resolutivos, nada que mejorase de veras la condición humana. Detestaba que ese hijo fuese proclive a maltratar a su madre y no tuviera el valor de tomarla con su padre. Detestaba que el Señor Dios dejara morir a ese hijo entre atroces tormentos, y que no se dignase responder su petición de ayuda. Sí, era una historia que me deprimía. ¿Y la resurrección final? ¿Un cuerpo terriblemente martirizado que volvía a la vida? Me horrorizaban los resucitados, por la noche no conseguía dormir. ¿Para qué pasar por la experiencia de la muerte si después se vuelve a la vida por toda la eternidad? ¿Y qué sentido tenía la vida eterna en medio de una multitud de muertos resucitados? ¿Era de veras una recompensa o una condición de horror intolerable? No, no, el padre que residía en los cielos era exactamente como el padre desafecto de los versículos de Mateo y Lucas, ese que da piedras, serpientes y escorpiones al hijo que tiene hambre y pide pan. Si hablaba de ello con mi padre, existía el peligro de que se me escapara decirle: Este Padre, papá, es peor que tú. Por lo cual me daba por justificar a todas las criaturas, incluidas las peores. Su situación era dura y, cuando desde el fondo de su abyección, conseguían expresar de todos modos sentimientos grandes y verdaderos, me ponía de su parte. De parte de mi madre, por ejemplo, y no de su exmarido. Él la utilizaba y después le daba las gracias con zalamerías, aprovechándose de la capacidad de ella de experimentar un sentimiento sublime.

Una noche mi madre me dijo:

—Tu padre es más joven que tú. Tú te estás haciendo mayor y él sigue siendo niño. Seguirá siendo niño siempre, un niño extraordinariamente inteligente hipnotizado por sus juegos. Si no se lo vigila, se hace daño. Debería haberlo entendido cuando era una muchacha, pero entonces me parecía un hombre hecho y derecho.

Se había equivocado y, sin embargo, mantenía inquebrantable su amor. La miré con afecto. Yo también quería amar así, pero no a un hombre que no se lo mereciera.

—¿Qué lees? —me preguntó.

—Los Evangelios.

—¿Y por qué?

—Porque me gusta un chico y él los conoce bien.

—¿Te has enamorado?

—No, ¿estás loca? Tiene novia, solo quiero ser su amiga.

—No se lo cuentes a papá, querrá hablar contigo de esos textos y te echará a perder la lectura.

No corría ese peligro, ya había leído hasta la última línea, y si mi padre me hubiese preguntado, me habría limitado a contestarle con frases genéricas. Esperaba un día hablar de ello a fondo con Roberto, y hacer observaciones puntuales. En la iglesia me había parecido que no podría vivir sin él, pero el tiempo iba pasando y yo seguía viviendo. Aquella impresión de indispensabilidad estaba cambiando. Ahora me parecía indispensable no su presencia física —me lo imaginaba lejos, en Milán, feliz, ocupado en mil cosas bonitas y útiles, recibiendo el reconocimiento de todos por sus méritos—, sino reorganizarme para un fin: convertirme en una persona que pudiera ganarse su estima. Lo consideraba ya una autoridad tan indefinida —¿me aprobaría él si actuara así o se mostraría contrariado?— como indiscutible. Por aquella época abandoné también la costumbre de acariciarme todas las noches antes de dormirme como recompensa por el insoportable esfuerzo de existir. Me parecía que las criaturas desoladas destinadas a morir tenían una fortuna pequeña y única: aliviar el dolor, olvidarlo un instante, poniendo en marcha entre las piernas el mecanismo que conduce a un poco de gozo. Pero me convencí de que si Roberto llegaba a enterarse, se habría arrepentido de haber tolerado a su lado, aunque fuese unos minutos, a una persona que tenía la costumbre de darse placer sola.

9

En aquella época, sin decidirlo, más bien como la reafirmación de una costumbre, me puse a estudiar otra vez, aunque el colegio me pareció un lugar de toscas cháchara aún más que antes. No tardé en conseguir unos resultados discretos, y, mientras, me obligué a mostrarme más accesible con mis compañeros, tanto que los sábados por la noche empecé a salir con ellos, aunque evitando establecer relaciones amistosas. Naturalmente, nunca conseguí eliminar del todo el tono amargo, los arrebatos agresivos, los mutismos hostiles. Aun así, tenía la impresión de poder mejorar. A veces miraba con fijeza tazones, vasos, cucharas o incluso una piedra por la calle, una hoja seca, y me asombraba de su forma, ya fuera elaborada, ya se presentara en su estado natural. Ahora analizaba las calles del Rione Alto, que conocía desde pequeña, como si las viera por primera vez, tiendas, transeúntes, edificios de ocho plantas, balcones que eran franjas blancas apoyadas en paredes de color ocre o verde o celeste. Me fascinaban las negras piedras volcánicas de via San Giacomo dei Capri sobre las que había caminado mil veces: los viejos edificios de color óxido o rosa grisáceo, los jardines. Lo mismo me ocurría con las personas: los profesores, los vecinos de mi casa, los tenderos, la gente por las calles del Vomero. Me sorprendían algunos de sus gestos, una mirada, una expresión de la cara. Eran momentos en que me parecía que todo tuviera un fondo secreto y que me correspondía a mí descubrirlo. Pero no duraba. De vez en cuando, aunque tratase de resistir, prevalecía el fastidio por todo, una tendencia a juicios zahirientes, la urgencia por reñir. No quiero ser así, me decía, especialmente en el duermevela; sin embargo, esa era yo, y percatarme de que no conseguía manifestarme más que de ese modo —áspera, criticona— me impulsaba a veces no a corregirme, sino, con un placer perverso, a ser peor. Me decía: Si no soy amable, de acuerdo, que no me quieran; ninguno de ellos sabe lo que guardo en mi pecho día y noche, y me consolaba pensando en Roberto.

Entretanto, con placer, con sorpresa, me daba cuenta cada vez más de que, a pesar de mis intemperancias, las compañeras y los compañeros de clase me buscaban, me invitaban a las fiestas, parecían apreciar incluso mis atropellos. Creo que fue gracias a esta nueva situación, como conseguí mantener a raya a Corrado y a Rosario. De los dos, Corrado fue el primero en dar señales de vida. Se presentó frente al colegio.

—Demos un paseo por la Floridiana —me dijo.

Quería negarme, pero para despertar la curiosidad de mis compañeras, que me estaban observando, acepté, y cuando trató de pasarme el brazo por los hombros, me escabullí. Al principio intentó hacerme reír y yo me reí por ser amable, pero cuando quiso apartarme de los senderos y llevarme entre los setos, le dije que no, primero con buenos modos, después con decisión.

—¿No somos novios? —preguntó con sincero asombro.

—No.

—¿Cómo que no? ¿Y las cosas que hicimos?

—¿Qué cosas?

Se mostró incómodo.

—Ya lo sabes.

—No me acuerdo.

—Decías que te divertían.

—Mentía.

Para mi asombro, se cohibió. Insistió otra vez, perplejo; trató de besarme. Luego se dio por vencido, se mostró abatido, farfulló: No te entiendo, me estás dando un disgusto. Fuimos a sentarnos a un graderío blanco, frente a una Nápoles espléndida que parecía encerrada bajo una cúpula transparente, por fuera el cielo azul y por dentro vapores, como si todas las piedras de la ciudad estuvieran respirando.

—Estás cometiendo un error —dijo.

—¿Qué error?

—Te crees mejor que yo, no has entendido quién soy.

—¿Quién eres?

—Espera y lo verás.

—Esperaré.

—El que no esperará, Giannì, es Rosario.

—¿Qué tiene que ver Rosario?

—Se ha enamorado de ti.

—Qué va.

—Es así. Tú le diste cuerda y ahora él está seguro de que lo quieres y no para de hablar de los pechos que tienes.

—Se equivoca, dile que quiero a otro.

—¿A quién?

—No te lo puedo decir.

Insistió, traté de cambiar de tema, pero él volvió a pasarme el brazo por los hombros.

—¿Soy yo ese otro?

—Qué va.

—No puede ser que me hicieras todas esas cosas tan bonitas sin quererme.

—Te aseguro que así fue.

—Entonces eres una puta.

—Cuando quiero, sí.

Pensé en preguntarle por Roberto, pero sabía que lo detestaba, que habría zanjado el tema con unos cuantos comentarios ofensivos, y me contuve; intenté averiguar algo a través de Giuliana.

—Es preciosa —dije elogiando a su hermana.

—Qué va, no para de adelgazar, se está quedando en los huesos; tú no la has visto cuando se levanta por la mañana.

Soltó unas cuantas frases vulgares, dijo que para que no se le escapara aquel novio con título, ahora Giuliana se hacía la santurrona, pero que de santa no tenía nada. Si uno tiene una hermana, concluyó, se le pasan las ganas de mujeres, porque sabe que sois en todo y para todo peor que nosotros, los varones.

—Entonces, quítame las manos de encima y deja de intentar besarme.

—¿Eso qué tiene que ver? Yo me he enamorado.

—Y si te enamoras, ¿no me ves?

—Te veo, pero me olvido de que eres como mi hermana.

—Roberto hace lo mismo, no ve a Giuliana como la ves tú, sino como tú me ves a mí.

Se puso nervioso, el tema lo irritaba.

—Qué quieres que vea Roberto, está ciego, no entiende nada de mujeres.

—Tal vez, pero cuando habla, todos lo escuchan.

—¿Tú también?

—Claro que no.

—Ese solo les gusta a los estúpidos.

—¿Tu hermana es estúpida?

—Sí.

—¿Solo tú eres inteligente?

—Yo, tú y Rosario. Quiere verte.

Pensé un momento.

—Tengo muchos deberes —dije al cabo.

—Se va a cabrear, es el hijo del abogado Sargente.

—¿Alguien importante?

—Importante y peligroso.

—No tengo tiempo, Corrà; vosotros no estudiáis, yo sí.

—¿Quieres juntarte solo con los que estudian?

—No, pero hay una gran diferencia entre tú y, por ejemplo, Roberto. Imagínate si ese tiene tiempo que perder, estará siempre ocupado con sus libros.

—¿Otra vez? ¿Te has enamorado?

—Qué va.

—Si Rosario se convence de que te has enamorado de Roberto, o lo mata o lo manda matar.

Dije que tenía que irme. No volví a mencionar a Roberto.

10

Poco tiempo después Rosario también se presentó a la salida del colegio. Lo vi enseguida, apoyado en su descapotable, alto, delgado, sonriente a la fuerza, vestido haciendo un alarde de riqueza que mis compañeros consideraban propio de palurdos. No hizo ningún ademán para hacerse notar, era como si creyera imposible que no se fijaran, si no en él, al menos en su coche amarillo. Y tenía razón, en el coche se fijaron todos con admiración. Y naturalmente, se fijaron en mí cuando, de mala gana, pero como dirigida a distancia, fui hacia él. Con flema ostentosa, Rosario se sentó al volante; con la misma flema, yo me senté a su lado.

—Tienes que llevarme enseguida a casa —dije.

—Tú eres el ama; yo, el esclavo —contestó.

Puso el coche en marcha y arrancó con nerviosismo, dando bocinazos para abrirse paso entre los estudiantes.

—¿Te acuerdas de dónde vivo? —pregunté enseguida, alarmada, porque estaba enfilando por la calle que lleva a San Martino.

—Arriba, en San Giacomo dei Capri.

—Pero no estamos yendo hacia arriba, a San Giacomo dei Capri.

—Vamos después.

Paró en una callecita debajo de Sant'Elmo, se volvió hacia mí y me miró con su cara siempre alegre.

—Giannì —dijo serio—, me gustaste en cuanto te vi. Quería decírtelo cara a cara, en un lugar tranquilo.

—Soy fea, búscate a una chica guapa.

—No eres fea, tienes personalidad.

—Tener personalidad significa que soy fea.

—Qué va, tienes unos pechos que ya los quisieran algunas estatuas.

Se inclinó para besarme en la boca, me eché atrás, aparté la cara.

—No podemos besarnos —dije—, tienes los dientes demasiado salidos y los labios demasiado finos.

—Entonces, ¿por qué otras me han besado?

—Será porque no tendrían dientes, que te besen ellas.

—No juegues a ofenderme, Giannì, no es justo.

—No soy yo quien juega, sino tú. No paras de reír y a mí me da por bromear.

—Sabes que es por la fisonomía de mi boca. Por dentro soy muy serio.

—Yo también. Tú me has dicho que soy fea y yo te he dicho que tienes los dientes salidos. Estamos empatados. Llévame a casa, que mi madre se preocupará.

Pero él no se apartó, se quedó a pocos centímetros de mí. Repitió que yo tenía personalidad, la personalidad que le gustaba, y se quejó en voz baja de que no hubiera comprendido lo serias que eran sus intenciones. Después levantó de pronto la voz.

—Corrado es un mentiroso —dijo angustiado—, dice que le hiciste ciertas cosas, pero yo no me lo creo.

Intenté abrir la portezuela del coche.

—Tengo que irme —dije, enojada.

—Espera, si las hiciste con él, ¿por qué no quieres hacerlas conmigo?

Perdí la paciencia:

—Me has hartado, Rosà; yo no hago nada con nadie.

—Estás enamorada de otro.

—No estoy enamorada de nadie.

—Corrado dice que desde que conociste a Roberto Matese, has perdido la cabeza.

—Ni siquiera sé quién es Roberto Matese.

—Ya te lo digo yo: es un tipo que se da muchos aires.

—Entonces no es el mismo Roberto que yo conozco.

—Hazme caso, es el mismo. Y si no me crees, te lo traigo aquí y lo vemos.

—¿Me lo traes? ¿Tú?

—Basta con que lo ordene.

—¿Y él viene?

—No, no espontáneamente. Lo hago venir por la fuerza.

—Eres ridículo. Al Roberto que yo conozco nadie le obliga a hacer nada por la fuerza.

—Depende de la fuerza. Con la fuerza adecuada, todos hacen lo que deben.

Lo miré preocupada. Reía, pero sus ojos estaban muy serios.

—No me importa nada de ningún Roberto y tampoco de Corrado y tampoco de ti —dije.

Me miró con fijeza los pechos, como si ocultara algo en el sujetador.

—Dame un beso y te llevo a tu casa —refunfuñó.

En ese momento tuve la certeza de que me haría daño; sin embargo, de un modo incongruente, pensé que, aunque era feo, me gustaba más que Corrado. Por un instante lo vi como un demonio luminosísimo que me agarraba la cabeza con las dos manos, y primero me besaba a la fuerza y luego me golpeaba contra el cristal de la ventanilla hasta matarme.

—No te doy nada —dije—. O me acompañas, o me bajo y me voy.

Me miró a los ojos largo rato; después puso el coche en marcha.

—Eres el ama.

11

Descubrí que también los varones de mi clase hablaban con interés de mis grandes pechos. Me lo dijo Mirella, mi compañera de pupitre, y añadió que también un amigo suyo del último año de bachillerato —recuerdo que se llamaba Silvestro y tenía cierto prestigio porque iba al colegio en una moto que despertaba envidia— había dicho en el patio, en voz alta: De culo tampoco está mal, le tapas la cara con la almohada y le pegas un buen polvo.

Pasé toda la noche sin dormir, lloré por la humillación y la rabia. Se me pasó por la cabeza contárselo a mi padre, pensamiento que era un residuo fastidioso de la infancia, de pequeña había imaginado que cualquier dificultad que yo tuviera él la afrontaría y resolvería. Pero enseguida pensé en mi madre, que tenía muy poco pecho, y en Costanza, que lo tenía redondo, firme, y me dije que, sin duda, a mi padre le gustaban los pechos de las mujeres incluso más que a Silvestro, a Corrado, a Rosario. Él era como todos los hombres y seguramente, de no haber sido su hija, en mi presencia habría hablado de Vittoria exactamente con el mismo desprecio con el que Silvestro había hablado de mí; habría dicho que era fea pero que tenía unos pechos enormes, un culo firme, y que Enzo debía de haberle tapado la cara con una almohada. Pobre Vittoria, tener de hermano a mi padre: qué zafios eran los varones, qué brutales en cada palabra que dedicaban al amor. Disfrutaban humillándonos y arrastrándonos por su camino de obscenidades. Me sentía abatida, y a fuerza de relámpagos —en los momentos de dolor me siento, aun hoy, como si tuviera una tormenta eléctrica en la cabeza— llegué a preguntarme si también Roberto era así, si se expresaba de ese modo. No me pareció posible; al contrario, el mero hecho de que me hubiese planteado la pregunta me encolerizó más. Seguro que Giuliana, pensé, le habla con frases amables, y claro que la desea, faltaría más, pero la desea con dulzura. Al final me tranquilicé imaginando que su relación debía de estar llena de amabilidad y jurándome que encontraría la manera de quererlos a los dos y ser el resto de la vida la persona a quien se lo confiarían todo. Basta ya con los pechos, el culo, la almohada. ¿Quién era ese Silvestro?, ¿qué sabía de mí? Ni siquiera era un hermano que estaba a mi lado desde la infancia y conocía la cotidianidad de mi cuerpo; menos mal que yo no tenía hermanos. ¿Cómo se había permitido hablar de ese modo delante de todos?

Me calmé, pero tuvieron que pasar unos días para que la revelación de Mirella se desvaneciera. Una mañana estaba en clase, tenía la cabeza libre de aflicciones. Mientras le sacaba punta a un lápiz, sonó el timbre del recreo. Salí al pasillo y me encontré de frente con Silvestro. Era un chico grande, diez centímetros más alto que yo, de piel blanquísima y pecosa. Hacía calor, llevaba una camisa amarilla de manga corta. Sin premeditación, le clavé la punta del lápiz con todas mis fuerzas. Él chilló, un chillido largo como el de las gaviotas, y se miró el brazo diciendo: Se me ha quedado la punta dentro. Se le saltaron las lágrimas, exclamé: Me han empujado, perdona, no lo he hecho adrede. Le eché un vistazo al lápiz y murmuré: Es verdad, la punta se ha roto, déjame que te vea.

Estaba asombrada. De haber tenido en la mano un cuchillo, ¿qué habría hecho, se lo habría clavado en el brazo o vete a saber dónde? Silvestro, apoyado por sus compañeros, me llevó al despacho de la directora; yo seguí defendiéndome también delante de ella, juré que en la aglomeración del recreo me habían empujado. Consideraba demasiado humillante mencionar la historia de los pechos grandes y la almohada, no soportaba tener que pasar por una chica fea que se niega a reconocerlo. Cuando quedó claro que Mirella no iba a intervenir para exponer mis motivos, incluso sentí alivio. Ha sido un accidente, repetí hasta la saciedad. Poco a poco, la directora calmó a Silvestro y luego citó a mis padres.

12

Mi madre se lo tomó muy mal. Sabía que me había puesto a estudiar y confiaba mucho en que yo había decidido presentarme al examen para recuperar el año perdido. Ese estúpido altercado le pareció una enésima traición; tal vez le confirmó que, desde el momento en que mi padre se había ido, tanto ella como yo ya no sabíamos vivir con dignidad. Murmuró que debíamos proteger lo que éramos, que debíamos ser conscientes de nosotras mismas. Y se enfadó como nunca se enfadaba, pero no conmigo, porque ya relacionaba obsesivamente cada una de mis dificultades con Vittoria. Dijo que de ese modo yo la estaba complaciendo, que mi tía quería que yo fuese igual a ella en los modales, en las palabras, en todo. Se le hundieron todavía más los pequeñitos ojos, los huesos de la cara parecían a punto de atravesarle la piel. Dijo en voz baja: Quiere servirse de ti para demostrar que tu padre y yo somos pura apariencia; que, si nosotros hemos subido un poco, tú caerás en picado y así todo se igualará. Fue al teléfono y le contó todo a su exmarido, pero mientras que conmigo había perdido la calma, con él la recuperó. Le habló con un hilo de voz, como si entre ellos hubiera unos acuerdos de los que yo quedaba más excluida cuanto más amenazaba con violarlos mediante mi comportamiento errado. Pensé desolada: Qué inconexo es todo, trato de mantener las piezas juntas y no lo consigo, tengo algo que no funciona, todos tienen algo que no funciona, menos Roberto y Giuliana. Entretanto, mi madre decía por teléfono: Por favor, ve tú. Y repitió varias veces: De acuerdo, tienes razón, ya sé que estás ocupado, pero te lo pido por favor, ve.

—No quiero que papá vaya a ver a la directora —dije con amargura cuando mi madre colgó.

—Calla, tú quieres lo que queremos nosotros —replicó.

Era sabido que la directora se mostraba conciliadora con aquellos que escuchaban en silencio sus discursitos y dedicaban a su prole alguna palabra de reproche, pero en cambio era especialmente dura con los padres que optaban por defender a sus hijos. Yo estaba segura de que podía fiarme de mi madre, que siempre se las había arreglado bien con la directora. Mi padre, por el contrario, había declarado en varias ocasiones, incluso con alegría, que cuanto tuviera que ver con el mundo escolar lo ponía nervioso —sus colegas lo malhumoraban, despreciaba las jerarquías, los ritos de los órganos colegiados—, y por ello siempre se había cuidado mucho de poner los pies en mi colegio en calidad de padre, sabía que con toda seguridad me habría perjudicado. En esa ocasión, sin embargo, llegó puntual, al terminar las clases. Lo vi en el pasillo y me reuní con él a regañadientes. Murmuré ansiosa, utilizando a propósito el acento napolitano: Papá, de verdad que no lo hice a propósito, pero es mejor que no me des la razón, si no la cosa irá a peor. Me dijo que no me preocupara y, una vez en presencia de la directora, se mostró muy cordial. La escuchó con mucha atención cuando ella le refirió con detalle lo difícil que era dirigir un colegio

de bachillerato, él a su vez le contó una anécdota sobre la ignorancia del inspector de Educación en funciones, de buenas a
primeras la felicitó por lo bien que le quedaban los pendientes.
La directora entrecerró los ojos complacida, golpeó levemente
el aire con la mano como para echarlo fuera, rio y con esa misma mano se tapó la boca. Y cuando parecía que la cháchara iba
a eternizarse, mi padre volvió de golpe a mi mala acción. Me
dejó sin aliento cuando dijo que, seguramente, yo había pin-
chado a Silvestro adrede, que él me conocía bien, que si había
reaccionado así tenía un buen motivo, que no sabía cuál era ese
buen motivo ni quería saberlo, pero que hacía tiempo que él
había aprendido que en las broncas entre los chicos y las chicas,
los chicos siempre están equivocados y ellas siempre tienen razón, y que aunque en esa ocasión las cosas no fueran así, había
que educar a los chicos para que asumieran sus responsabilidades, incluso cuando en apariencia no las tuvieran. Naturalmente, este es un resumen aproximado, mi padre habló mucho rato
y sus frases eran tan fascinantes como afiladas, de esas que te
dejan boquiabierto por la elegancia con que son formuladas al
tiempo que te percatas de que no admiten objeciones, son pronunciadas con gran autoridad.

Esperé angustiada a que la directora le contestase. Lo hizo
con una voz devota, lo llamó profesor, estaba tan seducida que
me avergoncé de haber nacido mujer, de estar destinada a dejarme tratar de ese modo por un hombre, aunque yo hubiera estudiado, aunque ocupara un puesto de relevancia. No
obstante, en vez de ponerme a chillar de rabia, hasta me sentí
contenta. La directora no quería dejar marchar a mi padre, y se
notaba que le hacía más y más preguntas solo para seguir oyendo el tono de su voz y, quién sabe, tal vez confiara en otros
cumplidos o en el inicio de una amistad con una persona

amable y refinada que la había considerado digna de hermosas reflexiones.

Mientras ella no se decidía a dejarnos ir, yo ya estaba segura de que en cuanto saliéramos al patio, para hacerme reír mi padre imitaría su voz, su manera de comprobar si llevaba bien el pelo, la expresión con la que había reaccionado a sus cumplidos. Eso fue exactamente lo que ocurrió.

—¿Has visto cómo pestañeaba? ¿Y el movimiento de la mano para arreglarse el pelo? ¿Y la voz? Ah, sí, oh, oh, profesor, que no.

Reí, como hacía de niña; ya estaba regresando la antigua admiración infantil por aquel hombre. Reí con ganas, pero incómoda. No sabía si dejarme ir o recordarme que no se merecía aquella admiración y gritarle: ¡Le has dicho que los hombres siempre están equivocados y deben asumir sus responsabilidades, pero tú con mamá nunca las asumiste, tampoco conmigo! ¡Eres un mentiroso, papá, un mentiroso que da miedo justamente por esa simpatía que sabes suscitar cuando quieres!

13

La sobreexcitación por el buen resultado de su empresa duró hasta que subimos al coche. Mientras se sentaba al volante, mi padre ensartó una frase jactanciosa tras otra.

—Que esto te sirva de lección. Se puede poner en su sitio a quien sea. Puedes estar segura de que tendrás a esa mujer de tu parte lo que te queda de bachillerato.

No pude morderme la lengua y contesté:

—De mi parte no, de la tuya.

Notó la animadversión, pareció avergonzarse de su autoadulación. No puso el motor en marcha; se pasó las dos manos por la cara, de la frente a la barbilla, como para borrar lo que había sido hasta un momento antes.

—¿Preferías enfrentarte a todo tú sola?

—Sí.

—¿No te ha gustado cómo me he comportado?

—Lo has hecho bien. Si llegas a pedirle que sea tu novia, te dice que sí.

—¿Qué debía haber hecho según tú?

—Nada, ocuparte de tus asuntos. Te fuiste, tienes otra mujer y otras hijas, olvídate de mí y de mamá.

—Tu madre y yo nos queremos. Y tú eres mi única y queridísima hija.

—Es mentira.

En los ojos de mi padre vi un destello de rabia, me pareció ofendido. Fíjate tú, pensé, de quién he sacado la energía para agredir a Silvestro. El arrebato de la sangre le duró un instante en la cabeza.

—Te llevo a casa —dijo despacio.

—¿A la mía o a la tuya?

—A la que quieras.

—No quiero nada. Siempre se hace lo que tú quieres, papá; sabes cómo meterte en la cabeza de la gente.

—¡Qué dices!

Otro arrebato de la sangre, se lo vi en los ojos; si quería, de veras podía hacerle perder la calma. Pero jamás llegará a abofetearme, pensé, no lo necesita. Podría aniquilarme con palabras, sabe hacerlo, se entrenó desde jovencito; así destruyó el amor de Vittoria y Enzo. Y seguramente también me entrenó a mí, quería que fuera como él, hasta que lo decepcioné. Tampoco me agredirá con palabras, cree que me quiere y teme hacerme daño. Cambié de actitud.

—Perdona —murmuré—, no quiero que te preocupes por mí, no quiero que por mi culpa pierdas el tiempo haciendo cosas que no tienes ganas de hacer.

—Entonces pórtate bien. ¿Cómo se te ha ocurrido agredir a ese chico? Eso no se hace, no es la forma correcta. Mi hermana lo hacía y ahí la tienes, no pasó de quinto de primaria.

—He decidido que recuperaré el año perdido.

—Es una buena noticia.

—Y he decidido que nunca más volveré a ver a la tía Vittoria.

—Si es decisión tuya, me alegro.

—Pero seguiré viendo a los hijos de Margherita.

Me miró perplejo.

—¿Quién es Margherita?

Por unos segundos pensé que fingía, después cambié de idea. Mientras que su hermana conocía obsesivamente incluso sus decisiones más secretas, mi padre, tras su ruptura, no había querido saber nada más de ella. Desde hacía decenios luchaba contra Vittoria, pero lo ignoraba todo de su vida, un desinterés soberbio que era parte importante de su modo de detestarla.

—Margherita es una amiga de la tía Vittoria —le expliqué.

Hizo un gesto contrariado.

—Es verdad, no me acordaba de su nombre.

—Tiene tres hijos, Tonino, Giuliana y Corrado. Giuliana es la mejor de todos. Me cae muy bien, tiene cinco años más que yo y es muy inteligente. Su novio estudia en Milán, se licenció allí. Lo conocí y es muy bueno.

—¿Cómo se llama?

—Roberto Matese.

Me miró indeciso.

—¿Roberto Matese?

Cuando mi padre utilizaba ese tono no cabía duda: le había venido a la cabeza alguien por quien sentía genuina admiración y una envidia apenas perceptible. De hecho, su curiosidad aumentó, quiso saber en qué circunstancias lo había conocido, se convenció enseguida de que mi Roberto coincidía con un joven erudito que escribía ensayos muy notables en una importante revista de la Universidad Católica. Noté que me ardía la cara por el orgullo, por la sensación de revancha. Pensé: Lees, estudias, escribes, pero él es mucho mejor que tú, y tú también lo sabes, lo estás reconociendo en este momento.

—¿Os habéis conocido en el Pascone? —preguntó, maravillado.

—Sí, en la parroquia; él nació allí, pero después se fue a Milán. Me lo presentó la tía Vittoria.

Pareció perplejo, como si al cabo de unas cuantas frases se le hubiese desordenado la geografía y le costara trabajo mantener unidos Milán, el Vomero, el Pascone, la casa en la que había nacido. Una vez más, me atrapó deprisa su comprensivo tono de siempre, entre paternal y profesoral:

—Bien, me alegro. Tienes el derecho y el deber de profundizar en el conocimiento de cualquier persona que despierte tu curiosidad. Es así como se crece. Qué pena que hayas reducido al mínimo el contacto con Angela e Ida. Tenéis muchas cosas en común. Deberíais volver a quereros como antes. ¿Sabías que Angela también tiene amigos en el Pascone?

Me pareció que ese topónimo, pronunciado en general con fastidio, con amargura y desprecio, no solo en mi presencia, sino probablemente también en la de Angela para poner el marchamo de la infamia a las amistades de su hijastra, era pronunciado en esta ocasión con un poco menos de resentimiento. Pero quizá exageré; aunque me hacía daño, no lograba domar el impulso de degradarlo. Clavé la vista en su delicada mano, que giraba la llave de encendido del coche, me decidí:

—Está bien, voy un rato a tu casa.

—¿Sin caras largas?

—Sí.

Se puso contento, arrancó.

—Pero no es mi casa, también es la tuya.

—Lo sé —dije.

Mientras conducía hacia Posillipo, tras un largo silencio, le pregunté:

—¿Hablas mucho con Angela e Ida?, ¿tenéis una buena relación?

—Bastante.

—¿Mejor que la relación que tienen con Mariano?

—Tal vez sí.

—¿Las quieres más a ellas que a mí?

—¿Qué dices? A ti te quiero mucho más.

14

Fue una tarde bonita. Ida quiso leerme un par de sus poemas, que me parecieron preciosos. Me abrazó con fuerza cuando los comenté con entusiasmo; se quejó de la escuela, aburrida, vejatoria, el mayor obstáculo a la libre manifestación de su vocación literaria; prometió que me dejaría leer una larga novela inspirada en nosotras tres si llegaba a encontrar tiempo para terminarla. Angela, en cambio, no hizo más que tocarme, estrecharme, como si hubiese perdido la costumbre de mi presencia y quisiera asegurarse de que yo estaba realmente ahí. De buenas a primeras se puso a hablar de episodios de nuestra niñez con gran confianza, ahora riendo, ahora con los ojos llenos de lágrimas. Yo no recordaba nada o casi nada de lo que ella evocaba, pero no se lo dije. Asentí siempre, reí, y a veces, al notarla tan feliz, me asaltó una nostalgia genuina por un tiempo que, no obstante, consideraba pasado para siempre y mal desenterrado por su fantasía en exceso afectuosa.

Qué bien hablas, me dijo en cuanto Ida se encerró de mala gana a estudiar. Descubrí que tenía ganas de decirle lo mismo. Yo me había aventurado en el territorio de Vittoria, por no mencionar el de Corrado, el de Rosario, y me había llenado la boca de dialecto y acentos dialectales a propósito. Y en ese momento resurgía nuestra jerga, en gran parte proveniente de fragmentos de lecturas infantiles de las que ya ni me acordaba. Me dejaste sola, lamentó, pero sin reproches, y confesó riendo que se había sentido casi fuera de lugar; yo era su normalidad. En resumen, al final aquello resultó un identificarnos agradable y ella pareció contenta. Le pregunté por Tonino.

—Estoy tratando de dejar de verlo —me contestó.

—¿Y eso?

—No me gusta.

—Es atractivo.

—Si lo quieres, te lo regalo.

—No, gracias.

—¿Lo ves? A ti tampoco te gusta. Y a mí solo me gustó porque creía que te gustaba a ti.

—No es verdad.

—Claro que sí. Desde siempre, cuando algo te gusta, yo enseguida hago que me guste.

Hablé a favor de Tonino y sus hermanos, lo elogié porque era un chico bueno y tenía ambiciones legítimas. Pero Angela replicó que siempre era tan serio, tan patético con sus frases breves, que parecían profecías... Un chico nacido viejo, lo definió, demasiado pegado a los curas. Las raras ocasiones en que se veían, Tonino no hacía más que quejarse porque habían echado de la parroquia a don Giacomo a causa de los debates que organizaba; lo habían enviado a Colombia. Era su único tema de conversación; no sabía nada de cine, de televisión, de libros, de cantantes. Como mucho a veces hablaba de casas, decía que los seres humanos son caracoles que perdieron su concha, pero no pueden vivir demasiado tiempo sin un techo sobre la cabeza. Su hermana no era como él, Giuliana tenía más carácter y, sobre todo, aunque estuviera adelgazando un poco, era guapísima.

—Tiene veinte años —dijo—, pero parece pequeña. Presta atención a todo lo que sale de mi boca, como si yo fuera vete a saber quién. Hay veces en que parece que le inspiro un temor reverencial. ¿Y sabes lo que dijo de ti?, dijo que eras extraordinaria.

—¿Yo?

—Sí.

—No es cierto.

—Y tan cierto. Me contó que su novio también lo dijo.

Aquellas frases me inquietaron, pero no lo dejé traslucir. ¿Debía creérmelas? ¿Giuliana me consideraba extraordinaria, y también Roberto? ¿O era una amable frase destinada a contentarme y afianzar nuestra relación? Le dije a Angela que me sentía como una piedra debajo de la cual se esconde una vida elemental, así que de extraordinaria, nada de nada; si salía con Tonino y Giuliana y, acaso, con Roberto, con mucho gusto iría a pasear con ellos.

Angela se mostró entusiasmada y el sábado siguiente me telefoneó. Giuliana no estaba, como es lógico tampoco su novio, pero había quedado con Tonino y le aburría salir sola con él; me pidió que la acompañase. Acepté de buena gana y fuimos por el paseo marítimo desde Mergellina hasta el Palazzo Reale, Tonino en el medio, yo a un lado, Angela al otro.

¿Cuántas veces había visto a aquel chico? ¿Una, dos? Lo recordaba un poco torpe pero agradable; de hecho, era un joven alto, todo nervios y músculos, el pelo muy negro, los rasgos regulares, con una timidez que lo obligaba a dosificar las palabras, los gestos. Creí entender enseguida el motivo de la impaciencia de Angela. Tonino parecía medir las consecuencias de cada palabra y daban ganas de completarle las frases o borrarle las que eran inútiles, de gritarle: ¡Ya lo he entendido, sigue! Yo tuve paciencia. A diferencia de Angela, que se distraía, miraba el mar, los edificios, lo interrogué a fondo y encontré interesante todo lo que decía. Primero habló de sus estudios secretos, los de arquitectura, y me expuso de un modo enervante, detalle a detalle, cómo había sido un examen difícil que había superado con brillantez. Después me contó que, desde el momento en que don Giacomo había tenido que dejar la parroquia, Vittoria se había vuelto más insoportable que de costumbre y les hacía la vida difícil a todos. Por último, alentado con cautela por mí, habló mucho de Roberto, con gran afecto y una estima tan desmesurada que Angela dijo: Tu hermana no tendría que haberse comprometido con él, tendrías que haberte comprometido tú. Pero a mí me gustó esa devoción sin un ápice de envidia o malevolencia; Tonino dijo cosas que me enternecieron. Roberto estaba destinado a una brillante carrera universitaria. Roberto había publicado recientemente un ensayo en una prestigiosa revista internacional. Era bueno, era modesto, tenía una energía que animaba hasta a las personas más desmoralizadas. Roberto difundía a su alrededor los mejores sentimientos. Escuché sin interrumpir, habría dejado que aquella lentísima acumulación de elogios durase una eternidad. Pero Angela dio cada vez más muestras de aburrimiento, y así la velada concluyó con unos cuantos comentarios más.

—¿Tu hermana y él vivirán en Milán? —pregunté.

—Sí.

—¿Después de casarse?

—A Giuliana le gustaría irse con él ahora mismo.

—¿Y por qué no lo hace?

—Ya sabes cómo es Vittoria, ha puesto en su contra a nuestra madre. Y ahora las dos quieren que primero se casen.

—Si Roberto viene a Nápoles, me gustaría hablar con él.

—Claro.

—Con él y con Giuliana.

—Dame tu número, le diré que te llame.

Cuando nos separamos, me dijo agradecido:

—Ha sido una velada estupenda, gracias; espero que nos veamos pronto.

—Tenemos mucho que estudiar —dijo Angela para abreviar.

—Sí —dije yo—, pero encontraremos tiempo.

—¿Ya no vienes al Pascone?

—Ya sabes cómo es la tía Vittoria; a ratos se muestra afectuosa, a ratos me mataría.

Él negó con la cabeza, desolado.

—No es mala persona, pero si sigue así, se quedará sola. Giuliana tampoco la aguanta más.

Quería empezar a hablar de esa cruz —así definió a Vittoria— que él y sus hermanos habían tenido que soportar desde la niñez, pero Angela lo despachó de forma brusca. Él intentó besarla, ella lo esquivó. Basta —casi gritó mi amiga cuando lo dejamos a nuestra espalda—. ¿Has visto qué exasperante es?, dice siempre las mismas cosas con idénticas palabras, nunca una broma, nunca una carcajada, es un blandengue.

Dejé que se desahogara; es más, le di la razón varias veces. Es peor que una cataplasma, dije, y añadí: Sin embargo, es una rareza; los varones son todos feos, agresivos y malolientes, pero él solo es un pelín contenido, y aunque sea más pesado que una vaca en brazos, no lo dejes, pobrecillo, dónde vas a encontrar otro igual.

No paramos de reírnos. Reímos por palabras como «blandengue» y «cataplasma», y, sobre todo, por esa expresión que habíamos oído de pequeñas, quizá a Mariano: ser más pesado que una vaca en brazos. Reímos porque Tonino nunca miraba a los ojos ni a Angela ni a nadie, como si tuviera algo que ocultar. Reímos, en fin, porque me contó que, pese a que en cuanto la abrazaba se le abultaba tanto la bragueta que ella apartaba enseguida la barriga por el asco, nunca tomaba la iniciativa, jamás le había metido la mano en el sujetador.

15

Al día siguiente sonó el teléfono, contesté, era Giuliana. La noté cordial y a la vez muy seria, como si apuntara a un objetivo importante que no permitía tonos festivos ni frivolidades. Dijo que se había enterado por Tonino de mi intención de llamarla, y entonces se me había adelantado regocijada. Quería que nos viéramos, a Roberto también le apetecía mucho. La semana siguiente estaría en Nápoles para asistir a un congreso y a los dos les hacía mucha ilusión verme.

—¿A mí?

—Sí.

—No, podemos vernos tú y yo, con mucho gusto, pero con él no, me da vergüenza.

—¿Por qué? Roberto es una persona afable.

Acepté, naturalmente, hacía tiempo que esperaba una ocasión así. Pero para mantener a raya el nerviosismo, incluso para tratar de llegar a la cita con una buena relación entre nosotras, le propuse que diéramos un paseo. Se alegró, dijo: Hoy mismo. Trabajaba de secretaria en la consulta de un odontólogo de via Foria; nos encontramos a última hora de la tarde, en la parada del metro de la piazza Cavour, una zona que desde hacía un tiempo me gustaba porque me recordaba a los abuelos del Museo, los parientes amables de mi infancia.

Pero solo ver a Giuliana de lejos me deprimió. Era alta, de movimientos armoniosos; avanzaba hacia mí irradiando confianza y orgullo. El comedimiento que le había notado hacía tiempo en la iglesia se había difundido en cierto modo a su ropa, sus zapatos, su paso, y ahora daba la impresión de que fuera algo innato en ella. Me recibió con una locuacidad alegre para hacerme sentir cómoda, y echamos a andar sin rumbo. Dejamos atrás el Museo, enfilamos luego la cuesta de Santa Teresa; yo perdí el habla, aplastada por cómo la delgadez extrema, el maquillaje ligero le daban una especie de belleza ascética que imponía respeto.

Eso es lo que ha hecho Roberto, pensé: ha transformado a una chica de los suburbios en una joven como las de los poemas.

—¡Cómo has cambiado! —exclamé en un momento dado—. Estás más guapa que cuando te vi en la iglesia.

—Gracias.

—Será un efecto del amor —aventuré; era una frase que había oído decir a menudo a Costanza, a mi madre.

Ella rio, negó con la cabeza.

—Si por amor te refieres a Roberto, no —dijo—, Roberto no tiene nada que ver.

Era ella quien había sentido la necesidad de cambiar, y había hecho y seguía haciendo un gran esfuerzo. Primero intentó explicarme en términos generales la necesidad de gustar a quien respetamos, a quien amamos, pero luego, paso a paso, el intento por expresarse en abstracto se enmarañó, y se puso a contarme que a Roberto le iba bien todo de ella, ya fuera que se quedara como había sido siempre desde niña o que cambiara. Él no le imponía nada, el pelo así, el vestido asá; nada.

—A ti —dijo— te noto preocupada, crees que él es uno de esos que anda siempre enfrascado en sus libros, inspiran temor reverencial y sientan cátedra. No es así; yo me acuerdo de cuando era niño, siempre fue de los que no estudiaban mucho; al contrario, nunca ha estudiado como los eruditos. Lo veías siempre en la calle jugando a la pelota, es de los que aprenden distraídamente, siempre ha hecho diez cosas a la vez. Parece un animal que no distingue entre las cosas buenas y las venenosas, todo le parece bien, porque, yo lo he visto, transforma cada elemento con solo rozarlo y de una manera que te deja boquiabierta.

—A lo mejor hace lo mismo con las personas.

Rio, una carcajada nerviosa.

—Eso es, también con las personas. Digamos que estando a su lado he sentido y siento la necesidad de cambiar. Naturalmente, la primera en notar mi cambio fue Vittoria; ella no soporta que no dependamos de ella en todo y para todo, y se enfadó, dijo que me estaba volviendo idiota, que no comía y me estaba convirtiendo en un palo de escoba. Pero mi madre se alegra, ella querría que cambiara todavía más y que cambiara Tonino, que cambiara Corrado. Una noche me dijo a escondidas, para que no la oyera Vittoria: Cuando te vayas a Milán con

Roberto, llévate también a tus hermanos; no os quedéis aquí, no puede salir nada bueno de este lugar. Pero de Vittoria una no se escapa, Giannì; es capaz de oír lo que se dice en voz baja y hasta lo que no se dice. Así, en lugar de tomarla con mi madre, la última vez que Roberto vino al Pascone se enfrentó a él y le dijo: Tú naciste en estas casas, te criaste en estas calles, Milán vino después, aquí es donde tienes que volver. Él la escuchó, como siempre, su carácter lo lleva a escuchar incluso a las hojas cuando sopla el viento, y después le dijo algo amable sobre las cuentas que nunca deben dejarse abiertas, y añadió que, de momento, le quedaban algunas por cerrar en Milán. Él es así, te escucha y después sigue su camino, o sigue todos los caminos que despiertan su curiosidad, incluido, si acaso, el que tú le sugieres.

—O sea, ¿que os casaréis y viviréis en Milán?

—Sí.

—Entonces, ¿Roberto se peleará con Vittoria?

—No, con Vittoria romperé yo, romperá Tonino, romperá Corrado. Pero Roberto no, Roberto hace lo que debe hacer y no rompe con nadie.

Giuliana lo admiraba; lo que más le gustaba de su novio era su determinación benévola. Sentí que se había encomendado por completo a él, lo consideraba su salvador, la persona que la arrancaría de su lugar de nacimiento, de la escolarización insuficiente, de la fragilidad de su madre, del poder de mi tía. Le pregunté si iba con frecuencia a Milán, a casa de Roberto, y se ensombreció, dijo que era complicado, Vittoria no quería. Había ido tres o cuatro veces y porque la había acompañado Tonino, pero esas pocas estancias le bastaron para amar la ciudad. Roberto tenía muchos amigos, algunos muy importantes. A él le hacía ilusión presentarla a todos y la llevaba siempre con él, a casa de este, a una cita con aquel otro. Todo había sido precioso, pero ella se había sentido muy angustiada. Tras aquellas vivencias, le había dado taquicardia. Y en cada ocasión se preguntaba por qué Roberto la había elegido precisamente a ella, que era tonta, ignorante, que no sabía vestirse, cuando en Milán había señoritas extraordinarias que eran la flor y nata. Y en Nápoles también, añadió; tú sí que eres una chica como es debido. Por no mencionar a Angela, que se expresa tan bien, es guapa, es elegante. Pero ¿yo? ¿Qué soy yo?, ¿qué tengo que ver con él?

Me sentí halagada por esa superioridad que me reconocía; sin embargo, le dije que eran tonterías. Angela y yo hablábamos como nuestros padres nos habían educado, y nuestras madres nos elegían la ropa o la elegíamos nosotras según su gusto, que sin embargo nos parecía nuestro. Pero había un hecho innegable: Roberto la había querido a ella y solo a ella, porque se había enamorado de lo que era, y por eso no la habría cambiado por las otras. ¡Eres tan guapa, tan viva!, exclamé; lo demás se aprende, ya lo estás aprendiendo; te ayudo yo, si quieres, Angela también, te ayudamos nosotras.

Regresamos, la acompañé al metro de la piazza Cavour.

—Y, por favor, no debes sentir vergüenza con Roberto —recalcó—, es muy sencillo, ya lo verás.

Nos abrazamos, me alegré de esa amistad que comenzaba. Pero descubrí también que estaba de parte de Vittoria. Quería que Roberto dejara Milán, que se estableciese en Nápoles. Quería que mi tía prevaleciera e impusiese a los futuros esposos que vivieran, no sé, en el Pascone, para que yo pudiera unir mi vida a la de ellos y verlos cuando quisiera, incluso a diario.

16

Cometí un error: le conté a Angela que me había encontrado con Giuliana y que pronto vería a Roberto. Aquello no le gustó. Ella, que me había hablado mal de Tonino y muy bien de Giuliana, cambió bruscamente de idea, dijo que Tonino era un buen chico y que su hermana era una arpía que lo martirizaba. No resultó muy difícil comprender que tenía celos, no soportaba que Giuliana se hubiese dirigido a mí sin recurrir a su mediación.

—Mejor que no vuelva a aparecer —me dijo una tarde en que salimos a dar un paseo—. Es mayor y nos trata como niñas.

—No es cierto.

—Y tan cierto. Al principio, conmigo fingió que yo era la maestra y ella la alumna. Estaba pendiente de mí, decía: Qué bonito; si te casas con Tonino, seremos parientes. Pero es una falsa. Se entromete, se hace pasar por tu amiga, pero va a la suya. Ahora está empeñada contigo, conmigo ya no tiene bastante. A mí me ha usado y ahora me tira.

—No exageres. Es una buena chica, puede ser tan amiga tuya como mía.

Tuve que esforzarme para tranquilizarla, no lo conseguí del todo. A fuerza de hablar del tema, comprendí que deseaba varias cosas a la vez, y eso la tenía en un estado de insatisfacción permanente. Quería terminar con Tonino, pero sin romper con Giuliana, a la que tenía cariño; quería que Giuliana no se apegara a mí excluyéndola a ella; quería que Roberto no perturbara, ni siquiera como fantasma, nuestro eventual y muy compenetrado trío; aunque yo formara parte de ese eventual trío, quería ser ella quien ocupara el primer lugar en mis pensamientos y no la otra. En un momento dado, al no obtener mi aprobación, dejó a un lado las maledicencias contra Giuliana y empezó a hablar de ella como de una víctima de su novio.

—Todo lo que Giuliana hace lo hace por él —dijo.

—¿Y no es bonito?

—¿Para ti es bonito ser esclava?

—Para mí es bonito amar.

—¿Aunque él no la quiera?

—¿Cómo sabes que no la quiere?

—Lo dice ella, dice que no puede ser que él la quiera.

—Todos los que aman temen no ser amados.

—Si alguien te hace vivir angustiada, como vive Giuliana, ¿qué placer hay en amar?

—¿Cómo sabes que vive angustiada?

—Los vi juntos una vez, con Tonino.

—¿Y?

—Giuliana no puede soportar la idea de dejar de gustarle.

—A él le pasará lo mismo.

—Él vive en Milán, la de mujeres que tendrá...

Este último comentario me puso especialmente nerviosa. No quería pensar siquiera en la posibilidad de que Roberto estuviera con otras mujeres. Lo prefería devoto a Giuliana y fiel hasta la muerte.

—¿Giuliana tiene miedo de que él la engañe con otra? —le pregunté.

—Nunca me lo ha dicho, pero a mi modo de ver, sí.

—Cuando lo vi no me pareció de los que engañan.

—¿Tu padre te parecía de los que engañan? Sin embargo, así fue, engañaba a tu madre con la mía.

Reaccioné con dureza:

—Mi padre y tu madre son unos falsos.

Se mostró perpleja.

—¿Te molestan estos comentarios?

—No. Son comparaciones sin sentido.

—Puede ser. Pero quiero poner a prueba a ese Roberto.

—¿Cómo?

Se le encendieron los ojos, entrecerró los labios, arqueó la espalda, sacó pecho. Así, dijo. Quería dirigirse a él con esa expresión y con esa pose provocativa. Además, se pondría algo muy escotado y una minifalda y tocaría a menudo a Roberto con el hombro y le rozaría el brazo con el pecho y le pondría una mano en el muslo y mientras pasearan se agarraría de su brazo. Ah, dijo visiblemente disgustada, qué cabrones son los hombres; basta con que les hagas solo un par de estas cosas para que, tengan la edad que tengan, se vuelvan locos, aunque estés en los huesos, aunque seas gordísima, aunque tengas pústulas y piojos.

Aquella parrafada me hizo enfadar. Había empezado con tonos de los nuestros, de chiquillas, y ahora, hablaba de repente con una trivialidad de mujer hecha y derecha.

—Ni se te ocurra hacerle esas cosas a Roberto —dije conteniendo a duras penas un tono amenazador.

—¿Por qué? —preguntó, asombrada—. Es por Giuliana. Si es un buen chico, bien; pero si no lo es, la salvaremos.

—Yo, en su lugar, no querría que me salvaran.

Me miró como si no entendiera.

—Era broma —dijo—. ¿Me prometes una cosa?

—¿Qué?

—Si Giuliana se pone en contacto contigo, llámame; yo también quiero ir a esa cita con Roberto.

—Sí. Pero si ella dijera que así haremos que su novio se sienta incómodo, yo no podré hacer nada.

Calló, bajó la mirada, y cuando la levantó una fracción de segundo después, en sus ojos había una dolorosa petición de claridad.

—Está todo perdido entre nosotras, ya no me quieres.

—Al contrario, te quiero y te querré hasta que me muera.

—Entonces dame un beso.

La besé en la mejilla. Buscó mi boca, se la hurté.

—Ya no somos niñas —dije.

Se fue afligida en dirección a Mergellina.

17

Giuliana telefoneó una tarde y fijamos una cita para el domingo siguiente en la piazza Amedeo; también acudiría Roberto. Sentí que había llegado el momento tan deseado, tan imaginado, y de nuevo, con más intensidad, tuve miedo. Balbuceé, hablé de la cantidad de deberes que me habían puesto en el colegio; ella dijo riendo: Giannì, cálmate, que Roberto no te va a comer; quiero que vea que yo también tengo amigas que estudian, que hablan bien, hazme ese favor.

Me desdije, me confundí y, con tal de encontrar algo que enredara tanto la madeja para impedir la cita, saqué a colación a Angela. Había decidido sin reconocérmelo a mí misma que, en caso de que Giuliana hubiese tenido realmente la intención de permitirme que viese a su novio, no le diría nada a Angela; quería ahorrarme ulteriores problemas y tensiones. Pero a veces los pensamientos desprenden una fuerza latente, aferran imágenes contra tu voluntad, por una fracción de segundo te las ponen delante de los ojos. Seguramente pensé que, una vez evocada, la figurilla de Angela no sería del agrado de Giuliana; por tanto, habría podido inducirla a decir: De acuerdo, lo dejamos para otro día. Pero en mi cabeza ocurrió algo más, imaginé que mi amiga pestañeaba, fruncía los labios, se despechugaba, arqueaba la espalda; y de repente me pareció que colocarla al lado de Roberto, dejarla suelta para que desbaratara y separase a aquella pareja, podía convertirse en un maremoto resolutivo.

—Además, hay un problema —dije—. Le he contado a Angela que nos hemos visto y que a lo mejor nos reuniríamos con Roberto.

—¿Y?

—Ella también quiere venir.

Giuliana calló un buen rato.

—Giannì, aprecio a Angela, pero no es una persona fácil, siempre quiere entrometerse —dijo al cabo.

—Lo sé.

—¿Y si no le dijeras nada de esta cita?

—Imposible. De un modo u otro acabará enterándose de que he visto a tu novio y dejará de hablarme. Mejor que lo dejemos correr.

Tras unos segundos de silencio, accedió.

—De acuerdo, que venga ella también.

A partir de ese momento, para mí todo fue pura aprensión. Me asaltó la ansiedad de parecerle a Roberto ignorante y poco inteligente; aquello me quitó el sueño y me llevó al borde de telefonear a mi padre para plantearle preguntas sobre la vida, la muerte, Dios, el cristianismo, el comunismo para poder reutilizar sus respuestas, siempre llenas de doctrina, en una posible conversación. Pero me contuve, no quería contaminar al novio de Giuliana, del que conservaba una imagen casi de aparición celestial, con la pequeñez terrenal de mi padre. Además, aumentó la obsesión por mi aspecto. ¿Cómo me vestiría? ¿Había manera de mejorarme, aunque fuera un poco?

A diferencia de Angela, que desde niña se preocupaba mucho por su vestimenta, yo, desde que había comenzado aquel largo período de crisis, a modo de provocación había dejado de lado el afán por ponerme guapa. Eres fea, había concluido, y una persona fea resulta ridícula cuando intenta ponerse guapa. Así, la higiene seguía siendo mi único afán, me lavaba muy seguido. Por lo demás, me escondía arropándome de negro, o bien al contrario, me maquillaba en exceso, llevaba colores llamativos, me comportaba como una chabacana a propósito. En aquella ocasión, sin embargo, intenté de mil maneras buscar un término medio que me hiciese aceptable. Como nunca me gusté, al final me conformé con que los colores elegidos no desentonaran, y tras gritar a mi madre que salía con Angela, crucé la puerta y bajé precipitadamente por San Giacomo dei Capri.

Me sentiré mal por la tensión, pensaba mientras el funicular descendía con su ruidosa lentitud de siempre hacia la piazza Amedeo; tropezaré, me golpearé la cabeza, me moriré. O me enfadaré y le arrancaré los ojos a alguien. Iba con retraso, sudaba, no hacía más que pasarme los dedos por el pelo temerosa de que se me pegara a la cabeza, como le ocurría a veces a Vittoria. Al llegar a la plaza, vi enseguida a Angela, que me hacía señas; estaba sentada en la terraza de un bar, bebía algo a sorbos. Me reuní con ella, me senté, lucía un sol tibio. Ahí vienen los novios, me dijo en voz baja, y comprendí que la pareja estaba a mis espaldas. No solo me obligué a no volverme, sino que en vez de levantarme como estaba haciendo Angela, seguí sentada. Noté que la mano de Giuliana se apoyaba ligera sobre mi hombro —Hola, Giannì—; le miré de reojo los dedos cuidados, la manga de la chaqueta marrón, una pulsera que asomaba apenas. Angela ya estaba pronunciando las primeras frases cordiales; yo también hubiera querido decir algo, responder al saludo. Pero la pulsera medio cubierta por la manga de la chaqueta era la misma que yo le había devuelto a mi tía, y fue tal mi sorpresa que no me salió siquiera un «Hola». Vittoria, Vittoria, no sabía qué pensar; era realmente como la describían mis padres. La había tomado conmigo, su sobrina, y ahora, aunque parecía que no podía prescindir de la pulsera, se la había dado a su ahijada. Cómo brillaba, la joya, en la muñeca de Giuliana; cómo adquiría valor.

18

Aquel segundo encuentro con Roberto me confirmó que no recordaba casi nada del primero. Al final me levanté, él se encontraba unos pasos por detrás de Giuliana. Me pareció muy alto, más de un metro noventa, pero al sentarse se replegó sobre sí mismo como si amontonara todos los miembros y los compactara en la silla para no resultar voluminoso. Yo guardaba en la memoria a un hombre de mediana estatura, y sin embargo, ahí estaba, poderoso y pequeño a la vez, una persona que sabía expandirse y acurrucarse a voluntad. Era guapo, mucho más de lo que yo recordaba: el pelo negrísimo, la frente amplia, los ojos chispeantes, los pómulos altos, la nariz de buen trazo, y la boca, ay, la boca, con dientes parejos y blanquísimos que parecían una mancha de luz en la tez oscura. Pero su comportamiento me desorientó. Durante buena parte del tiempo que pasamos sentados a aquella mesa no mostró ni una sola de las dotes de orador que había exhibido en la iglesia y que tan hondamente me habían marcado. Recurrió a frases breves, a gestos poco comunicativos. Solo sus ojos eran los mismos de cuando dio su discurso en el altar, atentos a cada detalle, vagamente irónicos. Por lo demás, me recordó a aquellos profesores tímidos que desprenden bondad y comprensión, no te provocan ansiedad y no solo hacen sus preguntitas con amabilidad, de forma clara y precisa, sino que, después de haber escuchado las respuestas sin interrumpirte, sin hacer comentarios, al final te dicen con una sonrisa benévola: Puedes sentarte.

A diferencia de Roberto, Giuliana se mostró nerviosamente locuaz. Nos presentó a su novio adjudicándonos a cada una muchas y muy buenas cualidades, y mientras hablaba, pese a estar sentada en una zona en sombra, la encontré luminosa. Me obligué a obviar la pulsera, aunque no podía evitar ver sus destellos de vez en cuando alrededor de su delgada muñeca y pensar: A lo mejor esa es la fuente mágica de su luz. No así sus palabras, que fueron opacas. ¿Por qué hablará tanto?, me pregunté, ¿por qué estará preocupada?; seguramente no será por nuestra belleza. Contra todas mis previsiones, Angela estaba tan hermosa como siempre, aunque no había exagerado con la ropa: la falda era corta, pero no demasiado; llevaba una camiseta ajustada, pero no escotada, y aunque lanzara sonrisas, aunque se mostrara desenvuelta, no hacía nada especialmente seductor. En cuanto a mí, era un saco de patatas —me sentía un saco de patatas, quería ser un saco de patatas— gris, compacto, la protuberancia de los pechos sepultada debajo de una chaqueta, y lo conseguía la mar de bien. De manera que no era nuestro aspecto físico lo que la preocupaba, no había competencia entre ella y nosotras. Me convencí, en cambio, de que la angustiaba la posibilidad de que no estuviéramos a la altura. Su intención declarada era presentarnos a su novio como sus conocidas de buenas familias. Deseaba que le cayéramos bien porque éramos chicas del Vomero, estudiantes de bachillerato, personas respetables. En fin, nos había convocado ahí para demostrar que ella estaba borrando el Pascone de su persona, se estaba preparando para vivir dignamente en Milán con él. Y creo que fue eso, no la pulsera, lo que acentuó mi nerviosismo. No me gustaba ser exhibida, no quería sentirme como en la época en que mis padres me imponían que enseñara a sus amigos lo lista que era haciendo esto, diciendo aquello otro, y en cuanto notaba que estaba obligada a dar lo mejor de mí misma, me deslucía. Me quedé callada, con la cabeza vacía; en un par de ocasiones llegué incluso a mirar ostensiblemente el reloj. La consecuencia fue que, tras alguna fórmula de cortesía, Roberto terminó por dedicarse sobre todo a Angela con los tonos típicos del profesor. Le preguntó: ¿Cómo es tu escuela?, ¿en qué estado está?, ¿hay gimnasio?, ¿qué edad tienen tus profesores?, ¿cómo son sus clases?, ¿qué haces en tu tiempo libre?, y ella habló, habló, habló con su vocecita de alumna desenvuelta, y sonrió, y rio diciendo cosas divertidas sobre sus compañeros, sus profesores.

Giuliana no solo la escuchó con una sonrisa en los labios, sino que además intervino a menudo en la conversación. Había acercado la silla a la de su novio, a veces le apoyaba la cabeza en el hombro riendo muy alto cuando él reía en voz baja por las ocurrencias de Angela. Me pareció más relajada, Angela lo estaba haciendo bien, Roberto no parecía aburrido. En un momento dado, él dijo:

—¿Y cuándo tienes tiempo para leer?

—No tengo —contestó Angela—. De niña leía, ahora ya no; el colegio me come viva. Mi hermana es la que lee mucho. Y ella también, ella sí que lee.

Me señaló con un gesto gracioso y una mirada llena de afecto.

—Giannina —dijo Roberto.

—Giovanna —lo corregí, enfurruñada.

—Giovanna —dijo Roberto—, me acuerdo bien de ti.

—Es fácil —refunfuñé—, soy idéntica a Vittoria.

—No, no es por eso.

—¿Por qué entonces?

—Ahora no lo sé, pero si me viene a la cabeza, te lo digo.

—No hace falta.

Claro que hacía falta; no quería que me recordara por ser desaliñada, fea, torva, por haberme encerrado en un silencio presuntuoso. Clavé mis ojos en los suyos y, como me miraba con simpatía y eso me daba seguridad —era una simpatía no melosa, una simpatía dulcemente irónica—, me obligué a no desviar la mirada; quería comprobar si la simpatía daba paso al fastidio. Lo hice con una persistencia de la que hasta un instante antes no me sabía capaz, incluso parpadear me pareció una rendición.

Siguió con su tono de profesor bondadoso, preguntó cómo era posible que a mí las clases me dejaran tiempo para leer mientras que a Angela no, ¿acaso mis profesores me ponían menos deberes? Contesté sombría que mis profesores eran bestias amaestradas, recitaban mecánicamente sus clases y también mecánicamente ponían tal cantidad de deberes que de haber sido nosotros, los estudiantes, quienes se los hubiésemos puesto a ellos, jamás habrían conseguido hacerlos. Pero a mí los deberes me traían sin cuidado, leía cuando tenía ganas; si un libro me entusiasmaba, leía día y noche, no me importaba nada el colegio. ¿Qué lees?, me preguntó, y como contesté con vaguedades —En casa no hay más que libros; antes me aconsejaba mi padre, pero desde que se marchó me arreglo sola; de vez en cuando busco alguno, ensayos, novelas, lo que me apetece—, insistió para que le dijera algún título, lo último que había leído. Y le contesté: Los Evangelios; mentí para impresionarlo; era una lectura de hacía unos meses, en ese momento estaba leyendo otra cosa. Había esperado tanto a que llegase ese momento y en el supuesto de que ocurriera había escrito en un cuaderno todas mis impresiones expresamente para enumerárselas. Ahora estaba ocurriendo, y yo, de pronto sin reparos, hablé y hablé sin dejar de mirarlo a la cara con calma fingida. En realidad, por dentro estaba furiosa, furiosa sin motivos, o peor aún, como si lo que me enfureciera fuesen precisamente los textos de Marcos, Mateo, Lucas y Juan, y la furia borrara todo a mi alrededor, la plaza, al vendedor de periódicos, el túnel del metro, el verde brillante del parque, a Angela y Giuliana, todo menos a Roberto. Callé y por fin bajé la vista. Me había dado dolor de cabeza; traté de controlar la respiración para que él no notase que jadeaba.

Se hizo un largo silencio. Solo entonces me di cuenta de que Angela me miraba con ojos de orgullo —era su amiga de la infancia, estaba orgullosa de mí, me lo decía sin palabras— y eso me infundió fuerzas. Giuliana, en cambio, se apretaba a su novio mirándome perpleja, como si yo estuviera desgreñada y quisiese avisarme con la mirada.

—O sea, que, en tu opinión, ¿la de los Evangelios es una mala historia? —me preguntó Roberto.

—Sí.

—¿Por qué?

—Porque no funciona. Jesucristo es el hijo de Dios, pero hace milagros inútiles, se deja traicionar y acaba en la cruz. No solo eso: le pide a su padre que se la ahorre, la cruz, pero su padre no mueve un dedo y no le ahorra ni un solo tormento. ¿Por qué no vino Dios en persona a sufrir? ¿Por qué achacó a su hijo el mal funcionamiento de su propia creación? ¿Qué es hacer la voluntad del padre, apurar el cáliz de los tormentos hasta las heces?

Roberto negó levemente con la cabeza, la ironía desapareció.

Dijo, y aquí resumo, estaba inquieta, recuerdo poco o mal:

—Dios no es fácil.

—Le convendría serlo, si quiere que yo entienda algo.

—Un Dios fácil no es Dios. Él es ajeno a nosotros. Uno no puede comunicarse con Dios, se encuentra tan fuera de nuestro nivel que no puede ser interrogado, solo invocado. Si se manifiesta, lo hace en silencio, mediante pequeñas y valiosas señales mudas que provienen de nombres por completo comunes. Hacer su voluntad supone agachar la cabeza y obligarse a creer en él.

—Ya tengo demasiadas obligaciones.

Reapareció en sus ojos la ironía, sentí con gozo que mi brusquedad le interesaba.

—La obligación para con Dios vale la pena. ¿Te gusta la poesía?

—Sí.

—¿La lees?

—Si se tercia.

—La poesía está hecha de palabras, exactamente como nuestra charla de ahora. Si el poeta toma nuestras palabras banales y las suelta en la charla, desde el interior de su banalidad, esas palabras manifiestan una energía inesperada. Dios se manifiesta de la misma manera.

—El poeta no es Dios, simplemente es alguien como nosotros que, además, sabe componer poemas.

—Pero ese componer te abre los ojos, te asombra.

—Cuando el poeta es bueno, sí.

—Y te sorprende, te da una sacudida.

—A veces.

—Dios es eso, una sacudida en una habitación oscura de la que ya no encuentro el suelo, las paredes, el techo. No hay que razonar, no hay que discutir. Es cuestión de fe. Si crees, funciona. Si no, no.

—¿Por qué tendría que creer en una sacudida?

—Por espíritu religioso.

—No sé lo que es.

—Piensa en una investigación como las de las novelas policíacas, con la diferencia de que el misterio sigue siendo misterio. El espíritu religioso es eso, impulsarse para ir más allá, siempre más allá, para revelar lo que permanece velado.

—No te entiendo.

—Los misterios no se entienden.

—Los misterios sin resolver me dan miedo. Yo me he identificado con las tres mujeres que van al sepulcro, ven que el cuerpo de Jesucristo ya no está allí y huyen.

—Debería hacerte huir la vida cuando es obtusa.

—La vida me hace huir cuando es sufrimiento.

—¿Estás diciendo que no estás conforme con cómo van las cosas?

—Estoy diciendo que nadie debería ser crucificado, especialmente por voluntad de su padre. Pero parece que no es así.

—Si no te gustan las cosas, es preciso que las cambies.

—¿También cambio la creación?

—Claro, nos han hecho para eso.

—¿Y Dios?

—Dios también, si hace falta.

—Ojo, estás blasfemando.

Por un instante tuve la impresión de que Roberto había notado a tal punto mi esfuerzo por plantarle cara que le brillaron los ojos de emoción.

—Si la blasfemia me permite avanzar, aunque sea un pequeño paso, blasfemo —dijo.

—¿En serio?

—Sí. Dios me gusta, y haría lo que fuera, incluso ofenderlo, con tal de acercarme a él. Por eso te aconsejo que no te precipites en tirar la toalla, espera un poco; la historia de los Evangelios dice mucho más de lo que tú has encontrado ahora.

—Existen muchos otros libros. Leí los Evangelios solo porque tú los mencionaste aquella vez en la iglesia y me picó la curiosidad.

—Reléelos. Hablan de pasión y de cruz, es decir, de sufrimiento, lo que más te desorienta.

—Me desorienta el silencio.

—Tú también te has quedado callada más de media hora. Pero ya lo ves, después has hablado.

—¡A lo mejor ella es Dios! —exclamó Angela, divertida.

Roberto no se rio y yo contuve a tiempo una risita nerviosa.

—Ya sé por qué me acordé de ti —dijo él.

—¿Qué he hecho?

—Pones mucha fuerza en las palabras.

—Tú pones mucha más.

—No lo hago adrede.

—Yo sí. Soy soberbia, no soy buena, a menudo soy injusta.

Esta vez fue él quien se rio, nosotras tres no. Giuliana le recordó en voz baja que tenía una cita y que no podían retrasarse. Lo dijo con el tono quejumbroso de quien lamenta tener que abandonar una compañía agradable; luego se levantó, abrazó a Angela, a mí me dirigió un gesto amable. Roberto también se despidió, me estremecí cuando se dobló sobre mí y me besó en las mejillas. En cuanto los novios se alejaron por via Crispi, Angela me tiró del brazo.

—¡Le has causado impresión! —exclamó, entusiasmada.

—Me ha dicho que leo de un modo equivocado.

—No es cierto. No solo te ha estado escuchando, sino que además se ha puesto a discutir contigo.

—Vaya cosa, discute con todo el mundo. Pero tú no has hecho más que chismorrear, ¿no tenías que echártele encima?

—Dijiste que no debía hacerlo. Además, no he podido. Aquella vez que lo vi con Tonino me pareció un tonto, ahora parece mágico.

—Es como todos.

Mantuve siempre el tono de subestimación, aunque Angela me rebatía sin parar con frases del estilo: Compara cómo me ha tratado a mí y cómo te ha tratado a ti, parecíais dos profesores. E imitó nuestras voces; también ridiculizó algunas frases del diálogo. Yo hice muecas, solté unas risitas, pero en realidad no cabía en mí de gozo. Angela tenía razón: Roberto me había hablado. Pero no lo suficiente; quería hablar con él otra vez y otra más, ahora, por la tarde, mañana, siempre. Pero eso no iba a ocurrir, y la alegría se me pasó; regresó una amargura que me agotaba.

19

Empeoré rápidamente. Me pareció que el encuentro con Roberto solo había servido para demostrarme que la única persona que me importaba —la única persona que en un brevísimo intercambio me había hecho sentir dentro de un vapor agradablemente excitante—, en definitiva, tenía su propio mundo en otra parte y no podía concederme más que unos minutos.

Al regresar encontré el apartamento de via San Giacomo dei Capri vacío, solo se oían los ruidos de la ciudad, mi madre había salido con una de sus amigas más tediosas. Me sentí sola y, lo que más importaba, sin ninguna perspectiva de redención. Me tumbé en la cama para tranquilizarme, traté de dormir, me desperté sobresaltada pensando en la pulsera en la muñeca de Giuliana. Estaba inquieta, quizá había tenido una pesadilla;

marqué el número de Vittoria. Me contestó enseguida, pero con un «¿Quién es?» que parecía provenir de lo álgido de una pelea, proferido evidentemente al final de una frase pronunciada a voz en grito poco antes de que sonara el teléfono.

—Soy Giovanna —susurré casi.

Vittoria no bajó la voz.

—Muy bien. ¿Qué carajo quieres?

—Quería preguntarte por mi pulsera.

—¿Tuya? —me interrumpió—. Conque esas tenemos... ¿Me llamas para decirme que es tuya? Giannì, he sido demasiado buena contigo, pero ya basta; tú tienes que quedarte en tu sitio, ¿entendido? La pulsera es de quien me quiere, no sé si me he explicado.

No, no se había explicado, o al menos yo no lo entendía. Estuve a punto de colgar, tuve miedo, ni siquiera me acordaba de por qué había telefoneado; sin duda, el momento no era adecuado. Pero oí gritar a Giuliana:

—¿Es Giannina? Pásamela. Y quédate callada, Vittò, calla, no digas ni una sola palabra más.

Poco después oí la voz de Margherita; madre e hija se encontraban en casa de mi tía. Margherita dijo una frase del estilo:

—Vittò, por favor, déjalo estar; la niña no tiene nada que ver.

Pero Vittoria chilló:

—¿Has oído, Giannì? Aquí te llaman niña. Pero ¿eres una niña? ¿Sí? Entonces, ¿por qué te entrometes entre Giuliana y su novio? Contesta, en vez de tocar los huevos con la pulsera. ¿Eres peor que mi hermano? Dímelo, soy toda oídos: ¿eres más presuntuosa que tu padre?

Enseguida se oyó otro chillido de Giuliana.

—¡Ya basta, estás loca! —gritó—. ¡Si no sabes lo que dices, córtate la lengua!

Entonces se interrumpió la comunicación. Me quedé con el auricular en la mano, incrédula. ¿Qué estaba pasando? ¿Y por qué mi tía me había agredido de ese modo? Quizá me había equivocado al decir «mi pulsera», había sido inoportuna. Sin embargo, era la formulación adecuada, ella me la había regalado. Claro que no había telefoneado para que me la devolviera, solo quería que me explicara por qué no se la había quedado. ¿Por qué quería tanto esa pulsera y luego no hacía más que desprenderse de ella?

Colgué, volví a tumbarme en la cama. Con toda seguridad había sido una pesadilla, que tenía que ver con la foto de Enzo en el nicho; me consumía la angustia. Ahora estaba aquella superposición de voces en el teléfono; se me repetían en la cabeza, y solo entonces comprendí que Vittoria la había tomado conmigo por el encuentro de la mañana. Evidentemente, Giuliana acababa de contarle cómo había ido, pero ¿qué había visto Vittoria en aquel relato que la había enfurecido? En ese momento yo hubiera querido estar presente para escuchar palabra por palabra lo que Giuliana había contado. Tal vez, si yo también hubiese oído el relato, habría entendido lo ocurrido de veras en la piazza Amedeo.

El teléfono sonó de nuevo, me sobresalté, tenía miedo de contestar. Después pensé que podía tratarse de mi madre y regresé al pasillo, levanté el auricular con cautela. Giuliana murmuró: Hola. Se disculpó por Vittoria, se sorbió los mocos, tal vez estaba llorando.

—¿He hecho algo mal esta mañana? —le pregunté.

—Ay, no, Giannì; Roberto está entusiasmado contigo.

—¿De veras?

—Te lo juro.

—Me alegro, dile que me ha hecho mucho bien hablar con él.

—No hace falta que se lo diga yo, se lo dirás tú. Si puedes, quiere volver a verte mañana por la tarde. Iremos los tres a tomar un café.

El lazo doloroso de la jaqueca se estrechó más.

—De acuerdo —murmuré—. ¿Vittoria sigue enfadada?

—No, no te preocupes.

—¿Me la pasas?

—Mejor no, está un poco nerviosa.

—¿Por qué la ha tomado conmigo?

—Porque está loca, siempre lo ha estado, y nos ha arruinado la vida a todos.

VI

1

El tiempo de mi adolescencia es lento, se compone de grandes bloques grises y de repentinas gibosidades de color verde, rojo o violeta. Los bloques no tienen horas, días, meses, años, y las estaciones son imprecisas, hace frío y calor, llueve y luce el sol. Las protuberancias tampoco tienen un tiempo cierto, el color es más importante que cualquier datación. Por lo demás, la tonalidad misma que adoptan algunas emociones tiene una duración irrelevante; quien está escribiendo lo sabe. En cuanto buscas las palabras, la lentitud se transforma en torbellino y los colores se confunden como los de varias frutas mezcladas en una licuadora. No solo «el tiempo pasó» se convierte en una fórmula vacua, sino que «una tarde», «una mañana», «una noche» también resultan indicaciones de conveniencia. Lo único que puedo decir es que conseguí recuperar de veras el año perdido y sin demasiado esfuerzo. Me di cuenta de que tenía buena memoria y de que en los libros aprendía más que en clase. Me bastaba con leer incluso de un modo distraído para acordarme de todo.

Aquel pequeño éxito mejoró la relación con mis padres, que de nuevo se mostraron orgullosos de mí, en especial mi padre. Pero yo no obtuve ninguna satisfacción, sus sombras me parecían una punzada molesta que no remite, una parte inconveniente de mí que había que amputar. Decidí llamarlos por su nombre, al principio solo como un modo irónico de distanciarlos y después con un meditado rechazo del vínculo parental. Nella, cada vez más desnutrida y quejumbrosa, era ya la viuda de mi padre, aunque él siguiera vivo, gozando de óptima salud y de bastantes comodidades. Ella seguía custodiando con mimo los objetos que tercamente le había impedido llevarse. Siempre estaba disponible para las visitas de su fantasma, para las llamadas telefónicas que le hacía desde la ultratumba de su vida conyugal. Me convencí incluso de que se veía de vez en cuando con Mariano solo para enterarse de en qué grandes temas se ocupaba su exmarido. Por lo demás, se sometía con disciplina, apretando los dientes, a una larga lista de tareas cotidianas entre las que también me encontraba yo. Pero en mí —y era un alivio— ya no se concentraba con el ensañamiento que dedicaba a corregir montones y más montones de deberes o a hacer cuadrar pequeñas historias de amor. Eres mayor, decía cada vez con más frecuencia; arréglatelas sola.

Yo estaba encantada de poder ir y venir, por fin, sin demasiados controles. Cuanto menos se ocupaban de mí ella y mi padre, mejor me sentía. Sobre todo, Andrea. Por favor, que se callara. Soportaba cada vez menos las sabias instrucciones de uso de la vida que mi padre se sentía obligado a encasquetarme cuando nos veíamos en Posillipo, las veces que yo iba a visitar a Angela e Ida, o enfrente del colegio, cuando quedábamos para comer *panzarotti* y *pastacresciuta*. La hipótesis de que entre Roberto y yo naciera una amistad se estaba cumpliendo como un milagro, hasta el punto de que tenía la sensación de ser guiada e instruida por él de un modo en que mi padre, demasiado centrado en sí mismo y en sus fechorías, no había sabido hacer. Una noche ya lejana, al hablar temerariamente en el apartamento gris de via San Giacomo dei Capri, Andrea me había robado la confianza en mí; el novio de Giuliana me la estaba devolviendo con afecto, con cordialidad. Me sentía tan orgullosa de aquella relación con Roberto que a veces se lo mencionaba a mi padre por el puro gusto de verlo prestar atención y ponerse serio. Se informaba, quería saber qué tipo de persona era, de qué hablábamos, si alguna vez le había hablado de él y de su trabajo. No sé si apreciaba de veras a Roberto, es difícil decirlo; hacía tiempo que consideraba las palabras de Andrea poco dignas de confianza. Recuerdo que una vez lo definió con convicción como un joven afortunado, que había sabido marcharse a tiempo de una ciudad de mierda como Nápoles y construirse una carrera universitaria de prestigio en Milán. Otra vez me dijo: Haces bien en frecuentar a quien es mejor que tú, es la única manera de subir y no bajar. En un par de ocasiones, por último, llegó a preguntarme si, llegado el caso, podía presentárselo, pues sentía la necesidad de salir de la panda de pendencieros y mezquinos en la que se había encerrado de jovencito. Me pareció un hombrecillo frágil.

2

Y eso fue lo que ocurrió: Roberto y yo nos hicimos amigos. No quiero exagerar, no venía con frecuencia a Nápoles, eran raras las ocasiones de vernos. Pero etapa tras etapa nació una pequeña costumbre nuestra que, sin llegar a ser nunca una frecuentación propiamente dicha, suponía que, cuando se presentaba la ocasión, y siempre en compañía de Giuliana, encontrábamos la manera de hablar los dos, aunque fuera unos minutos.

Al principio, debo decir, estuve muy preocupada. En cada encuentro me venía a la cabeza que quizá me había pasado, que plantarle cara —me llevaba casi diez años, yo estudiaba el bachillerato, él enseñaba en la universidad— había sido un signo de presunción, que seguramente había hecho el ridículo. Les daba mil vueltas a las cosas que él había dicho, a lo que le había contestado yo, y no tardaba en avergonzarme de cada una de mis palabras. Sentía la ligereza fatua con la que había liquidado temas complicados y en mi pecho crecía una sensación de malestar muy parecida a la que experimentaba de niña cuando hacía por impulso algo que después, sin duda, iba a disgustar a mis padres. Entonces dudaba de haber inspirado simpatía. En la memoria, su deje irónico se desbordaba y se convertía en burla explícita. Recordaba un tono despreciativo que yo había adoptado, ciertos fragmentos de la charla con la que había tratado de impresionar, y me entraba una sensación de frío y náuseas, quería echarme de mí misma, como si fuera a vomitarme.

Pero en realidad las cosas no eran así. En cada uno de aquellos encuentros yo mejoraba; las palabras de Roberto desencadenaban de inmediato una necesidad de lecturas e información. Los días se convirtieron en una carrera para llegar más preparada a un futuro encuentro, con temas complejos en la punta de la lengua. Me puse a rebuscar entre los libros que mi padre había dejado en casa para encontrar los que me permitieran entender más. Pero ¿entender más qué, de quién? ¿Los Evangelios, el Padre, el Hijo, el Espíritu Santo, la trascendencia y el silencio, el enredo de la fe y de la falta de fe, la radicalidad de Cristo, los horrores de la desigualdad, la violencia ejercida siempre sobre los más débiles, el mundo salvaje sin límites del sistema capitalista, el advenimiento de los robots, la necesidad y la urgencia del comunismo? Qué amplio era su punto de vista, Roberto se escabullía sin cesar. Unía cielo y tierra, lo sabía todo, mezclaba pequeños ejemplos, historias, citas, teorías y yo intentaba seguirle el ritmo, oscilando entre la certeza de haber hecho el papel de la jovencita que habla aparentando que sabe y la esperanza de contar pronto con una nueva ocasión de demostrar que era mejor.

3

En aquella época, para tranquilizarme, recurrí a menudo tanto a Giuliana como a Angela. Por motivos obvios, Giuliana me pareció más cercana, más reconfortante. Pensar en Roberto nos daba un motivo para pasar tiempo juntas, y en sus largas ausencias paseábamos sin rumbo por el Vomero hablando de él. La vigilaba con la mirada: difundía una pulcritud fascinante, siempre llevaba puesta la pulsera de mi tía, los hombres le clavaban los ojos y se volvían a su paso para echarle un último vistazo, como si no pudieran privarse de su figura. A su lado yo no existía; sin embargo, bastaba uno de mis tonos sabiondos, un término rebuscado, para quitarle la energía; en ciertos momentos la notaba como desvitalizada.

—Cuántos libros lees —me dijo una vez.

—Me gusta más que hacer deberes.

—Yo me canso enseguida.

—Es cuestión de costumbre.

Reconocí que la pasión por la lectura no era cosa mía, sino que me venía de mi padre; él me había inculcado desde pequeña la importancia de los libros y el enorme valor de las actividades intelectuales.

—Cuando esta idea te entra en la cabeza —dije—, ya no te libras de ella.

—Menos mal. Los intelectuales son buenas personas.

—Mi padre no es bueno.

—Pero Roberto sí, y tú también.

—Yo no soy una intelectual.

—Claro que sí. Estudias, sabes debatir sobre todo y te muestras accesible con todos, incluso con Vittoria. Yo soy incapaz, enseguida pierdo la paciencia.

Me alegraban —debo admitirlo— aquellas declaraciones de estima. Dado que se imaginaba a los intelectuales de ese modo, yo trataba de estar a la altura de sus expectativas, porque además se disgustaba si me limitaba a hablar de esto y de lo otro, como si con su novio diera lo mejor de mí y con ella me limitara a decir tonterías. Me animaba a hacer discursos complejos, me pedía que le hablara de los libros que me habían gustado o me estaban gustando. Decía: Cuéntamelos. Mostraba la misma curiosidad ansiosa por las películas, por la música. Hasta ese momento, ni siquiera Angela e Ida me habían dejado hablar tanto de lo que me gustaba y nunca había sentido como una obligación, sino como un pasatiempo. Además, en el colegio jamás se habían dado cuenta de la multitud desordenada de intereses que se derivaba de mis lecturas y ninguna de mis compañeras había querido nunca que les contara, por poner un ejemplo, la trama de *Tom Jones*. De modo que en aquella época lo pasamos bien juntas. Nos veíamos con frecuencia, la esperaba a la salida del funicular de Montesanto, Giuliana subía al Vomero como si se tratara de un país extranjero donde se encontraba felizmente de vacaciones. Íbamos de la piazza Vanvitelli a la piazza degli Artisti, y viceversa, sin prestar atención a los viandantes, al tránsito, a las tiendas, porque yo me dejaba llevar por el placer de embelesarla con nombres, títulos, historias, y ella parecía no ver más que lo que yo había visto leyendo o en el cine o escuchando música.

En ausencia de Roberto, acompañada por su novia jugaba a hacer de guardiana de una vasta doctrina y Giuliana estaba pendiente de mis labios como si no pidiera otra cosa que reconocer que yo era muy superior a ella, pese a la diferencia de edad, pese a su belleza. Pero a veces notaba en ella algo que no funcionaba, una desazón que se esforzaba por apartar de sí. Y me alarmaba, me volvía a la cabeza la voz belicosa de Vittoria por teléfono: «¿Por qué te metes entre Giuliana y su novio? ¿Eres peor que mi hermano? Dímelo, soy toda oídos, ¿eres más presuntuosa que tu padre?». Yo solo quería ser una buena amiga y temía que, a causa de las malas artes de Vittoria, Giuliana se convenciera de lo contrario y me dejara de lado.

4

Nos veíamos a menudo incluso en compañía de Angela, que se picaba si la excluíamos. Pero ellas dos no se encontraban a gusto juntas, y la desazón de Giuliana se hacía más evidente. Angela, muy charlatana, tendía a tomarme el pelo a mí y también a ella, a hablar mal provocativamente de Tonino, a boicotear con ironía todo intento de conversación seria. Yo no me lo tomaba a mal, pero Giuliana se ensombrecía, defendía a su hermano, tarde o temprano respondía a las ocurrencias con andanadas en un dialecto agresivo.

En fin, lo que conmigo permanecía latente, con Angela se manifestaba, y el riesgo de una ruptura definitiva estaba siempre a la vuelta de la esquina. Las veces que estábamos frente a frente, Angela aparentaba saberlo todo de Giuliana y Roberto, a pesar de que después del encuentro en la piazza Amedeo había renunciado por completo a meter las narices en aquella historia. El hecho de que Angela se hubiera apartado en cierto modo me había aliviado y en cierto modo me había irritado.

—¿Te cae mal Roberto? —le pregunté una vez que fue a mi casa.

—No.

—Entonces, ¿qué es lo que pasa?

—Nada. Pero si tú y él habláis, no queda sitio para nadie más.

—Está Giuliana.

—Pobre Giuliana.

—¿Qué quieres decir?

—No sabes cómo se aburre entre vosotros, los profesores.

—No se aburre en absoluto.

—Se aburre, pero disimula para conservar el puesto.

—¿Qué puesto?

—El de novia. ¿A ti te parece que una chica como Giuliana, secretaria en la consulta de un dentista, os oye a vosotros hablar de razón y de fe y no se aburre? ¿En serio?

—¿Para ti solo podemos divertirnos si hablamos de collares, pulseras, bragas y sostenes? —le solté.

Se ofendió.

—Yo no hablo solo de eso.

—Antes no, pero de un tiempo a esta parte sí.

—No es cierto.

Le pedí perdón, ella contestó: De acuerdo, pero has sido perversa. Y naturalmente añadió con acentuada malicia:

—Menos mal que de vez en cuando va a verlo a Milán.

—¿Qué quieres decir?

—Que por fin se acuestan y hacen lo que tienen que hacer.

—Giuliana siempre va a Milán con Tonino.

—¿Y a ti te parece que Tonino hace de centinela día y noche? Resoplé.

—¿Tú crees que si dos se quieren, tienen que dormir juntos por fuerza?

—Sí.

—Pregúntale a Tonino si duermen juntos y vemos.

—Ya se lo pregunté, pero sobre estas cosas Tonino no dice nada.

—Eso significa que no tiene nada que decir.

—Eso significa que él también piensa que el amor puede prescindir del sexo.

—¿Quién más lo piensa?

Me contestó con una sonrisita de pronto triste:

—Tú.

5

Según Angela, yo ya no contaba nada divertido sobre aquel tema. Ahora bien, era cierto que había puesto fin a los relatos procaces, pero solo porque me había parecido infantil exagerar mis escasas experiencias y no contaba con material más jugoso. Desde que se había consolidado la relación con Roberto y Giuliana, mantuve a distancia a Silvestro, mi compañero de clase, que después del episodio del lápiz se encariñó conmigo y en varias ocasiones me propuso un noviazgo secreto. Pero, sobre todo, fui durísima con Corrado, que siguió con sus proposiciones, y cauta, pero firme con Rosario, que a intervalos fijos se presentaba a la salida del colegio y me proponía que lo acompañase a su buhardilla de via Manzoni. A esas alturas tenía la impresión de que aquellos tres pretendientes míos pertenecían a una humanidad degradada de la cual, para mi desgracia, había formado parte. En cambio, era como si Angela se hubiese convertido en otra: engañaba a Tonino y no nos ahorraba a Ida y a mí ni un solo detalle de las relaciones ocasionales que mantenía con compañeros del colegio e incluso con un profesor de más de cincuenta; tanto es así que hasta ella misma hacía muecas de repugnancia cuando hablaba de él.

Aquella repugnancia me afectaba, era genuina. Yo sabía lo que era y tenía ganas de decir: Te lo veo en la cara, hablemos de ello. Pero nunca lo hicimos; parecía que el sexo debía entusiasmarnos por fuerza. Yo misma no quería admitir, ante Angela y también ante Ida, que prefería meterme monja antes que volver a oler el tufo a letrina de Corrado. Por otra parte, no me hacía gracia que Angela interpretara mi escaso entusiasmo como un acto de devoción hacia Roberto. Además, admitámoslo, la verdad era ardua. La repugnancia tenía sus ambigüedades, difíciles de plasmar en palabras. Lo que me disgustaba de Corrado tal vez no me habría disgustado de haberse tratado de Roberto. De modo que me limitaba a identificar contradicciones. Decía:

—¿Por qué sigues saliendo con Tonino si haces esas cosas con otros?

—Porque Tonino es un buen muchacho y los otros son unos cerdos.

—¿Y las haces con unos cerdos?

—Sí.

—¿Por qué?

—Porque me gusta cómo me miran.

—Haz que Tonino te mire igual.

—Él no mira así.

—A lo mejor no es hombre —dijo una vez Ida.

—Al contrario, es muy hombre.

—¿Entonces?

—No es un cerdo, eso es todo.

—No me lo creo —dijo Ida—, no existen hombres que no sean cerdos.

—Existen —dije yo pensando en Roberto.

—Existen —dijo Angela citando con expresiones fantasiosas las erecciones de Tonino en cuanto la tocaba.

Fue entonces, creo, cuando ella hablaba divirtiéndose, cuando sentí la falta de una conversación seria sobre el tema, no con ellas, sino con Roberto y Giuliana. ¿Acaso Roberto iba a evitarla? No, estaba segura de que me contestaría y de que encontraría la manera de hacer también en ese caso unos razonamientos muy articulados. El problema era el riesgo de resultar inoportuna a ojos de Giuliana. ¿Por qué abordar ese tema en presencia de su novio? Al fin y al cabo, nos habíamos visto seis veces, sin contar el encuentro en la piazza Amedeo, y casi siempre poco rato. De modo que, objetivamente, no teníamos mucha confianza. Aunque él tendía siempre a ofrecer ejemplos muy concretos cuando hablaba de los grandes temas, yo no me habría animado a preguntar: ¿Por qué si rascas un poco, en casi todo encontramos el sexo, incluso en las cosas más elevadas?; ¿por qué para definir el sexo un solo adjetivo es insuficiente, hacen falta muchos —embarazoso, insulso, trágico, alegre, agradable, repugnante— y nunca uno a la vez, sino todos juntos?; ¿es posible que en un gran amor no haya sexo, es posible que las prácticas sexuales entre hombres y mujeres no echen a perder la necesidad de amar siendo amados?

Imaginaba estas y otras preguntas, con tono distante, tal vez algo solemne, sobre todo para evitar que tanto Giuliana como él pudieran pensar que quería entrometerme en su vida privada. Pero sabía que jamás las formularía. Insistí, en cambio, con Ida:

—¿Por qué crees que no existen hombres que no sean cerdos?

—No lo creo, lo sé.

—Entonces, ¿Mariano también es un cerdo?

—Claro, se acuesta con tu madre.

Me estremecí.

—Se ven de vez en cuando —dije, gélida—, pero como amigos.

—Yo también creo que son amigos —intervino Angela.

Ida negó enérgicamente con la cabeza, repitió con decisión: No son solo amigos.

—¡No pienso besar a ningún hombre, me dan asco! —exclamó.

—¿Ni siquiera a uno bueno y guapo como Tonino? —preguntó Angela.

—No, solo besaré a las mujeres. ¿Queréis oír un cuento que he escrito?

—No —dijo Angela.

Yo clavé la vista en los zapatos de Ida; eran verdes. Me acordé de que su padre me había mirado el escote.

6

Volvimos a hablar con frecuencia de la relación de Roberto y Giuliana, Angela le sonsacaba información a Tonino por el puro placer de contármela. Un día me llamó por teléfono porque se había enterado de la enésima pelea, esta vez entre Vittoria y Margherita. Habían discutido porque Margherita no compartía la idea de Vittoria de que Roberto tuviera que casarse enseguida con Giuliana e ir a vivir a Nápoles. Como de costumbre, mi tía montó un escándalo, como de costumbre, Margherita objetó con calma, y Giuliana guardó silencio como si la cosa no fuera con ella. Después, Giuliana se puso a gritar de repente, a romper platos, soperas, vasos, y ni siquiera Vittoria, que era muy fuerte, consiguió pararla. Chillaba: ¡Me voy enseguida, voy a vivir con él, no os aguanto más! Tonino y Corrado habían tenido que intervenir.

Aquel relato me desorientó.

—La culpa la tiene Vittoria, que siempre se mete donde no debe —dije.

—La culpa es de todos, parece que Giuliana es muy celosa. Tonino dice que él por Roberto pone la mano en el fuego, es una persona justa y fiel. Pero cada vez que Tonino la acompaña a Milán, ella monta numeritos porque no soporta; no sé, que una alumna se tome demasiadas confianzas, que una colega le haga demasiados ojitos, etcétera.

—No me lo creo.

—Haces mal. Giuliana parece tranquila, pero Tonino me ha dicho que tiene agotamiento nervioso.

—¿Y eso?

—Cuando se siente mal, no come, llora y chilla.

—¿Ahora cómo está?

—Bien. Esta noche viene al cine conmigo y con Tonino. ¿Quieres venir con nosotros?

—Si voy, yo estoy con Giuliana; no me dejes con Tonino.

Angela rio.

—Te estoy invitando a propósito para que me libres de Tonino, no puedo más.

Fui, pero el día no salió bien: primero la tarde, luego la noche fueron particularmente dolorosas. Nos encontramos los cuatro en la piazza del Plebiscito, enfrente del Gambrinus, y de ahí enfilamos por Toledo hacia el cine Modernissimo. No conseguí intercambiar ni una sola palabra con Giuliana, solo noté su mirada agitada, el blanco de los ojos inyectado en sangre y la pulsera en la muñeca. Angela la agarró enseguida del brazo, yo me quedé unos pasos por detrás con Tonino.

—¿Todo bien? —le pregunté.

—Bien.

—Sé que acompañas a menudo a tu hermana a casa de Roberto.

—No, a menudo no.

—Sabrás que nos hemos visto alguna vez.

—Sí, me lo ha dicho Giuliana.

—Hacen buena pareja.

—Es verdad.

—Me pareció entender que cuando se casen, se mudarán a Nápoles.

—Parece que no.

No conseguí sacarle nada más, era un muchacho amable y quería darme conversación, pero no sobre ese tema. Por eso, en un momento dado, dejé que me hablara de un amigo suyo de Venecia, tenía planeado reunirse con él para ver si podía trasladarse allí.

—¿Y Angela?

—Angela no está a gusto conmigo.

—No es cierto.

—Es así.

Llegamos al Modernissimo; no recuerdo ahora qué película daban, quizá me venga a la cabeza después. Tonino quiso pagarnos la entrada a todas y además compró caramelos, helados. Entramos picoteando, las luces de la sala seguían encendidas. Nos sentamos, primero Tonino, después Angela, después Giuliana, después yo. Al principio no hicimos demasiado caso a los tres chicos que estaban sentados detrás de nosotros, estudiantes parecidos a mis compañeros del colegio o los de Ange-

la, tendrían como mucho dieciséis años. Solo oíamos que se-
creteaban, reían, pero entretanto, nosotras, las chicas, dejamos
fuera a Tonino, nos pusimos a charlar sin prestar atención a nada
más.

Y justo porque no les hacíamos caso los tres empezaron a
alborotarse. Yo solo me fijé en ellos cuando oí al que quizá era
el más audaz decir en voz alta: Venid a sentaros con nosotros,
vais a ver lo que es una buena película. Angela se echó a reír, tal
vez por los nervios, y se volvió; ellos también rieron, el audaz
dijo más frases para invitarnos. Yo también me volví y cambié
de idea; no eran como nuestros compañeros de clase, me recor-
daron a Corrado y a Rosario, aunque algo mejorados por el
colegio. Miré a Giuliana; ella era mayor, me esperaba una sonrisita de lástima. La vi seria, rígida, vigilaba de reojo a Tonino,
que parecía sordo y seguía impasible, con la vista clavada en la
pantalla blanca.

Empezó la publicidad; el audaz acarició el pelo a Giuliana
susurrando: Qué bonito pelo tienes, y otro de sus compañeros
se puso a sacudir la butaca de Angela, que tiró del brazo a Tonino y le dijo: Me están molestando, haz que paren. Giuliana
murmuró: Déjalo estar, no sé si dirigiéndose a ella o directamente a su hermano. Lo cierto es que Angela la ignoró y le dijo
a Tonino, exasperada: No salgo más contigo, se acabó, estoy
hasta el gorro. El audaz exclamó enseguida: Muy bien, ya te lo
hemos dicho, ven con nosotros, que aquí hay sitio. En la sala
alguien soltó un «chisss», para pedir silencio. Tonino dijo sin
prisas, arrastrando las palabras: Sentémonos un poco más adelante, aquí no estamos bien. Se levantó, y su hermana lo imitó
con tanta rapidez que yo también me levanté enseguida. Angela siguió sentada un instante, luego se puso de pie y le dijo a Tonino: Eres ridículo.

Nos acomodamos unas filas más adelante en el mismo orden, Angela se puso a hablar al oído a Tonino; estaba enfadada, comprendí que aprovechaba la ocasión para cortar con él. El tiempo eterno dedicado a la publicidad llegó a su fin, las luces se encendieron de nuevo. Los tres chicos se divertían; oía sus carcajadas, me volví. Se pusieron de pie, saltaron ruidosamente por encima de una, dos, tres filas de butacas, y en un santiamén los tuvimos otra vez sentados detrás de nosotros. Su portavoz dijo: Os dejáis mandar por este mamón, pero nosotros estamos ofendidos; no podemos soportar que nos traten así, queremos ver la película con vosotras.

De ahí en adelante, todo fue cosa de unos segundos. Se apagaron las luces, la película comenzó estrepitosa. La voz del chico quedó ahogada por la música, acabamos todos convertidos en relámpagos luminosos. Angela dijo en voz alta a Tonino: ¿Has oído que te ha llamado mamón? Carcajadas de los chicos, chisss de los espectadores; en un arranque inesperado, Tonino se levantó, Giuliana dijo: No, Tonì. No sirvió de nada, de todos modos él le dio a Angela una bofetada tan violenta que su cabeza me rebotó contra el pómulo, noté dolor. Ellos callaron, desorientados; Tonino hizo una torsión como cuando una ráfaga de viento cierra de golpe una puerta abierta de par en par, de su boca salieron a ritmo sostenido unas obscenidades irreproducibles. Entretanto, Angela se echó a llorar; Giuliana me estrechó una mano, dijo: Tenemos que irnos, saquémoslo de aquí. Llevarse a la fuerza a su hermano, eso pretendía, como si la persona en peligro no fuera Angela o nosotras dos, sino él. Entretanto, recuperado del estupor, el portavoz de los chicos dijo: ¡Uy, qué miedo, mira cómo temblamos, payaso, solo sabes meterte con las mujeres, ven aquí! Fue como si Giuliana quisiera borrar aquella voz, gritó: ¡Tonì, que son unos críos! Pero los segundos corrían; con una mano, Tonino sujetó al muchacho de la cabeza —quizá de una oreja, no podría jurarlo—, lo agarró y lo atrajo hacia él como para arrancársela. Pero lo golpeó debajo de la mandíbula con la otra mano cerrada en un puño; el muchacho retrocedió de un brinco y volvió a sentarse en su sitio con la boca ensangrentada. Los otros dos querían ayudar a su amigo, pero cuando vieron que Tonino intentaba saltar por encima de los asientos, buscaron desordenadamente la salida. Giuliana se agarró a su hermano para impedir que los siguiera, se oía la música muy alta del comienzo de la película, los espectadores gritaban, Angela lloraba, el muchacho herido chillaba. Tonino rechazó a su hermana, volvió a tomarla con el chico que, acurrucado, lloraba, gemía y blasfemaba en su butaca. Tonino le soltó una serie de bofetadas y puñetazos mientras lo insultaba en un dialecto para mí incomprensible de tan veloz y cargado de furia, una palabra estallaba dentro de la siguiente. A esas alturas, en la sala todos gritaban, la gente pedía que encendieran las luces, que llamaran a la policía, y Giuliana y yo, y también Angela, nos colgamos de los brazos de Tonino chillando: ¡Vámonos, basta, vámonos! Finalmente conseguimos apartarlo y fuimos hacia la salida. ¡Vete, Tonì, vete, lárgate!, gritó Giuliana golpeándolo en la espalda, y él repitió dos veces en dialecto: No es posible que en esta ciudad uno no pueda ser una persona respetable y ver una película en paz. Se dirigió sobre todo a mí para comprobar si estaba de acuerdo. Asentí para calmarlo y él salió corriendo en dirección a la piazza Dante, guapo a pesar de los ojos desorbitados, de los labios azules.

7

Nosotras también nos alejamos a paso ligero en dirección a la basílica dello Spirito Santo, y solo aminoramos la marcha cuando nos sentimos protegidas por la multitud del mercado de la Pignasecca. Entonces me di cuenta del susto que me había llevado. Angela también estaba aterrorizada, y Giuliana, que parecía haber participado activamente en la pelea, estaba despeinada, llevaba el cuello de la chaqueta medio arrancado. Comprobé si la pulsera seguía en su muñeca; ahí estaba, pero no brillaba.

—Tengo que irme corriendo a casa —dijo Giuliana dirigiéndose a mí.

—Vete y llámame para decirme cómo está Tonino.

—¿Te has asustado?

—Sí.

—Lo siento, normalmente Tonino se contiene, pero a veces pierde el control y no ve lo que hace.

—Yo también me he asustado —intervino Angela con los ojos llenos de lágrimas.

Giuliana palideció de rabia.

—Cierra el pico, tú solo tienes que cerrar el pico y nada más —casi gritó.

Nunca la había visto tan enfurecida. Me besó en las mejillas y se marchó.

Angela y yo llegamos al funicular. Yo estaba confundida, me había quedado grabada la frase: A veces no ve lo que hace. Durante todo el trayecto escuché distraídamente las quejas de mi amiga. Angela estaba desesperada. He sido una estúpida, decía. Después se tocaba la mejilla hinchada y roja, le dolía el cuello, chillaba: ¡Cómo se ha atrevido, me ha dado una bofetada, a mí, a mí, que ni siquiera mis padres me han pegado nunca, no quiero verlo nunca más! Lloraba, luego volvía a empezar con otro dolor: Giuliana no se había despedido, solo se había despedido de mí. No es justo echarme a mí toda la culpa, murmuraba, yo qué sabía que Tonino era una bestia. Cuando la dejé delante de su casa, reconoció: De acuerdo, he estado mal, pero tanto Tonino como Giuliana son personas sin educación, nunca me la habría esperado, esa bofetada; podía haberme matado, podía haber matado también a esos chicos; me he equivocado al querer a un animal así. Yo farfullé: No es verdad, Tonino y Giuliana son muy educados, pero a veces puede ocurrir que de veras uno no vea lo que hace.

Subí hasta casa a paso lento. Aquella expresión, no ver lo que hace, no se me iba de la cabeza. Todo parece en orden, buenos días, hasta pronto, tome asiento, qué le apetece tomar, podría bajar un poco el volumen, gracias, de nada. Pero existe un velo negro que puede caer de un momento a otro. Es una ceguera repentina, ya no sabes mantener las distancias, vas a chocar. Superado cierto nivel, ¿les ocurría solo a algunas personas o a todas, que no veían lo que hacían? ¿Y éramos más auténticos cuando lo veíamos todo con nitidez o cuando los sentimientos más fuertes y sólidos —el odio, el amor— te cegaban? Cegado por Vittoria, ¿Enzo ya no vio lo que le hacía a Margherita? Cegado por Costanza, ¿mi padre ya no vio lo que le hacía a mi madre? Cegada por su insulto, ¿ya no vi lo que le hacía a Silvestro? ¿Roberto también era de los que podía no ver lo que hacía? ¿O acaso conseguía siempre, en toda circunstancia, ante el embate de cualquier impulso emocional, mantenerse claro y sereno?

El apartamento estaba a oscuras, muy silencioso. Mi madre debía de haberse decidido a salir la noche del sábado. Sonó el teléfono; contesté enseguida, segura de que era Giuliana. Era

Tonino; dijo tranquilo, con una calma que me gustó, porque ahora me parecía una sólida invención suya:

—Quería pedirte disculpas y despedirme.

—¿Adónde vas?

—A Venecia.

—¿Cuándo te marchas?

—Esta noche.

—¿A qué viene esa decisión?

—A que no quiero desperdiciar mi vida.

—¿Qué dice Giuliana?

—Nada, no lo sabe, no lo sabe nadie.

—¿Roberto tampoco?

—No; si se enterara de lo que he hecho esta tarde, dejaría de hablarme.

—Giuliana se lo contará.

—Yo no.

—¿Me mandas tu dirección?

—En cuanto la tenga, te escribo.

—¿Por qué me has llamado precisamente a mí?

—Porque eres de las que entienden.

Colgué, me sentí triste. Fui a la cocina, bebí un poco de agua, volví al pasillo. El día no había terminado. Se abrió la puerta del dormitorio que había sido de mis padres y de él salió mi madre. No llevaba su indumentaria habitual, sino que iba vestida como para las grandes ocasiones.

—¿No ibas al cine? —dijo con naturalidad.

—Al final no hemos ido.

—Nosotros vamos ahora. ¿Qué tiempo hace, tengo que ponerme el abrigo?

Por el mismo dormitorio, también vestido con esmero, asomó Mariano.

8

Esa fue la última etapa de la larga crisis de mi casa y, a la vez, un momento importante de la agotadora aproximación al mundo adulto. En el preciso instante en que tomé la decisión de mostrarme cordial y contestar a mi madre que hacía una noche templada, y aceptar de Mariano el beso de siempre en las mejillas, así como la ojeada habitual a mis pechos, supe que era imposible detener el crecimiento. Cuando cerraron la puerta del apartamento a sus espaldas, fui al cuarto de baño y tomé una larga ducha como para quitármelos de encima.

Mientras me secaba el pelo frente al espejo, me dio por reírme. Me habían engañado en todo, ni siquiera tenía el pelo bonito, se me pegaba al cráneo y no conseguía darle volumen ni esplendor. En cuanto a la cara, sí, no tenía armonía alguna, exactamente como la de Vittoria. Pero el error radicaba en hacer de ello una tragedia. Bastaba con mirar un solo instante a quien tuviese el privilegio de contar con una cara bonita para descubrir que ocultaba infiernos no distintos de los que dejaban traslucir las caras feas y toscas. El esplendor de un rostro, enriquecido entre otras cosas por la amabilidad, anidaba y prometía dolor mucho más que un rostro opaco.

Angela, por ejemplo, tras el episodio del cine y la desaparición de Tonino de su vida, se entristeció, se volvió malvada. Me hizo larguísimas llamadas telefónicas en las que me acusaba de no haberme puesto de su parte, de haber aceptado que un hombre la abofeteara, de haberle dado la razón a Giuliana. Traté de negarlo, fue inútil. Me dijo que le había referido aquel episodio a Costanza, incluso a mi padre; y Costanza le había dado la razón, pero Andrea había hecho algo más: cuando supo quién era el tal Tonino, de quién era hijo, dónde había nacido y se había criado, se enfadó mucho, y no tanto con ella como conmigo. Me contó que mi padre había dicho textualmente: Giovanna sabe muy bien qué tipo de gente es esa, tendría que haberte protegido. ¡Pero tú no me protegiste!, chilló, y yo imaginé que su cara dulce, armónica y seductora, allí, en la casa de Posillipo, con el auricular blanco en la oreja, se había vuelto en ese momento más fea que la mía. Le dije: Hazme el favor, de ahora en adelante déjame en paz; guárdate tus confidencias para Andrea y Costanza, ellos te entienden mejor que yo. Y colgué.

Poco después estreché mi relación con Giuliana. Angela intentó reconciliarse en varias ocasiones, me decía: Salgamos juntas. Le contestaba siempre, aunque no fuera verdad: He quedado, me veo con Giuliana, y le daba a entender o le decía abiertamente: No puedes venir conmigo, ella no te soporta.

Reduje al mínimo la relación con mi madre, me limité a frases secas del tipo: Hoy no estaré, me voy al Pascone, y cuando me preguntaba por qué, le contestaba: Porque me apetece. Seguramente me comportaba de ese modo para sentirme libre de todos los vínculos antiguos, para dejar claro que ya no me importaban el juicio de parientes y amigos, sus valores, el hecho de que me quisieran coherente con aquello que imaginaban ser.

9

Es indudable que me vinculé cada vez más a Giuliana para cultivar la amistad con Roberto, no quiero negarlo. Pero también me pareció que Giuliana me necesitaba de veras ahora que Tonino se había marchado sin dar explicaciones dejándola sola para enfrentarse a Vittoria y su prepotencia. Una tarde me telefoneó muy inquieta para decirme que su madre, empujada por mi tía, naturalmente, quería que le dijera a Roberto: O te casas conmigo enseguida y vivimos en Nápoles o rompemos el compromiso.

—Pero no puedo —se desesperó—, él está muy cansado, está haciendo un trabajo importante para su carrera. Sería una locura por mi parte que le dijera: Cásate conmigo ahora mismo. Además, yo me quiero ir de esta ciudad para siempre.

Estaba harta de todo. Le aconsejé que les dejara claro a Margherita y a Vittoria los problemas de Roberto; después de muchas vacilaciones, lo hizo, pero las dos mujeres no se convencieron y se dedicaron a carcomerle el cerebro con mil insinuaciones. Son personas ignorantes, se desesperó, y quieren convencerme de que si Roberto pone en primer lugar sus problemas de profesor y en segundo lugar la boda, significa que no me quiere lo suficiente y solo me está haciendo perder el tiempo.

Aquel martilleo no pasó sin efectos, no tardé en darme cuenta de que a veces Giuliana también dudaba de Roberto. En general reaccionaba con rabia y la tomaba con Vittoria, que metía feas ideas en la cabeza a Margherita; sin embargo, a fuerza de machacar, las feas ideas estaban abriéndose paso también en ella y la entristecían.

—¿Ves dónde vivo? —me dijo una tarde que había ido a su casa, y salimos a dar un paseo por las sórdidas calles de su barrio—. Roberto, en cambio, vive en Milán, siempre está ocupado, se reúne con muchas personas inteligentes y a veces tiene tanto trabajo que ni siquiera lo localizo por teléfono.

—Su vida es así.

—Yo debería ser su vida.

—No lo sé.

Se puso nerviosa.

—¿No? ¿Cuál sería entonces su vida, estudiar, charlar con sus colegas y sus alumnas? A lo mejor Vittoria tiene razón: o se casa conmigo o se acabó.

Las cosas se complicaron aún más cuando Roberto le comunicó que debía irse diez días a Londres por trabajo. Giuliana se inquietó más que de costumbre, y poco a poco quedó claro que el problema no radicaba tanto en la estancia en el extranjero —supe que había ocurrido otras veces, aunque por dos o tres días— como en el hecho de que no viajaría solo. Entonces yo también me alarmé.

—¿Con quién va?

—Con Michela y otros dos profesores.

—¿Quién es Michela?

—Una que no se separa nunca de él.

—Ve tú también.

—¿Adónde, Giannì? ¿Adónde? No pienses en cómo te criaron a ti, piensa en cómo me criaron a mí, piensa en Vittoria, piensa en mi madre, piensa en este sitio de mierda. Para ti todo es fácil, para mí no.

Me pareció injusta: si yo me esforzaba por entender sus problemas, ella no tenía ni idea de los míos. Pero hice como si nada, dejé que se desahogara, me dediqué a tranquilizarla. En el centro de mis argumentaciones estaba siempre lo excepcional de su novio. Roberto no era una persona cualquiera, sino un hombre de gran fuerza espiritual, cultísimo, fiel. Aunque la tal Michela le hubiese echado el ojo, él no habría cedido. Te quiere, dije, y se comportará de un modo decente.

Estalló en carcajadas, se volvió brusca. El cambio fue tan imprevisto que me vinieron a la cabeza Tonino y el episodio del cine. Clavó sus ojos ansiosos en los míos, de pronto dejó de hablar en su italiano semidialectal, pasó al dialecto.

—¿Cómo sabes que me quiere?

—No soy la única que lo sabe, lo saben todos, seguramente también esa tal Michela.

—Los hombres, te quieran o no, basta con que los toques y ya quieren follar.

—Eso te lo ha dicho Vittoria, pero es una tontería.

—Vittoria dice cosas feas, pero no tonterías.

—De todos modos, debes fiarte de Roberto; si no, te sientes mal.

—Ya me siento muy mal, Giannì.

A esas alturas intuí que Giuliana no achacaba a Michela solo el afán por acostarse con Roberto, sino también el proyecto de quitárselo y casarse con él. Me vino a la cabeza que Roberto, enfrascado en sus estudios, probablemente no sospechara siquiera que Giuliana pudiera tener esas angustias. Y pensé que quizá hubiera bastado con decirle: Giuliana tiene miedo de perderte, está muy inquieta, tranquilízala. De todos modos, esa fue la razón que me di cuando le pedí el número de teléfono de su novio.

—Si quieres —dejé caer—, hablo con él y trato de enterarme de cómo están las cosas con la tal Michela.

—¿Lo harías?

—Claro.

—Pero que no vaya a pensar que llamas de mi parte.

—Por descontado.

—Y tienes que contarme todo lo que le digas y todo lo que te diga él.

—Claro.

10

Copié el número en mi cuaderno de apuntes, lo enmarqué en un rectángulo con lápiz de pastel rojo. Una tarde, muy emocionada, aprovechando que mi madre no estaba en casa, lo llamé por teléfono. Roberto me pareció sorprendido, incluso alarmado. Debió de pensar que le había pasado algo a Giuliana, fue su primera pregunta. Le dije que se encontraba bien; pronuncié alguna frase confusa y después, descartando de pronto todos los preámbulos que había inventado para dar dignidad a la llamada, dije con tono casi amenazante:

—Si has prometido casarte con Giuliana y no lo haces, eres un irresponsable.

Calló un momento, después lo oí reírse.

—Siempre cumplo mis promesas. ¿Te ha dicho tu tía que llamaras?

—No, hago lo que me apetece.

Iniciamos entonces una conversación que me turbó mucho por su disposición a hablar conmigo de temas personales. Dijo que amaba a Giuliana, que lo único que podía impedir que se casara con ella era que dejara de quererlo. Le aseguré que Giuliana lo quería por encima de todo, pero añadí que estaba insegura, temía perderlo, temía que se enamorase de otra. Contestó que lo sabía y que hacía lo imposible por tranquilizarla. Te creo, dije, pero ahora te vas al extranjero, podrías conocer a otra chica; si descubres que Giuliana no entiende nada de ti y de tu trabajo, mientras que la otra sí, ¿qué haces? Me dio una respuesta larga. Comenzó por Nápoles, el Pascone, su infancia en esos lugares. Habló de ellos como de sitios maravillosos, sin embargo, muy distintos a como los veía yo. Dijo que allí había contraído una deuda y que debía saldarla. Intentó explicarme que su amor por Giuliana, nacido en aquellas calles, era como un memorial, el recuerdo constante de esa deuda. Cuando le pregunté qué entendía él por deuda, me explicó que le debía un resarcimiento ideal al lugar donde había nacido y que una vida no alcanzaría para equilibrar la balanza. Entonces repliqué: ¿Quieres casarte con ella como si te casaras con el Pascone? Noté su incomodidad, dijo que me estaba agradecido porque lo obligaba a reflexionar; con cierta dificultad recalcó: Quiero casarme con ella porque es la encarnación de mi propia deuda. Mantuvo hasta el final un tono bajo, pronunciando a veces frases solemnes como «No nos salvamos solos». Por las construcciones elementales que empleaba, a veces tuve la sensación de estar hablando con uno de mis compañeros de clase; por un lado, esto me hizo sentir cómoda, pero por el otro me afligió. Hubo momentos en que sospeché que imitaba conmigo los modos adecuados a lo que yo era, una adolescente, y por un instante pensé que quizá con la tal Michela habría hablado con mayor riqueza y complejidad. Por otra parte, ¿qué pretendía yo? Le di las gracias por la conversación, él me agradeció a su vez haberle permitido hablar de Giuliana y la amistad que demostraba a los dos.

—Tonino se ha marchado, ella sufre mucho, está sola —dije sin reflexionar.

—Lo sé, trataré de remediarlo. Me ha gustado charlar contigo.

—A mí también.

11

Le referí a Giuliana cada palabra; ella recuperó un poco de color, le hacía falta. No me pareció notar ningún empeoramiento cuando Roberto se fue a Londres. Me contó que la llamaba por teléfono, que le había escrito una bonita carta; nunca mencionó a Michela. Se alegró cuando le comunicó que acababa de publicarse un nuevo artículo suyo en una revista importante. Me pareció orgullosa de él, se sentía feliz como si ella hubiese escrito el artículo. Pero entre risas lamentó que solo podía presumir conmigo: Vittoria, su madre, Corrado no podían apreciarlo; y Tonino, el único que lo habría entendido, estaba lejos, trabajaba de camarero, a saber si seguía estudiando.

—¿Me dejas leerlo? —pregunté.

—No tengo la revista.

—Pero ¿tú lo has leído?

Comprendió que yo daba por sentado que él le pasaba cuanto escribía para que lo leyera, y era porque mi padre lo hacía con mi madre; en ocasiones, cuando le hacía especial ilusión, me había impuesto incluso a mí la lectura de algunas de sus páginas. Giuliana se entristeció; vi en su mirada que le habría gustado contestarme que sí, que los había leído, llegó incluso a asentir de forma automática. Pero después bajó la vista, la levantó con rabia y dijo:

—No, no los he leído y no los quiero leer.

—¿Por qué?

—Por miedo a no entenderlos.

—Tal vez deberías leerlos de todos modos, seguro que a él le gustaría.

—Si le gustara, me los habría dado. Pero no lo ha hecho, de manera que está seguro de que no soy capaz de entenderlos.

Recuerdo que paseábamos por via Toledo, hacía calor. Los colegios estaban cerrados, faltaba poco para las notas de fin de curso. En las calles se aglomeraban chicos y chicas; era agradable no tener deberes, estar al aire libre. Giuliana los miraba como si no entendiera el motivo de tanta animación. Se pasó los de-

dos por la frente, noté que se estaba deprimiendo, me apresuré
a decir:

—Es porque vivís separados, pero cuando os caséis, verás
que te lo pasará todo para que lo leas.

—A Michela ya le pasa todo para que lo lea.

La noticia me dolió a mí también, pero no me dio tiempo a
reaccionar. Al final de aquella frase una poderosa voz masculina
nos llamó, primero oí el nombre de Giuliana y enseguida el
mío. Nos dimos media vuelta a la vez y al otro lado de la calle
vimos a Rosario en la puerta de un bar. Giuliana puso cara de
fastidio, dio un manotazo al aire, quería seguir andando como
si no lo hubiese oído. Pero yo ya había saludado con la mano y
él cruzaba la calle para alcanzarnos.

—¿Conoces al hijo del abogado Sargente? —preguntó Giuliana.

—Me lo presentó Corrado.

—Corrado es un cretino.

Entretanto, Rosario cruzaba la calle, naturalmente, riendo;
parecía muy feliz de haberse topado con nosotras.

—Es una señal del destino —dijo—, si os he encontrado
tan lejos del Pascone. Acompañadme, os invito a tomar algo.

—Tenemos prisa —contestó Giuliana, inflexible.

Él puso cara de preocupación exagerada.

—¿Qué pasa, hoy no te encuentras bien, estás nerviosa?

—Estoy la mar de bien.

—¿Tu novio es celoso? ¿Te ha dicho que no debes hablar conmigo?

—Mi novio ni siquiera sabe que existes.

—Pero tú sí, ¿no es cierto? Lo sabes y piensas siempre en
mí, pero no se lo cuentas a tu novio. Aunque deberías contárselo, deberías contárselo todo. Entre novios no tiene que haber

secretos; si no, la relación no funciona y se sufre. Yo noto que sufres, te miro y pienso: Qué consumida está, qué pena. Con lo rellenita y suave que eras, te estás convirtiendo en un palo de escoba.

—Como tú eres tan guapo...

—Más que tu novio, seguro. Ven, Giannì, ¿te apetece una *sfogliatella*?

—Es tarde, tenemos que irnos.

—Os acerco en el coche. Primero llevamos a Giuliana al Pascone y después subimos al Rione Alto.

Nos llevó al bar, pero una vez en la barra no le hizo ni caso a Giuliana, que se quedó en un rincón, cerca de la puerta, con la vista clavada en la calle y los viandantes. Mientras me comía la *sfogliatella* no paró de hablarme y se acercaba tanto a mí que, de vez en cuando, tenía que apartarme un poco. Me soltaba al oído unos cumplidos subidos de tono, y en voz alta elogiaba, yo qué sé, mis ojos, mi pelo. Llegó a preguntarme en un susurro si todavía era virgen, yo me reí nerviosa, dije que sí.

—Me voy —rezongó Giuliana y salió del bar.

Rosario mencionó su casa de via Manzoni, el número, la planta, dijo que desde ahí se veía el mar. Por último murmuró:

—Te espero siempre, ¿quieres venir?

—¿Ahora? —pregunté fingiéndome divertida.

—Cuando quieras.

—Ahora no —dije seria, le di las gracias por la *sfogliatella* y me reuní con Giuliana en la calle.

—¡No le des confianzas al cabronazo ese! —exclamó ella enfadada.

—No se las he dado, es él quien se las ha tomado.

—Si tu tía os ve juntos, os mata a los dos.

—Lo sé.

—¿Te ha hablado de via Manzoni?

—Sí, ¿qué sabes?

Giuliana negó con fuerza la cabeza, como si con ese gesto de negación quisiese alejar también las imágenes que le venían a la cabeza.

—Estuve allí.

—¿Con Rosario?

—¿Con quién, si no?

—¿Ahora?

—¡Qué dices! Era más joven que tú.

—¿Por qué?

—Porque entonces era más tonta que hoy.

Me habría gustado que me lo contara, pero dijo que no había nada que contar. Rosario no era nadie, pero gracias a su padre —La Nápoles fea, Giannì, la Italia más fea aún que nadie cambia, mucho menos Roberto con las palabras bonitas que dice y escribe— se consideraba importante. Era tan grande su estupidez que se pensaba que como alguna vez habían salido juntos, eso le daba derecho a recordárselo a la menor ocasión. Las lágrimas brillaron en sus ojos.

—Tengo que marcharme del Pascone, Giannì, tengo que marcharme de Nápoles. Vittoria quiere tenerme aquí, a ella le gusta estar siempre en guerra. Y en el fondo, Roberto ve las cosas como ella, te habrá contado lo de la deuda. Pero ¿qué deuda? Yo quiero casarme y vivir en paz, en Milán, en una casa bonita que sea mía.

La miré, perpleja.

—¿Aunque para él sea importante regresar aquí?

Negó con la cabeza enérgicamente, se echó a llorar, nos detuvimos en la piazza Dante.

—¿Por qué te pones así? —dije.

Se secó los ojos con la yema de los dedos, murmuró:

—¿Me acompañarías a casa de Roberto?

Contesté enseguida:

—Sí.

12

Margherita me citó el domingo por la mañana, pero no fui directamente a su casa, antes pasé por la de Vittoria. Tenía la certeza de que ella estaba detrás de la decisión de pedirme que acompañase a Giuliana a casa de Roberto e intuí que el encargo se anularía si no demostraba una subordinación afectuosa. En toda aquella época, cuando iba a visitar a Giuliana, apenas veía a mi tía y, como de costumbre, se mostraba ambivalente. Con el tiempo me convencí de que las veces en que se reconocía en mí, se dejaba llevar por el afecto; si identificaba algo de mi padre, sospechaba que yo podía hacerles a ella y a sus seres queridos lo que en otros tiempos le había hecho su hermano. Por otra parte, yo no me quedaba atrás. La encontraba extraordinaria cuando imaginaba que me convertiría en una adulta combativa, y repugnante cuando reconocía en ella rasgos de mi padre. Esa mañana de pronto me vino a la cabeza algo que me pareció insoportable y divertido a la vez: ni Vittoria, ni mi padre, ni yo podíamos cortar de veras nuestras raíces comunes, por ello siempre terminábamos amándonos y odiándonos, según los casos, a nosotros mismos.

Aquel día hubo suerte, Vittoria se alegró mucho de verme. Me dejé abrazar y besar con la intensidad pegajosa de siempre. Te quiero mucho, dijo, y salimos deprisa hacia casa de Margherita. Durante el trayecto me reveló lo que ya sabía pero fingí ignorar; es decir, que las raras veces en que habían permitido a

Giuliana verse con Roberto en Milán, Tonino siempre la había acompañado. Pero ahora el muchacho había querido marcharse a Venecia abandonando a su familia —los ojos de Vittoria se llenaron de lágrimas con una mezcla de dolor y rabia—, y como con Corrado no se podía contar para nada, se le había ocurrido pensar en mí.

—Voy con mucho gusto —dije.

—Pero tienes que hacerlo bien.

Decidí pelear un poco; cuando estaba de buen humor, a ella le gustaba.

—¿En qué sentido? —pregunté.

—Giannì, Margherita es tímida, pero yo no, por eso te lo digo con todas las letras: tienes que asegurarme que Giuliana estará siempre contigo, día y noche. ¿Entiendes lo que te quiero decir?

—Sí.

—Así me gusta. Que no se te olvide, los hombres solo quieren una cosa. Pero Giuliana no tiene que darle esa cosa antes de casarse, porque si no, él ya no se casará con ella.

—Yo creo que Roberto no es de ese tipo de hombre.

—Todos los hombres son de ese tipo.

—No estoy segura.

—Cuando digo todos, Giannì, son todos.

—¿Enzo también?

—Enzo más que ninguno.

—¿Y por qué le diste esa cosa?

Vittoria me miró con un estupor satisfecho. Estalló en carcajadas, me agarró de los hombros apretándome con fuerza, me besó en la mejilla.

—Eres como yo, Giannì, incluso peor, por eso me gustas. Se la di porque estaba casado, tenía tres hijos y porque, de no habérsela dado, habría tenido que renunciar a él. Pero no podía, lo quería demasiado.

Fingí conformarme con aquella respuesta, aunque me habría gustado demostrarle que era una persona retorcida, que eso que importa a los hombres no se concede sobre la base de valoraciones oportunistas, que Giuliana era mayor y podía hacer lo que le diera la gana; en fin, que ella y Margherita no tenían ningún derecho a tener bajo vigilancia a una chica de veinte años. Pero me callé porque mi único deseo era viajar a Milán y encontrarme con Roberto, ver con mis propios ojos dónde y cómo vivía. Además, sabía que con Vittoria no debía tensar demasiado la cuerda; aunque ahora la había hecho reír, al menor patinazo habría sido capaz de echarme. Por ello elegí el camino de la condescendencia y llegamos a casa de Margherita.

Allí aseguré a la madre de Giuliana que vigilaría bien de cerca a los novios, y mientras yo hablaba en un buen italiano para darme importancia, Vittoria susurró varias veces a su ahijada: ¿Has entendido? Giannina y tú debéis estar siempre juntas; sobre todo, dormir juntas; Giuliana asintió distraídamente; el único que me fastidió con sus miradas burlonas fue Corrado. Me propuso varias veces acompañarme a la parada del autobús, y cuando quedaron establecidos todos los acuerdos con Vittoria —había que regresar sin falta el domingo por la noche, Roberto debía pagar los billetes de tren—, me marché y él vino conmigo. En la calle y en la parada, mientras esperábamos el autobús, no hizo más que tomarme el pelo, decir frases ofensivas como si bromeara. Sobre todo, me pidió abiertamente que le hiciera otra vez las cosas que le había hecho en el pasado.

—Una mamada —me pidió en dialecto—, y ya está, aquí cerca hay un viejo edificio abandonado.

—No, me das asco.

—Si llego a enterarme de que se la hiciste a Rosario, se lo cuento a Vittoria.

—Me importa una mierda —contesté en un dialecto tan mal pronunciado que se partió de risa.

Al oírme, yo también me eché a reír. Tampoco quise pelearme con Corrado, estaba demasiado contenta de poder irme. En el trayecto de vuelta a casa me concentré en la mentira que le contaría a mi madre para justificar mi viaje a Milán. No tardé en convencerme de que ni siquiera le debía el esfuerzo de mentirle, y mientras cenábamos, con el tono de quien considera el asunto como algo indiscutible, le comuniqué que Giuliana, la ahijada de Vittoria, iba a ver a su novio a Milán y que yo me había comprometido a acompañarla.

—¿Este fin de semana?

—Sí.

—Pero el sábado es tu cumpleaños, he organizado una fiesta, vendrá tu padre, vendrán Angela e Ida.

Por un instante noté un vacío en el pecho. Cuánta ilusión me hacía mi cumpleaños cuando era niña...; sin embargo, esta vez se me había olvidado por completo. Tuve la impresión de estar cometiendo una injusticia, antes que con mi madre, conmigo misma. No lograba valorarme, me estaba transformando en una figurita de fondo, en una sombra al lado de Giuliana, en la acompañante feúcha de la princesa que va a casa del príncipe. ¿Por ese papel estaba dispuesta a renunciar a una larga y agradable tradición familiar, a soplar las velitas, a los regalitos sorprendentes? Sí, reconocí, y propuse a Nella:

—Celebrémoslo a mi vuelta.

—Me estás dando un disgusto.

—Mamá, no hagas una tragedia por nada.

—Tu padre también lo sentirá mucho.

—Ya verás que se pondrá contento; el novio de Giuliana es muy buena persona, papá lo aprecia.

Hizo una mueca de insatisfacción, como si él fuese responsable de mi escasa afectividad.

—¿Aprobarás el curso?

—Mamá, eso es cosa mía, no te metas.

—Para ti ya no contamos nada —masculló.

Le contesté que no era cierto, y mientras tanto pensé: Roberto cuenta mucho más.

13

El viernes por la noche comenzó una de las empresas más insensatas de mi adolescencia.

El viaje nocturno a Milán resultó una pesadez. Intenté entablar conversación con Giuliana, pero, sobre todo a partir del momento en que le dije que al día siguiente cumpliría dieciséis años, se acentuó la incomodidad que había mostrado desde su llegada a la estación con una enorme maleta roja y un bolso de viaje lleno a reventar y constatar que yo llevaba una maletita con lo justo. Siento haberte obligado a venir conmigo —dijo—, arruinándote la fiesta; tras ese breve intercambio, nada más, no conseguimos acertar ni con el tono adecuado ni con esa pizca de comodidad que daba paso a las confidencias. En un momento dado anuncié que tenía hambre y quería explorar el tren para ver si encontraba algo de comer. Con desgana, Giuliana sacó del bolso de viaje unas cosas ricas preparadas por su madre; ella tomó apenas un bocado de tortilla de pasta, yo me lo zampé todo. El compartimento estaba repleto; un tanto incómodas, nos acostamos en las literas. Ella parecía atontada por la angustia, la oí dar mil vueltas, en ningún momento fue al lavabo.

Al menos una hora antes de llegar a destino, se encerró en él un buen rato y regresó peinada, con un maquillaje ligero, hasta se había cambiado de ropa. Nos quedamos en el pasillo, fuera asomaba un día pálido. Me preguntó si veía algo en ella que pudiera considerarse excesivo o fuera de sitio. La tranquilicé, y entonces pareció soltarse un poco, me habló con afectuosa franqueza.

—Te envidio —dijo.

—¿Por qué?

—No te arreglas, te sientes bien así, como estás.

—No es cierto.

—Es cierto. Llevas dentro algo que es solo tuyo y te basta.

—No tengo nada, tú sí que lo tienes todo.

Negó con la cabeza.

—Roberto siempre dice que eres muy inteligente, que tienes una gran sensibilidad —murmuró.

Me ardía la cara.

—Se equivoca.

—Es la pura verdad. Cuando Vittoria no quería dejar que viajara, fue él quien me sugirió que te pidiera que me acompañases.

—Creía que lo había decidido mi tía.

Sonrió. Claro que lo había decidido ella, no hacía nada sin el consentimiento de Vittoria. Pero había sido idea de Roberto; sin mencionar a su novio, Giuliana había hablado con su madre y Margherita lo había consultado con Vittoria. Me sentí embargada por la emoción —de modo que él había querido que yo fuese a Milán—, y a Giuliana, que ahora estaba dicharachera, le contesté con monosílabos; no conseguía tranquilizarme. Iba a verlo al cabo de poco, pasaría todo el día con él, comería, cenaría, dormiría en su casa. Poco a poco me fui calmando.

—¿Sabes cómo ir a casa de Roberto? —dije.

—Sí, pero él viene a recogernos.

Giuliana se miró otra vez la cara; luego sacó una bolsita de piel, la sacudió y sobre la palma de su mano se deslizó la pulsera de mi tía.

—¿Me la pongo? —preguntó.

—¿Por qué no?

—Siempre ando preocupada. Vittoria se enfada si no la llevo puesta. Pero después, como tiene miedo de que la pierda, me acosa y me entra el miedo.

—Pues ten cuidado. ¿Te gusta?

—No.

—¿Por qué?

Hizo una pausa larga e incómoda.

—¿No lo sabes?

—No.

—¿Tampoco te lo ha contado Tonino?

—No.

—Mi padre se la robó a mi abuela, la madre de mi madre, que por entonces ya estaba muy enferma, para regalársela a la madre de Vittoria.

—¿Se la robó? ¿Tu padre, Enzo?

—Sí, se la quitó a escondidas.

—¿Y Vittoria lo sabe?

—Claro que lo sabe.

—¿Y tu madre?

—Me lo contó ella.

Me vino a la cabeza la foto de Enzo en la cocina, con su uniforme de policía. Armado con pistola, incluso después de muerto vigilaba a las dos mujeres. Mantenía unidas a su esposa y a su amante en el culto a su imagen. Qué poder tienen los hombres, incluso los más mezquinos, incluso sobre mujeres valerosas y violentas como mi tía.

—Tu padre le robó la pulsera a su suegra moribunda —dije sin poder reprimir el sarcasmo— para regalársela a la madre sana de su amante.

—Tal cual, así fue. En mi casa nunca hubo dinero, y él era un hombre al que le gustaba causar buena impresión en quienes no conocía bien y no dudaba en hacer daño a aquellos cuyo afecto se había ganado. Mi madre sufrió mucho por su culpa.

—Vittoria también —dije sin pensar.

Nada más pronunciar aquellas dos palabras, sentí toda la verdad, todo su peso, y me pareció entender por qué Vittoria tenía esa actitud ambigua ante la pulsera. Formalmente la quería, pero en definitiva tendía a deshacerse de ella. Formalmente era de su madre, pero en definitiva no lo era. Formalmente debía ser un regalo para vete a saber qué celebración de la nueva suegra, pero en definitiva Enzo se la había robado a la vieja moribunda. En resumidas cuentas, la joya era la prueba de que mi padre no andaba del todo desacertado sobre el amante de su hermana. Y, más en general, demostraba que el idilio incomparable descrito por mi tía debió de haber sido cualquier cosa menos un idilio.

—Vittoria no sufre, Giannì, Vittoria hace sufrir —dijo Giuliana con desprecio—. Para mí esta pulsera es un signo permanente de tiempos feos y dolorosos. Me pone nerviosa, trae mala suerte.

—Los objetos no tienen culpas, a mí me gusta.

Giuliana adoptó una expresión de irónico desaliento.

—Lo habría jurado, a Roberto también le gusta.

La ayudé a ponérsela; el tren estaba entrando en la estación.

14

Vi a Roberto incluso antes que Giuliana; estaba en el andén, en medio de la multitud. Levanté la mano para que nos distinguiera entre el trasiego de viajeros y enseguida levantó la suya. Giuliana apuró el paso arrastrando la maleta, Roberto fue hacia ella. Se abrazaron como si quisieran triturarse y mezclar los fragmentos de sus cuerpos, pero se dieron apenas un beso leve en los labios. Luego él tomó mi mano entre las suyas y me dio las gracias por haber acompañado a Giuliana: Sin ti, dijo, vete a saber cuándo nos habríamos podido ver. Se ocupó de la maleta y el bolso de su novia, yo los seguí a unos pasos de distancia con mi equipaje insignificante.

Es una persona normal, pensé, o quizá entre sus muchas cualidades esté precisamente la de saber ser normal. En el bar de la piazza Amedeo, y después, las otras veces que lo había visto, tuve la impresión de encontrarme ante un profesor de cierta trascendencia del que no sabía bien a qué se dedicaba, pero estaba segura de que a materias complejas. Ahora veía su costado pegado al de Giuliana, su continuo inclinarse para besarla, y era un novio común y corriente de veinticinco años como tantos otros que se veían por la calle, en el cine, en la televisión.

Antes de bajar una amplia escalinata amarillenta quiso cargar también con mi maletita, pero yo me negué con decisión y entonces siguió ocupándose afectuosamente de Giuliana. Yo no sabía nada de Milán; viajamos en metro unos veinte minutos y para llegar a su casa tardamos un cuarto de hora más andando. Subimos a la quinta planta por unas escaleras de piedra oscura viejas y empinadas. Me sentí orgullosamente silenciosa, sola con mi equipaje, mientras Giuliana iba libre de cargas, muy parlanchina y al fin feliz en cada uno de sus movimientos.

Llegamos a una galería en la que había tres puertas. Roberto abrió la primera y nos hizo pasar a un apartamento que enseguida me gustó, pese al ligero olor a gas. A diferencia del de San Giacomo dei Capri, pulcro y encadenado al orden de mi madre, había allí una impresión de limpieza desordenada. Recorrimos un pasillo con pilas de libros en el suelo y entramos en una habitación amplia, con unos cuantos muebles viejos, un escritorio cubierto de carpetas, una mesa, un sofá rojo descolorido, en las paredes estantes repletos de libros, un televisor encima de un cubo de plástico.

Roberto se disculpó dirigiéndose sobre todo a mí; dijo que por más que la portera pusiera orden a diario, la casa era estructuralmente poco acogedora. Intenté hacer algún comentario irónico; quería seguir usando el tono descarado que, estaba segura ya, le gustaba. Pero Giuliana no me dejó hablar, dijo: Déjate de portera, me ocupo yo, ya verás qué acogedor quedará, y le echó los brazos al cuello, se pegó a él con la misma energía que había puesto en el encuentro en la estación, esta vez le dio un largo beso. Yo desvié enseguida la vista, como buscando un sitio donde dejar la maleta; un minuto después ella se puso a darme instrucciones precisas con aire de dueña de la casa.

Conocía bien el apartamento, me llevó a una cocina de colores desvaídos que la luz eléctrica de bajo voltaje volvía más desvaídos aún mientras comprobaba si había de esto, si había de lo otro, y criticaba a la portera por algunos descuidos que trató de remediar a toda prisa. Entretanto en ningún momento dejó de dirigirse a Roberto; hablaba y hablaba preguntándole por personas a las que llamaba por el nombre —Gigi, Sandro,

Nina—, cada una de las cuales guardaba relación con algún problema de la vida universitaria y del cual, al parecer, ella estaba informada. En un par de ocasiones, Roberto dijo: A lo mejor Giovanna se está aburriendo, yo exclamé que no, y ella siguió hablándole con desenvoltura.

Era una Giuliana distinta de la que hasta ese momento había creído conocer. Hablaba con decisión, a veces incluso de un modo perentorio, y por cuanto decía —o por aquello a lo que hacía referencia— quedaba claro que él no solo la informaba con detalle sobre su vida, sobre sus problemas en el trabajo y en los estudios, sino que también le atribuía la capacidad de seguirle el ritmo, sostenerlo y guiarlo, como si de veras dispusiese de la sabiduría y los conocimientos necesarios para ello. En pocas palabras, Roberto le daba crédito y ese crédito —me pareció entender— era de lo que Giuliana, con sorpresa y audacia, sacaba fuerzas para interpretar aquel papel. Luego, en un par de ocasiones, con amabilidad, con afecto, él le objetó algo, le dijo: No, no es exactamente así. Entonces Giuliana se interrumpió, se puso colorada, adoptó un tono agresivo, cambió rápidamente de opinión tratando de demostrarle que pensaba como él. En esos momentos la reconocí, noté el sufrimiento de esos bloqueos, pensé que si de golpe Roberto le hubiese dado a entender que soltaba una tontería tras otra, que su voz era para él como un clavo que rasca una chapa, ella habría caído muerta allí mismo.

Naturalmente, no fui la única en darse cuenta de la fragilidad de aquella farsa. Al producirse esas pequeñas fisuras, Roberto la atraía enseguida hacia él, le hablaba con dulzura, la besaba, y yo me dedicaba otra vez a algo que los borrase momentáneamente. Para mí que fue esa incomodidad lo que lo hizo exclamar: ¡Apuesto a que tenéis hambre! Bajemos al bar, tienen unas pastas riquísimas. Diez minutos después, yo devoraba dulces, tomaba café, empezaba a sentir curiosidad por la ciudad desconocida. Lo comenté, y Roberto quiso llevarnos a dar una vuelta por el centro. Lo sabía todo de Milán y se empeñó en enseñarnos los monumentos esenciales, en contarnos con cierta pedantería su historia. Vagamos de una iglesia a un patio, a una plaza, a un museo, sin cesar, como si fuera nuestra última oportunidad de ver la ciudad antes de su destrucción. Pese a que no paraba de decir que en el tren apenas había pegado ojo y estaba cansada, Giuliana se mostró muy interesada, y dudo que fingiera. Tenía un afán real por aprender sumado a una especie de sentido del deber, como si su papel de novia de un joven profesor la obligara a una mirada siempre atenta, a un oído siempre receptivo. Yo, en cambio, estaba indecisa. Ese día descubrí el placer de convertir un lugar desconocido en uno muy conocido uniendo el nombre y la historia de tal calle al nombre y la historia de tal plaza, de tal edificio. Pero al mismo tiempo me retraía con fastidio. Reflexioné sobre los paseos instructivos por Nápoles, guiada por mi padre, en su permanente exhibición de conocimientos y en mi papel de hija y niña embelesada. Me pregunté: ¿No será Roberto nada menos que mi padre de joven, es decir, una trampa? Lo observé mientras nos tomábamos un bocadillo y una cerveza y él bromeaba y planificaba un nuevo itinerario. Lo observé mientras estaba en un rincón con Giuliana, al aire libre, debajo de un árbol frondoso, y hablaban de sus cosas, ella tensa, él tranquilo, ella con alguna lágrima, él con las orejas coloradas. Lo observé mientras se acercaba a mí alegre, los largos brazos levantados; acababa de enterarse de que era mi cumpleaños. Descarté que fuese como mi padre, una distancia enorme los separaba. Al contrario, era yo la que se sentía en el papel de hija a la escucha, y no me gustaba sentirme así, quería ser una mujer, una mujer amada.

Nuestro paseo siguió. Escuchaba a Roberto y me preguntaba por qué estoy aquí, les pisaba los talones a él y a Giuliana y pensaba qué hago yo en compañía de estos dos. A veces me demoraba a propósito en los detalles de un fresco a los que, yo qué sé, él justamente no había dado importancia alguna. Y Giuliana se volvía y bisbiseaba: Giannì, qué haces, ven, que te perderás. Ay, ojalá pudiera perderme de veras, pensé en un momento dado, dejarme en algún sitio como un paraguas y no saber nada más de mí. Pero bastaba que fuese Roberto el que me llamaba, el que me esperaba, el que repetía para mí lo que ya le había dicho a Giuliana, el que alababa dos o tres de mis observaciones con frases como: Sí, es verdad, no lo había pensado, para que enseguida me sintiera mejor y me entusiasmara. Qué bonito es viajar, qué bonito es conocer a una persona que lo sabe todo y es extraordinaria por su inteligencia, su belleza, su bondad, y te explica el valor de aquello que tú sola jamás sabrías apreciar.

15

Las cosas se complicaron cuando regresamos a casa a última hora de la tarde. Roberto encontró en el contestador un mensaje en el que una alegre voz femenina le recordaba el compromiso de esa misma noche. Giuliana estaba cansada, oyó aquella voz, la noté muy contrariada. Por su parte, Roberto lamentó haberse olvidado de la cita, se trataba de una cena acordada hacía tiempo con el que denominó su grupo de trabajo, todas personas a las que Giuliana ya conocía. De hecho, ella se acordó enseguida de ellos, borró de su cara la contrariedad y exhibió un gran entusiasmo. Pero yo ya la conocía un poco, sabía distinguir cuándo algo la hacía feliz y cuándo le producía ansiedad. Aquella cena le estaba echando a perder el día.

—Yo me voy a dar una vuelta —dije.

—¿Por qué? —preguntó Roberto—. Tienes que venir con nosotros, son simpáticos, te gustarán.

Me resistí, no tenía ganas de ir. Sabía que o bien guardaría silencio, enfurruñada, o bien me pondría agresiva. Inesperadamente, Giuliana intervino para apoyarme.

—Tiene razón, no conoce a nadie, se aburrirá.

Pero él me miró con insistencia, como si fuera una página escrita cuyo sentido se negara a revelarse.

—Me parece que eres de las que siempre creen que se van a aburrir —dijo—, pero después no se aburren nunca.

Fue una frase que me sorprendió por el tono. No la pronunció de un modo coloquial, sino con el tono que le había oído una sola vez, en la iglesia: el tono cálido y lleno de convicción que deslumbra, como si supiera de mí más que yo misma. Se rompió entonces el equilibrio que hasta ese momento, mal que bien, se había mantenido. Me aburro de veras —pensé con rabia—, no sabes cuánto me aburro, no sabes cuánto me aburrí y cuánto me estoy aburriendo. Me equivoqué al venir hasta aquí por ti, no he hecho más que sumar desorden al desorden, pese a tu amabilidad, pese a tu disponibilidad. Y así, mientras aquella rabia se retorcía dentro de mí, todo cambió. Quise que no se equivocara. En algún rincón de mi mente cobró forma la idea de que Roberto tenía el poder de imponer claridad, y desde ese momento deseé que él, solo él, me indicara lo que yo no era y lo que sí era. Giuliana casi susurró:

—Ha sido demasiado amable, no la obliguemos a hacer cosas que no quiere.

La interrumpí.

—No, no, está bien, voy —dije, pero sin ganas, sin hacer nada por atenuar la impresión de que los acompañaba por no complicar las cosas.

Entonces ella hizo una mueca de perplejidad y fue corriendo a lavarse el pelo. Mientras se lo secaba, insatisfecha por cómo le quedaba, mientras se maquillaba, mientras vacilaba entre el vestido rojo o la falda marrón con camisa verde, mientras titubeaba entre ponerse solo los pendientes con el collar o también la pulsera y me preguntaba en busca de seguridad, dijo a menudo: No te sientas obligada; quédate, tú que puedes; yo no tengo más remedio que ir, pero de mil amores me quedaba contigo; son todos de la universidad y hablan, hablan, hablan, no te imaginas los aires que se dan. Resumió así lo que en ese momento la asustaba, creía que me asustaría a mí también. Pero yo conocía desde niña aquella cháchara engreída de los cultos: Mariano, mi padre y sus amigos no hacían otra cosa. Claro que ahora la detestaba, pero no era la cháchara en sí lo que me intimidaba. Por eso le dije: No te preocupes, voy por ti, así te hago compañía.

Acabamos en un pequeño restaurante donde el dueño, de cabello gris, alto, delgadísimo, recibió a Roberto con respetuosa simpatía. Está todo listo, dijo señalando con tono cómplice una salita donde se vislumbraba una mesa larga con numerosos comensales que vociferaban. Cuánta gente, pensé, y me avergoncé de mi aspecto miserable, no me atribuía ningún atractivo que facilitara la relación con extraños. Para colmo, al primer vistazo, las chicas me parecieron todas muy jóvenes, todas atractivas, todas de aspecto cultivado, modelos femeninos como Angela, sabían destacar con actitudes suaves, voces sedosas. Los hombres eran minoría, dos o tres, de la edad de Roberto o pocos años más. Sus miradas se concentraron en Giuliana, guapísima, cordial, e incluso cuando Roberto me presentó, la atención de todos ellos duró apenas unos segundos, yo iba vestida sin elegancia.

Nos sentamos, quedé lejos de Roberto y Giuliana, que encontraron sitio el uno al lado del otro. Percibí enseguida que ninguno de aquellos jóvenes se encontraba allí por el placer de estar juntos. Los buenos modales ocultaban tensiones, enemistades; de haber podido, seguramente habrían pasado la velada de otro modo. Mientras Roberto intercambiaba las primeras ocurrencias, se creó entre los comensales una atmósfera similar a la que había visto nacer entre los feligreses de la iglesia del Pascone. El cuerpo de Roberto —voz, gestos, mirada— comenzó a actuar como aglutinante, y al verlo entre aquellas personas que lo querían como yo, y se querían solo porque lo querían a él, de golpe me sentí yo misma parte de una reacción inevitable de camaradería. Qué voz tenía, qué ojos: en aquellos momentos, entre tanta gente, Roberto me pareció mucho más de lo que había sido con Giuliana, conmigo, en las horas dedicadas a recorrer Milán. Adoptó el mismo aire de cuando me había dicho aquella frase («Me parece que eres de las que siempre creen que se van a aburrir, pero después no se aburren nunca») y tuve que reconocer que no había sido un privilegio solo mío, tenía el don de señalar a los otros más de lo que eran capaces de ver.

Comieron, rieron, discutieron, se contradijeron. Se interesaban por grandes temas; entendí poco. Hoy solo puedo decir que se pasaron la noche entera hablando de injusticia, hambre, miseria, qué hacer ante la ferocidad de la persona injusta que toma para sí arrebatando a los demás, cómo comportarse en esos casos. A ojo de buen cubero podría resumir así la discusión que resonó de un modo alegremente serio de un extremo al otro de la mesa. ¿Recurrimos a la ley? ¿Y si la ley favorece la injusticia? ¿Y si la injusticia es la propia ley, si la tutela es la violencia del Estado? Los ojos brillaban de tensión, las palabras siempre cultas sonaban sinceras y apasionadas. Debatieron mucho, doctamente, mientras comían y bebían, y me llamó la atención que las chicas se apasionaran incluso más que los chicos. Yo conocía las voces belicosas provenientes del estudio de mi padre, las discusiones irónicas con Angela, las falsas pasiones que a veces representaba en clase para complacer a mis profesores cuando ponían en juego sentimientos que ellos mismos no sentían. Sin embargo, aquellas chicas, que probablemente enseñaban o enseñarían en la universidad, eran auténticas y aguerridas y benévolas. Citaron grupos y asociaciones de las que nunca había oído hablar, algunas acababan de regresar de países lejanos y describían unos horrores que conocían por experiencia directa. Una joven morena llamada Michela destacó enseguida por sus palabras encendidas, estaba sentada enfrente de Roberto; naturalmente, era la misma Michela que obsesionaba a Giuliana. Sacó a colación un episodio de abusos ocurrido ante sus propios ojos, ahora no recuerdo dónde, o quizá no me apetece recordarlo. Era un episodio tan terrible que en un momento dado tuvo que callar para contener las lágrimas. Hasta ese momento, Giuliana había permanecido en silencio, comía sin ganas, tenía la cara nublada por el cansancio de la noche anterior y el día turístico. Pero cuando Michela comenzó su largo discurso, dejó el tenedor en el plato y la miró con fijeza todo el tiempo.

La chica —de cara sobria, mirada brillante detrás de grandes gafas de montura fina, labios marcados y muy rojos— había empezado hablando al grupo de comensales, pero ahora se dirigía solo a Roberto. No era anómalo, todos tendían a hacer lo mismo, sin darse cuenta le reconocían el papel de receptor de los discursos individuales que después, en la síntesis de su voz, se convertían en la convicción de todos. Pero si los demás se acordaban de vez en cuando de los presentes, Michela mostraba que solo le interesaba su atención, y advertí que cuanto más hablaba ella, más menguaba Giuliana. Era como si su cara estuviese adelgazando hasta el punto de convertirse en piel transparente que dejaba ver en qué se transformaría cuando la enfermedad y la vejez llegaran para consumirla. ¿Qué la estaba estropeando en ese momento? Los celos, tal vez. O tal vez no; Michela no hacía nada que pudiera provocar sus celos, por ejemplo, ni un gesto de los que en su día me había enumerado Angela, cuando me expuso la estrategia de la seducción. Tal vez Giuliana estaba simplemente deformada por cuánto la hacían padecer las cualidades de la voz de Michela, la eficacia de las frases, la habilidad con la que sabía exponer los temas alternando ejemplos con generalizaciones. Cuando dio la impresión de que la vida había abandonado por completo su rostro, le salió una voz ronca, agresiva, con un marcado acento dialectal:

—Bastaba con que le dieras una cuchillada y todo arreglado.

Supe de inmediato que en aquel ambiente esas palabras estaban fuera de lugar, y estoy segura de que Giuliana también lo sabía. Pero tengo también la certeza de que las pronunció porque fueron las únicas frases que le vinieron a la cabeza para cortar de golpe el largo hilo de las palabras de Michela. Se hizo un silencio; Giuliana se dio cuenta de que había dicho algo inconveniente y se le empañaron los ojos como si estuviera a punto de desmayarse. Trató de distanciarse de sí misma con una risa nerviosa; dirigiéndose a Roberto en un italiano más controlado, dijo:

—O al menos es lo que harían en el lugar donde nacimos tú y yo, ¿no?

Roberto la atrajo hacia él agarrándola por los hombros, la besó en la frente y comenzó un discurso que, de pasaje en pasaje, borró el efecto trivial de las palabras de su novia. Es lo que harían no solo donde hemos nacido, dijo, sino en todas partes, porque es la solución más sencilla. Pero, naturalmente, él no estaba a favor de las soluciones sencillas, ninguno de los jóvenes sentados a aquella mesa lo estaba. Giuliana también se apresuró a decir, otra vez casi en dialecto, que estaba en contra de responder a la violencia con violencia, pero se embarulló —me dio mucha pena por ella—, calló enseguida, todos escuchaban a Roberto. Ante la injusticia, dijo él, hay que reaccionar con firmeza, tozudez; tú le haces esto a tu prójimo y yo te digo que no debes hacerlo, y si tú sigues haciéndolo, yo sigo oponiéndome, y si tienes que aplastarme con tu fuerza, yo vuelvo a levantarme, y si no consigo levantarme más, otros lo harán y después de ellos otros más. Mientras hablaba clavaba la vista en la mesa y luego, de golpe, levantaba la cabeza, miraba a la cara a todos, de uno en uno, con ojos cautivadores.

Al final, los allí presentes nos convencimos de que era la reacción adecuada, Giuliana misma, yo. Pero Michela —y percibí la sorpresa de los demás— tuvo un arrebato de intolerancia, exclamó que a la fuerza injusta no se responde con debilidad. Silencio, en aquella mesa no estaba prevista la intolerancia, ni siquiera leve. Miré a Giuliana; observaba a Michela con rabia, temí que interviniera otra vez para atacarla, pese a que las pocas palabras de su presunta rival parecían próximas a la tesis de las cuchilladas. Pero Roberto ya estaba replicando: Los justos solo pueden ser débiles, disponen de valor sin fuerza. De golpe me vinieron a la cabeza unas cuantas líneas que había leído hacía poco, las mezclé con otras, murmuré casi sin querer: Tienen la debilidad del necio que deja de ofrecer carne y grasa a Dios, ya demasiado harto, y se la da a su prójimo, a la viuda, al huérfano, al extranjero. Solo eso salió de mi boca, con tono tranquilo, incluso levemente irónico. Y como Roberto retomó enseguida mis palabras con aprobación, utilizando y desarrollando la metáfora de la necedad, gustaron a todos, menos tal vez a Michela. Ella me lanzó una mirada intrigada, y en ese momento, sin motivo, Giuliana se echó a reír soltando una carcajada ruidosa.

—¿De qué te ríes? —preguntó Michela, gélida.

—¿No me puedo reír?

—Sí, riamos —intervino Roberto usando la primera persona del plural, aunque él no se había reído—, porque hoy es un día de fiesta, Giovanna cumple dieciséis años.

En ese momento se apagaron las luces de la sala, apareció un camarero con un pastel enorme y las dieciséis llamitas de las velas fluctuando sobre la blancura del glaseado.

16

Fue un cumpleaños precioso, me sentí rodeada de gentileza y cordialidad. Pero llegó un momento en que Giuliana dijo estar muy cansada y regresamos a casa. Me sorprendió que, una vez en el apartamento, no recobrara el tono de dueña de casa de la mañana; se quedó ensimismada mirando la oscuridad junto a la ventana de la sala y dejó hacer a Roberto. Él se mostró muy solícito, nos dio unas toallas limpias, comentó con ironía que el sofá era muy incómodo y muy difícil de abrir. La portera es la única que lo abre con desenvoltura, dijo; a él le costó mucho, probó y volvió a probar hasta que desplegó en medio de la habitación una cama de matrimonio ya hecha, con sábanas inmaculadas. Toqué las sábanas, dije: Hace frío, ¿no tendrás una manta? Él asintió, se metió en el dormitorio.

—¿De qué lado duermes? —pregunté a Giuliana.

Giuliana se apartó de la oscuridad detrás de los cristales y dijo:

—Duermo con Roberto, así tú estarás cómoda.

Estaba segura de que iba a terminar así, pero de todos modos subrayé:

—Vittoria me hizo jurar que dormiríamos juntas.

—También le hacía jurar a Tonino, pero él nunca cumplió el juramento. ¿Tú quieres cumplirlo?

—No.

—Te quiero —dijo, y me besó en la mejilla sin entusiasmo; entretanto, Roberto regresó con una manta y una almohada. Entonces fue Giuliana quien se metió en el dormitorio, y, por si me despertaba antes y quería desayunar, él me enseñó dónde estaban el café, las galletas, las tazas. La caldera despedía un intenso olor a gas.

—Hay una fuga, ¿moriremos? —le dije.

—No, creo que no; la carpintería de obra es pésima.

—No me gustaría morir a los dieciséis años.

—Llevo siete viviendo aquí y no me he muerto.

—¿Quién me lo asegura?

Sonrió.

—Nadie —dijo—. Me alegro de que hayas venido, buenas noches.

Fueron las únicas palabras que intercambiamos cara a cara. Se metió en el dormitorio con Giuliana, cerró la puerta.

Abrí la maletita para buscar el pijama, oí que Giuliana lloraba, él susurró algo, ella susurró a su vez. Después empezaron a reírse, primero Giuliana, luego Roberto. Fui al baño confiando en que se durmieran enseguida, me desvestí, me lavé los dientes. Puerta que se abre, puerta que se cierra, pasos. Giuliana llamó, preguntó: ¿Puedo entrar? La dejé pasar, llevaba colgado del brazo un camisón azul con puntilla blanca de encaje, me preguntó si me gustaba, se lo elogié. Abrió el grifo del bidé y empezó a desvestirse. Salí a toda prisa (qué estúpida soy, ¿por qué me habré puesto en esta situación?), el sofá chirrió cuando me metí bajo la manta. Giuliana cruzó la habitación con el camisón pegado al armonioso cuerpo. No llevaba nada debajo, tenía los pechos pequeños pero firmes y llenos de gracia. Buenas noches, dijo; buenas noches, contesté. Apagué la luz, metí la cabeza debajo de la almohada, la apreté contra los oídos. Qué sabré yo de sexo, todo y nada: lo que he leído en los libros, el placer de la masturbación, la boca y el cuerpo de Angela, los genitales de Corrado. Por primera vez sentí mi virginidad como una humillación. Lo que no quiero que pase es imaginarme el placer de Giuliana, sentirme en su lugar. No soy ella. Me encuentro aquí y no en ese dormitorio, no deseo que él me bese y me toque y me penetre como Vittoria me contó que hacía Enzo, soy amiga de los dos. Sin embargo, debajo de la manta sudaba, tenía el pelo mojado, me faltaba el aire, aparté la almohada. Qué frágil y pegajosa es la carne, traté de sentirme solo esqueleto, clasifiqué uno por uno los ruidos de la casa: madera que cruje, frigorífico que vibra, pequeños chasquidos quizá de la caldera, carcoma en el escritorio. Del dormitorio no llegaba sonido alguno, ni un chirrido de resortes, ni un suspiro. Tal vez habían reconocido que estaban cansados y ya dormían. Tal vez mediante señas habían decidido no usar la cama para evitar ruidos. Tal vez estaban de pie. Tal vez, por discreción, no suspiraban siquiera, no gemían siquiera. Imaginé la unión de sus

cuerpos en posiciones que solo había visto dibujadas o pintadas, pero en cuanto se perfilaron deseché las imágenes. Tal vez
no se deseaban de veras, habían perdido el día entero en paseos
turísticos y charlas. Así era, nada de pasión, dudaba que se pudiera hacer el amor en un silencio tan absoluto: yo habría reído, habría dicho palabras intensas. La puerta del dormitorio se
abrió con cautela, vi el oscuro perfil de Giuliana atravesar la
habitación de puntillas, oí que se encerraba otra vez en el baño.
El agua del grifo fluía. Lloré un rato, me dormí.

17

Me despertó la sirena de una ambulancia. Eran las cuatro de la
mañana, me costó recordar dónde estaba, y cuando lo hice, pensé enseguida: Seré infeliz toda mi vida. Me quedé despierta en la
cama hasta el amanecer mientras organizaba con sumo cuidado
la infelicidad que me esperaba. Debía permanecer al lado de
Roberto con discreción, debía hacerme querer. Debía aprender
cada vez más cosas de las que le interesaban. Debía conseguir un
trabajo que no estuviera demasiado alejado del suyo, enseñar yo
también en la universidad, tal vez en Milán, si ganaba Giuliana;
en Nápoles, si ganaba mi tía. Debía hacer lo posible por que esa
relación de pareja durara para siempre, tapar yo misma las grietas, ayudar a los dos a criar a sus hijos. En fin, decidí de un
modo definitivo que viviría en su órbita, conformándome con
las migajas. Después, sin querer, me dormí otra vez.

Me levanté de un salto a las nueve, la casa seguía en silencio.
Fui al baño, evité mirarme en el espejo, me lavé, me escondí
dentro de la camisa que llevaba el día anterior. Como me pareció que del dormitorio llegaban voces ahogadas, busqué en la

cocina, puse la mesa para tres, preparé la cafetera. Pero los sonidos de la otra habitación no aumentaron, la puerta no se abrió,
ninguno de los dos se asomó. En un momento dado tuve la
impresión de oír que Giuliana reprimía una carcajada o tal vez
un gemido. Aquello me causó tal sufrimiento que decidí —aunque quizá no fue una decisión, más bien una reacción de impaciencia— llamar a la puerta, con los nudillos, sin vacilaciones.

Silencio absoluto. Llamé de nuevo, un golpe exigente.

—¿Sí? —dijo Roberto.

Pregunté con tono alegre:

—¿Os traigo el café? Está hecho.

—Ya vamos —dijo Roberto.

—¡Qué maravilla, sí, gracias! —exclamó sin embargo Giuliana al mismo tiempo.

Los oí reírse por aquella superposición discordante de las
palabras, y con más alegría aún, prometí:

—Cinco minutos.

Busqué una bandeja, coloqué encima tacitas, platos, cubier-
tos, pan, galletas, mantequilla, una mermelada de fresa de la que
quité algún rastro blancuzco de moho y la cafetera humeante.
Lo hice con un regocijo imprevisto, como si en ese momento
estuviese cobrando forma mi única posibilidad de superviven-
cia. Solo me espantó la brusca inclinación de la bandeja cuando con la mano libre bajé el picaporte. Temí que la cafetera y
todo lo demás acabara en el suelo, pero no ocurrió; sin embargo, el regocijo desapareció, se me contagió el precario equilibrio de la bandeja. Avancé como si fuera yo quien corría el peligro de acabar en el suelo y no la bandeja.

La habitación no estaba a oscuras como yo esperaba. Había
luz, la persiana estaba subida, la ventana entreabierta. Los dos
seguían en la cama, debajo de una manta ligera de color blan-

co. Roberto estaba recostado contra el cabecero con cara de incomodidad —un hombre como otro cualquiera, demasiado ancho de espalda, el tórax estrecho—, mientras que Giuliana, con los hombros desnudos, la mejilla apoyada sobre el pecho de él cubierto de vello negro, una mano rozándole la cara como en una caricia interrumpida, se mostraba feliz. Verlos de ese modo arrasó con todos mis proyectos. Aproximarme a ellos no mitigaba mi condición infeliz, pero me convertía en espectadora de su felicidad. Algo que deseaba sobre todo Giuliana, o eso me pareció en ese momento. En los minutos que yo había tardado en preparar la bandeja habrían podido vestirse, pero ella debió de impedírselo, se escabulló desnuda para abrir la ventana y renovar el aire y volvió a meterse en la cama para exhibirse en la pose de la joven mujer tras una noche de amor, pegada a él debajo de las sábanas, una pierna entrelazada con las suyas. No, no, mi idea de convertirme en una especie de tía siempre dispuesta a acudir, a echar una mano, no era el peor de los venenos. El espectáculo —para Giuliana debía de ser eso mismo, un exhibirse como en el cine, un modo de dar forma a su bienestar, con toda probabilidad, en absoluto malévola; un aprovechar mi irrupción para que la viera y, al verla, fijara aquello que no dura y me convirtiera en testigo— me pareció de una crueldad insoportable. Sin embargo, seguí allí, sentada en el borde de la cama, con prudencia, en el lado de Giuliana, para dar otra vez las gracias por la fiesta del día anterior, tomar el café a sorbos con ellos, que dejaron de abrazarse; ella se tapó como pudo con la sábana, él se puso por fin una camisa que yo misma, a petición de Giuliana, le alcancé.

—Qué amable eres, Giannì; esta mañana no se me olvidará nunca —exclamó ella, y quiso abrazarme desplazando peligrosamente la bandeja, posada en una almohada.

Roberto dijo con indiferencia, tras tomar un sorbo de café, mirándome como si fuese un cuadro sobre el que se le pedía opinión:

—Eres muy guapa.

18

En el viaje de vuelta, Giuliana hizo lo que no había hecho en el de ida. Mientras el tren avanzaba con una lentitud extenuante, me retuvo en el pasillo, entre el compartimento y la ventanilla oscura, hablando sin parar.

Roberto nos había acompañado a la estación; la despedida entre ellos fue dolorosa, se besaron, se volvieron a besar, enlazados en un fuerte abrazo. No pude evitar observarlos, formaban una pareja que alegraba la vista; sin duda, él la amaba, y ella no podía prescindir de ese amor. Pero la frase «Eres muy guapa» no se me iba de la cabeza, qué golpe en el corazón. Contesté áspera, destemplada, trabucando las vocales por la emoción: No me tomes el pelo. Y Giuliana se apresuró a añadir, seria: Es verdad, Giannì; eres guapísima. Yo murmuré: Soy igual que Vittoria. Los dos exclamaron con indignación, él riéndose, ella dando un manotazo en el aire: ¡Igual que Vittoria! Pero ¿qué dices, estás loca? Entonces, rompí a llorar como una tonta. Un llanto breve, de pocos segundos, como un golpe de tos ahogado de inmediato, pero que los turbó. Él sobre todo murmuró: ¿Qué pasa?, cálmate, ¿que hemos hecho mal? Yo me recuperé enseguida, avergonzada, pero el cumplido ahí se había quedado, intacto en mi cabeza, y allí siguió, en la estación, en el andén, mientras colocaba el equipaje en el compartimento y ellos seguían hablándose por la ventanilla, hasta el último minuto.

El tren partió, nos quedamos en el pasillo. Para darme tono y borrar la voz de Roberto me dije: Eres muy guapa; para consolar a Giuliana: Cómo te quiere, qué maravilloso debe de ser que te quieran así. Y ella, presa de una súbita desesperación, comenzó a desahogarse medio en italiano, medio en dialecto, y ya no calló. Viajamos en estrecho contacto, nuestras caderas rozándose; a menudo ella me agarraba del brazo, de la mano, pero en realidad estábamos separadas: yo, que seguía oyendo a Roberto mientras me repetía aquellas tres palabras, disfrutaba de ellas, me parecían la fórmula mágica secretísima de mi resurrección, y ella, que necesitaba contar hasta el fondo aquello que la hacía sufrir. Se desahogó largo rato retorciéndose de rabia, de angustia, y yo la escuchaba con atención, la animaba a continuar. Mientras sufría, abría los ojos como platos, se tocaba obsesivamente el pelo enroscando un mechón entre los dedos índice y corazón, soltándolos luego de forma brusca como si fueran serpientes; yo me sentía feliz y siempre al borde de interrumpirla para preguntarle sin preámbulos: En tu opinión, cuando Roberto dijo que soy muy guapa, ¿hablaba en serio?

El monólogo de Giuliana fue largo. Sí, dijo en síntesis, me quiere, pero yo lo quiero mucho, mucho más, porque ha cambiado mi vida, me ha arrancado por sorpresa del lugar donde estaba destinada a quedarme y me ha puesto a su lado, y ahora no puedo estar en ningún otro sitio, ¿comprendes?; si cambia de idea y me aleja de él, ya no sabré ser yo, ya no sabré siquiera quién soy; mientras que él, él sabe quién es desde siempre, lo sabía ya de niño, lo recuerdo, no te puedes imaginar lo que pasaba solo con que abriera la boca; has conocido al hijo del abogado Sargente, Rosario es malvado, a Rosario nadie lo puede tocar, pero Roberto lo hipnotizaba como se hace con las serpientes y conseguía tranquilizarlo; si no has visto nunca estas cosas, no sabes cómo es Roberto, yo lo he visto en muchas ocasiones, y no solo con un tipo como Rosario, que es tonto; piensa en la cena de ayer, ayer todos eran profesores, lo mejor de lo mejor, pero tú ya lo notaste, están ahí por él, son así de inteligentes, así de educados por darle el gusto a él, porque sin su presencia se matarían entre ellos; deberías oírlos en cuanto Roberto aparta la vista, envidias, maldades, palabrotas, obscenidades; así que, Giannì, no hay igualdad entre él y yo; si yo me muriese ahora, en este tren, Roberto lo lamentaría, claro que sí, Roberto sufriría, pero después seguiría siendo lo que es, mientras que yo, no digo si él muere, porque es algo que no me atrevo a pensar siquiera, sino si llega a dejarme, ya has visto cómo lo miran todas las mujeres, y has visto qué guapas e inteligentes son, cuánto saben, si llega a dejarme porque una de esas me lo quita, Michela, por ejemplo, que asiste a las reuniones solo para hablar con él; le importan un carajo todos los presentes, ella es importante, a saber en lo que se convertirá, y por eso mismo lo quiere, porque a su lado puede llegar a ser, no sé, presidenta de la República, digo que si Michela me quita el puesto que ahora ocupo, Giannì, me suicido, por fuerza tengo que suicidarme porque aunque viviera, viviría sin ser nada.

Más o menos esto vino a decir durante horas, obsesivamente, abriendo mucho los ojos, torciendo la boca. Escuché todo el tiempo aquel cuchicheo desmesurado en el pasillo desierto del tren y, debo reconocer, creció la pena que le tenía e incluso cierta admiración. La consideraba una adulta, yo era una adolescente. Seguramente yo habría sido incapaz de una lucidez tan despiadada, en los momentos más críticos sabía cómo esconderme incluso de mí misma. Ella, en cambio, no se cegaba, no se tapaba los oídos, trazaba su situación de un modo preciso. Sin embargo, no hice gran cosa por consolarla, me limité a repetir de vez en cuando un concepto que yo misma quería asimilar definitivamente. Roberto, dije, vive en Milán desde hace mucho tiempo, vete a saber a cuántas chicas habrá conocido como esa Michela, y es verdad, se nota que las tiene a todas embelesadas, pero es contigo con quien quiere vivir, porque eres muy distinta de las otras; por tanto, no debes cambiar, tienes que seguir siendo como eres, solo así él te amará para siempre.

Eso fue todo, un discursito pronunciado con una aflicción artificiosa. Por lo demás, me lancé yo también a mi propio soliloquio silencioso, que discurrió paralelo al suyo. No soy realmente guapa, pensé, nunca lo seré. Roberto percibió que me sentía fea y perdida y quiso consolarme con una mentira piadosa, tal vez eso motivó la frase. Pero ¿si de verdad hubiese visto en mí una belleza que yo no sé ver, si de verdad le hubiese gustado? Claro, me dijo: Eres muy guapa, en presencia de Giuliana, por tanto, sin malicia. Y Giuliana estuvo de acuerdo, ella tampoco vio malicia alguna. Pero ¿y si la malicia se hubiese ocultado muy bien en las palabras y a él también se le hubiese escapado? ¿Y si ahora, en este momento, estuviese aflorando y, tras reflexionar, Roberto se estuviese preguntando: ¿Por qué hablé de ese modo, qué intenciones tenía? Sí, ¿qué intenciones tenía? Debo averiguarlo, es importante. Tengo su número, lo llamaré, le diré: ¿De verdad me ves muy guapa? Ojo con lo que dices, me cambió la cara una vez y me volví fea por culpa de mi padre; no juegues a cambiármela tú también haciendo que me vuelva guapa. Estoy harta de verme expuesta a las palabras ajenas. Necesito saber qué soy de verdad y en qué persona puedo convertirme, ayúdame. Eso es, un discurso así debería gustarle. Pero ¿con qué fin planteárselo? ¿Qué quiero de veras de él, encima justo ahora, mientras esta chica me inunda con su dolor?

¿Deseo que él me confirme que soy guapa, más guapa que nadie, incluso que su novia? ¿Eso deseo? ¿O más, mucho más?

Giuliana me dio las gracias por escucharla con paciencia. En un momento dado me agarró la mano, se conmovió, me elogió —Ay, qué bien estuviste, a Michela le pegaste un mamporro en toda la cara con media frase; gracias, Giannì; tú me tienes que ayudar, me tienes que ayudar siempre; si tengo una hija, le pondré tu nombre, deberá ser inteligente como tú—, y quiso que le jurase que la apoyaría por todos los medios. Se lo juré, pero no se conformó, me impuso un auténtico pacto: al menos hasta que se casara y se fuera a vivir a Milán, yo debía vigilar que ella no perdiera la cabeza y se convenciera de cosas que no eran ciertas.

Acepté, la vi más tranquila, decidimos tumbarnos un rato en las literas. Me adormecí enseguida, pero a pocos kilómetros de Nápoles, cuando ya había amanecido, noté que me zarandeaban; salí del duermevela y vi que Giuliana me enseñaba la muñeca con ojos espantados:

—¡Virgen santa, Giannì, no tengo la pulsera!

19

Me levanté de la litera y le pregunté:

—¿Cómo es posible?

—No lo sé, no sé dónde la he metido.

Hurgó en el bolso, en el equipaje, no la encontró.

Intenté tranquilizarla:

—Seguramente te la habrás dejado en casa de Roberto.

—No, la tenía aquí, en un compartimento del bolso.

—¿Estás segura?

—No estoy segura de nada.

—¿La llevabas puesta en la pizzería?

—Recuerdo que quería ponérmela, pero a lo mejor después no me la puse.

—A mí me parece que la llevabas.

Seguimos así hasta que el tren entró en la estación. Me contagió su nerviosismo. Empecé a temer que se hubiese roto el cierre y la hubiese perdido, o que se la hubiesen robado en el metro o incluso que alguno de los otros pasajeros del compartimento se la hubiese sustraído mientras dormía. Las dos conocíamos la furia de Vittoria y dábamos por descontado que si regresábamos sin la pulsera, nos pondría en un apuro.

Cuando bajamos del tren, Giuliana corrió a un teléfono, marcó el número de Roberto. El teléfono sonaba mientras ella se peinaba con los dedos, murmuraba con la boca pequeña: No contesta. Me miraba, repetía: No contesta. Al cabo de unos segundos, dijo en dialecto, rompiendo con afán autodestructivo la pared entre las palabras convenientes y las inconvenientes: Se estará follando a Michela y no quiere interrumpir. Pero al final Roberto contestó; ella adoptó enseguida un tono afectuoso, contuvo la angustia sin dejar de juguetear vertiginosamente con el pelo. Le contó lo de la pulsera, calló un momento, murmuró sumisa: De acuerdo, te llamo dentro de cinco minutos. Colgó, dijo furiosa: Tiene que terminar de follársela. ¡Ya basta!, exclamé contrariada, cálmate. Asintió avergonzada, se disculpó, dijo que Roberto no había visto la pulsera, que la buscaría en la casa. Me quedé junto al equipaje, ella empezó a ir de aquí para allá, siempre nerviosa, agresiva con los hombres que la miraban o le decían obscenidades.

—¿Han pasado los cinco minutos? —casi me gritó.

—Han pasado diez.

—¿Por qué no me lo has dicho?

Corrió a echar fichas en el teléfono. Roberto contestó enseguida, ella escuchó, exclamó: Menos mal. Me llegó la voz de Roberto, aunque poco clara. Mientras él hablaba, Giuliana me susurró aliviada: La ha encontrado, me la dejé en la cocina. Me dio la espalda para decirle palabras de amor, las oí de todos modos. Colgó, parecía contenta, pero le duró poco, murmuró: ¿Cómo hago para saber con seguridad que cuando yo me voy, Michela no se mete en su cama? Se detuvo al lado de las escaleras que llevaban al metro, donde deberíamos habernos despedido; íbamos en direcciones opuestas, pero me dijo:

—Espera un poco, no quiero volver a casa, no quiero oír el interrogatorio de Vittoria.

—No le contestes.

—Me martirizará de todos modos porque no tengo esa mierda de pulsera.

—Estás demasiado angustiada, no puedes vivir así.

—Siempre estoy angustiada por todo. ¿Quieres saber lo que me ha venido ahora a la cabeza, mientras hablo contigo?

—Dime.

—¿Y si Michela va a casa de Roberto? ¿Y si ve la pulsera? ¿Y si se la lleva?

—Dejando de lado que Roberto no se lo permitiría, ¿sabes cuántas pulseras puede comprarse Michela? Imagínate si se va a fijar en la tuya, que al fin y al cabo a ti tampoco te gusta.

Me miró fijamente, se retorció un mechón de pelo entre los dedos, murmuró:

—Pero a Roberto le gusta, y todo lo que le gusta a Roberto le gusta a ella.

Hizo ademán de soltar el mechón con aquel gesto mecánico que venía repitiendo desde hacía horas; no fue necesario, el pelo se le quedó enroscado en los dedos. Lo miró horrorizada.

—¿Qué ha pasado? —murmuró.

—Estás tan nerviosa que te has arrancado el pelo.

Miraba el mechón, se había puesto coloradísima.

—No me lo he arrancado, se me ha caído solo.

Aferró otro mechón y dijo:

—Mira.

—No tires.

Tiró y entre sus dedos quedó prendido otro largo mechón de pelo, la sangre que le había subido a la cara se retiró, se quedó muy pálida.

—¿Me estoy muriendo, Giannì, me estoy muriendo?

—Que no te vas a morir porque se te caiga un poco de pelo.

Me esforcé por calmarla, pero estaba como derrotada por la angustia que había sentido desde la infancia hasta ese día: el padre, la madre, Vittoria, el griterío incomprensible de los adultos a su alrededor, y ahora Roberto y aquella angustia de no merecérselo y perderlo. Se empeñó en que echara un vistazo, dijo: Apártame el pelo, mira qué tengo. Lo hice, vi una pequeña mancha de cuero cabelludo blanco, un vacío insignificante en el centro de la cabeza. Bajé con ella hasta el andén.

—No le digas nada de la pulsera a Vittoria —le recomendé—, cuéntale solo lo de nuestra visita turística por Milán.

—¿Y si me pregunta?

—Le das largas.

—¿Y si quiere verla enseguida?

—Dile que me la has prestado a mí. Y mientras descansa.

Logré convencerla de que tomara el tren a Gianturco.

20

Me sigue intrigando la forma en que nuestro cerebro elabora estrategias y las despliega sin revelárselas a sí mismo. Decir que se trata de actos inconscientes me parece impreciso, quizá incluso hipócrita. Yo sabía muy bien que quería a toda costa regresar enseguida a Milán, lo sabía con todo mi ser, pero no me lo decía. Y sin confesarme nunca el objetivo de aquel nuevo viaje tan fatigoso, me inventé su necesidad, su urgencia, los motivos nobles de aquella partida una hora después de haber llegado: aliviar el estado de angustia de Giuliana recuperando la pulsera; contarle a su novio lo que ella le ocultaba, es decir, que debía casarse con ella cuanto antes, antes de que fuera tarde, y llevársela del Pascone, sin reparar en deudas morales o sociales y demás tonterías; proteger a mi amiga adulta desviando las iras de mi tía hacia mí, todavía adolescente.

Así fue como compré otro billete y telefoneé a mi madre para decirle, sin admitir réplicas quejumbrosas, que me quedaría un día más en Milán. El tren estaba a punto de partir cuando me di cuenta de que no había avisado a Roberto. Lo llamé por teléfono como si se estuviera cumpliendo eso que, con otra expresión de conveniencia, llamamos destino. Me contestó enseguida; la verdad, no sé qué nos dijimos, pero me gustaría contar que fue algo así:

—A Giuliana le urge recuperar la pulsera, estoy a punto de salir para allá.

—Lo siento, estarás cansada.

—No importa, regreso con gusto.

—¿A qué hora llegas?

—A las diez y ocho.

—Voy a recogerte.

—Te espero.

Pero es un diálogo falso, tiende a trazar una especie de acuerdo implícito entre Roberto y yo: Me has dicho que soy muy guapa, de manera que en cuanto he bajado del tren y aunque esté muerta de cansancio, me subo a otro tren con la excusa de esa pulsera mágica que —lo sabes tú mejor que yo— lo único que tiene de mágico es la ocasión que nos ofrece de dormir juntos esta noche, en la misma cama en la que te vi ayer por la mañana con Giuliana. Sospecho, en cambio, que entre los dos no hubo un verdadero diálogo, solo mi comunicación sin florituras, como tendía a hacer por aquel entonces.

—Giuliana necesita la pulsera con urgencia. Estoy a punto de tomar el tren, llego a Milán a última hora de la tarde.

Tal vez me contestó algo, tal vez no.

21

Estaba tan cansada que dormí durante horas pese al compartimento abarrotado, la cháchara, los portazos, los mensajes de los altavoces, los largos pitidos de silbato, el traqueteo. Los problemas empezaron cuando me desperté. Me toqué enseguida la cabeza convencida de haberme quedado calva, debía de haber tenido una pesadilla. Pero lo soñado ya se había desvanecido, solo me había dejado la impresión de que el pelo se me caía a mechones más que a Giuliana, pero no el pelo real, sino el que mi padre elogiaba cuando era niña.

Seguí con los ojos cerrados, medio dormida. Tenía la impresión de que la excesiva proximidad física a Giuliana me había infectado. Su desesperación ya era también mía, debía de habérmela transmitido, mi organismo se estaba consumiendo, como le había ocurrido al suyo. Asustada, me esforcé por salir de una vez del sueño, pero continuó el fastidio de tener a Giuliana en la cabeza con sus tormentos precisamente cuando viajaba al encuentro de su novio.

Me irrité, empecé a no soportar a mis compañeros de viaje, salí al pasillo. Traté de consolarme con citas sobre la fuerza del amor al cual, aun queriendo, es imposible sustraerse. Eran versos de poemas, palabras de novelas, leídas en libros que me habían gustado, copiadas en mis cuadernos. Pero Giuliana no se desvaneció, siguió vivo sobre todo aquel gesto suyo que le dejaba la mano llena de mechones de pelo, una parte de ella que se desprendía casi con suavidad. Sin venir mucho a cuento, me dije: Si de momento todavía no se me ha puesto la cara de Vittoria, dentro de poco, esa cara se depositará definitivamente en mis huesos y ya no se me irá.

Fue un mal momento, tal vez el peor de aquellos años malos. Estaba de pie, en un pasillo idéntico a aquel donde había pasado buena parte de la noche anterior escuchando a Giuliana, que para asegurarse de mi atención me agarraba de la mano, me tiraba del brazo, chocaba continuamente su cuerpo contra el mío. El sol se ponía, el estrepitoso avance del tren desgarraba los campos azulados, llegaba otra noche. De repente, pude decirme con claridad que mis intenciones no eran nobles, que no estaba haciendo ese nuevo viaje para recuperar la pulsera, que no me proponía ayudar a Giuliana. Me disponía a traicionarla, me disponía a quitarle al hombre que ella amaba. De un modo más insidioso que Michela, tenía la intención de arrancarla del lugar que Roberto le había ofrecido a su lado y destruir su existencia. Me sentía autorizada a hacerlo porque un joven que me había parecido extraordinario, más extraordinario de lo que consideraba a mi padre cuando se le escapó aquello de que se me estaba poniendo la cara de Vittoria, me había dicho, por el contrario, que era muy guapa. Pero ahora —mientras el tren estaba a punto de entrar en Milán— debía reconocer que justo porque, orgullosa de ese reconocimiento, me disponía a hacer lo que tenía en mente, justo porque no tenía la menor intención de detenerme ante nada, mi cara no podía ser otra cosa que un calco de la de Vittoria. De hecho, al traicionar la confianza de Giuliana, llegaría a ser igualita a mi tía cuando le había arruinado la vida a Margherita y, por qué no, igualita a su hermano, mi padre, cuando le había arruinado la vida a mi madre. Me sentí culpable. Era virgen y esa misma noche quería perder la virginidad con la única persona que, gracias a su inmensa autoridad varonil, me había conferido una nueva belleza. Lo consideraba un derecho, de ese modo entraría en la edad adulta. Pero mientras bajaba del tren, tuve miedo, no quería hacerme mayor de ese modo. La belleza que Roberto me había reconocido se asemejaba demasiado a la de quienes hacen daño a la gente.

22

Me pareció entender, cuando telefoneé, que me estaría esperando en el andén, como había hecho con Giuliana, pero no lo encontré. Aguardé un poco, llamé. Lo lamentó mucho, estaba convencido de que iría a su casa, trabajaba en un ensayo que debía entregar al día siguiente. Me deprimí, pero no dije nada. Seguí sus indicaciones, tomé el metro, me reuní con él en su casa. Me recibió con cordialidad. Confiaba en que me besaría en la boca, me besó en las mejillas. Había puesto la mesa para la cena, obra de la portera servicial, y cenamos. No mencionó la pulsera, no mencionó a Giuliana, yo tampoco. Me habló como si me necesitara para aclararse las ideas sobre el tema en el que trabajaba y yo hubiese tomado el tren expresamente para ir a escucharlo. El ensayo era sobre la compunción. En varias ocasiones la llamó entrenamiento para punzarse la conciencia, atravesándola con aguja e hilo como la tela cuando hacemos un traje. Lo escuché, utilizó la voz que me había fascinado. Fui seducida una vez más —estoy en su casa, entre sus libros, ese es su escritorio, cenamos juntos, habla conmigo de su trabajo—, sentí que era la persona que él necesitaba, justo lo que yo quería ser.

Después de cenar me dio la pulsera, pero lo hizo como si se tratara del dentífrico, de una toalla, y siguió sin mencionar a Giuliana, era como si la hubiese borrado de su vida. Intenté adoptar definitivamente su misma línea de conducta, no lo conseguí, me venció la preocupación por la ahijada de Vittoria. Yo sabía mucho mejor que él en qué condiciones físicas y mentales se encontraba Giuliana, lejos de esa hermosa ciudad, lejos de ese apartamento, bajando más y más hasta las orillas de Nápoles, en la casa gris con la gran foto de Enzo de uniforme. Sin embargo, pocas horas antes habíamos estado juntas en esa habitación, la había visto en el baño mientras se secaba el pelo y enmascaraba sus angustias en el espejo, mientras se sentaba al lado de él en el restaurante, mientras se estrechaba contra él en la cama. ¿Es posible que ahora pareciese muerta, que yo estuviera allí y ella ya no? ¿Es así de fácil morir, pensé, en la vida de las personas sin las cuales no podemos vivir? Y al hilo de aquellos pensamientos, mientras él hablaba de un modo un tanto irónico de no sé qué —ya no prestaba atención, captaba alguna que otra palabra: el sueño, el sofá cama, la oscuridad que aplasta, la noche sin pegar ojo hasta la madrugada, y a ratos la voz de Roberto parecía la más bonita de las voces de mi padre—, dije abatida:

—Estoy muy cansada y asustada.

Él contestó:

—Puedes dormir conmigo.

Mis palabras y las suyas no lograron unirse, parecían dos ocurrencias consecuentes; no lo eran. En las mías se habían precipitado la locura de aquel viaje extenuante, la desesperación de Giuliana, el miedo a cometer un error imperdonable. En las suyas estaba la meta de un rodeo que aludía a la dificultad de abrir el sofá cama. En cuanto me di cuenta, contesté:

—No, así ya me va bien.

Y para demostrarlo, me tendí en el sofá hecha un ovillo.

—¿Seguro?

—Sí.

—¿Por qué has vuelto? —preguntó.

—Ya no lo sé.

Pasaron unos segundos; de pie, él me miraba desde arriba con simpatía; yo en el sofá, lo miraba desde abajo, desconcertada. No se inclinó sobre mí, no me acarició, se limitó a darme las buenas noches y a retirarse a su dormitorio.

Me acomodé en el sofá sin desvestirme, no quería privarme de la coraza de ropa. Pero enseguida me asaltaron las ganas de esperar a que se durmiera para levantarme y meterme en su cama vestida, solo para estar a su lado. Antes de conocer a Roberto jamás había sentido la necesidad de dejarme penetrar, como mucho había tenido cierta curiosidad, desechada de inmediato por miedo a notar dolor en una parte del cuerpo tan delicada que cuando me tocaba, temía arañar yo misma. Después de verlo en la iglesia, se apoderó de mí un deseo tan violento como confuso, una excitación parecida a una tensión gozosa

que, si bien acometía sin duda los genitales como si los hincha-
ra, luego se dispersaba por todo el cuerpo. Incluso después del
encuentro en la piazza Amedeo y en los breves tratos ocasionales que siguieron nunca había imaginado que él pudiera entrar
dentro de mí; es más, pensándolo bien, las raras ocasiones en
que fantaseé en ese sentido, me pareció una acción vulgar. Solo
en Milán, la mañana anterior, al verlo en la cama con Giuliana,
había podido constatar que, como todos los varones, él también tenía un sexo colgante o erecto que introducía en Giuliana
como una clavija, y que estaría dispuesto a introducírmelo
también a mí. Pero esta constatación tampoco fue decisiva. Sin
duda, había emprendido aquel nuevo viaje con la idea de que
esa penetración se produciría, que el escenario erótico vívida-
mente descrito tiempo atrás por mi tía me habría afectado. Sin
embargo, la necesidad que me había impulsado exigía algo bien
distinto y ahora, en el duermevela, lo veía claro. En la cama,
junto a él, apretada contra él, quería gozar de su estima, quería
hablar sobre la compunción, sobre Dios, que está harto mientras muchas de sus criaturas mueren de hambre y de sed, quería
sentirme mucho más que una bestezuela graciosa o incluso
muy guapa con la que un varón de grandes pensamientos puede distraerse jugando un rato. Me dormí pensando con dolor
que eso, precisamente eso, no ocurriría jamás. Tenerlo dentro
de mí habría sido fácil, él me habría penetrado incluso ahora,
mientras dormía, sin estupor. Estaba convencido de que yo había regresado para ese tipo de traición y no para traiciones mucho más crueles.

VII

Cuando regresé, mi madre no estaba. No comí nada, me metí en la cama, me dormí enseguida. Por la mañana, la casa me pareció vacía y silenciosa, fui al baño, volví a la cama y me dormí otra vez. En un momento dado me desperté sobresaltada; Nella estaba sentada en el borde de la cama y me zarandeaba.

—¿Todo bien?

—Sí.

—Basta de dormir.

—¿Qué hora es?

—La una y veinte.

—Tengo un hambre...

Me preguntó distraída por Milán; le hablé, también distraída, sobre los lugares que había visitado, la catedral, el teatro de la Scala, la Galería, los canales de Navigli. Luego me dijo que tenía una buena noticia: la directora había telefoneado a mi padre y le había dicho que yo había aprobado con unas notas excelentes, incluso con un nueve en griego.

—¿La directora llamó a papá?

—Sí.

—La directora es estúpida.

Mi madre sonrió.

—Vístete, Mariano está aquí —dijo.

Fui a la cocina descalza, desgreñada, en pijama. Mariano, que ya estaba sentado a la mesa, se levantó de un salto para felicitarme por haber aprobado el curso y besarme y abrazarme. Comprobó que yo ya era muy mayor, mucho más que la última vez que nos habíamos visto y dijo: Pero qué guapa te has puesto, Giovanna; un día de estos nos vamos a cenar tú y yo solos y así charlamos. Luego se dirigió a mi madre con un tono de fingida aflicción y exclamó: No es posible que esta señorita se codee con Roberto Matese, uno de nuestros jóvenes más prometedores, y hable cara a cara con él de quién sabe cuántos temas interesantes, mientras que yo, que la conozco desde que era niña, no puedo siquiera mantener una conversación con ella. Mi madre asintió con expresión de orgullo, pero se notaba que no sabía nada de Roberto, de manera que deduje que había sido mi padre quien le había hablado a Mariano de Roberto como de una de mis buenas amistades.

—Apenas lo conozco —dije.

—¿Es simpático?

—Mucho.

—¿Es cierto que es napolitano?

—Sí, pero no del Vomero, sino de más abajo.

—Sigue siendo napolitano.

—Sí.

—¿En qué trabaja ahora?

—En la compunción.

Me miró perplejo.

—¿La compunción?

Pareció decepcionado, pero enseguida mostró curiosidad. Una zona remota de su cerebro ya estaba pensando que quizá la compunción era un tema que requería una reflexión urgente.

—La compunción —le confirmé.

Mariano se dirigió a mi madre, riendo:

—¿Te das cuenta, Nella?, tu hija dice que apenas conoce a Roberto y luego descubrimos que él le ha hablado de la compunción.

Comí mucho; de vez en cuando me tocaba el pelo para comprobar si seguía bien arraigado al cuero cabelludo, me lo acariciaba con los dedos, tironeaba de él un poco. Al terminar de comer, me levanté y dije que iba a lavarme. Mariano, que hasta ese momento había ensartado una frase detrás de otra convencido de que nos divertía a Nella y a mí, adoptó un aire de preocupación y dijo:

—¿Te has enterado de lo de Ida?

Negué con la cabeza; mi madre intervino:

—No ha aprobado el curso.

—Si tienes tiempo —dijo Mariano—, procura estar a su lado. Angela aprobó y ayer por la mañana se marchó a Grecia con un amigo. Ida necesita compañía y apoyo, no hace más que leer y escribir. Por eso repite; lee, escribe, no estudia.

No soporté sus caras apenadas.

—¿Apoyo para qué? —dije—. Si no hacéis de esto una tragedia, ya veréis como Ida no necesitará ningún apoyo.

Me encerré en el baño y cuando salí, la casa estaba en completo silencio. Arrimé la oreja al dormitorio de mi madre: ni un suspiro. Entreabrí la puerta, nada. Era evidente que Nella y Mariano me consideraron una grosera y se largaron sin gritarme siquiera: Adiós, Giovanna. Entonces telefoneé a Ida, contestó mi padre.

—¡Felicidades! —exclamó encantado al oír mi voz.

—Felicidades a ti, la directora es una soplona a tu servicio.

Rio satisfecho.

—Es una buena persona.

—Claro.

—Sé que has estado en Milán, invitada por Matese.

—¿Quién te lo ha dicho?

Tardó unos segundos en contestarme.

—Vittoria.

—¡¿Habláis por teléfono?! —exclamé, incrédula.

—Y algo más. Ayer estuvo aquí. Costanza tiene una amiga que necesita asistencia día y noche y pensamos en ella.

—Os habéis reconciliado —murmuré.

—No, con Vittoria es imposible hacer las paces. Pero los años pasan, nos hacemos viejos. Y tú, poco a poco, con prudencia, has hecho de puente. Muy bien, tienes mano izquierda, como yo.

—O sea, ¿que yo también voy a seducir directores?

—Eso y mucho más. ¿Qué tal fue con Matese?

—Pregúntale a Mariano, ya se lo he contado a él.

—Vittoria me ha dado su dirección, quiero escribirle. Corren tiempos desastrosos, las personas de valía deben permanecer en contacto. ¿Tienes su número de teléfono?

—No. ¿Me pasas con Ida?

—¿Y no te despides de mí?

—Adiós, Andrea.

Calló unos segundos.

—Adiós.

Oí que llamaba a Ida con el mismo tono con que años antes me llamaba a mí cuando alguien me telefoneaba. Ida contestó de inmediato; dijo abatida, casi en un susurro:

—Dame un pretexto para salir de esta casa.

—Nos vemos dentro de una hora en la Floridiana.

2

Fui a esperar a Ida a la entrada del parque. Llegó muy sudada, el pelo castaño recogido en una cola de caballo, mucho más alta que unos meses antes, delgadísima y grácil como una hoja de hierba. Llevaba un bolso negro repleto, minifalda también negra, camiseta de tirantes de rayas blancas y negras, y una cara muy pálida que ya se estaba desprendiendo de la infancia: labios gruesos, pómulos grandes y redondos. Buscamos un banco a la sombra. Me dijo que estaba encantada de que la hubiesen suspendido, quería dejar el colegio y dedicarse solo a escribir. Le recordé que a mí también me habían suspendido, pero que no me hizo feliz; al contrario, había sufrido.

—Porque a ti te dio vergüenza, a mí no —contestó con mirada desafiante.

—Me dio vergüenza porque mis padres se avergonzaron.

—Me importa una mierda la vergüenza de mis padres, tienen otras cosas de las que avergonzarse.

—Es gente asustada. Temen que no seamos dignas de ellos.

—No quiero ser digna, quiero ser indigna, quiero acabar mal.

Me contó que para ser lo más indigna posible, tras sobreponerse al asco, había estado saliendo un tiempo con un tipo casado, con tres hijos, que había hecho trabajos de jardinería en la casa de Posillipo.

—¿Cómo fue? —pregunté.

—Asqueroso. Tenía una saliva que parecía el agua de las cloacas y no paraba de decir palabrotas.

—Al menos te has quitado una preocupación.

—Pues sí.

—Pero ahora cálmate y procura estar bien.

—¿Cómo?

Le propuse que fuéramos juntas a Venecia a ver a Tonino. Contestó que prefería otro destino: Roma. Insistí en lo de Venecia, comprendí que el problema no era la ciudad, sino Tonino. De hecho, me enteré de que Angela le había contado lo de la bofetada, lo de la furia que se había apoderado del chico hasta hacerle perder el control. Le hizo daño a mi hermana, dijo. Sí, reconocí, pero me gusta cómo se esfuerza por portarse bien.

—Con mi hermana no lo consiguió.

—Pero se empeñó mucho más que ella.

—¿Quieres que Tonino te desvirgue?

—No.

—¿Puedo pensarlo y luego te digo?

—Sí.

—Me gustaría ir a un sitio donde estar bien y escribir.

—¿Quieres escribir la historia del jardinero?

—Ya está escrita, pero no te la leo porque todavía eres virgen y hará que se te quiten las ganas.

—Entonces léeme otra cosa.

—¿En serio?

—Sí.

—Hay una que quiero leerte desde hace mucho.

Hurgó en el bolso, sacó unos cuadernos y unas hojas sueltas. Eligió un cuaderno de tapas rojas, encontró lo que buscaba. Eran pocas páginas, la historia de un largo deseo insatisfecho. Dos hermanas tenían una amiga que solía quedarse a dormir con ellas. La amiga era más amiga de la hermana mayor y menos de la menor. La mayor esperaba a que la menor se quedara dormida para pasar a la cama de la invitada y dormir con ella. La menor intentaba resistirse al sueño, sufría al pensar que las otras la estaban excluyendo, pero al final no lo conseguía. Una vez se hizo la dormida y así, en silencio, en soledad, se quedó escuchando sus cuchicheos y los besos que se daban. Desde entonces no había dejado nunca de fingir para poder espiarlas, y siempre, cuando por fin las dos mayores se quedaban dormidas, lloraba un poco, porque tenía la sensación de que nadie la quería.

Ida leyó sin pasión, rápidamente, pero pronunciando las palabras con precisión. En ningún momento levantó la vista del cuaderno, en ningún momento me miró a la cara. Al final se echó a llorar como la niña afligida del cuento.

Saqué un pañuelo, le sequé las lágrimas. La besé en los labios, aunque a unos metros de nosotras dos madres pasearan juntas empujando sus cochecitos y charlando.

3

A la mañana siguiente, sin telefonear siquiera, fui directamente a casa de Margherita con la pulsera. Evité con cuidado la casa de Vittoria, primero porque quería ver a Giuliana cara a cara, y segundo porque, tras su reconciliación repentina y seguramente provisional con mi padre, tuve la sensación de que ya no despertaba en mí ninguna curiosidad. Fue una prudencia inútil: ella misma me abrió la puerta, como si la casa de Margherita fuese suya. Me recibió con un buen humor desolado. Giuliana no estaba, Margherita la había acompañado al médico, ella estaba recogiendo la cocina.

—Pero pasa, pasa —dijo—; qué guapa estás, hazme compañía.

—¿Qué tal se encuentra Giuliana?

—Le ha salido una especie de debilidad en el pelo.

—Lo sé.

—Ya sé que lo sabes, también sé cuánto la has ayudado y lo atenta que has estado en todo. Así me gusta, muy bien. Tanto Giuliana como Roberto te quieren mucho. Yo también te quiero. Si tu padre te ha hecho así, será porque no es un tipo tan mierda como parece.

—Me dijo papá que tienes un nuevo trabajo.

Estaba de pie, al lado del fregadero, a su espalda tenía la foto de Enzo con la lucecita encendida. Por primera vez desde que la visitaba, percibí en sus ojos una leve incomodidad.

—Muy bueno, sí.

—Te mudas a Posillipo.

—Pues sí.

—Me alegro.

—En cambio, a mí me da un poco de pena. Tengo que separarme de Margherita, de Corrado, de Giuliana, a Tonino ya lo he perdido. A veces pienso que tu padre me buscó ese trabajo a propósito. Para hacerme sufrir.

Me eché a reír, pero enseguida me contuve.

—Puede ser —dije.

—¿No te lo crees?

—Me lo creo, de mi padre puedes esperarte cualquier cosa.

Me lanzó una mirada torva.

—No hables así de tu padre o te doy una bofetada.

—Perdona.

—Solo yo puedo hablar mal de él; tú no, que eres su hija.

—De acuerdo.

—Ven aquí, dame un beso. Te quiero, aunque a veces me hagas cabrear.

Le di un beso en la mejilla, hurgué en el bolso.

—Le he traído la pulsera a Giuliana, por casualidad fue a parar a mi bolso.

Me sujetó la mano.

—Ya, por casualidad. Quédatela, sé que le tienes cariño.

—Pero ahora es de Giuliana.

—A Giuliana no le gusta y a ti sí.

—Si no le gustaba, ¿por qué se la diste?

Me miró insegura, parecía que el sentido de la pregunta la ponía en un aprieto.

—¿Estás celosa?

—No.

—Se la di porque la veía nerviosa. Pero la pulsera es tuya desde que naciste.

—Pero no era una pulsera para una niña pequeña. ¿Por qué no te la quedaste? Podías habértela puesto los domingos para ir a misa.

Puso una mirada perversa, exclamó:

—¡¿Ahora vas a venir tú a decirme lo que tengo que hacer con la pulsera de mi madre?! Te la quedas, y no se hable más. Si quieres que te diga la verdad, a Giuliana no le hace falta. Está tan llena de luz que en ella la pulsera o cualquier otra joya son un extra. Ahora tiene ese problema con el pelo, pero no es nada grave, el médico le dará un tratamiento reconstituyente y se le pasará. Tú, en cambio, no sabes arreglarte, Giannì; ven aquí.

Se había agitado como si la cocina fuese un espacio estrecho y sin aire. Me llevó al dormitorio de Margherita, abrió las puertas del armario; me vi reflejada en un espejo de cuerpo entero. Vittoria me ordenó: Mírate. Me miré, pero sobre todo la vi a ella a mi espalda. Dijo: Hija mía, tú no te vistes, tú te escondes detrás de la ropa. Me subió la falda hasta la cintura, exclamó: Fíjate qué muslos, ay, Dios, y date la vuelta, eso sí que es un culo. Me obligó a girar sobre mí misma, me soltó una palmada bastante fuerte en las nalgas, luego me obligó a ponerme otra vez de cara al espejo. Virgen santa, qué buena figura —exclamó acariciándome las caderas—; tú tienes que conocerte, tienes que valorarte, tienes que enseñar las cosas bonitas. Especialmente esos pechos, pero qué pechos, no sabes lo que daría cualquier chica por unos pechos así. Pero no, tú las castigas, te avergüenzas de esas tetas, las encierras bajo llave. Ven, te enseñaré cómo tienes que hacer. Entonces, mientras yo me bajaba la falda, me metió la mano en el escote de la camisa, primero dentro de una copa del sujetador, luego en la otra, y me acomodó los pechos de manera que formasen una ola henchida y elevada por encima del escote. Se entusiasmó: ¿Has visto? Nosotras somos guapas, Giannì, guapas e inteligentes. Nacimos bien hechas y no debemos desaprovecharnos. Yo te quiero ver incluso mejor colocada que Giuliana, te mereces subir hasta el Paraíso que está en los cielos, y no como el cabrón de tu padre, que no despegó nunca los pies de la tierra y a pesar de eso tiene muchos humos. Pero que no se te olvide, esta de aquí —durante una fracción de segundo me tocó delicadamente entre las piernas—, esta de aquí, te lo he dicho mil veces, guárdala bien. Sopesa los pros y los contras antes de dársela a alguien; si no, no irás a ninguna parte. Te digo más, y escúchame bien: si llego a enterarme de que la desaprovechas, se lo cuento a tu padre y entre los dos te matamos a palos. Y ahora no te muevas —entonces hurgó ella en mi bolso, sacó la pulsera, me la puso—, ¿ves qué bien te queda, ves cómo ganas?

En ese momento, en el fondo del espejo, apareció también Corrado.

—Hola —dijo.

Vittoria se dio media vuelta, yo también. Abanicándose con una mano por el calor, le preguntó:

—A que es hermosa Giannina, ¿no?

—Guapísima.

4

Le pedí varias veces a Vittoria que diera recuerdos a Giuliana de mi parte, que le dijera que la quería y que no debía preocuparse por nada, que todo saldría bien. Después fui hacia la puerta, confiando en que Corrado dijera: Voy contigo, así doy un paseo. Pero calló, haciéndose el remolón. Fui yo quien le pidió:

—Corrà, ¿me acompañas al autobús?

—Sí, acompáñala —le ordenó Vittoria, y él me siguió a regañadientes por las escaleras, por la calle, bajo un sol que atontaba.

—¿Qué te pasa? —le pregunté.

Se encogió de hombros, masculló algo que no entendí, dijo con más claridad que se sentía solo. Tonino se había marchado, Giuliana no tardaría en casarse y Vittoria iba a trasladarse a Posillipo, que era como otra ciudad.

—Yo soy el tonto de la casa y tengo que quedarme con mi madre, que es más tonta que yo —dijo.

—Vete tú también.

—¿Adónde? ¿A hacer qué? De todos modos, no quiero irme. Nací aquí y aquí quiero quedarme.

—¿Entonces?

Trató de explicarse. Dijo que siempre se había sentido protegido por la presencia de Tonino, de Giuliana y, sobre todo, de Vittoria. Murmuró: Giannì, yo soy como mi madre, somos dos personas que padecemos por todo porque no sabemos hacer nada y no pintamos nada. Pero ¿quieres saber una cosa?, en cuanto Vittoria se vaya, quito la foto de papá de la cocina; no la he soportado nunca, me da miedo, y ya sé que mi madre estará de acuerdo.

Lo animé a ello, pero le dije que no debía hacerse ilusiones; Vittoria nunca se iría definitivamente, volvería y volvería y volvería, cada vez más atormentada, cada vez más insoportable.

—Te conviene reunirte con Tonino —le aconsejé.

—No nos llevamos bien.

—Tonino es un tipo que sabe aguantar.

—Yo no.

—A lo mejor paso por Venecia y voy a verlo.

—Bien, dale recuerdos de mi parte y ya que estás, dile que solo pensó en él y que mamá, Giuliana y yo le importamos una mierda.

Le pedí la dirección de su hermano, pero solo tenía el nombre del restaurante donde trabajaba. Ahora que se había desahogado, intentó recuperar su máscara habitual. Bromeó mezclando ternezas y propuestas obscenas, de modo que le dije riendo: Corrà, métetelo bien en la cabeza: entre tú y yo no volverá a pasar nada más. Luego me puse seria y le pedí el número de teléfono de Rosario. Me miró sorprendido, quiso saber si me había decidido a follar con su amigo. Como le contesté que no lo sabía y a él le hubiera gustado un no rotundo, se preocupó, adoptó un tono de hermano mayor que quería protegerme de elecciones peligrosas. Siguió así un rato, me di cuenta de que no tenía intención de darme el número. Entonces lo amenacé: De acuerdo, ya lo averiguaré sola, pero le voy a contar a Rosario que estás celoso y que no quisiste dármelo. Accedió enseguida, sin dejar de rezongar: Se lo diré a Vittoria, ella se lo dirá a tu padre y ocurrirán cosas muy feas. Sonreí, quise darle un beso en la mejilla, dije con la mayor seriedad: Así me haces un favor, Corrà; yo soy la primera interesada en que Vittoria y mi padre se enteren; es más, tienes que jurarme que, si llega a pasar, se lo contarás sin falta. Entretanto llegó el autobús y lo dejé en la acera, desconcertado.

5

En las horas siguientes me di cuenta de que no tenía urgencia alguna en perder la virginidad. Claro que, por motivos oscuros, Rosario me atraía un poco, pero no le telefoneé. Llamé a Ida, en cambio para saber si se había decidido a acompañarme a Venecia; me dijo que estaba lista, acababa de comentárselo a Costanza, su madre se había alegrado de perderla de vista un tiempo y le había dado bastante dinero.

Después pregunté por Tonino en el número del restaurante donde trabajaba. Al principio pareció alegrarse de mi plan, pero cuando supo que Ida iría conmigo, dejó pasar unos segundos y me comentó que vivía en una habitación pequeña en Mestre, donde no cabíamos los tres. Repliqué: Tonì, pasamos a saludarte de todos modos; después, si tú nos quieres ver, bien; si no, qué le vamos a hacer. Cambió de tono, juró que estaba encantado y que nos esperaba.

Como me había gastado en billetes de tren todo el dinero que mi madre me había regalado por mi cumpleaños al marcharme a Milán, le di la lata hasta que me dio más, esta vez por haber aprobado el curso. Ya tenía todo preparado para marcharme cuando una mañana de lluvia fina y agradable frescura, a las nueve en punto, telefoneó Rosario. Corrado debía de haberle comentado algo, porque lo primero que dijo fue:

—Gianni, me han dicho que por fin te has decidido.

—¿Dónde estás?

—En un bar aquí debajo.

—¿Debajo de dónde?

—De tu casa. Ven, te espero con un paraguas.

No me molesté; al contrario, sentí que todo se estaba encarrilando y que terminar abrazada a otra persona en un día fresco era mejor que hacerlo en un día caluroso.

—No necesito tu paraguas —dije.

—¿Me estás diciendo que me tengo que ir?

—No.

—Entonces date prisa.

—¿Adónde me llevas?

—A via Manzoni.

No me peiné, no me maquillé, no hice nada de lo que me había aconsejado Vittoria, salvo ponerme la pulsera. Encontré a Rosario en el portón con su alegría aparente de siempre estampada en la cara, pero cuando acabamos metidos en el tráfico de los días lluviosos, el peor, amenazó e insultó todo el tiempo a buena parte de los conductores que, según él, eran unos inútiles.

—Rosà, si el día no es adecuado, me llevas a mi casa —dije, preocupada.

—Tranquila, el día es adecuado, pero fíjate cómo conduce ese mamón.

—Cálmate.

—¿Qué pasa, soy demasiado grosero para ti?

—No.

—¿Quieres saber por qué estoy nervioso?

—No.

—Giannì, estoy nervioso porque me gustas mucho desde la primera vez que te vi, pero no sé si yo te gusto. ¿Qué dices, te gusto?

—Sí. Pero no tienes que hacerme daño.

—Pero qué daño, ya verás como no.

—Y no tienes que tardar mucho, tengo cosas que hacer.

—Tardaré lo que haya que tardar.

Encontró aparcamiento justo debajo de su casa, un edificio de al menos cinco plantas.

—¡Qué suerte! —dije mientras él ni siquiera cerraba el coche con llave e iba a paso veloz hacia la entrada.

—No es suerte —dijo—, saben que ese sitio es mío y que nadie debe quitármelo.

—Si no, ¿qué?

—Si no, disparo.

—¿Eres un gánster?

—¿Y tú eres una chica de buena familia que va al colegio?

No contesté, subimos en silencio a la quinta planta. Pensé que al cabo de cincuenta años, si Roberto y yo llegábamos a ser mucho más amigos que ahora, le contaría lo de aquella tarde para que me lo explicara. Él sabía encontrarle un sentido a todo lo que hacemos, era su trabajo, y según decían Mariano y mi padre, se le daba bien.

Rosario abrió la puerta, el apartamento estaba a oscuras. Espera, dijo. No encendió la luz, se movió con seguridad, fue subiendo de una en una todas las persianas. La luz grisácea del día lluvioso se difundió por una amplia habitación vacía donde ni siquiera había una silla. Entré, cerré la puerta a mis espaldas, oí el azote de la lluvia contra los cristales y el ulular del viento.

—No se ve nada —dije mirando los cristales.

—Hemos elegido mal el día.

—No, me parece el día perfecto.

Vino hacia mí a paso ligero, me sujetó la nuca con una mano, me besó apretando fuerte contra mis labios e intentó abrírmelos con la lengua. Mientras, con la otra mano, me estrujó un pecho. Lo rechacé apartándolo despacio, soltando una risita nerviosa dentro de su boca y resoplando por la nariz. Se separó de mí, pero no quitó la mano de mi pecho.

—¿Qué pasa? —preguntó.

—¿Es necesario que me beses?

—¿A ti no te gusta?

—No.

—A todas las chicas les gusta.

—A mí no, y también preferiría que no me tocaras los pechos. Pero si te hace falta, de acuerdo.

Apartó la mano.

—A mí no me hace falta nada —masculló.

Se bajó la cremallera, se sacó el sexo para demostrármelo. Tenía miedo de que en los calzoncillos llevara algo descomunal, pero vi con alivio que su trasto no era muy distinto del de Corrado; además, me pareció de una forma más elegante. Me agarró una mano.

—Toca —dijo.

Se lo toqué, estaba caliente como si ahí tuviera fiebre. Y como al fin y al cabo era agradable apretárselo, no retiré la mano.

—¿Te va bien así?

—Sí.

—Ahora dime qué quieres hacer, no te quiero disgustar.

—¿Puedo quedarme vestida?

—Las chicas se desnudan.

—Si se puede hacer sin desnudarse, me harás un favor.

—Las bragas al menos te las tienes que quitar.

Le solté el trasto, me quité los vaqueros y las bragas.

—¿Va bien así?

—Está bien, pero así no se hace.

—Lo sé, pero te lo estoy pidiendo como favor.

—¿Y yo me puedo quitar los pantalones?

—Sí.

Se quitó los zapatos, los pantalones y los calzoncillos. Tenía las piernas flaquísimas y peludas, los pies descarnados y largos, calzaba por lo menos un cuarenta y cinco. Se quedó con la chaqueta de lino, la camisa, la corbata puestos; justo debajo, su miembro erecto se extendía más allá de las piernas y los pies descalzos como un inquilino pendenciero que ha sido molestado. Los dos éramos feos; menos mal que no había espejos.

—¿Me tumbo en el suelo? —pregunté.

—¿Qué dices? Hay una cama.

Fue hacia una puerta abierta de par en par, le vi el culo pequeño, las nalgas hundidas. Allí había una cama sin hacer y nada más. Esta vez no subió la persiana, encendió la luz.

—¿No te lavas? —pregunté.

—Me he lavado esta mañana.

—Al menos las manos.

—¿Tú te las vas a lavar?

—Yo no.

—Entonces yo tampoco.

—De acuerdo, yo también me las lavo.

—Giannì, ¿ves lo que me está pasando?

Su sexo declinaba empequeñeciéndose.

—Si te lavas, ¿no se te levanta más?

—Está bien, voy.

Desapareció en el cuarto de baño. Cuántas dificultades estaba poniendo, jamás hubiera imaginado que me comportaría de ese modo. Regresó; tenía un trastito colgando entre las piernas que le miré con simpatía.

—Es gracioso —dije.

Él resopló.

—Si no quieres hacer nada, dilo y punto.

—Sí que quiero, ahora me lavo.

—Ven aquí, no hace falta. Tú eres una señora, estoy seguro de que te lavas cincuenta veces al día.

—¿Te la puedo tocar?

—Por favor.

Me acerqué a él, se la agarré con delicadeza. Como él había sido inesperadamente paciente, me habría gustado ser experta y tocarlo para que estuviera contento, pero no sabía muy bien qué hacer y me limité a sujetársela. Bastaron unos segundos para que se agigantara.

—Yo también te toco un poco —dijo él con la voz algo ronca.

—No, no sabes hacerlo y me duele.

—Sé muy bien cómo hacerlo.

—Gracias, Rosà, eres muy amable, pero no me fío.

—Giannì, si no te toco un poco, después te dolerá en serio.

Estuve a punto de aceptar, seguramente él tenía más práctica que yo, pero sus manos, las uñas sucias me daban miedo. Hice un gesto claro de rechazo, le solté aquella protuberancia, me tumbé en la cama con las piernas juntas. Lo vi alto encima de mí con los ojos perplejos tallados en la cara alegre, iba tan bien vestido de cintura para arriba y tan crudamente desnudo de cintura para abajo... Por una fracción de segundo pensé en el cuidado con que mis padres me habían preparado desde pequeña para que viviera mi vida sexual a conciencia y sin miedos.

Mientras tanto, Rosario me sujetaba de los tobillos, me estaba separando las piernas. Con voz emocionada dijo: Qué bonito eso que tienes entre los muslos, y con cautela se acostó encima de mí. Buscó mi sexo con el suyo ayudándose con la mano y cuando le pareció que se había acomodado, me empujó despacio, muy despacio; luego de repente dio un golpe enérgico.

—Ay —dije.

—¿Te duele?

—Un poco. No me vayas a dejar embarazada.

—No te preocupes.

—¿Ya estás?

—Espera.

Empujó de nuevo, se acomodó mejor, volvió a empujar. A partir de ese momento no hizo otra cosa que echarse un poco hacia atrás y luego meterse dentro, más adentro. Pero cuanto más insistía en moverse así, más daño me hacía; él se daba cuenta, murmuraba: Relájate, estás demasiado tensa. Yo susurraba: No estoy tensa, ay, estoy relajada. Y él decía, amable: Giannì, tienes que colaborar; ¿qué llevas ahí, un pedazo de hierro, una puerta blindada? Yo apretaba los dientes, murmuraba: No, empuja, dale, más fuerte, y sudaba, me notaba el sudor en la cara y en el pecho; él mismo decía: Qué sudada estás, y me daba vergüenza, susurraba: No sudo nunca, solo hoy, lo siento, si te da asco, déjalo estar.

Finalmente entró del todo dentro de mí con tal fuerza que tuve la sensación de haber sufrido un largo desgarrón en el vientre. Fue un instante, se retiró de golpe haciéndome todavía más daño que al entrar. Levanté la cabeza para comprobar qué ocurría; lo vi de rodillas entre mis piernas, con el trasto aquel manchado de sangre del que brotaba semen. Aunque riera, estaba enfadadísimo.

—¿Lo has conseguido? —pregunté, débil.

—Sí —respondió, acostándose a mi lado.

—Menos mal.

—Menos mal de verdad.

—Me arde.

—La culpa es tuya, se podía haber hecho mejor.

Me volví hacia él, dije:

—Era así como quería hacerlo —dije volviéndome hacia él, y lo besé metiéndole la lengua entre los dientes lo más posible. Un segundo después, fui corriendo a lavarme, me puse las bragas y los vaqueros. Cuando él fue al cuarto de baño, me quité la pulsera y la dejé en el suelo, junto a la cama, como regalo de la mala suerte. Me llevó a mi casa; él amargado, yo alegre.

Al día siguiente me fui a Venecia con Ida. En el tren nos propusimos convertirnos en adultas como ninguna otra había hecho antes.

Índice

«No me arrepiento de mi anonimato. Descubrir la personalidad de quien escribe a través de las historias que propone no es ni más ni menos que un buen modo de leer», comentaba Elena Ferrante en una entrevista vía e-mail para *Il Corriere della Sera*. En efecto, nadie sabe quién es Elena Ferrante, y sus editores de origen mantienen un silencio absoluto sobre su identidad. Hay quien ha llegado a sospechar que es un hombre; otros dicen que nació en Nápoles para trasladarse luego a Grecia y finalmente a Turín. La mayoría de los críticos la saludan como la nueva Elsa Morante, una voz extraordinaria que ha dado un vuelco a la narrativa de los últimos años. Su éxito de crítica y de público se refleja en premios y artículos publicados en periódicos y revistas tan notables como *The New York Times* y *Paris Review*, y en el documental *Ferrante Fever*.

En 2010 Lumen publicó *Crónicas del desamor*, un volumen que reunía las novelas publicadas por la autora hasta el momento: *El amor molesto*, *Los días del abandono* (ambas llevadas al cine) y *La hija oscura*, libros que también publicó por separado en 2018. Luego llegó la saga *Dos amigas*, compuesta por *La amiga estupenda* (2012), *Un mal nombre* (2013), *Las deudas del cuerpo* (2014) y *La niña perdida* (2015): una obra saludada ya como un clásico de la literatura del siglo XXI, traducido a cuarenta y dos idiomas y convertido tabién en serie de televisión. En 2017 Lumen publicó *La frantumaglia*, donde Ferrante nos habla de su manera especial de entender la escritura, y en 2019 *La invención ocasional*, que recopila los artículos que durante un año publicó todos los sábados en *The Guardian*. *La vida mentirosa de los adultos* es su última y esperada novela.

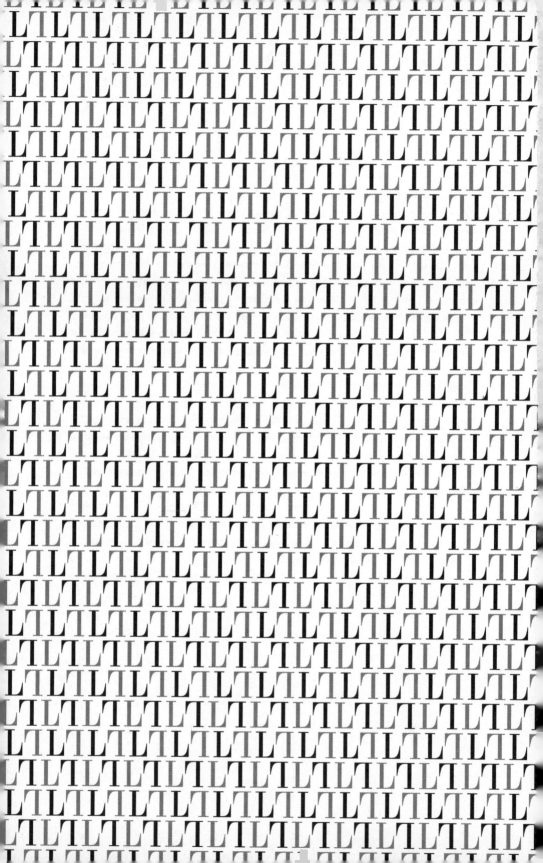